ミステリ

ON PRICE

ホテル・ネヴァーシンク

THE HOTEL NEVERSINK

アダム・オファロン・プライス

青木純子訳

TOKYO
HAYAKAWA
BOOKS

A HAYAKAWA
POCKET MYSTERY BOOK

装幀／水戸部 功

エリザベスへ、日頃の感謝をこめて

目次

ホテル・ネヴァーシンク

登場人物

アッシャー・シコルスキー……〈ホテル・ネヴァーシンク〉の創業者
アムシェ……………………………アッシャーの妻
ジーニー（ジーニャ）・シコルスキー………アッシャーの長女
ジョゼフ・シコルスキー………ジーニーの弟。コメディアン。芸名：ジョーイ・シュベッツ
エイブラハム（エイブ）………ジーニーの末の弟
ヘンリー・コーエン……………ジーニーの夫
エズラ………………………………ジーニーの長男
レナード（レン／レニー）・シコルスキー……ジーニーの次男。ホテルの後継者
レイチェル…………………………レナードの妻
スザンナ（スーズ）……………レナードの娘
ノア…………………………………レナードの息子。スザンナの弟
アリス・エメンターラー………ジョゼフの孫
ヨナ・シェーンベルク…………行方不明になった少年
ハンナ・コール…………………ホテルのメイド
ソール・ジャヴィッツ…………ホテルの探偵
サンダー・レヴィン……………ホテルのバーテンダー
ジョージ・フォーリー…………〈ホテル・ネヴァーシンク〉の建物を建てた実業家
マイケル……………………………ホテルの営繕係

ある歴史

一九三一年一月八日付の地元紙『リバティ・リーダー』は、当時主流の畳みかけるような調子でこう書きたてた。〈地元実業界のドン、窮乏《きゅうぼう》の果てに断命。フォーリー・ハウスは負債整理のため近く競売に〉。実業界のドンとはジョージ・B・フォーリー。彼の強運と厄運を等しく象徴するのがフォーリー・ハウスだった。どん底暮らしの母親の命を産褥《さんじょく》の床《とこ》で奪い、孤児として生を享《う》けながら、持ち前の知力と先見の明が奇絶を起こし、さらには天の配剤もあったのだろう、前代未聞のアメリカ流成功譚《たん》を手にした人物に成り上がった。一八八〇年代に一頭立て馬車から始めた貸し馬車業で蓄財に励み、それを元手に材木業と建設業で巨万の富を築くと、自分と同じく地元の児童養護施設（彼自身は十四歳で出奔《しゅっぽん》）や里親のもとで育った悪童連中――を配下に雇い入れた。

世紀の変わり目にキャッツキル山地やハドソン渓谷に大邸宅がぽつぽつ現われだすと、彼ら孤児たちはそうした屋敷の建設に駆り出された。そのなかにフォーリー自身の住まいもあった。一九〇〇年から二年計画で始まったフォーリー・ハウスの建設には、熟練作業員の一団が起用された。フォーリー・ハウスは、リバティという町に属するネヴァーシンク丘陵（親指を立てたような形状の花崗岩《かこうがん》でできていて、その名はすぐ下を湾曲して流れるネヴァーシンク川に由来する）の最頂部に位置していた。町とそこを取り囲む景観が一望でき、頂上からは、フォーリーが辛抱と生き延びるすべを叩きこまれた場所、サフォーク州立少年養育院もはるか遠くに見通せた。

　フォーリー・ハウスは、いずれ四方八方に枝葉を広げていくであろう未来の家族――子供は八人、十人、いや、彼の遠大な夢想ではおそらくそれ以上――を見こんでの三階建て、そこに何十もの寝室が並ぶことになっていた。フォーリーがこの計画を進めていた当時、すでに地元の娘と婚約中だったことを思えば、これがただの夢想というわけでもなかった。ところが結婚してすぐに、新妻はチフスにかかってこの世を去ってしまい、屋敷の建設は一九〇一年から一九〇七年まで中断された。その間フォーリーは喪に服す一方、心機一転かつ財政の立て直しを理由に、事業の多くをニューヨーク市に移した。そして現在ロワー・イーストサイドとかチャイナタウンとか呼ばれている地域に、多くの集合住宅を建てて莫大《ばくだい》な利益を手にすると、今度はロングアイランドのゴールドコーストに、ヴァンダービルトやグールドといった名門一族の庭の、崩れかけた塀《へい》に隣接する地役権つきの地所を購入し、第二フォーリー・ハウスを建設した。

　こうした区画を彼ら名門一族と共有するということは、貧しい生まれの田舎者が、彼ら上流階級の居間や大広間にずかずか上がりこむようなものである。気がつけば、金はあっても貧しかったときと同じ孤独にさいなまれていた。そこで、第二フォーリー・ハウスを売却してリバティに戻ったわけだが、すでにゴールドコースト一帯のお屋敷暮らしで身についた価値観からすると、第一フォーリー・ハウスは自らの思い描く未来図にそぐわぬ、ちゃちなものにしか見えなかった。すでに四十代に突入していたとはいえ、子沢山――二十人、三十人、いや、聖書にあるような膨大な数の子供！――の父親になる夢をまだ諦《あきら》めていなかった彼は、子飼いの孤児たちを自邸の建設作業に復帰させると、自らは、まだ形を成さぬ子供たちの母親を探す仕事に乗り出した。近隣の貧しい町々を一巡りすれば、虚《うつ》ろなまなざしと広い額と大きな尻を持つ娘を、要するに彼が若いころベッドに連れこんだ類《たぐい》の娘をひとり見つけ出すくらいわけのないことだったろう。だが資産家となり、自分より裕福な者たちの俗物性にすっかり染まってしまったせいで、自らの出自をできるだけ純化できる高貴な血を持つ女性にしか興味は向かなかった。一九一〇年、彼がイングランドを旅行中に見初《みそ》めたのがアンナ・カタリッジなる女性だった。アンナの父親は借金で首の回らぬ男爵で、地方の荘園館《カントリー・マナー》の持ち主ながら、誇れるものといったら赤毛の立派な頬髯《ほおひげ》くらいしかない途方にくれた御仁だった。そうした財政上の逼迫《ひっぱく》が、由緒ある家柄も食事の作法も持ち合わせないアメリカ人富豪をいともあっさり寛容な態度で受け容《い》れることを可能にした。そして三度目の渡英となった一九一一年、男爵はフォーリーに娘との結婚を許諾した。式の日取りが整い、自宅の完成も間近となった一九一二年四月、アンナは英国郵船《RMS》の豪華客船タイタニックでサウサンプトンから米国へと旅立った。

その後の十年間、建設工事は停滞するどころか、さらに勢いと切迫感に拍車がかかった。部屋数は月を追うごとに増えていった。一九二〇年には四階部分が出現した。小塔や欄干《らんかん》がいくつもできた。作業員の多くは二十年にわたりこの屋敷の建設に携《たずさ》わってきた者たちだが、フォーリーは気がふれたというのが大方の見方だった。

フォーリーの挙動はますます常軌《じょうき》を逸《いっ》していき、やがて三階部分の大きな角部屋に引きこもるようになり、ときにはそれが何日も続いた。ようやく彼が部屋から姿を現わすと、片手にはたいていワインのボトルが、もう片手にはさらに修正を加えた屋敷の図面と、肩をすくめる棟梁《とうりょう》と施設育ちの作業員たちへの指示書が握られていた。いまでは孤児の多くが自分の家族をつくり、家持ちになっていた。一九二〇年代にはいると、十代になったその息子たちの幾人かが給与台帳に名を連ね、父親と一緒に作業するようになっていた。作業員たちは終わりの見えない建設工事の無意味さに忸怩《じくじ》たる思いを抱きつつも……結局は、いつもの言い訳――所詮《しょせん》はフォーリーの金、彼には金がたんまりあるんだしな――にたどり着くのだった。

　こうなったら工事は永遠に続く、そう思われた。緩斜面を転がりだした荷馬車のように、フォーリーの商売は先達《せんだつ》のないまま着実に始動したわけだが、やがてその速度は事業の圧倒的成功の重みでぐんぐん増していき、ついに一九二九年十月、財政逼迫という断崖からの転落に追いこまれてしまう。作業員たちへの給料未払いでフォーリー・ハウスの建設は中断を余儀なくされた。結果的に完成できたのは九十三の部屋（そのほとんどがバスルームつき）と地上四階部分と半地下だった。そこには三つの舞踏場、ふたつのダイニングルーム、ふたつの厨房《ちゅうぼう》、劇場、屋内外にプールがひとつずつ、エレベーター一基があり、さらには壁龕《へきがん》や隙間スペースといった、用途がいまひとつはっきりしない空間がそこここに設けられていた。もっともそうした無節操ぶりは屋敷全体、敷地全体についても言えることで、ついでに言うなら、眼下の川になだれこむ岩壁を黒々と埋め尽くす松の群生もまた同様の混沌《こんとん》を呈していた。

　一九三一年一月一日、屋根からの跳躍によってジョージ・フォーリーの没落は終焉《しゅうえん》を迎えた。故人は遺言書を作成しておらず、負債額も莫大だったため、町民いうところの〝フォーリーの阿呆宮〟は競売にかけられた。そしてこの屋敷を落札したのは、町民の大多数を落胆させたことに、地元で民宿を営むユダヤ人、アッシャー・レヴェム・シコルスキーなる人物だった。ちょうど商売の拡張を目論《もくろ》んでいたシコルスキーは、彼のささやかな野心からすれば身の丈に合わぬ買い物ではあったものの、無秩序に延び広がるその豪邸に、同じく無秩序に延び広がる商機を見て取ったのである。

あちこちから金を借りまくってどうにか資金を調達すると、一九三一年六月、彼はフォーリー・ハウスの不動産譲渡証書に署名した。そして屋敷の立つ丘陵と崖下を湾曲して流れる川の名にちなみ、また、未来永劫《えいごう》続く繁栄という彼の見果てぬ夢の成就《じょうじゅ》を願い、屋敷の名称を〈ネヴァーシンク〉に改めると、正面玄関の上にこんな銘板を掲げた。〈汝《なんじ》の幸運、断じて沈むこと《ネヴァー・》なかれ《シンク》!〉。かくして同年七月、〈ホテル・ネヴァーシンク〉の最初の宿泊客が到着した。三十年の歳月を経てようやく、部屋という部屋に子供たちがあふれることになったのである。

1　ジーニー　一九五〇年

昨日、ひとりの少年がホテルから姿を消した。ヨナ・シェーンベルク、八歳。今日はわたしたち一同——警察の捜索に協力を申し出てくれた何十人もの地元民、ホテル従業員、宿泊客——がグレート・ホールに集結した。少年の家族の気持ちを少しでも和《やわ》らげたい、ここに集まったひとりひとりの胸に渦巻く不安を取り除きたい、そんな思いで駆けつけてくれたのだ。わたしが少年の両親から託されたのは、彼ら一同に状況を説明し、できる限り効果的な指示を出すことだった。父親が警察の事情聴取に応じているあいだ、わたしは血の気を失い震えている母親を大統領の間《プレジデンシャル・スイート》にお連れした。人目のない場所でくつろいでいただきたかったからだが、こんなときにくつろぐことなどどうしてできようか？

「ご要望があれば何なりとお申しつけください」わたしは言った。

「だったら息子を見つけてちょうだい」彼女はそう言うと、事態を正常に戻す魔力がわたしに具《そな》わっているとでもいうように目を上げた。「とにかく息子を見つけ出して」

　捜索隊一行は徒歩で道を下り、丘の麓《ふもと》に出た。空の高みに昇った太陽の熱に晒《さら》されながら、わたしたちは四方に散らばると、いま一度、丘陵をくまなく見て回り、やがて暗くうち沈んだまま、長い列を組んで周辺の森をのろのろと進んだ。わたしがこの森に足を踏み入れたのはもう何年も前のこと、わたしたち家族がこのホテルを買い取ってからは一度も来ていなかった。しかし木々は、昔の記憶どおり、頭上に鬱蒼《うっそう》と覆《おお》いかぶさり、秘密の会議をしてでもいるように呼吸を合わせて揺れていた。一時間後、わたしたちはホテルに引き返した。途中わたしは北の芝地にある父の墓――樹木限界線にあたる、ほとんど人目につかぬささやかな一画――の前で足を止めた。墓標の大理石は触れると冷たかった。〈アッシャー・レヴェム・シコルスキー、一八八二―一九四八〉。墓碑銘《ぼひめい》はない。そんなものは必要なかった。〈ホテル・ネヴァーシンク〉それ自体が墓碑銘の役を果たしていた。わたしたち一行が少年の名を呼びながら北側の森を進むうちに、なぜかわたしは父に呼びかけ、そして自分自身に呼びかけていた。この地にたどり着くまでの、父がたどった長く辛《つら》い旅路に思いを馳《は》せていた。父がようやく手にした成功と、ここに至るまでに彼が――そしてわたしたち家族全員が――支払った代償を思わずにいられない。


　父は鷹揚《おうよう》な人ではなかった。だが、人は鷹揚であってしかるべきだと誰が決めたのか？　すべては善で気楽なものという考え方は現代社会が、とくにアメリカ社会が後生大事にしている欺瞞《ぎまん》に他ならない。まるで心の余裕というものが、過去の僥倖《ぎょうこう》の結果として生まれるのでなく、人間なら持っていて当然の資質だと言わんばかりではないか。考えてみればわたしのふたりの子供たちも、彼らの生まれ落ちた国が彼らの寝ているあいだに生クリームの飾りを施してもしたように、柔和《にゅうわ》でおっとりした性格だ。本物の寒さを、本物の飢えを――手で覆った蠟燭《ろうそく》の炎が猛吹雪《もうふぶき》のなかでは消えてしまうように、人の心を荒《すさ》ませてしまう究極の飢えを――彼らには知りようがないし、知ってほしくない。そうは思いつつ、そうした特権を手にしながらそこに気づこうともしない彼らを、心ひそかに苦々《にがにが》しくも思うのだ。

わたしたち家族がシレジア（現在のポーランドとチェコにまたがる一帯の歴史的名称）の農場で暮らしていたころ、父はわたしたち家族を飢死寸前にまで追いこんだ。あれは旱魃《かんばつ》のときだった。第一次世界大戦とそのさなかに起きたいくつもの内乱が三倍の呪いとなってわたしたちに襲いかかった。まるで我々ユダヤの民の祈りを耳にした神が知恵を働かせ、物事は悪化の一途をたどることもありうるのだと思い知らせようとして、さらなる試練をお与えになったかのようだった。一滴の雨も降らずに終わった三年間はうちの畑を干上がらせ、わたしたち四人――父と母、わたしと弟――と騾馬《らば》のゾルトを干上がらせた。種蒔《ま》きの季節になると、父はまだほのかに青い夜明けごろに起き出しては、ゾルトと肩を並べて重い足を引きずりながら作業をした。一体となって無益な労働に励む彼らの姿は、双頭の獣《けもの》を思わせたものだった。

夏になり雨が再びめぐってきても、地面はすっかり乾ききっているので、表土も父の蒔いた種もいずれ流されてしまうだろうことは目に見えていた。雨はようやく降りだしたが、結果は予想どおりだった。作物は実を結ばぬまま、やがて来る冬がわたしたちの命をついに奪うだろうことがわかった。母は毎日のように、寝室の重く閉ざした扉の向こうで、ここを出ようと父に懇願した。

「どこに行くというんだ」何十回となくわたしの耳に届いたやりとりのなかで、あるとき父はこう言っていたのではなかったか。

「ヴロツワフよ。わかっているくせに。あっちには家族がいるじゃないの」

「あの子たちの家はここだろうが。子供にだってプライドがあるんだぞ」

「プライドなんておなかの足しになりませんよ」

「だが人間、プライドをなくしたらおしまいだ」それから泣きじゃくる声が起こり、父のぼそぼそつぶやく声がした。「声を抑えなさい、母さん。おれが何とかする。そのうち欲しいものは何だって持てるようにしてやるから」

父には長年胸に温めてきた彼なりの自己イメージがあった。この自分は未完の大器――いずれ運が開ければひとかどの人物になれるはずだと。彼の母親で、わたしの祖母にあたるペルラはひとり息子の彼を甘やかして育てた――一家は貧しかったが、食事に真っ先に口をつけるのは彼だったし、しかもよく食べた。ペルラは息子に本を買い与え、学校に通わせ、「いいことアッシャー、一生懸命勉強するんだよ、そうすればわたしたち一家に大いなる名誉と富がもたらされるんだからね」と言い聞かせた。こうした母親の裏書保証が、空っぽのボウルを前にうなだれているわたしたちを目にしているときも彼に滋養を与え、食後に枯れ枝のように細い体を寄せ合って家族で心もとない火を囲んでいるときにも彼を温め続けていたに違いない。

何日も食べずにいるというのがどういうものか、飢えと無縁で過ごしてきた人に説明するのは容易でない。単に不快というのとは違い、飢えはむしろ活発で、一日が空腹に振り回されて終わってしまう。それ以外のことが何も考えられなくなってしまうのだ。弟のジョゼフとは、よくふたりでレストランごっこをした。今日は自分たちの誕生日で、食べたいものを何でも好きなだけ食べていいという設定で遊ぶのである。弟が白シャツを着たウェイターに扮《ふん》したら、わたしはお祝いの宴《うたげ》の献立を注文する。グレーヴィーのかかった山盛りのローストビーフ、ポテトパンケーキ、祖母がよくつくってくれたパプリカとキャベツのソース煮こみ、インゲン豆料理、デザートはコラーチ（チェコ伝統の菓子パン）といった具合である。弟は、自分が客になるとひたすらパンを、バターを塗ったパンだけを注文した。もっともこの遊びができるのも体力があるときに限られた。空腹がひどいときはふたりしてベッドに横たわっているしかなかった。

　いつだったか定かでないが、ある日を境に、母がわずかばかりの食べ物を手に入れてくるようになった。週に一度、月曜の朝になると、母はブーツを履き、厚ぼったいジャケットを着こむのだった。母は霜の降りた地面を用心しいしい進んでいき、やがてその小さな体は轍《わだち》でえぐれた道路に続く小径《こみち》の先で見えなくなった。午後になると、獣肉や野菜——カブやニンジン、運のいいときはジャガイモ——のはいった小さな袋を抱えて戻ってきた。この収穫物で母は水っぽいシチューをこしらえ、それを日に二度ずつ家族で食べた。どこで調達してくるのか、誰かに恵んでもらったのか、あるいは想像するのも憚《はばか》られるようなことをして手に入れたのか、わたしには知る由《よし》もなかったが、父と母のあいだには何らかの合意ができているのだと徐々にわかりはじめた。父が執着する干上がった畑のそばでおとなしく待っていれば、母が食料を持ち帰ってくれるのだと。しかし、そのことが話題にのぼることはなかった。シチューは神のお恵み、あるいは、たまに採れるしなびた野菜と、罠《わな》にかかった痩《や》せこけた野ウサギが材料だと信じているかのように父は振る舞った。

そんな状態が数カ月続いた。

　ある夜、黙々と食べながらわたしは、父が目を細めて母を観察していることに気がついた。背中を丸め、眉間《みけん》に皺《しわ》を寄せ、手元のボウルに目を落としていた父が、スプーンを置くと口を開いた。「これをどこで手に入れた?」

　何があの夜を変えたのか、いまに至るもわたしには見当もつかない。おそらく父は半飢餓《きが》状態で頭が混乱し、食料を調達しているのはこの自分だと思いこもうとしていたのかもしれない。あるいは、村でどんな取引が行なわれているのかを知ってしまったのかもしれない。いずれにせよ父は腹を立てた。これまで見たこともないほどの剣幕だった。

「何が言いたいの?」

「正直に言うんだ、アムシェ」

「アッシャーったら」

「こんなもの、誰が食えるか」父はわめきながら手元のボウルをつかむと、中身が半分残ったまま、部屋の向こうへ投げつけた。ボウルは石壁に当たって砕け散った。父はテーブルを回りこみ、わたしたちのボウルも同じように投げつけた。ジョゼフは泣きじゃくったが、すこしは分別のあるわたしは身じろぎもせず、胃の底に飢餓《きが》の白い花が深く根を張るのを感じていた。ボウルの破片の山のそばに立ち尽くし、薄いオートミール粥《がゆ》が床に染みこむにまかせながら父は言った。「うちで採れたもの以外、食うわけにはいかないんだ」

　父は食品庫にはいると粗末な袋を手に現われ、これが証拠だといわんばかりに検察官のまなざしで袋を掲げて見せた。それから凍てつく寒さの戸外に飛び出し、家畜小屋に向かった。一分後、父はゾルトを小屋から引き出した。騾馬はわたしたちのいる窓のほうに目を向け、袋のにおいにつられて鼻をうごめかせた。揺らめく蠟燭の明かりが、騾馬の痩せたあばら骨のアコーディオンをかき鳴らした。父はクリミア戦争から持ち帰った無骨なマスケット銃を肩に担いでいた。老いたゾルトは、何が待ち受けていようとそれにおとなしく従うつもりみたいだった。まるで父がこの家畜とじっくり話し合い、これを当然のこととして受け容れるよう説き伏せたとでもいうように。あるいはおそらく、ふたりで一体の生き物として、父は己《おのれ》の分身を、長いあいだ苦労を共にしながらたいして役に立たなかった自分の一部を、処分しようとしていたのかもしれない。

わたしは母の厚ぼったいコートを着こんで外に出た。むきだしの足首に風が噛《か》みついてきたが、これから起こることを、それが何かはわかっていたが、しっかり見届けたかった。父は畑の凍った地面に袋の中身をぶちまけた。騾馬はわたしたちの一週間分の食料を丸呑みしては、形のいい頭を右に左に揺らした。

父が言った。「家に戻っていなさい、ジーニャ」

「見届けたいの」

父は、わかったというようにかすかにうなずき、騾馬に視線を戻した。ゾルトは食べきると、まるでわたしたちの存在にいま気づいたとばかりに目を上げ、裾《すそ》広がりの鼻腔《びこう》から湯気を放った。父はすぐさま騾馬の頭部に狙いを定め、発砲した。ゾルトは礼儀正しく優雅なお辞儀をするように前脚を折ると、そのまま地面に横倒しになってこと切れた。

そこからの二カ月――二月と三月――で、わたしたちが口にしたのは騾馬だけだった。最初はテンダーロイン（テンダーとは名ばかりの固いヒレ肉）を、次にリブ肉を、その後はソーセージ、すね肉、薄切りにした心臓という具合に順に食べていった。最後に母が用意したのは蹄《ひづめ》を煮こんでこしらえたスープだった。あれを思い出すたび、石鹸《せっけん》のような苦みがいまも喉にこみ上げてきて、ちょっと吐きそうになる。だが、そのお蔭でわたしたちは冬を無事に越せたのであり、あの騾馬が、そして父が与えてくれた養分で命をつなぐことができたのであり、あの遠い日のわたしはいまもこの体にとどまっている。

四月のある晴れた日、屋根の氷が細い流れとなって解け落ちるころ、父はぬかるんだ小径を踏んで町に出かけていった。二日後、父はビーズクッションとアメリカ移住の話を持ち帰った。父が向こうから呼び寄せるまで、わたしたち三人は、ヴロツワフに暮らす母の姉の家に身を寄せることになった。実のところ、サラ伯母さんとその夫の家族と暮らした二年間は退屈なものだった。飢えも寒さもない暮らしを手に入れたというのに、記憶のなかにあるあの時期はひどくくすんだ色を帯び、逆に父の荒れ果てた畑がヒエンソウやタチアオイの咲き乱れる色鮮やかな場所として思い出されてしまうのだから、おかしなものである。サラ伯母さんも家族の人たちも精一杯もてなしてくれたのだが、あそこはわたしたちの家ではなかったし、町もわたしたちの町ではなく、暮らしもわたしたちの暮らしではなかった。色のない夜明け近く、わたしは寝床に横たわったまま、頭のすぐ上のひび割れた漆喰《しっくい》壁に走る幾筋もの細い線を見つめながら、父の言うとおりだと思ったものだった。自分の家に暮らしてこそ人はプライドを保てる——食事や水や空気が生きるのに必要なように、自尊心を育《はぐ》む場としての我が家もまた人には必要なのだと。

一度、父はセールスマンを泣かせたことがあった。そのころわたしたち一家はニューヨークのロワー・イーストサイドの集合住宅で暮らしていた。ヨーロッパの祖国を逃がれ、ずぶ濡れの犬さながらこの地にうちあげられた移民たち（その多くはユダヤ人）がひしめくアパートメントだった。あの建物に住んでいたのは一文無しばかり、ロワー・イーストサイドには金のある者など皆無《かいむ》だった。そんな荒地のような場所に担当を割り振られるとは、あの若いセールスマンはいったい何をしでかしたのか？　おそらくは若いという、ただそれだけの理由で、損な役回りを押しつけられたのだろう。

　わたしは当時十五、六といったところで、もう子供ではなかった――安っぽいフランネルのスーツに身を包み、商品見本のはいった黒いバッグを握りしめた、あのおどおどした青年もさして年は違わなかったのではなかろうか。

「何の用だね？」父が言った。わたしは父の背後に立ち、その青年をはらはらしながら見守った。ちょうど家族そろって夕食の席に着いたところだったからだ。どんなに粗末な献立でも（羽振りのいい週でも、小ぶりの魚とキャベツ料理、それに蜂蜜《はちみつ》をかけた薄切りリンゴがつく程度）、十二時間労働を終えて戻ってきた父にとっては神聖な時間だった。

「奥様はご在宅ですか？」

「食事中だ」

「そこをなんとか」セールスマンは言った。「お手間は取らせません」

「帰ってくれ」

　青年は、練習を重ねたであろうセールストークをやりだした。ろくに息継ぎもせず、父の背後の壁にかかる、わたしの祖母を描いた飾り皿にひたと目を据えたままだった。十五歳のわたしでさえ、青年がこの仕事に不向きなのは見て取れた。「もううんざりなさっているのではないですか、旦那さん、せっかく奥様に掃除機を買ってさしあげても、数回使っただけで壊れてしまうような安物をつかまされてはね。ですが、このギャラクシーＣ０９００なら、そんな不満とはおさらばです！」青年はぎこちない手つきでタコの足のようにのたくるホースをケースから引き出すと、それを足元に置いた。それから部品同士をつなぎ合わせながら、台本どおりのセールストークを淡々と続けた。もはや彼は自分が口にする言葉の意味を、階下で昼夜吠《ほ》えたてる犬ほどにも考えていなかった。「ギャラクシーＣ０９００には生涯保証がついているんです——すごいでしょ、一生涯ですよ。誰の生涯かって？　そう、お客様の一生です。五十年、六十年、七十年——とにかくずっとお宅の絨毯《じゅうたん》をきれいにしつづけてくれるんです。その秘密は、特許認定済みの絶対に壊れないポリマー素材にあるんです。それを原料に各部品は成型されているので——」

「絶対に壊れないんだね」父はデモンストレーションのあいだ微動だにせず、一言も口を挟まなかった。わたしは父の顔がよく見えるよう、少し左に移動した。父はやけに落ち着きはらった様子で、足元で騒々しい音をたてる機械を見つめていた。その機械に屈みこんで汗だくの青年が、笑顔で父を振り仰いだ。

「ええ、おっしゃるとおりです」

「ちょっといいかな？」わたしは振り返って、母と弟を見やった。いまふと思うのだが、わたしの記憶のなかの父はこんなふうに立ち回る場面が実に多かった気がする——そんな父をわたしは舞台でも眺めるように見てきた。だが、わたしは父に感情移入しているのかもしれない——苦労に苦労を重ねて中年にさしかかり、自分の家族の目を絶えず意識しながらいまも一獲千金《いっかくせんきん》の夢を捨てきれずにいる、そんなかつての神童をそこに見ようとしていたのだ。言うまでもなく、夢を追っていたのは家族のなかでは父ひとりだけだった。だがわたしも心のどこかでそれを期待していた。夢が夢で終わってしまった証拠はいくらもあるというのに、あのころのわたしは、父がいまに何かすごいことをやってのけるのではないかと本気で思いはじめていた。逆説めくが——どこかの仮設テントで、来るはずもない千年王国を約束する信仰復興論者を感極まって見つめる信者のように——父が奮起しては失敗する姿を長く見続けるうちに、彼の信念をますます強く信じるようになっていたのである。

父はホースの連結部を両手でつかむと、気の毒なセールスマンから目をそらさぬまま、何度もホースを折り曲げた。青年は呆然《ぼうぜん》と立ち尽くし、口をぽかんと開けて、目の前で起きていることに言葉を失っていた。父は大柄ではなかったが、過酷な労働を続けてきたせいで力だけは強かった。おまけに彼には内に秘めた激しい怒りがあった。ドライクリーニングの仕事で流す汗が怒りの底深い貯蔵庫をたぎらせていた。父の張りつめた腕がぴくぴくと痙攣《けいれん》し、こめかみの血管が膨《ふく》れ上がった。そしてついに、うちにある古いマスケット銃の銃声にも似た音とともに、進化を遂げたポリマーがふたつにねじ切れた。父はそれをセールスマンに突き返してこう言った。「絶対に壊れないものなんてないんだよ」

父はそのまま奥に引っこんでしまったが、わたしはその場に凍りついていた。青年は壊れた部品を抱えて小さく嗚咽《おえつ》をもらした。彼が弁償することになるのだろう。そう察したわたしは、ちょっと待っていてと声をかけて自室に引き返すと、アッパー・ウェストサイドの集合住宅で新たに始めた清掃の仕事で得た給金から抜いておいた一ドル札を取り出した。紙幣は図書館から借りてきた『若草物語』のページのあいだに隠してあった。

「ありがとう」青年は言った。「これじゃ足りないけど、助かります」

「これしかないの」わたしはドアを閉めながら言った。「もう行って」

両親の三人目の子供、エイブラハムは想定外の子だった。わたしたち一家はまだ大都会暮らしを続けていて、これが生涯最後の借間暮らしになったわけだが、そこはラッドロー・ストリートにある集合住宅のうだるように暑い地下だった。父は四十路《よそじ》を迎え、母の年齢もそうたいして違わなかったはず。母の妊娠は、はなから明るい希望とはみなされていなかった。父の二度にわたる事業の失敗——母の手料理を売りにしたレストラン（水道管の破裂）と近郊での酪農業（炭疽《たんそ》菌《きん》の蔓延《まんえん》）——が貯金を食いつぶしていたが、ジョゼフもわたしもようやく家計に貢献できる年齢になっていた。わたしたち子供のわずかばかりの稼ぎも少しずつ増えはじめていたので、父はつかめるかもしれないチャンス——狭苦しいアパートメント暮らしやドライクリーニングの仕事、ぼろぼろになった筋肉や痙攣《けいれん》する背中、クリーニング溶剤のせいで夜ごと起こる頭痛、そういうものとは無縁の人生——を再び夢見るようになっていた。彼らの年齢で乳飲み子を抱えて一から出直すなど奇跡を起こすようなもの、妊娠は幸運《マゼル》とは言えなかった。

いまも憶えているのは、母が大きなおなかを抱えて、夏の暑さでうだる室内を歩き回っては、ジョゼフのコミック雑誌でしきりに顔をあおいでいた姿である。母はどうやっても辛さを紛《まぎ》らすことができず、ひたすらぐるぐる歩き回っては、さんざん踏みつぶされてきた絨毯をさらに踏みつぶすのだった。夜になると、父が吊った薄っぺらな間仕切りの向こうから、母のうめき声が聞こえてきた。

　蒸し暑いある日の夕方、あれは六月だったか七月だったか、ジョゼフとわたしはむっとする空気に包まれながらひそひそと話し合った。わたしはジョゼフに、赤ん坊はどこに行くことになるのかな、と問いかけた。

「廊下の隅にゴミ捨てシュートがあるじゃないか」

「ひどいこと言うのね」

「冗談だよ」

「冗談にもほどがあるわ」

「姉さんはいいよな。もう十六なんだし、その気になればここを出ていくことだってできるんだから」

「学校をやめろって言うの？」

「姉さんが出ていけば、赤ん坊はここに留まり、父さんはいっそううんざりして怒りっぽくなる、ただそれだけの話さ」

「出ていく気なんてないもの、心配ご無用よ」

実のところ、わたしは家を出ることをずっと考えていた。学校をやめて、どこか遠くに行こうと思っていた。ところが、母がエイブを産んで数ヵ月後、父が家族に告げたのはリバティへの引っ越しだった。父はわずかばかりの貯えと、わたしたちの伯父モイシェから借りた金と、法外な利子つきの約束手形を売り主に渡し、リバティにある農場を買ったのである。しかもそこがどんな土地か、下見もしないまま。都会暮らしで父の神経はぼろぼろになっていた。切羽《せっぱ》詰まった父は、できることなら農業に戻りたいと思ったのだ。ひょっとして餓死寸前までいったシレジアのあの冬を再現する気だったのか。わたしたちは家財道具をトラックに詰めこみ、ルート17を北上した。

到着してすぐに明らかになったのは、またしても父のしくじりだった。地面は石ころだらけでからからに干上がっていて、農業には不向きな土壌だった。ジャガイモくらいはできそうに思うかもしれないが、ここでは何ひとつ育たないことがわたしたちにはわかった。父はすっかり落ちこみ、それからの三日間、父が自殺するのではないか、不毛の地を取り囲む深い森に分け入ったまま戻ってこないのでは、とわたしは気を揉《も》んだ。どうすればいいのか？　隙間風の吹きこむ長い廊下の先にある両親の寝室では、家族の悲嘆を代弁するかのように、エイブが泣いていた。

いま振り返ってみれば、赤ん坊が延々と泣きつづけるなどあり得ないことに思えるが、わたしの記憶のなかのエイブはいつも泣いていた。彼の泣き声は、一家を襲ったあの春の苦闘の日々のBGMだった。残っていた家財を売り払い、わたしたちは賃金の額は度外視して職探しに奔走《ほんそう》した。母はハルステッドの食堂で調理の仕事を見つけ、父は肉体労働に従事した。彼にできるのはそれくらいだった。そうやって家族が働いているあいだ、エイブは苦悶《くもん》に歪《ゆが》む頬を真っ赤にして執《しつ》拗《よう》に泣きわめいていた。

赤ん坊はどこか具合が悪いのではと母が心配しはじめた。ただの癇《かん》の虫でしょう——わたしがどうにか頼みこんで無料診療を引き受けてくれた地元の医者（もっともエイブが待合室であげる泣き声で、仕方なく診察室に入れてくれたのだろう）は、すげなくそう言った。ただの癇の虫だと母には明るく笑って伝えたが、わたし自身、それを信じていたわけではなかった。そのうち泣き疲れてやむだろうと、エイブを家の裏手の部屋に寝かせておいたのだが、泣き声はいつまでも続いた。

両親がエイブを疫病神《やくびょうがみ》とみなしていることはわたしも知っていた。家族がどうにか立ち直りかけていた矢先に弟が生まれ、その直後に農場が途方もないはずれ籤《くじ》とわかったのだ。もちろんそれは言いがかりというものだろう——エイブが生まれる前に、すでに家族は不運続きの十年を過ごしていたのである——それでもわたしは、両親が弟を負担に感じ、縁起の悪い存在と思う気持ちも理解していた。ラビ（ユダヤ人社会の宗教的指導者）が呼ばれ、ラビは両親の思いこみを正解だと請け合った。この子は〝ツマー〟、つまり儀式の不備による不浄だというのである。不浄ゆえに、家族に〝穢れ《ツメイ》〟をもたらすことになったのだと、まるで家族全員が熱病の集団感染を起こしているかのような口ぶりだった。

「どうすればいいんですか？」母は尋ねた。

「打つ手はありませんな」ラビは長いコートと毛皮の襟巻《えりまき》をつけたまま、そそくさと診断を下した。「耐え忍び、これを光栄と思いなさい。つまるところ、神は愛さぬ者たちに試練をお与えになることはないのですから」

皮肉なことに、このすぐあとに一家の運命を永遠に変える幸運が舞いこむのだが、事態の好転をエイブのお蔭とみなすことはなかった。あれは六月初旬のことだった。とある五人家族が都会からリバティにやって来たが、どのホテルも予約でいっぱいだと知らされた。うちの農場は幹線道路に近い見通しのいい丘の上にあったので、それに気づいたこの家族はここを夏場の民宿と思ったのだろう、問い合わせてきたのである。寝耳に水だったが、両親はこれに飛びつき、彼ら一家が気持ちよく過ごせるよう、わたしたちはすぐさま行動を起こした――ジョゼフとわたしは清潔なシーツを敷き直し、そこここに飾ってある家族写真を撤去するなどして客用の寝室を整えた。即席のコンシェルジュとなった父は、滞在中に行きたい場所を尋ねては、越してきてまだ数カ月だというのに生まれてからずっとここで暮らしてきたかのような口ぶりで、ハイキングや水泳に最適の穴場を紹介した。母はありったけの食材を駆使《くし》して、思い出に残るようなごちそうをこしらえた。わたしの見るところ、あれは母のやけっぱちの大盤振る舞いだったような気がする。滞在日数や宿泊料金について、事前の取り決めはいっさいなされていなかった。契約書を交わしたわけでもなかった。意に染まぬとわかれば一家はさっさと引き揚《あ》げることもできただろうし、翌日にびた一文払わずに出ていってもおかしくなかった。

ところが、あの夜の食事ときたら！

ブラウン・グレーヴィーのかかったザウアーブラーテン（酢漬け牛肉の蒸し煮）、ロッシェン・クーゲル（ヌードル・プディング。ユダヤの伝統料理）、ボルシチのサワークリーム添え、バターロール、ピーマンとマッシュルームの肉詰め、アーティチョークの素揚げ！　そしてデザートは、蜂蜜を振りかけたアップル・シュトゥルーデル！　まるで子供時代のレストランごっこで贅沢三昧《ぜいたくざんまい》した一場面が現実になったかのようだった。メインテーブルを囲む客たちは度肝を抜かれていた。こんなごちそうは食べたことがないと父親が言えば、母親のほうは近いうちにまた来たいわ、思いもかけぬ歓待にあずかれたことは必ず知り合いにも伝えますと言った。ぜひお願いしますと返す父の表情は不安げだった——思うに父は、この人たちはちゃんと金を払ってくれるのか、いくら払うつもりだろうかと考えていたのだろう。食後の静まりかえった室内に、エイブのくぐもった泣き声が聞こえてきた。そのときエイブはキルトで内張りしたバスケットに寝かされ、根菜貯蔵庫に押しこめられていた。わたしは下に行って、暗闇のなかでエイブを抱き上げた。いい子だから静かにしていてね、どうやら運が向いてきたみたいよ、とわたしは言ったのだった。

翌朝、料金は無事支払われた、それもかなり気前のよい額が。期待以上の十ドル——これだけあれば一カ月、十分に暮らしていけた。それだけではなかった。彼らは七月にまたやって来て、しかも別の家族も一緒だった。そして八月になると、〈シコルスキー・イン〉の評判を聞きつけた一団が続々と押し寄せた。

あれは目の回るような年だった。父はプライドをみなぎらせ、わたしたちは家の改装にとりかかった。冷蔵庫を備えつけ、バスルームを近代化した。母は引き続き料理を担当し、さらにはアーニャという、英語がいっさい通じないポーランド移民をモンティチェロから呼び寄せると、下働きに雇い入れた。弟は多種多彩な〝娯楽〟を提供する係になり、八時になると広いラウンジで、あるいは気候のいい時季には野外ステージでショーを披露した。弟は器用に曲芸をこなせたし、ジョークを飛ばすのもお手のもの、さらにはギャラなしで出演してくれる地元の風変わりな〝タレント〟を発掘する才まで発揮した。例えばハーラ（ユダヤの安息日に食すねじりパン）のように体を自在に曲げられる大学の元体操教師とか、飼っているテリアたちに馬飛びの芸を仕込んだ年輩の紳士など。わたしの役目はいわゆる〝何でも屋〟で、父に頼まれれば何でもこなした。安い賃金で、あるいは後払いで修理を請け負ってくれる人を見つけるとか、業者との交渉事もしょっちゅうあった。わたしは次第にリバティ全域のほぼ全員と顔見知りになった。可及的速《すみ》やかにかつ公正に賃金を支払うことで、友情を深め信頼を得ていった。わたしが〈シコルスキー・イン〉の運営全般を任されるようになると、誰ひとり決まった肩書を持つ者はいないのに、父はわたしを支配人《マネージャー》と呼ぶようになった。物事をできるだけ円滑に進められる人間として頼りにされていることは、わたしも承知していた。

商売の規模が大きくなるにつれて自由に使える時間は減っていき、エイブの世話がままならなくなった。父はますますエイブに冷たくなり、ベビーベッドで何時間泣きつづけていようと歯牙《しが》にもかけなかった。母は母で母性を失くしてしまったようだった——たまに抱き上げることがあっても、わずか数分でまたベッドに戻してしまった。両親にとってエイブは、疫病神という立場から昔の惨《みじ》めな暮らしを思い出させる存在へと変わっていった。不意に訪れた繁栄も不安定なものであり、ともすれば彼が家族を不幸のどん底に引きずりこみかねない脅威に思えたのだろう。そうした恐れにはそれなりの根拠があった——泊まりに来る人たちが宿に求めるのはくつろぎと娯楽であり、絶えず泣きわめいている病んだ子供を見せつけられることではない。

十二月、客足がすっかり途絶えたところで、わたしは自腹を切ってオールバニーから医者を呼び寄せた。医者は帽子と襟巻をはずすと、さらに高まる騒々しい声をものともせず、決然とした表情でエイブの体を裏返したり突いたり刺激を加えたりして、一時間ほどかけて診察をした。その後、両親とわたしは居間に呼ばれ、こう言われた。「お子さんは脊柱管狭窄症《せきちゅうかんきょうさくしょう》です。それが激痛を引き起こし、泣きつづけているのです」医者はさらに数分にわたり症状の説明をした。

「どうすればいいんですか？」母は以前と同じ問いを

繰り返した。

「手術は可能です。だがかなりの出費になりますし、うまくいく保証もありません。よければ専門医を紹介しましょう」医者は黒革の往診鞄《かばん》から取り出した小さな紙に名前と住所を書きつけた。

「費用はいかほどですかね」父は言った。

医者は嫌悪もあらわに父を見た。いや、わたしが勝手にそう見てしまっただけかもしれない、医者と同じ気持ちだったから。費用を訊いてどうしようというのか！ 医者は言った。「そうですね、わたしの専門ではありませんが、数百ドルといったところでしょうか。処方薬やコルセットなどの諸経費を含めればそれ以上になりますね」

「千ドル？ 二千？」

医者は肩をすくめると、鞄を閉じた。わたしが玄関口で礼を述べると、医者はエイブが相手にしている敵が何かは承知していると言いたげに、重々しくうなずいた。医者が立ち去ったあと、エイブのみならず、盛大な号泣と愁嘆場《しゅうたんば》がひとしきり演じられた。母は暗い顔でベビーベッドを見つめた。その姿を眺めるうちにわたしは怖くなった。両親は死者の霊《ディブク》や呪い、予兆や幽霊の類を信じていた。そして、障害のある子供は森に捨てられることがままあった時代に生まれ育った人たちだった。だから翌日、お茶の席で父から、ひとつ置いた先の郡にある州立病院までエイブを連れていき、そこに置いてくるよう言われても、わたしはさして驚かなかった。

「そんなことできるわけがないでしょ」わたしは言った。いま振り返ると、当時のわたしは両親に比べて——いまもだが——意志薄弱だった。わたしに比べて自分の子供たちがまさにそうであるように。

「ジーニャ、おまえしかいないんだ。おれには無理だし、母さんにだってできっこない」

「だったらやめればいいのよ」

「この子はここに置いておけない。災《わざわ》いの種なんだ」

「災いの種なんかじゃない」わたしは声を荒らげた、と言うよりむしろわめきちらしていた。父に向かってあれほど声を荒らげたことはなかった。それから声を抑えてこう言った。「この子は病気なのよ」

「ジーニャよ、父さんはラビの見立てが正しいと思うんだ。だが、いいだろう。百歩譲ってこの子が災いの種でないとしても、おれたちの手には余るんだ。たぶん州なら何とかしてくれるだろう」

「お願いよ、父さん。うちにはお金があるんだし、もっと稼《かせ》ぐことだってできるじゃないの。あの子を捨てるなんてやめて。罪を犯すことになるのよ」

「それが家族のためになるなら罪にはならんよ。エイブラハムが家族を破滅に追いこむのを黙って見ているわけにはいかない。これはどうしてもやらねばならないことなんだ」

　結局わたしは、父が少し前に地元の農民から買い取った旧型フォードで、毛布にくるんだエイブを助手席に乗せて出発した。エイブは暗く落ち着いたまなざしで、窓外を流れる松林に、灰色の空に、煙のように高みを目指すツバメの群れに、じっと見入っていた。何週間かぶりに彼はおとなしかった。家族から引き離され、やっと胸のつかえがとれたようにすら見えた。ついにようやく口を閉じたのね、とわたしは心のなかで語りかけた。父が口にしなかったこと、言えなかったことにも思いを馳せた——そもそも望んでもいなかった子に二千ドルもかけるなんて冗談じゃない。もしもエイブラハムが〈シコルスキー・イン〉の繁栄と発展を保証してくれるだけの価値があるなら、金を出すのもやぶさかではないんだがな。

　これは罪だとわかっていたが、父に言われたとおり、大きなバスケットに寝かせたエイブを州立病院の玄関前の石段に置き、彼の症状を書きつけたメモを毛布に留めつけた。それからエイブに一度だけキスをすると、わたしは車で走り去ったのだった。

その三年後の一九三一年、父はフォーリー・ハウスを買い取り、そこを〈ホテル・ネヴァーシンク〉と改名した。以来二十年ほどのあいだに事業は父でさえ驚きを隠せないほどの成長を遂げた。一九四二年には収益が初めて百万ドルに達し、いまなおその数字を順調に更新しつづけている。プロのスポーツ選手や芸能界のスター、州政府の要人が数多く当ホテルの枕で頭を休めてきた。プレジデンシャル・スイートは、ミスター・トルーマンの来館を記念して改名された客室だ。彼はゲストブックに署名し、図書室でお茶を飲み、母のロッシェン・クーゲルに舌鼓《したつづみ》をうった。そしてまた来ると約束してくださった。

いまから三年前、父は〈ネヴァーシンク〉をわたしに譲りたいと言った。父の体が衰えるにつれて日々の業務の采配《さいはい》はわたしの仕事になっていたし、金銭面の様々な決定も父の暗黙の了解でわたしに一任されるようになっていた。例えば、客がゴルフ場を求めていることに気づいたとき、必要経費を会計士と割り出し、長い目で見れば採算が取れると判断して、建設業者を雇って計画を実行に移したのもこのわたしだった。ゴルフ場建設はいまもわたしのオフィスの窓の外で進行中である。弟のジョゼフは、コメディアンの修業に励むべく何年も前にニューヨークに移っていたが、キャッツキル山地一帯での巡業があれば、そのつど立ち寄り顔を見せてくれている。それはともかく、父の口からはっきりそう言い渡されたときには、わたしも少なからず驚いた。

「ジーニャ」父は言った。「ここはおまえのものだ」

このときわたしたちは娯楽室にいた。そこは建物の側面をぐるりと取り囲むように張り出したポーチのはずれに設けられたあまり目立たぬ小さな壁龕で、父いちばんのお気に入りの場所だった。弱った脚にタータンチェックの毛布を巻きつけた父の姿は、『三つ数えろ』（レイモンド・チャンドラー原作『大いなる眠り』の映画化作品。一九四六年制作）に出てくるスターンウッド将軍をちょっと彷彿《ほうふつ》させた。前年に公開されたこの映画がようやく〈リバティ・オデオン〉でも上映されたところだった。

「まだまだ先のことでしょ」

「馬鹿を言いなさんな」

「馬鹿だなんて――」

「馬鹿じゃないのはわかっているさ、だからこそおまえにホテルを任せる気になったんだ」

わたしたちは押し黙った。腫瘍《しゅよう》と化学療法が父の生気をどれほど吸い取ってしまったのかが嫌でもわかった。かつては掃除機のホースをねじ切ってしまうほど強靭《きょうじん》だった腕もすっかり萎《な》え衰え、消えない痣《あざ》があちこちにでき、薄い皮膚に紫色のみみず腫《ば》れが浮いていた。寒々とした朝の陽射しに奇妙に透きとおって見える父は、さながらクラゲのようだった。ここで父がシャツを脱いだら、薄い胸のなかで鼓動を刻む心臓が見えたのではなかろうか。

「ありがとう」わたしはようやく口を開いた。

「礼には及ばんよ。おまえとおれは似た者同士、それだけのことさ」それはわたしも承知していたことだが、改めて言われると妙な気分になった。「おまえはタフだし見識もある。おまえならこの商売をますます大きくしていき、一族の繁栄のために力を尽くしてくれるだろう。おまえの弟はそのぶん得をしているな」

「そうかしら？」

「ああ、そうだとも」父は言った。それから激しく咳きこむと、前のめりになってドアを開け、きれいに手入れされた広大な芝地にぺっと痰《たん》を吐いた。「あいつは馬鹿者だ。そして果報者だ」

シェーンベルク少年を探すうちに、わたしはこうした様々な思い出に包囲されていた。そして、今回のことはエイブラハムを捨てたことに対する神罰なのではないかと思った。たぶん父の言うとおり、エイブは神が送りつけてきた厄災《やくさい》だったのだ。残光のなか、動揺を隠しきれない捜索隊と一緒にホテルに戻ってみれば、そこはがらんとして、打ち捨てられた場所のように感じられた。チェックインする客もチェックアウトする客もいなければ、娯楽室もダイニングルームも物音ひとつせず、屋内プールの高い壁に反響するかすかな水音も聞こえず、談話室《パーラー》でお茶を楽しむ年輩客の姿もない——もぬけの殻。ホテルの警備担当者ソール・ジャヴィッツが、大階段の下ですれ違いざま帽子の縁に神妙に手をやった。その顔に刻まれた畏怖《いふ》と悲しみの入り混じった表情は、わたしの顔にも同じように表われていたに違いない。

　わたしはロビーの椅子に体を沈めると、またしても父のことを、父が死の間際に口にした言葉——彼が身代を築いたこの土地の片隅で眠りたいという願い——を思った。ここは長いあいだ肩透かしばかり食わされてきた成功を父がようやくつかみ取った場所なのだ。それをいまになって父から取り上げようというのか？

　閑散《かんさん》としたダイニングルームで、壁面に沿って延びる冷たい金属の手すりに指を走らせた。頭上には鉄の巨大なシャンデリアが下がっている。遠方のとある邸宅で行なわれた遺産処分市で父が見つけてきた途轍《とてつ》もなく重い代物だ。父が招集をかけた伯父たち三名——その周りを弟のジョゼフが駆け回っていた——が、にわか造りの足場に乗ってこれを持ち上げると、下にいる父が大声で指示を出しては自分の目利きぶりに悦に入ってうなずいている、そんな光景がいまも目に浮かぶようだ。

　記憶にある苦い味がかすかに口に広がった——騾馬の蹄スープ、そう気がついた。思い出のあれこれが呼び覚ました味の記憶だった。わたしはバーカウンターの背後に回り、カップにチェリーワインを注ぐと、それで口をすすいで流しに吐き出した。それから新たにカップに注ぐと、これをシャンデリアに向かって掲げてから、一気に飲み干した。そう——これまでの努力を無駄にするわけにはいかないのだ。ゾルトがわたしたち家族を生かすために自らの命を差し出したように、父はこのホテルに命を捧げた。意志の力でここを現実のものとし、存続させるために必要なことをやってきた。ならばわたしもそうするまでのこと。そして子供たちはこの場所で、柔和でおっとりした大人に育つのだ。

2　レナード　一九五〇年

きみには見つけられっこないさ、少年は心のなかでそうつぶやく。それにしてもうまく隠れられたものだ、これ以上望めないほど完璧に。どんなに大きく目を見開いても周囲は漆黒《しっこく》の闇。あの男の人が教えてくれた究極の隠れ場所だ。

少年を探す鬼の役は、知り合ったばかりのレニーである。レニーは千まで数えることになっていた——プールや焼けるように熱い芝生で遊んだあと、ついさっきこのルールを決めたのだった。ふたりは退屈しきっていた。蟻塚《ありづか》を小枝で小突《こづ》きまわしては、極小生物の大群が慌てふためくさまを観察した。かくれんぼをやろうと言い出したのは少年だった——お気に入りの遊びなのだ――大がかりにやろうよと誘った。レニーはあまり乗り気でないようだったが、きっと楽しいよと少年は言って、ホテルのオーナーの息子であるレニーが有利なことを指摘した。きみなら建物の隅々まで知り尽くしているじゃないかと。するとレニーはまんざらでもない顔になって同意した。じゃあきみが鬼だよ、ぼくが隠れるからね。千まで数えるんだよ。

　かくれんぼは久しぶりだった。姉さんは大人になりかけていて、〝子供だましの遊び〟なんかやりたくないと言うし、それに、少年と家族が二年前から住んでいるボストンのアパートメントはあまりに狭すぎた。少年の部屋は姉と共有だった。みんなが廊下に並んで、ちっぽけな、子供の彼が見てもちっぽけなバスルームの前で順番待ちをするような住まいである。だから、鬼が数を数えているあいだに体をねじこめる隙間なんてどこにもなかった。どこにも逃げられないのだ。前に住んでいたウスター（マサチューセッツ州中央部の都市）の家にはたくさんの部屋が迷路みたいに並んでいたし、かび臭い地下室もあり、キッチンの床下には収納スペースがあって、そこの引き上げ戸にロープをつけておけば引っ張って閉じることができたし、戸をぐいと押し上げれば外に出ることができた。ときどきこの居心地のいい自分だけの小さな秘密基地に何時間も立てこもったものだった――特に父さんが腹を立ててわめきちらしているときなんかには。母さんの懇願するような呼びかけがなかったら、一日じゅうだってそこに居つづけただろう。自分と同じ名前の、鯨《くじら》の食道の奥深くに呑みこまれた人みたいに（旧約聖書のヨナ書）。

　彼は格好の隠れ場所を求めて館内をさまよった。まずはダイニングルームのテーブルにかかるテーブルクロスの垂れ下がった部分の陰に身を潜めたのだが、気の短い下働きの給仕係に追い払われた。上の階は客室ばかりで、どこも鍵がかかっていた。下の階に引き返しても、遊んでいる子供が立ち入れそうな場所はほとんどなかった。舞踏場は目下改装中だし、ロビーはチェックインの客でごった返しているし、プールは家族連れで混みあっていて騒がしく、そこには少年の家族も混じっていた。この巨大な建物には意外と隠れる場所がなかった。こっそり外に出て、丘の上でひざまずいているレニーの様子をうかがった。レニーはいまもまだ律儀に目を両手でふさいでいた。

　そこでホテルの周囲をめぐり、吟味《ぎんみ》のまなざしを向けながら、外壁に沿って延びる長い生け垣（見つかる確率高し）や、建物と建物のあいだの低木の植えこみ（もぐりこんだらちくちくしそう）、なだらかな斜面をつくる芝地の先にある暗い森（かくれんぼの精神にそぐわないし、ちょっぴりおっかない）を見ていった。館内に急いで戻ろうと振り返ったそのとき、目と鼻の先に人がいたのでぎょっとした。男の人だった。太陽がその人の頭を後光のように照らしているせいで、顔ははっきり見えなかった。男の人が静かな声で話しかけてきた。「何してるの？」

「別に」

「何かして遊んでるんだろ？」

　少年は「かくれんぼ」と口にしたが、なんだか幼稚な気がして、ちょっときまりが悪くなった。

「おお、ぼくも好きだな。きみは隠れる役、それとも探すほう？」

「隠れるほう」

「隠れるほうが断然面白いよね」男の人は言った。にこりと笑うと、白い歯が陽射しを受けてきらりと光った。「いい場所があるよ」

　彼は少年の耳にささやきかけ、少年はこくんとうなずいた。確かにいい隠れ場所だった。

　これがついさっきのこと――三十分くらい経ったような気がするが、せいぜい五分か十分くらいのことだろう。少年は、レニーがホテルじゅうを歩き回っては大きな籠《かご》に手を突っこんだり、植えこみの背後をうかがったり、椅子の下を覗《のぞ》きこんだりしているところを想像した。それを思うとぞくぞくした。このままレニーに見つからなければいいのにと思った。大きいもののなかに小さいものがあるとは限らない——あの狭い収納スペースに、怪獣の胃のなかを思わせるかび臭いあの場所に隠れていたときのことが、またしても頭に浮かんだ。ひんやりして暗い内部のそのまた内部に、こんなふうに一日じゅういられたら最高だ。このまま一生ずっと身を潜めていたかった。だからドアが開いたときにはがっかりした。レニーがこんなにもあっさり見つけてしまったことにちょっとむかついた。ところがそこに現われたのは一筋の光だった。その黄色っぽい光はドアのところにいる人物から出ているらしく、それがレニーでないことに少年は気がついた。

「レナード・シコルスキー」母の呼ぶ声に、これはまずいことになったとレニーは思った。たいていは〝レニー〟だし、母さんが物思いに沈んで彼の髪をとかしているときは〝レン〟になるが、〝レナード〟は彼が何か間違ったことをやらかしたり、頼まれた用事をうっかり忘れているときの（これがしょっちゅうあった）呼び方だった。いまはかくれんぼの真っ最中、プール近くのモミの木の茂みで例の少年——ヨナ——を探しているところだったので、母の声が耳に届いたのだった。なかにはいると尻を叩かれ、アムシェお祖母《ばあ》ちゃんの手伝いをしろと厨房に送り出された。それから拷問《ごうもん》のような二時間が続いた。ジャガイモの皮むきをやらされているうちに、窓に射しこむ明るい陽光もしだいに薄れていった。夕食後、宿題をして、ラジオから聞こえてくるドジャーズの熱戦ぶりに心躍らせ、ベッドにはいった。ヨナのことはすっかり忘れていた。

　そしていま、母のオフィスの隅にある木の椅子に腰かけて、手をもじもじさせては後ろめたさでいっぱいになりながら、レニーは前日のことをひととおり語った。刑事――バッジも帽子も、何から何まで本物の警察の刑事――が、ホテルが雇っている探偵ミスター・ジャヴィッツにうなずいて見せた。こちらはグレーのスーツ姿で、レニーの父親にちょっと似た風貌だ。ミスター・ジャヴィッツが言った。「きみはその子を、つまりヨナくんのことだが、そのあともう一度、見かけてる?」

「ううん。ぼく、かくれんぼしていたことをうっかり忘れちゃったんだ。あの子はまだあそこにいるのかなあ」

「あそこって?」

「あの子が隠れてた場所に」

　ミスター・ジャヴィッツがレニーの背中を優しく叩いた。「なあレニー、きみがヨナくんだったらどのくらい待つ?　翌日までずっと隠れている?　そのうちおなかが空くんじゃないのかな?」

「ああ、そうだね」

　本物の刑事が椅子のなかで体の位置を変え、咳払いをひとつした。「それ以前にその子を見かけたことは?」

「おととい会ったよ、水曜日に。住んでいるのは、ええと――」レニーは一瞬、ややこしい地名を思い出そうと必死に頭を働かせた。「マサチューセッツ」

「それはもうわかっているんだ」と刑事が言い、手帳にちょっと書きつけた。その表情は、校庭に出たいときに教室でときおり感じる退屈な気分をレニーに思い起こさせた。

　ミスター・ジャヴィッツが言った。「まあいいじゃないか、レニー、よく憶えていたね」

　さらにいくつか質問をされ、レニーも捜索隊のひとりに加えてもらえることになった。捜索隊――楽しそうな響きだが、いなくなったヨナを探す仕事だと思うと、浮かれてはいられなかった。だが怖いとは感じなかった。ヨナはただふらりと出ていっただけだと思っていた。ヨナは落ち着きのないちょっと変わった子だったし、見つけてもらうのを待つうちにどんどん飽きていくところは容易に想像がついた。だからひとりで丘を下っていって、道路に出て、町に行き……ここで想像の糸が切れた。町を抜けた先までレニーはまだ行ったことがないのである。金物屋、安物雑貨店、父さんがご褒美《ほうび》にたまに連れていってくれるソーダの店――その先は森だろうか？　もしかして狼《おおかみ》に食べられたのか！　ガルルーッ！　彼は二階の廊下を駆け抜けると、腹這《ば》いになって、太い木の欄干の隙間から下の階の様子をうかがった。

　グレート・ホールと呼ばれている玄関前ホールには大勢の人が集まっていて、その数はいまも増えつづけていた。レニーの父親のヘンリーはあちこち動き回っては警官たちと言葉を交わしたり、群衆に向かって身振りで指示を出したりしていた。滞在客と従業員、それとリバティの住民は、祖母のアムシェのもてなしつきという条件で、レニーの母親が招集をかけた人たちだ。今朝になって母さんが行方不明の少年のことを公表したのである。数にして百人はいるだろうか、それがレニーの位置からは見えないロビーのほうまで延びていて、戸惑いの色を隠せない人々がひしめいていた。

　全員が顔をそろえているらしく、レニーは見知った顔を見つけ出す遊びを思いついた。ジョーイ叔父さんが大都会ニューヨークから来ていた。耳障りな笑い声をいつもあげている人だが、いまは暗く沈んだ顔で黙りこくっている。若いバーテンダーのサンダー・レヴィンもいた。白いタキシードを着たサンダーしか見たことがないレニーには、半袖シャツ姿が裸みたいに感じられた。レニーの兄のエズラもいた。お兄ちゃんはその辺を早足で一巡すると、どこかに姿をくらましてしまった。夏恒例の野鳥観察を邪魔されてイラついているらしい。営繕《えいぜん》係のマイケル、それと黒い瞳のふたりのメイドまでが隅にたたずんでいたので、今日はホテルの業務を誰がこなすのだろうかとレニーは気になった。誰かいるんだろうか？

先ほどレニーに質問した刑事がオフィスから出てきて、踊り場まで階段を下りていった。そこは最下段から数えて十一段目、ずっと以前に段数を数えたことがあったのでレニーは知っていた。いっぺんに二、三段ずつ飛ばして下りる遊びもしたことがあった。レニーの母親が人ごみを掻《か》き分けながら進んできて、階段を上って刑事の横に立った。母さんは黄色い花を散らした模様のワンピースを着ていて、これまで見たこともないほど悲しげな顔だった。刑事は母さんに何やら耳打ちすると、一歩さがり、腰のあたりで手を組んだ。刑事は母さんが役目を果たすのを待ちかまえている――誰もが、他の警官たちでさえ、母さんを見上げている。母さんが腕をさっとあげると、群衆は静まり返った。

「どうも。わたくし、ジーニー・シコルスキーと申します。今日はお集まりいただきありがとうございます。せっかくの週末に、このようなことでお時間を取らせてしまい申し訳なく思っています。目下、シェーンベルク氏は情報提供の必要から警察関係者と行動を共にしておられますので、とりあえずわたくしから、シェーンベルク氏の代理としてお話しさせていただきます。昨日、午後一時半ごろのことですが、シェーンベルク氏のご子息ヨナくんが当ホテルの敷地からいなくなりました。最後に遊んでいるところを目撃されたのは、屋外プールから百フィートほど離れた、北側の芝地です。今日はこの周辺一帯の捜索を予定しています。まずはオナワンダ街道に通じる南エントランスから始めて、丘を上ってホテルにいったん引き返し、その後、北側の川と周辺の森に向かいます。こちらにいらっしゃるのはベイツ刑事で、今回の捜査責任者です。何か質問があれば、この方が対応してくださいます」

刑事がうなずくと、母さんは眼下の一同に目をやった。ときどきレニーに向けるまなざしとそっくりだった——失望しているわけではない、あなたならもっとうまくやれることはわかっている、という思いのこもるまなざしで、これがレニーをやる気にさせてくれるのだ。ここで母さんは言った。「では、ヨナくんを探しにいきましょう」

群衆は賛同の意を示す、くぐもった声をいっせいに発した。レニーは急いで階段を駆け下りた。みんなは五分もしないうちに、〈ホテル・ネヴァーシンク〉の立つ丘の上から麓まで続く長い私道をぞろぞろと歩きだした。レニーは母さんと並んで歩いていたが、人波に押され、そばを離れずにいるのに往生《おうじょう》した。誰もが母さんのそばにいたがった。母さんのそばにいるとやる気が出るらしかった。母さんが手を伸ばして手を握ってくれたときは、レニーでさえ意欲がわいた。捜索という一大事にもかかわらず、レニーはうきうきしていた。この奇妙な一日を母さんとこうして一緒に過ごせるのが嬉《うれ》しかった。

しばらくしてレニーは母さんに尋ねた。「あの子に何があったんだと思う？」

「母さんにもわからないわ」

「でも、ぼくたちが見つけ出すんだよね」

母さんはレニーに目を落とした。唇がきゅっとすぼまっていた。「そうであってほしいわね」

「あの子が行きそうな場所ってどこなんだろうね？」

「それを見つけようとしているのよ」

「でもさあ」レニーは食い下がった。樹液でべとつく細い枝を手で押しやりながら、ふたりは二本の節くれだった松の木のあいだを通り抜けた。「なんでホテルから逃げ出したのかな？」

母さんは大きく息を吐き出した。「逃げ出したわけじゃないのよ、レニー。誰かにさらわれたんだと、みんなは思っているの」

一行は森を抜け、丘の緩斜面を上り、松葉の絨毯を踏みしめながら木々のあいだを進み、小さな窪地《くぼち》をいくつもまたぎ越し、倒木を迂回《うかい》し、熱気でむせかえるなかをじりじりと進み、ホテルまでの距離を徐々に縮めていった。レニーはヨナを思った。あの子がさらわれたなんて考えてもみなかった。そんなことがありうるんだろうか？　誰が、何の目的でそんなことをするというのか？　ここにいないということは、誰かに連れ去られてどこか別の場所にいるということだ。でも、誰がそんなことをする？　すぐそこに潜んでいる昆虫や動物も、素早く動く音は聞こえても姿はちらとも見えない。それと同じように、少年の失踪にはレニーの理解を超えた何かがあるらしい。どこかの悪い人がヨナをさらっていった、それで決まりだ。

　レニーは歩きながら、幼い男の子たちを盗んではむさぼり食うという人食い鬼とか怪物とか謎の生物を想像した。自分がヨナになったところを想像し、彼が感じるだろう気分に思いを馳せ、またしても罪悪感の波に呑みこまれた――あの子を見つけてやらなかったぼくの、探そうともしなかったぼくのせいなんだ！　いてもたってもいられなくなり、ぱっと駆けだし先頭集団を引き離してしまうと、今度は踏みつけるたびに濡れた落ち葉がたてるひそやかな音にぞっとした。次はこの自分だったらどうしよう？　レニーは一目散に駆け戻ると、母さんの顔を見上げた。もうヨナは見つからない、なぜかそれがわかった。そんな考えに圧倒された途端、ほてりを伴う倦怠感《けんたいかん》に襲われた。〈ネヴァーシンク〉まであとわずかというところで、レニーは自宅に戻って休みたいと母親に訴えた。母親はうなずいた。北の芝地を通り、みんながコテージと呼んでいる自宅に向かう自分を、母さんが見つめているのがレニーにもわかった。そして今度はレニーがキッチンの窓から母さんを目で追い、その姿が丘の頂《いただき》の向こうに消えるのを見届けると、急いで芝地に引き返し、ホテルに向かった。がらんとして静まり返った館内に改めて驚異を覚えながら、レニーは本物のご褒美を求めてバーに急いだ。手癖の悪い子供たちの目に触れないよう、サンダーが冷蔵庫の奥深くにしまいこんでいる瓶《びん》入りレモネードだ。だが、レモネードは一本も見当たらず、あるべき場所には水の乾いた跡があるきりだった。そこでバーを離れ、従業員用の階段を音高く駆け下り、乾物類が保管されている地下室に向かった。予備のレモネードがある場所だ。

なかは薄暗く、ひんやりしていた。建物の基部にあたる古びた漆喰とレンガの壁に沿って、たくさんの棚が並んでいる。最下段の棚からレモネードを一本、勢いよく抜き取ったはずみで、瓶は手をすり抜けて床に転がった。それを拾い上げたそのとき、目の前にヨナ・シェーンベルクがいた。

「やあ」ヨナが言った。

ヨナは前日に見たときのままだった。着ているものもそっくり同じ――ストライプのTシャツに短パン、それとスニーカー。茶色の髪はくしゃくしゃに乱れ、片方の目にかかっていた。膝小僧の擦《す》り傷が、室内の鈍い黄色の明かりを受けて黒ずんで見えた。レニーは言った。「みんながきみを探しているんだよ」

「知っているさ、だから隠れているんじゃないか」

「じゃあ、ずっとここにいたの？」

「そうだよ」彼は笑い声をたてた。「やっとこさ見つけたんだね！」

「ずいぶんと時間がかかっちゃって、ごめんね」

「いいさ。ここが気に入っているしね」

「みんな、心配しているよ」

「父さんが心配するのはお金のことだけさ」

レニーは頭がずきずきしてきて、ちょっと吐き気もした。部屋が膨らんだり縮んだりしはじめた。ホテル内のユダヤ教会堂《シナゴーグ》の窓にはまる、でこぼこした分厚いガラスを通して見る外の景色のように、室内が部分ごとに歪んで見えた。「どうしてここにいたいの？」

少年はかぶりを振った。自分でもわからないのか、それとも理由を言いたくないからなのか、レニーには判断がつかなかった。「まあ、それはいいけど」レニーはヨナのためにもう一本、レモネードの瓶を取り出しながら言った。「ねえ、上に戻ろうよ」

「いまはここがぼくの住処《すみか》なんだ」

「お父さんとお母さんはどうするの?」

少年は肩をすくめて足元に目を落とした。「姉さんがいるからいいんだ」

「ここでどうしようっていうのさ?」

「楽しいんだよ」少年は再び目を上げた。笑みを浮かべていた。「みんなを観察できるんだぜ。それにエレベーターで昇ったり降りたりして、全部の部屋を覗いて回れるしさ。わくわくするんだ」

「ぼく、あんまり気分がよくないんだ」レニーは言った。「もう行くよ」

「ぼくは残るよ」

ドアを押し開け、廊下を引き返し、震えながら地下の出口を抜けたところで、レニーの頭に嫌な痛みがまとわりついた。吐きそうだった。こみ上げてくるものを押しとどめようと、酸味のある泡立つレモネードを半分ほど、むさぼるように飲んだ。外に出て白っぽい太陽を浴びた途端、甘ったるい泡が喉にこみ上げてきた。湿った陽光を浴びても、体を駆け抜ける悪寒《おかん》はおさまらず、頭のなかは雲がかかったように朦朧《もうろう》としていた。すでに起きたこと――レモネード、ヨナ、よろめきながら通り抜けてきた蒸し暑い空気、それらが頭のなかを駆けめぐった。すべてがちらちらと揺らめき、サイズを変え――またしても分厚いガラス越しに何かを見ているような気分がぶり返した。いや、この自分が何かに見られているような気分だったのか。

目が覚めると、母さんのベッドにいた。母さんは傍《かたわ》らに腰かけ、ひんやり冷たい濡れタオルでレニーの額をぬぐっていた。レニーは少年を見つけたことを伝えた。「どこで？」母さんが問いかけた。

「地下室にいたよ。隠れていたんだ」

「悪い夢でも見たのね」

「いい夢だったよ」

　三日後、熱が引きはじめ、さらに一日経つと、ベッドから出られるくらいまで体力が戻った。その朝、往診してくれた医者は、だいぶよくなったとレニーに告げた。いくぶん熱っぽいが、ぴんぴんしているねと。母さんと父さんはホテルの仕事に出かけてしまい、エズラは双眼鏡とノートをたずさえてふらりと出ていった。レニーは服を着がえた。毛布にくるまって数日を過ごしたあとだったので、むきだしの胸が新鮮な空気に触れてきゅっとすくみあがった。丘の上の熱を含んだ草を踏みしめ、あの日最後にヨナを目にした北の斜面の芝地を通り抜けた。通用口をくぐると、いま一度、地下室に続くひんやりとした長い廊下を進んだ。貯蔵室はもぬけの殻、ただ乾物類があるばかりだった。喜んでいいのか、がっかりすべきなのか、わからなくなった。いまここで暮らしていると言っていた少年を思うと、悲しくもあり、ほっとしてもいた。これがただの夢でないことを願っていた――ヨナともっと話がしたかった。

　ロビーで、母さんが営繕係のマイケルと立ち話をしていた――小柄ではにかみ屋のマイケルは森林地帯に暮らす非ユダヤ教徒だが、いつもレニーに優しく接してくれるのだ。母さんはうなずきながら場所を移動しては次々に用事をこなしていた。マイケルは片手に道具箱をぶら下げ、ブロンドの柔らかな顎鬚《あごひげ》から笑みを覗かせた。「やあ、レニー」彼が言った。「具合が悪かったんだってな」

「もうよくなったよ」

「そりゃあよかった」

「あの子は見つかった？」

「例の少年かね？　いいや、まだだ。ひどい話だね」

「どこに行ったと思う？」

「さらわれたんじゃないかな、どこかの悪い人に」

「ぼくのせいなんだ。ぼくが見つける役だったのに、途中でやめちゃったから」

「おお、レニー、それは違うよ。いいかね」マイケルは溜息《ためいき》をもらすと、道具箱を下に置いた。それから腰を落として太腿《ふともも》に肘《ひじ》をつき、レニーの目をまっすぐ覗きこんだ。この人はぼくに何か大事なことを伝えようとしている、それがわかった。「きみのせいじゃないんだ。『コヘレトの言葉』（旧約聖書の諸書のひとつ）は知っているだろ？」

「あんまり」ホテル専属のラビが、つい最近それの一節を読み上げたが、レニーはちゃんと聞いていなかった。

　マイケルは視線を下に向けた。頭のなかにある言葉を探しているようだった。「そこにはこう書いてあるんだ、〈魚が悪しき網にかかり、鳥が罠にかかるがごとく、世の人もまた禍《わざわい》の時の図らざるに臨むに及びてその禍にかかるなり〉（コヘレトの言葉九―十二）とね。つまり、ときには人も不運に見舞われるということだ。それが世の習いなんだ。このおれだって、あまり運がいいとは言えないが、ここで働かせてもらえるのは神の大いなる恵みだと思っているんだよ」マイケルは広いロビーに手を泳がせ、高いアーチ型の天井を見上げて、我が身の幸運の大きさを体全体で表現して見せた。

「だったらぼくは幸運なの？」

「レニー、きみはシコルスキー家の人間だ。幸運に決まっているさ、幸運な一族の一員なんだからね。それを忘れてはいけないよ」

　マイケルがレニーの髪をくしゃくしゃとやってからプールのほうへ行ってしまうと、レニーはグレート・ホールを通り抜けた。うずく脚で大階段を二階まで上り、三日前にやったように腹這いになって階下に目をやった。

三日前のことが遠い昔のことに思えた。三日前は、子供の目でここを眺め、狼が少年をさらっていったなどと空想をめぐらしていた。だがいまは、犯人はここにいる誰か、階下にいる宿泊客のひとりかもしれないと思っていた。人間の経験にしろ、人間の運命にしろ、その領域はなんと広大で謎に満ちていることか。マイケルが口にした言葉がよみがえり、自分自身とヨナのことを、自分たちがわけもわからずやっていた遊びのことを思った。隠れるほうは未知の悲しみを運命づけられていて、探すほうは成功と幸福を約束されている。幸運な一族、確かにそうだ。レニーはいつだって〈ネヴァーシンク〉を自分の居場所《ホーム》と思ってきたが、その意味するところを、生得権というものを、ちっとも理解していなかった。

このとき大いなる覚醒《かくせい》に心奪われていたレニーは、黒い瞳をしたメイドの存在にほとんど気づかなかった。


遠縁にあたるこの女《ひと》は、いましがた階段を上りきったところで、レニーのすぐ後ろにいた。彼女のつぶやくような挨拶《あいさつ》の声に振り返ると、アイロンがぴしっとかかった黒と白の制服と掃除用のバケツがレニーの視界にはいった。やあ、ハンナ。彼女は小走りで駆けていく。いつもより時間は遅め、六十もある客室の清掃にこれからとりかかるところなのだ。彼女の一日はまだ始まったばかりだった。

3　ハンナ　一九五五年

このメイドは毎日盗みを働いていた。盗む品は何でもよかった。たいていは失くなったことを本人も気づかない程度の取るに足りないもの——例えばナイトスタンドの上に散らばる小銭のなかから一ペニー硬貨を一枚抜き取るとか、椅子の背に無造作に脱ぎ捨てられたカーディガンの裾に縫いつけてある予備のボタンを持ち去るとか。ごく稀《まれ》にだが、気づかれて当然の大きな品に手を出すこともなくはなかった。一度、まだ値札のついたまま箱にはいっていた、高価な黄色いハイヒールを盗んだことがあり、この大胆な窃盗《せっとう》行為は由々しき問題として従業員のミーティングで取り上げられ、客室担当責任者がポーランド語訛《なま》り丸出しの英語で罰当たりな言葉を吐き散らし、清掃係全員を尋問するという事態を招いてしまった。必要に迫られて盗んだ品もあるにはあるが、たいていは違った。とにかく何でもよかった。重要なのは盗むという行為そのものであり、それを日々励行《れいこう》することにあった。

なにゆえそれが重要なのか、自分でもよくわからなかった。夜、ガレージの上の隙間風のはいるアパートでベッドに横たわり、息子アイザックの寝息を聞いていると、むしろ盗みをやめることこそ重要に思われた。いまに捕まって仕事を馘《くび》になり、下手をすれば監獄送りになるかもしれず、そんな行く末を想像した。いまアイザックと自分を隔てているのは薄い合板紙でこしらえた間仕切り一枚きりだが、そのうち牢屋の鉄格子と里親制度で離ればなれにされてしまうだろう。彼女の悪夢は灰色の施設の形をとって現われた。よじ登ることもできない塀の内側では囚人の行列がどこまでも続き、その最後尾に無表情な役人が控えている、そんな光景だ。昼間もこの習性に、この悪癖に、呼び方はともかく——どうやっても抜けないしつこい風邪のような罪悪感の微熱に——苦しめられた。ときには断固とした決意をもって臨むことで、何ひとつ手に取ったり触れたりせずに一日の大半をどうにか乗り切ることもできた。ところが時計の針が五時に近づくにつれて、清掃がまだの部屋が四室、三室、二室と減っていくにつれて決意は揺らぎ、気がつけば腕時計や子供用のヤムルカ（ユダヤ教男子がかぶる椀型の帽子）、あとで食べるつもりで窓辺に置いてあるランチの残りなどの前をうろうろしだす自分がいた。あるいは洗面台のコップに立てかけられた歯ブラシに、恋人のなめらかな肌に触れるがごとく指を走らせていた。歯ブラシを白い清掃作業用スモックのポケットに放りこむこともあれば、これを断念して別の品を物色することもあった。すべての品が盗《と》ってくれと言わんばかり、なんでもありだった。最後の部屋まで無事にたどり着けたとしても、結局はそこが犯行現場となった。ここに至るまで何も盗らずにいたこと自体不思議だった。有袋類《ゆうたいるい》めく大ぶりのポケットにあとは品物を落とすだけ——恥辱《ちじょく》と精神安定という名の小さな乳飲み子を。

盗品がアイザックにふさわしいものであれば彼に進呈した。アイザックは八歳、小児麻痺《ポリオ》にかかって六カ月前から自宅で療養していた。だからこうした品々——小さなブリキの兵隊やヨーヨー、チェリー味の風船ガムや猫目模様のビー玉など——は、彼の瞳を輝かせ、外の世界のざわめきを届けることにもなった。最近では、盗みは息子のためにやっていると自分に言い聞かせてもいた。どれも息子に必要なものなのだと。だが、どう考えてもそれは事実でなかった。アイザックに必要とは限らないのである。例えば、クレア・モーガンなる人物（パトリシア・ハイスミスの別名義）が著した『キャロル』というきわどい内容のペーパーバックもそのひとつだった（ハンナもざっと目を通したところ、あまりにも常軌を逸した淫《みだ》らな描写に思わず本を閉じてしまい、息子に心を見透かされたのではと一瞬怖くなり、恥じ入った顔を息子にちらと向けたほどだった)。無論のこと、サイズ6の黄色いハイヒールなど、アイザックには無用の長物《ちょうぶつ》だった。ついでに言うなら、一日じゅう立ち仕事で鍛えられた農婦のごときだんびろ足を持つハンナにもお呼びでなかった。そもそもハンナの足はダンスフロアでくるくる回るようにはできていないのである。客たちが夜な夜なそうやって踊っているところは、夜勤のときに目にしていた。舞踏場の吹き抜け階段の暗がりに身を潜め、イヴニングドレスと美しい装飾品で飾り立てた女性たちを、踊る姿の超人的ともいっていいほどの優美さを、胸ときめかせながら眺めていたものだ——いまでもひときわ鮮明に憶えているのは、スパンコールの衣装をまとったブロンドの若い娘が独《こ》楽《ま》のように回転して見せた妙技である。靴をはじめその他諸々《もろもろ》の不用品をしまってあるのは、玄関脇の小さな物入れだった。別名、煉獄《れんごく》スペース。大半は不用品なのに、捨てるに捨てられなかった。

なぜそんなことをするのか? 客という存在を忌《い》み嫌っていたのか? そうではなかった。確かに妬《ねた》ましくなることはあった——例えば、踊っている若い娘とか、自分が洗い場を担当していた披露宴《ひろうえん》会場の新郎新婦とか。このふたりが手もつけずに残していったカナッペは、ハンナが口にしたこともないとびきりおいしいものだというのに、汚れた皿に冷え固まっていた——それでも嫌ってはいなかった。たいていのお客はとても感じのいい人たちなのだ。呆《あき》れるほど気前のいい人もいた。毎年秋にやって来るシュタインバッハー一家は、従業員の子供たちへのプレゼントをいつもたずさえてくる——アイザックがもらったまぶしい白さの野球ボールはいまも未使用のまま彼の箪笥《たんす》の上に飾ってあるが、健康を取り戻す日がきっと来ることを保証してくれる約束手形のように思えた。あるいはミスター・コーエンが企画した夏の合コン・ウィークにひとりで泊まりに来た独身男性もいい人だった。直接顔を合わさずに終わった客で、彼がチェックアウトしたあとの部屋はすごい散らかりようだったが、「お掃除ありがとう」のメモと一緒に十ドル紙幣が置いてあった。彼からは、ホテルの中庭のシデザクラの木の下で笑顔をふりまく黒い瞳の若い女性を写したポラロイド写真を一枚、失敬した。

その夜、自宅の食卓にこの写真を置いて、盗みを働いた自分に対する意見を彼女に思う存分語らせた。あんたは怪物だわね、と彼女は言った。どこかおかしいわよ。こんなこと誰がするっていうの？　そうやって痛罵《つうば》の言葉をひとしきり吐き出させてから、メイドは彼女を物入れに連れていき、不用品の山の上に放りこんだ。声はその後もずっとドア越しに聞こえていたが、夜が深まるにつれて次第にそれも弱まり、翌日の夜にはくぐもった声と化し、やがて聞こえなくなった。

かくして永遠とも思えるほどの歳月が流れていったが、相も変わらぬ満足感と罪悪感の繰り返し、盗みは忌々《いまいま》しい慰安となった。もしもここでミセス・ガーソンと彼女のブローチの登場がなかったら、盗みは延々と続いていただろう。

ガーソン一家はごくありふれた家族だった。三階の長い廊下に掃除機をかけながら、メイドは到着したばかりのこの家族をぼんやりと観察していた。父親は好みのタイプに思えた。四十代後半、職場で辛いことでもあるのか姿勢はやや前屈み、見るからにデスクワークをしているふうだった。肉体労働をするには華奢《きゃしゃ》すぎるし、マネージャーや営業職にしてはいまひとつ押しが足りなそうだった。子供たちも個性に乏《とぼ》しかった。上の娘はすでに家族と距離を置き、見えない壁をつくって陰鬱な孤独に引きこもっていた。下の男児は、魅惑的なこの環境がよほど目新しいらしく、どんなことにもいちいち興奮して騒ぎ立てた。

　ところが母親は、ありふれたどころの騒ぎではなかった。ひとつには、体が異様に大きかった。ただ太っているだけではない、足首や手首が一般成人の腕や脚くらいの太さがあった。さらに廊下の端からこちらに近づいてくる彼女の胸ときたら、第二次世界大戦中のニュース映画で見たことのある、霧のなかからぬっと現われる軍艦の舳《へ》先《さき》のごとき迫力だった。それに加えて上背も、メイドがこれまで目にした女性のなかで群を抜いていた。ローヒールと逆毛で膨らませたブロンドのせいで、六フィートは優に超えている。そんな彼女が淡い黄色の不格好なワンピースの胸元につけていたのが、はっと息を呑むようなブローチだった。石の色は赤、壁面に並ぶ突き出し燭台《しょくだい》の下を彼女が通過するたび、これが光を反射してサクランボ色にきらめいた。まばゆい赤の輝きはシグナルを思わせた。七時間におよぶ清掃で疲《ひ》弊《へい》し過敏になっているメイドの脳に送りこまれた暗号だった。気がつくと掃除機を止めていた。ミセス・ガーソンが部屋に足を踏み入れ、残りの家族がその波立つ航跡に捕らえられた小舟のように続いて部屋にはいるまで、メイドは呆然《ぼうぜん》自失の体《てい》でその場にたたずみ、見守った。

　普段は個人の愛用品に手をつけることはしないメイドも、このブローチだけは盗みたくなり、二日後、ガーソン一家がプールに出かけた隙に実行に移した。ブローチは、テレビの横に出しっぱなしになっている木の宝石箱——無邪気に人を信用しているというよりは、うっかりミスと考えるべきだろう——のなかにあった。メイドはブローチを取り出すと、両の手のひらに載せて重さを味わった。光を受けてブローチが生き物のようにウィンクした。おまえの考えていることも性根もお見通しだよ、おまえの弱さもこの越権行為も見逃してあげよう、そう言っているようだった。メイドはブローチをポケットのなかにすとんと落とし、いま一度、鏡に映る自分に目をやった。すると猛烈な安堵《あんど》感に包まれた。よし、これが最後、これきりにしよう。いまならやめられる。

　ドアが開いた。

　はいってきたのはミセス・ガーソンだった。メイドの目には、部屋全体がこの女性の体を収容するべく横に延び広がったように感じられた。小動物の生存本能が働きメイドはその場に凍りついたが、宝石箱の蓋《ふた》を閉じたかどうかが気になって、愚かしくも、そちらにちらりと目を走らせずにはいられなかった。果たせるかな、蓋は開いていた。

　しばし間を置いて、ミセス・ガーソンがドアを閉めた。そして口を開いた。「それ、お気に召したようね？」

「え？」

「とぼけないで——あなたが盗ったブローチよ」

「盗ってません」

「あら、そうなの？」

「嘘じゃありません」ほかに言葉が見つからなかった。

　部屋が身をすくめてミセス・ガーソンに場所を譲った。ミセス・ガーソンは着ていたタオル地のガウンを脱ぐと、ベッドに放り投げた。下に着ているワンピースの水着は腰の部分にフリルがあしらわれ、胸元には馬鹿でかい乙女チックな蝶《ちょう》型リボンがついていた。

「残念だけど価値のあるものじゃないの。ただのチープな紛《まが》いものよ。高価なものをそのへんに出しておくわけないじゃない」

「申し訳ありません」メイドはテレビのほうにじりじりと移動していったが、相手の巨体がわずかに左に寄っただけで、退路はふさがれた。

「わたしが気づかないとでも思った？　このことを表《おもて》沙汰《ざた》にしたらどうなるかしらね？」

「馘になります」

「それだけじゃすまないかもよ」

「確かに。どうか表沙汰にするのだけは勘弁してください」

「あらどうして？」いまにしてメイドは女の激憤を思い知った。考えこむふうを装い、怒りを抑制しようとするさま、不気味な思慮深さ、これは怒りを爆発させるよりなおのこと質《たち》が悪い。

「息子がいるんです。アイザックといいます。ほんの出来心なんです」

「お子さんはいくつ？」

「八歳です。ポリオを患《わずら》っています」

「こんどは泣き落としってわけね。確か先々代の大統領もポリオを患っていたはずだけど、奥方のエレノアは宝石泥棒なんてしなかった、少なくともわたしの知る限りではね。それで盗みを正当化できると思っているの？」

「いいえ、そうは思いません」メイドは泣きだした。

ミセス・ガーソンは溜息をついた。「表沙汰にするつもりはありませんよ。わたしの道義心のためにあなたを馘に追いこみたいわけじゃないもの」メイドはお仕置きされずにすむのを待ち受ける幼な子のように、直立不動のままでいた。じっと身をすくめていれば、この巨大な女性はメイドを赦《ゆる》し、何事もなかったかのように己の巨大な人生を続けていくはず、そう思えた。

「名前は？」ミセス・ガーソンは言った。

「ハンナです」メイドは答えた。客に名を明かすのは出過ぎたことのような気がした。

「下の名前は？」

「コールです」

「ハンナ・コール。いい名前ね。わたしはアネット。アネットも悪くないけど、ハンナのほうがいい響きだわ。アネット・ガーソンよ」

「存じ上げています」

「あらそうなの？」

「フロントで訊いたんです。わたし、好奇心が強くって、お客様のことをひどく知りたくなることがたまにあるんです」

「なるほどね。で、盗みもたまにするってわけ？」

「とんでもない」

「それはどうかしら」ミセス・ガーソンはベッドに腰をおろした。「まったくの真実とは言えないわね。思うに、このホテルではいろんなものがなくなっているんじゃないかしら、あなたが掃除する部屋から」

　こうなったらさっさと部屋を出てしまうほうがことは簡単に運ぶ、そうメイドは思った。日課の仕事を片づけて自宅に戻り、あってほしくはない電話を待てばいいだけだ。いや、電話はかかってこないのではないか——なんだかんだ言っても、ミセス・ガーソンは馘に追いこみたいわけではないと言っていたではないか。そうは思いつつ、珍妙なる脅威がメイドをその場に釘づけにした。この女は恐ろしくもあり、かつ魅力的でもあった。そして心底興味をそそられたのは、女のほうがメイドに魅了されているらしい点だった。「あなたにはコソ泥の相があるわ」ミセス・ガーソンが続けた。「魚をくすねる手癖の悪い子猫ってところかしら」

　これにどう答えればいいのかわからず、メイドは黙っていた。ミセス・ガーソンはここにすわれとばかりベッドをぽんと叩いたので、メイドはいいつけに従った。「生まれはどこなの、ハンナ？」

「ポーランドです」

「強制収容所にいたの？」

「いいえ。そうなる前に父がわたしたち家族をこっちに呼び寄せてくれました。父はヴロツワフ出身のアムシェ・シコルスキーの又《また》従兄弟《いとこ》です。ミスター・シコルスキーがわたしたちの渡航費の一部を、ほんのわずかですけど、出してくれました。こっちに来たのは一九三八年で、最初の二年間は都市部にいました」

「それからどこへ？」

「モンティチェロに移って農業をしました。わたしは数年前にこっちに来て、いまの仕事をさせてもらっています」

　女が話を聞きたがっているようなので、メイドは先を続けた。自分たち家族がどういう経緯でこの国に移り住んだのか、高校で地元の男子と知り合い、素敵な人だと思ったのだが、実際は違ったこと。その男子に梨のシードル《ペアサイダー》で酔わされ、服を脱がされ乱暴されたこと。そんなことまで打ち明けている自分が信じられなかったが、何を話しているのか考える余裕もないまま、堰《せき》を切ったように口からあふれ出ていた。妊娠して家族の面《つら》汚しとなじられたことも事細かに語った。妊娠をきっかけにできた家族との溝は、父の死でさらに深まった。死によって父は恥辱から逃れられたわけだが、母と姉は、父さんが何度も発作を起こしたのはおまえのせいだ、おまえが父さんを殺したんだと責め立てた。もはや事情は一変した。ここでミセス・ガーソンに、いまの状況を話した。アイザックと彼の病気のことはシコルスキー一家が何かと面倒を見てくれているが、アイザックは一族の汚点のような扱いをされていた。

「あの家族が息子を見る目つき、息子に話しかける態度からわかるんです。わかっていただけますか？」

「ええ」ミセス・ガーソンは言った。「よくわかるわ」

　しゃべるうちに歯止めが利かなくなった。洗いざらい話していた。自分たちのちっぽけな家のこと、アイザックの病状のこと、そして絶えずつきまとう息子への不安までも口にした――ポリオのみならず、数年前にここで起きた少年の失踪事件にも触れ、すぐそこに何かが潜んでいると思わずにいられない恐怖心を訴え、うちの子は自宅のベッドにいるから安全だと恥知らずにも考えることで不安を紛らすこともあるのだと打ち明けた。それから盗癖の話に及んだ――襲いかかる病的なほてり、無垢《むく》の手を惑わす忌まわしい衝動、他人の所持品であふれた客室。メイドはすべてを白状した。

やがてミセス・ガーソンが話に割ってはいった。「かわいそうに」ミセス・ガーソンが言った。「あなたはクレプトマニアなのね」

「それ、何ですか？」

「衝動的に盗みを働いてしまう人のことよ。一種の病気。おそらくあなたのこれまでの体験とか、お子さんについての恐れとかが関係しているんだわ。きっと怖くてたまらないのでしょうね」

「そうなんです」メイドはわっと泣きだした。赤の他人にこんなにたくさん話してしまったことに恥じ入っていた。とそのとき、ミセス・ガーソンの手がメイドのポケットにつと伸びた。メイドは身を固くした。女は忘れられていたブローチを取り出した。

「じゃあそろそろこの辺で」ミセス・ガーソンはブローチに話しかけてでもいるように、自分の目の高さまでそれを持ち上げた。「あと二日したらわたしたちはここを引き揚げてしまうけど、わたしはあなたの力になりたいの。うちのかかりつけ医にあなたの息子さんを診《み》てもらえるように予約を入れておくわ。どうもその子は——名前は何ていったかしら？」

「アイザックです」

「——アイザックはまともな治療を受けていないような気がするの」彼女はブローチを箱に戻して蓋を閉じた。「向こうに来たときはうちに泊まるといいわ。住所やその他諸々は、紙に書いてフロントに預けておくから」彼女はガウンを再び羽織ると、メイドの肩にずっしりと重い手を置いた。「じゃあ、いずれそのうちにね、ハンナ」


　マンハッタンへの旅は、紫色の冷気に包まれた夜明け前に家を出ても、ほぼ一日がかりだった。町のバス停まで行くだけでも小一時間はかかった。途中何度も立ち止まってはアイザックを休ませる必要があったのだ。できれば息子をおぶいたかった——そのほうがずっと楽だったろう——だが八歳の子供にも意地や自尊心があるのか、彼は赤ん坊のように背負われるのを嫌がった。ふたりは狭い路肩に貼りつくようにしてじりじり進み、ときおり闇のなかから不意打ちのように現われるトラックに身をすくませた。

リバティの中心部からニューバーグまでバスで二時間、ハドソン川を渡り、さらにニューヨーク行きの列車が来るまで一時間待った。ふたりは小さな駅舎の木のベンチに腰かけ、かび臭いピーナッツの袋に交互に手を伸ばしながら時間を潰した。ピーナッツはホテルの厨房からくすねてきたものだった——これも窃盗には違いないが、宿泊客から盗むのとは意識が違った。幹の曲がりくねった木々に沿って流れる運河の先に目を凝らし、乗る予定の列車が姿を現わすのを待ちかまえていると、アイザックが言った。「ぼくをどうする気なのかな？」

「心配しないで。あなたの体をちゃんと調べてくれるだけよ」

正直なところ、メイドにもわからなかった。この遠出は軽率だったのでは、と心に引っかかってもいた。しかしミセス・ガーソンが残していった、飛びかかってきそうな手書き文字——書き手同様、異様に大きく威勢のいい文字——を見つめるうちに、選択の余地はないような気がした。あの女性は、その気になればいつだってメイドを訴えることができるのだ。客の苦情に、とりわけ窃盗の罪に時効はない。その場合はミスター・ジャヴィッツとかいうホテル専属の探偵に、おしゃべりで頭髪が薄くなりかけたあの若造に、取り調べられることになるのだろう。あの男はメイドの心のなかにある恐怖の館の永久滞在者だった。それに、ミセス・ガーソンがこの身を抱き寄せたときのように、自分の腕にすっぽりおさまってしまう息子の薄い胸とか細い腕を見れば、この子に助けが必要なことはわかりすぎるくらいわかった。メイドの母親が見つけてきた医者は、かつて故郷で家族が通っていたシナゴーグの古参だった。灰色の顎鬚を生《は》やした半盲の気難しい男で、免状の類を提示するでもなかったし、自分で自分の言っていることがわかっているのかさえ怪しげだった。ポリオはたいてい治る、しかも自然に治癒すると彼は言った。ベッドでたっぷり休養をとり、水分をたっぷりとりなさいと。休養と水分をたっぷりとって半年近くが経つが、学業は遅れるばかりだし、いまも染みだらけのパジャマ姿で足を引きずっているありさまで、その姿は死ぬ間際のメイドの父親に気味の悪いほど似ていた。ミセス・ガーソンは脅威ではあったが、それでも彼女なら力になってくれるかもしれない。善《ミツ》行《ヴァー》はあらゆる形をとってもたらされるものなのだ。

アイザックが体をふたつに折って激しく咳きこむと、これが呼び寄せでもしたように列車が到着した。ベスイスラエル病院の予約時間にどうにか間に合い、メイドは待合室で二時間、アイザックが検査を受けているあいだ、いろいろな雑誌を拾い読みした。ミッキー・マントル（米国のプロ野球選手）が表紙を飾る『ライフ』誌をバッグに滑りこませた。ページは手垢《てあか》でべとつき擦り切れていたから、盗みたくなるような代物ではなかったが。ようやく名前を呼ばれて診察室にはいると、息子は検査で疲れてしまったのか金属の椅子にへたりこんでいた。医者は健康そのものといった大柄な男で、薄くなりかけた赤毛が鶏冠《とさか》のようだった。彼は握手を交わすとこう言った。「アネットのご友人だそうですね」

「はい」

「なるほど、彼女が気を利かせてくれたのは何よりでした。息子さんには、ポリオウィルスによる障害を改善する処置が必要です。回復するとは思いますが、まずはもう少し調べて、それから理学療法を受けてもらいます」

「次はいつでしょうか？」

「月に二度の来院が理想的ですね。おそらく来年か再来年あたりまで」

「お金がないんです」

医者はにっこり微笑んだ。「心配には及びません。ガーソン家のご友人なのですから」

ガーソン家の住まいは、セントラルパークから西に数ブロック行ったところの大きな建物のなかだった。エレベーターに初めて乗ったメイドと息子は、数字が下から順に点灯しては消えるのを半信半疑で見守った。ドアを一度ノックしただけで、ミセス・ガーソンが戸口に現われた。この女性も本来の生活圏に身を置くと、ホテルにいたときより一回り小さくなったというか、大柄は大柄でもなぜか縮んで見えた。広々としたアパートメントは本であふれていた――メイドの目には、本が洪水を起こしているように映った。彼女の夫は、ホテルの廊下で見かけたときの印象そのまま、面と向かっても温厚な人だった。彼はメイドと足を引きずる息子の来訪を鷹揚《おうよう》に受け止め、面白がっているふうだった。その態度は、ホテルの従業員を家に招くという細君の粋狂《すいきょう》が日常茶《さ》飯《はん》であることをうかがわせた。彼は小さなベッドと簡易ベッドのある客用の部屋にスーツケースを運び入れ、ふたりを大きな居間に案内すると、そのままアームチェアにおさまり読書を始めてしまい、彼の黄褐色のカーディガンはたちまち壁紙に溶けこんだ。壁の向こうからは、ガーソン家の子供たちがたてるくぐもった物音がかすかに届き、いたく想像を掻き立てられた。リバティにあるメイドの狭いアパートにプライバシーなどあろうはずもない。用を足す音さえ露骨に響きわたるのだ。ミセス・ガーソンがアイザックに、うちの子供たちに会いたいかと尋ねた。アイザックは「いいです」と返したが、彼女は微笑みながらその華奢な肩をつかみ、渋るアイザックを彼女いうところの遊戯室に送り出した。隣室の物音はさらに弱まり、やがて静まりかえった。

遊戯室に遊戯はほぼないに等しかった。ガーソン家の子供たちはアイザックを自分たちに押しつけられたお荷物とみなしたようだった。女の子のほうは父親と同じように、やや大ぶりの椅子にすわって本を読んでいた。男の子はビー玉のコレクションに夢中だった。袋からひとつずつ取り出しては床板の溝に並べていき、四十二丁目の宝飾店の店主さながら、熟練のまなざしでそれらを嬌《た》めつ眇《すが》めつした。アイザックはベッドに腰かけ、少年の手元を見つめながら、声をかけるきっかけはないか、共通の話題はないかと探りを入れた。

「きみたちは家族旅行でホテルに来たんだよね」

「そうよ」娘のほうが目もあげずに言った。

「ぼくの母さんはそこで働いているんだ」

「メイドだよね」少年が言った。事実をさらりと述べる少年の口調に非難めいたものは感じられなかった。

「そうだよ」

「うちはお金持ちなんだ」少年が言わずもがなを口にした。

アイザックは咳きこんだ。焼けた針が千本くらい突き刺さったみたいに胸がちりちりした。彼は言った。

「あそこで男の子がいなくなったんだ」

女の子が本からぱっと目を上げた。「嘘でしょ？」

「本当だってば。あのホテルから、何年か前にね。それと町のほうでもひとりいなくなったんだ」嬉しいことに、いまやアイザックは注目の的《まと》だった。子供の失踪は興味をそそる話題である。しかも毎年彼らが出かけていく土地で子供たちが消えているというのだから、話に引きこまれないわけがなかった。又聞きにたっぷりと尾鰭《おひれ》をつけ、さらに即興で想像も織り交ぜて、アイザックは少年失踪事件の捜査について微に入り細《さい》を穿《うが》って語りだした——取り乱し半狂乱になった少年の母親のこと、ブラッドハウンドを引き連れて森をくまなく探し回った警察関係者のこと、無作為に行なわれた嘘発見器による取り調べのこと、知らない人と口を利いてはいけませんと学校で言われたこと（これだけは本当のことだった）。

少年が言った。「誰の仕業だと思う？」

アイザックは肩をすくめて見せた。話し巧者《こうじゃ》の彼は、聞き手の興味を十分引き出したら、あとは情報を小出しにするのが得策と心得ていた。

「さっさと言いなさいよ」娘が言った。

「秘密を守れる？」ガーソン家の子供たちはうなずいた。アイザックは閉じたドアに目をやり、言った。

「幽霊だよ」

「そんなの嘘っぱちだわ」娘が言った。「幽霊なんているわけがないじゃない」

「去年、下校途中に見たんだから」

「嘘ばっかり」そう言いながらもさっきの自信はどこへやら、彼女は身を乗り出してきた。

アイザックは体験談にとりかかった。一年ほど前、まだ学校に通っていたころのこと、授業を終えて〈ネヴァーシンク〉に向かって歩いていると、ホテル近くの森の奥のほうに光が見えた。黄色っぽいオレンジ色をしたその怪しい光は、まるで水底の何かがちらりと顔を覗かせたかのようだった——正体を確かめようとそばに近づくと、木々の暗がりにいたのはこの世のものとは思えない蒼《あお》ざめた存在、なんと幽霊だったのだ。体全体が発光しているように思われた。光のなかに浮かび上がったのは、もの言いたげなまなざしであり、こっちにおいでと呼びかけている手招きであり、笑みらしからぬ笑みだった。アイザックがあとじさると、幽霊は前に進み出た。アイザックが足を止めると、真似するみたいに向こうも立ち止まった。アイザックが小径をずんずん歩きだすと、幽霊も歩調を合わせて森のなかをついてきた。ついにアイザックは脚が痛むのもかまわず一散に駆けだし、疲労で足をもつれさせながらホテルにたどり着いた。丘の頂上まで来たところで息も絶え絶えに眼下の暗い森に目を走らせたが、何も見えなかった。気の迷いだったのか？　だがその瞬間、疑念に答えるかのように暗闇の奥深くに鈍い光が点滅した――一回、二回、そして消えた。

「うわー」ガーソン家の娘が言った。「お母さんに報《しら》せたの？」

「いいや。べつに怖くなかったもん」

もちろんこれは、ガーソン嬢いうところの嘘っぱちだった。本当は怖かった。だが母さんに余計な心配をかけたくなかった。それに、この手の怪談話は、同じ怖さでも日々抱えている怖さとは別物だし、ずっとましだった。彼の人生における恐怖は、その大半が惨めな現実そのものだった。ポリオのこともそうだし、四六時中プールのなかを歩いているような感覚もそうだった。すべてうまくいくからと母さんに何度言われても、母さんの顔に刻まれた悲哀の色を見れば、ちっともうまくいっていないのは明らかだった。

「ねえ、もっと聞かせてよ」少年が言った。そこへミセス・ガーソンの咆哮《ほうこう》めく笑い声が隣室から届き、子供たちは一瞬、黙りこんだ。壁の向こうの大人の世界に改めて気づかされたことで、遊戯室の心地よい密事《ひめごと》はいっそう活性化した。

「話してもいいけど」アイザックは声を落とした。

「ビー玉一個と交換だよ。そっちのがいいな」アイザックはギャラクシーという名の気泡入りの青い大玉を指さした。ガーソン家の息子は肩をすくめると、それをアイザックの膝のあたりめがけて歪んだ床の継ぎ目の上を転がした。ビー玉は膝のところでぴたりと止まると、新しい持ち主が話しだすのを待ちかまえているように見えた。

ガーソン家の女主人は、メイドの固辞を無視してふたつのグラスにウィスキーを注ぎ足した。それは喉をひりつかせ、焼けた泥のような味だったが、その夜の妙な雰囲気を和らげてもくれたので、喉に流しこんでは医者の話を伝えることに集中した。ミセス・ガーソンは心得顔でうなずいた。「わたしの言ったとおりだったわね」彼女は言った。「やっぱり診てもらう必要があったのよ」

「ええ。お医者様はちゃんと治療すれば、普通に暮らせるようになると言ってくださいました」

「それが聞けてとっても嬉しいわ」彼女は確かに嬉しそうだった。ご亭主のほうは友人の家の集まりに出かけると言って——いまひとつはっきりしない口ぶりだった——少し前に席を立っていた。彼がいなくなるとミセス・ガーソンは気が軽くなったのか、声高になり、主人風を吹かしだし、体が以前のサイズにまで膨張《ぼうちょう》したように見えた。メイドは夫人と並んで座面の固い大きな長椅子《セッティ》にすわっていた。コーナーランプが室内に投げかけるオレンジ色の淡い光は、いつも掃除している客室の窓に射しこむ秋の陽射しを思わせた。オペラのレコードがやや大きめの音量で流れていた——マリア・カラス。アルバムのカバーにそうあった。

「いろいろありがとうございます」メイドは言った。スモーキーなウィスキーの太い巻き髭が、一週間の労働でいまもうずく脚に深く絡みついていた。盗みを働こうとしたこの自分に、この女はやけに親切だった。ここまで親切な人はいなかった。

「こっちにいらっしゃい」ミセス・ガーソンはそう言うと、メイドの手を取り、引き寄せた。それからメイドの細い腰に腕を回して、自分の膝の上にメイドを横たわらせた。メイドは心地よくそこにおさまった。アイザックを宿す前の自分を、ふかふかした父の安楽椅子で本を読んでいたときの自分を——すべてが暢気《のんき》で楽しくて単純だった日々のことを——思い出した。夫人はメイドの頭を撫でさすった。しばらくして、はたと気づいた。夫人は髪以外の部分を、ウールのチュニックの上から背中や脚を、胸の脇を撫でまわしているではないか。その瞬間、諸々の感情――圧倒的抱擁がもたらす気恥ずかしさ、恐れ、心地よさ、鷹《たか》の鉤爪《かぎづめ》に捕らえられたような驚愕――がないまぜになり、金縛り状態になった。そこで身を固くしたまま、とにかくいま起きていることが終わるのを待った。ミセス・ガーソンが拘束を解《と》いて次にどう出るか、それを待つしかなかった。

ミセス・ガーソンは無数の糸が張られた弦楽器を爪《つま》弾くように、横たわるメイドの体に指を這わせた。するとメイドは、ノイズ混じりのレコードと張り合うがごとく、声を朗々と響かせた。素早い手の動きに名人顔負けの静かなアリアで返し、やがて抵抗の低い呻《うめ》き声をあげ、ついには絹を引き裂くようなソプラノの悲鳴へと駆け上がる。そうするあいだもメイドの目は閉じられたままだった。やがてメイドの股間に移動したミセス・ガーソンの手が円を描くように局部をさすりはじめた。忌まわしい快感にからめとられながら、やめてくださいとメイドは叫んだ。ああ、お願いです、やめてください。ミセス・ガーソンはやめなかった。

母親の苦悶の呻きを聞きつけたアイザックは、寝ぼけまなこで部屋にはいっていくと、軋む硬材の床の上で体をふらつかせながら立ちすくんだ。メイドは息子のほうに身をよじった。ミセス・ガーソンは、家具の配置換えでもするようにメイドの体をセッティの上に起こすと、わざとらしく威厳を振りまきながら席を立ち、廊下へと歩み去った。

月に二回、ふたりはニューヨークに出かけていき、月に二回、ミセス・ガーソンとの挿話《エピソード》（メイドはそう思うことにした）はそのつど発生した。この女に触られるのはおぞましかったし、あとで体調もおかしくなったが、目覚ましい回復を見せるアイザックを思えば、ミセス・ガーソンとのわずか数分の不快は些細《ささい》な代償だった。この施術を甘んじて受け容れるのも息子の治療を円滑に進めたいがため、そう考えることで罪は罪でなくなり、ときに体を駆けめぐる抑えきれない快感のおののきも正当化できた（ように思えた）。当初、早めに寝室に下がることでエピソードをどうにかかわそうとしたのだが、翌日のミセス・ガーソンの態度が敵意もあらわによそよそしくなるので、この先援助が受けられなくなるのではと怖くなったのだった。

　ミセス・ガーソンがエピソードのことを話題にせずにいてくれたおかげで、メイドは頭のなかでそれをなかったことにできたし、人生それ自体に影響が及ぶこともなかった。それどころかメイドは図らずもミセス・ガーソンを好きになっていた。愉快だし大胆だし、思ったことをずばずば口にするし、メイドとアイザックの幸せを心から願っているようだった。もしも己の異常な快楽のためにメイドの息子の健康を人質に取って利用しているだけだとしたら――都会への長旅から戻って自宅のベッドに横たわりながら、そんなふうに考えたこともあった――あの過分にも思える親切をどう解釈すればいいのか？　だとしたら、なぜブルーミングデールでの買い物に連れていってくれるのか？　なぜ『ダロウェイ夫人』とかいう本を自宅に送りつけ、次に会ったときに感想を聞かせてほしいと言ってくるのか？　ただの後ろめたさからだろうか？　なぜかそうは思えなかった――買ってきたばかりのセーターやその他の品々について感想を求めるとか、オーク材に囲まれたダイニングルームの重苦しい雰囲気を華やぎのあるものに変えるにはどんな壁紙を選べばいいかとか、なんだかんだとメイドに相談を持ちかけてくるのである。

　とはいえアイザックの奇跡的な回復を思えば、ミセス・ガーソンの動機などどうでもよかった。息子が庭で近所のふたりの男の子とキャッチボールをしているのを、メイドは自宅の窓から眺めながら誇らしく思うのだった。たまにちょっと体がぐらついたり足を引きずったりはするものの、弱音を吐くことはなかった。そして四月、黒ずんだ雪の下から雑草が顔を覗かせ野の花が咲きはじめるころ、病院に出向いて検査をすませたあと、医者から夏前にもう一度来院するだけでよさそうだと言われた。少年は正常とされる基準値にほぼ達していた。

「本当によかったわ」メイドの報告を受けてミセス・ガーソンは言った。ふたりはダイニングルームで、ワインのボトルを前にすわっていた。いつものようにミスター・ガーソンは夕食を終えると、礼儀正しい態度で席を離れていた。ミセス・ガーソンは長袖の赤いワンピースを着て、後ろに撫でつけた赤みがかったブロンドを水玉模様のヘアバンドで留めていた。その身なりは見る者をまごつかせるほど幼女じみていて、いつになくはにかんだ様子がその印象をさらに強めていた。

「つまりもうこれっきり、ここに来ることはないのね」

「それがですね」メイドは言った。「先生は六月に経過を見たいとおっしゃっているんです」

「そう、そうなのね」

ミセス・ガーソンがワインに口をつけた。あふれそうになる涙を懸命にこらえているのがメイドにもわかった。「またお邪魔させてください」

「いいの、気にしないで」ここでグラスを置くと、部屋を見回し、「この話はしたことがあったかしら？」と言った。「ここにあるものは全部、バートのものなの」

「初耳です」

「そう、目にはいるものすべて、実際、このわたしも含めて何もかも。主人はかなりの資産家でね。彼の一族はスーパーマーケット・チェーンを持っているの。いまもお金持ちだけど、これで父親が亡くなったら、途方もないお金持ちになるわ。子供たちは一生働かなくてもやっていけるでしょうね、食いつぶさない限りは」

「ご一家が裕福だとは常々思っていました」

「そうね、他人様はそう思うんでしょうね。でもね、わたしは一文無しなの。わたしの実家はあなたと同じくらい貧しいわ」

　ふたりのあいだに濃密な沈黙が居すわった。それを破るのは玄関ホールの箱型振子時計が時を刻む音と、遠くのほうから聞こえてくる車の走り抜ける音と、よその家のかすかな生活音ばかり。ミセス・ガーソンが口を開いた。「人はなんでこのわたしが、と首をかしげるでしょうね。わたしだって主人と出会ったときにはそう思ったもの。当時わたしはラドクリフ大の学生で、彼はハーヴァード大生だった。彼ならその気になればいくらでも相手は見つかっただろうけど、わたしが女性を好きなことはあの人も初めからずっと知っていたってわけ」

「知っていた？」

「ええ、そうよ」彼女はさも馬鹿げた質問をされたとばかりに、そっけなく答えた。「要するに暗黙の了解というわけ、結婚なんてそういうものよ。わたしは彼に子供を産んであげた。そして育てた。夫の世話をした、あらゆる意味での世話をね。バートは物事を単純にしたいだけなの。いつだって彼が求めているのは妻でなく母親なの」

　メイドはどう言葉を返せばいいのかわからなかった。履き古した黒いストッキングに包まれた自分の膝小僧を見つめた。その膝を女の大きな手が包みこんだ。ミセス・ガーソンが言った。「女房はいなくてもやっていける。でも母親はそういうわけにいかないの」彼女はメイドを抱き寄せると、初めて唇を重ねてきた。ゆっくり時間をかけた、まさぐるようなキスだった。まるで奥まった場所から秘密を引き出そうとしているかのようだった。

「あなたを愛しているわ」彼女は言った。

メイドはぱっと席を立つと、客用の部屋に行ってアイザックを起こした。彼は寝ぼけまなこで服を着がえたが、さほど抵抗しなかった。メイドは自分たちの衣類を壊れたスーツケースに投げこむと、紐《ひも》で縛って蓋を閉じた。ミセス・ガーソンはテーブルに着いたまま、ふたりが出ていくのを見つめていた。エレベーターがふたりをロビーへと運びおろした。ドアマンが会釈《えしゃく》しながら、金属のノブがついた重厚なオークの扉を開けてくれた。大都会の夜に包まれて、ふたりは鉄道駅に向かって歩きだした。こうなっては六月に、いやこの先ずっと、ここに来ることはなさそうだった。

ところがその一カ月後、メイドは二階の清掃用具置き場の隣にあるミセス・シコルスキーのオフィスに呼び出された。そこは、いまを時めくリゾートホテルのオーナーの執務室とは思えないほど狭苦しい部屋――小窓からの射しこむ明かりだけが頼りの壁龕のようなスペースで、その半分を灰緑色のファイルキャビネットが占めている――だが、オーナーに就任した当初から彼女はここで仕事をこなしてきたのであり、彼女がかたくなに使いつづけるこの部屋は、彼女の謙虚さと勤勉の証《あかし》として全従業員から受け止められていた。メイドがここにはいったのは過去に一度きり、数年前、雇ってもらうことになったときのこと――いまでもよく憶えているが――そのときミセス・シコルスキーは銀のサモワールからふたり分のお茶を注ぐと、シュガークッキーの皿を勧め、ヴロツワフにいる共通の親族の消息を尋ねたのだった。彼女は気さくな女性で、アッシュブロンドの髪にふちどられた顔はホテル周辺の草原のように屈託がなかった。そんな彼女が今回はぶっきらぼうに手招きしたものだから、メイドはぞっとした。一瞬遅れて目にはいったのは、ファイルキャビネットの横に控えるミスター・ジャヴィッツだった。彼は足にペンを叩きつけながら、穏やかなまなざしをメイドに向けた。これは何かある、そう悟った。

「あなたには辞めてもらうことにしたわ、ハンナ」

「なぜですか？」

「なぜかって」ミセス・シコルスキーはミスター・ジャヴィッツに横目を走らせながら言った。「あなたが部屋のものを持ち出したとお客様から通報があったからですよ」

「そんな馬鹿な」メイドはがたがたと震えた。ミセス・ガーソンのブローチ以来、何ひとつ盗んでいないのだ。

「まあいいわ。これでほかにいくつかあった苦情ともつながったわけだし。例えば靴とかね」

ミスター・ジャヴィッツが言った。「これまでにも何件か電話がはいっていたんだよ、ハンナ。どれもそっくり同じパターンでね。誰かが客室で盗みを働いていることはわかっていたんだが、今日までこれといった証拠がつかめなかったんだ」

「でもわたしには息子が――」ジーニーが見つめてきたので、切羽詰まったハンナは切り札を口にしたが、自分でも情けなくなった。「わたしたちは身内じゃないですか」

ジーニーは言った。「ここで働く誰もが身内だと思っているわ」ここでかぶりを振った。「馘にした人はこれまでひとりもいませんからね。あなたがわたしから何か盗んだとしても、辞めさせたりはしませんよ。でもね、お客様からとなると――」声が尻つぼみになった。考えるだに恐ろしすぎて先を続けられなかったのだろう。「三日後に、退職金を取りにいらっしゃい」それから手の一振りで、メイドは追いやられた。

砂利ででこぼこした路肩を踏んで自宅に戻った。太陽が己の恥辱の熱となって頭のてっぺんを焼き焦がした。この不始末が人の耳に届かずにすむ、どこか遠い土地で出直すことを考えた。それから、いま学校でがんばっているアイザックを思った――担任教師からは、しばらく休学していたのに、一学年飛び級もできそうなほどだと言われていた。そして毎日暗くなるまで仲間たちと遊んでいるアイザックを思った。アパートの外で、草むらに転がっていたアイザックのボール——真っ白だった表面もいまではなめし革のような色に変わり、擦り切れている——を拾い上げた。自分の母親に息子を預けようかとの考えが頭をかすめたが、すぐに気が咎《とが》めた。ミセス・ガーソンの声が聞こえるようだった。〈女房はいなくてもやっていける。でも母親はそういうわけにいかないの〉。

その夜遅く、アイザックを寝かしつけると、間仕切りの向こうから盛大ないびきが聞こえてくるのを待って、不平を鳴らすキッチンの床板を踏んで玄関脇の物入れに行った。それから大量の盗品を腕に抱えて階下に運ぶという作業を何度も繰り返した。黙々と作業をこなすこと半時間、裏庭には盗品の山ができていた。そこに灯油をかけ、すべてを燃やし尽くした。靴、本、ソックス、ナイロンストッキング、フリル付きランジェリー、シンボルマークの焼き印がある民芸調の小銭入れ、遠くの大学にいる娘から届いた手紙、白い花をつけた木の下で笑顔を見せる若い女のポラロイド写真、ミントタブレットの容器、ミニチュアサイズのブーメラン、赤青黄で手彩色された様々な形の疑似餌《ぎじえ》。壊れた眼鏡、壊れていない眼鏡、イーゴリ・ストラヴィンスキー（ロシアの作曲家）が表紙を飾る『ライフ』誌、三種三様のヤムルカ、さらには『モーセ五書《トーラー》』（ユダヤ教の聖典）まであった。盗んだ『トーラー』であれ、意に介さなかった。

「母さん？」アイザックがすぐ後ろにいた。彼の顔が、一瞬、揺らめく炎のなかに浮かび上がった。「何をしているの？」

ハンナは炎に目を戻した。答えようがなかった。

アイザックが横に立った。「何を燃やしているの？」

「わたしが盗んだものをね」

「どうして盗んだりしたの？」

「あなたのことがあって、不安を紛らわせたかったから。でも、あなたは元気になったんだもの。金輪際《こんりんざい》、盗みなんかしないわ」

　少年は家のなかに引き返した。それから戻ってくると、ガーソン家の息子からせしめたいくつものビー玉を火に投げ入れた。コメット、サンバースト、ギャラクシー……。ビー玉が熱で破裂し、じゅっと溶け、黒変した。

　もう二度と行くものかと固く誓ったつもりだったが、結局は〈ネヴァーシンク〉に出向いて小切手を受け取った。所詮は空疎《くうそ》な誓い、食べていかねばならないのだ。新聞の求人広告にくまなく目を通し、収獲なしの麻痺《まひ》した三日間が過ぎたところに、マンハッタンの職業紹介所から来所を乞う手紙が舞いこんだ。事務員のヤコブは、邪魔にならないよう気を利かしてコーヒーショップに出かけていった。

「まったくひどい話だこと」メイドの解雇について聞かされた女の声がとどろいた。

「ええ。苦情があったそうなんです」

「呆れてものが言えないわ」彼女は繰り返した。「まあ、これも天の配剤かもしれないわね。ちょうど主人と、住みこみの養育係《ナニー》が欲しいと話し合っていたところだったの。わたしには時間がたっぷりあるし、たっぷりあると言っても――」女はさらに話し続けたが、メイドは半分も聞いていなかった。第三者の目で眺めた自分を意識せずにはいられなかった。セーターと長いスカートと安物の茶色い靴といった身なりの華奢な女、これが肩を震わせながらデスクに顔をうつむけ、絶対服従の姿勢をとっていた。

　かくしてわずか数週間後、メイドとその息子は八十七丁目のアパートメントの、客用の部屋におさまった。

アイザックは新しい学校でも目覚ましい成長を続け、それまで自由を奪われていた者の貪欲さで学業にうちこんだ。一方、アイザックの母親のほうはガーソン家の子供たちを気に入り、息子よりは目立たぬやり方で自己研鑽《けんさん》に励んだ。確かに身分はナニーだが――メイドをしていたころよりその自覚は強い――決してナニーになりきろうとせず、あくまでもハンナであり続けた。徹頭徹尾ハンナである彼女は、ガーソン嬢は頭はいいが、母親そっくりだと指摘することも臆さなかった。

運命《キスメット》――ミセス・ガーソンは嬉しい驚きとでも言いたげにこの言葉をときおり振りかざしては僥倖《ぎょうこう》を強調し、自分がホテルに通報した張本人だとハンナが気づいていないかのように振る舞った。ええ、とてもラッキーでしたわ、とハンナのほうも、こっちがすべてお見通しなのをミセス・ガーソンは気づいていないかのように振る舞った。じゃあお休みと挨拶して夜のなかに出かけていくミスター・ガーソンにしても、自分の行く先を誰も知らず、その後ハンナが誰とベッドを共にするかなど気づいていないかのように振る舞った。

かくして誰もがこの奇妙な共同生活を、見て見ぬふりを基本に築き上げ、これが何年にもわたり、誰にとっても損のない取り決めとなった。あまりに大胆かつ見え透いた欺瞞《ぎまん》であるがゆえに、ハンナはある種の誠実さをそこに見ることもあった。とはいえ、自室の小さなクロゼットの錠を解き、盗み取ったあまたの品々――そこにはひときわ輝きを放つ赤いブローチも混じっていた――を目にすると、この暮らしが誠実にほど遠いことを思い知るのだった。

4　ジョゼフ　一九六〇年

　やっほー、〈ホテル・ネヴァーシンク〉！　ようこそ、紳士淑女諸君！

　おーいヘンリーとジーニー。そこに隠れているんだろ、わかってるんだからね。実はさっき、楽屋でちょっと早めにスコッチを飲《や》ってたらジーニーに見つかっちまってさ、下ネタはやらないって誓《スウェア》わされちゃったんだ。おーいジーニー、だけど悪態《スウェア》はやらないとまでは約束してないんだぜ。まあいいや、はいはい約束しますよ。悪態ならうちの親父さんの墓に浴びせているしさ。ああ、こんなこと言ったら姉貴にあとでぼこぼこにされちまうんだろうな。みなさん乞うご期待ってところかな。我が姉君、ジーニーってのはなかなか素敵な女性なんだ——ところがどっこい、仕事中の彼女ときたらなんとパンツ姿ときた——パンツスーツに股間サポーターでびしっと決めてるってわけ。哀れなのはご亭主のヘンリーだよ。いつも椅子にもたれて生まれ故郷のオールバニーに思いを馳せちゃってるからね。ときどき思うんだよね、ジーニーがソ連の監獄の看守に生まれつかなかったのは何かの間違いなんじゃないかって。おーいジーニー、おれが姉さんを愛しているのはわかってるよね、いま言ったことはごめん、赦してくれ。おたくらにも先に謝っておくとするかな。

　でもさ、実際、何を謝っているのかね？　ここにいるみんなは恵まれているよね。今夜のショーが面白かろうがなんだろうが、終わればコートを着てうちに帰るだけ、場合によっちゃ腹いせに犬を一蹴りすれば事足りる、でしょ？　ところがこっちは汗で湿ったタキシード姿で、病んだ心臓を抱えて次の舞台に立たなきゃならない。おれの名前はジョーイ・シコルスキー、一生このまんまなんだろうな。つまらないね。まだ若いっていうのにさ。人を笑わせるのが商売だなんて。かれこれ二十年もキャッツキルでやってきたわけだけど、いいかなみんな、実は今夜が最後のショーになると思っているんだ。すべてやりきった気がしている。もう限界なんだ。何が言いたいのかって？　何だろうな？

　このさいぶっちゃけ言わせてもらうと、最近あんまり調子がよくなくってさ。カミさんが歯医者のもとに走っちまったのよ。歯医者のどこがいいんだか。そいつもそのうち気づくだろうけどね、あの女をベッドで喜ばすのは抜歯《ばっし》くらい手がかかるってこと。ジョイス・シコルスキーとの暮らしには笑気ガスなんてみじんも漂ってなかったよ。ジャンジャン。マジな話、おれたちの結婚生活は愛のない荒んだものだった。

　ところがどっこい、いまじゃカミさんが恋しくてたまらないんだ。馬鹿みたいだよね。この二十年間ずっと毎日のように、女房が雷に打たれますようにって祈っていたくせにさ、アイザック・メンゲレとかいう歯医者とくっついちまった途端、気がつけば、こっちは涙にくれながら眠りにつくとか、目が覚めたらオーブンに頭を突っこんでいるとか、下着姿で朝飯がわりにウィスキーをくらってうだうだしているとか、そんなありさまなんだ。前はそうじゃなかったとは言わないけどさ。おまえは薄汚い豚野郎じゃないかって言いたい人間が、少なくともそのあたりに約一名、いるんじゃないかな。

　でも違うからね。いまカミさんはヴァーモントにいる。そっちで素敵な歯科医師様が開業なさるんだとさ。ヴァーモント？　なんだそりゃ？　誇り高きユダヤ人ともあろう者が、どの面《つら》下げてヴァーモントくんだりに引っ越すわけ？　まあ、いい厄介払いだ。ふたりが断崖から転落するとか、スノーモービルをぶっ飛ばしてる異教徒に轢《ひ》き殺されるとか、そうなることを願わずにいられないね。おいサンダー、自殺防止飲料をもう一杯、こっちに持ってきてくれ。スコッチを〝自殺防止飲料〟と思うようになったらやばいよね？

ああ神よ、カミさんが恋しいよ、恋しくてたまらない。ほかに出会いを求めようなんて気はさらさらなし、そんな情熱はとっくに冷めちまった。たまに通りでナンパしてみるけど、気分はまさにグルーチョ・マルクスの言うとおりだね（「どうか退会させてください。わたしのようなものを入会させるクラブになんて、わたしはいたくない」）、言ってる意味わかる？　あれってまさに名言だよ。つい先週もフィリー（フィラデルフィア市の愛称）でのショーがはねたあと、その手の女が出現してさ。一瞬、ヘラジカが迷いこんできたかと思ったね、こっちが客の笑いを取りそこねて流した冷や汗を、塩分の摂《と》れる土と勘違いして舐めにきたんじゃないかって。いい女だったよ、往年のハリウッドスターを地で行くタイプ――ヴィヴィアン・リーの目に、クラーク・ゲーブルの口髭、ときたもんだ。自宅に来ないかって誘われたけど、丁重にお断りした。こっちが求めているのは気だてのいいユダヤ娘であって、とにかく……あんたじゃないんだってね……おい、サンダー、助けてくれ、死にそうだ。

悪いけどちょっとすわらせてもらうよ。ジーニー姉さん、どこ行ったんだ？　誰かいないの？　目が見えないよ。くそまぶしいライトでおかしくなりそうだ。

あのさ、おたくらはおバカじゃないはずだ。だから察しはついていると思うが、カミさんが家を出たのは歯医者によろめいたからじゃない。確かに出ていったけど、つい最近てわけじゃないんだ。この際マジ正直に言っちゃうけど、出ていったのは二年くらい前なんだ。いまから十九カ月と二週間と三日前、そこまで正確に言える奴なんている？　そこに笑える要素なんてひとつもない、いや、あるのかもしれないけど、おれにはよくわからん。今夜は新ネタで行こうかな――あのさ、おたくらが金を払って笑いに来てるってことは百も承知なんだけど、今夜は違った趣向でお届けしようと思うんだ。お笑い業界は、笑いごとじゃないってところをね。

当時、おれは三カ月ばかりコネチカットの精神科病院にはいっていた。で、退院したら、ジョイスはすでに家を出たあとだった。二十五年も連れ添った夫婦だってのにさ。知り合ったのは一九三五年、こっちは大都会に移り住んでお笑いの世界にはいったばかりのころでね、彼女のほうは彼女の父親が営む保険会社で電話番をしていた。こんな愉快な人に会ったのは初めてだわって言われて、こっちは「ふーん」てなもんさ。ブルックリンハイツあたりの正統派ユダヤ人として育った人間に、笑いの何がわかるんだって話だよ。そんなこんなで、あっという間に結婚して、娘がひとり生まれた。こいつがいまやボストン大生だ。おれが相も変わらずこんな糞《くそ》みたいなことをやっているのも、半分は娘の授業料のためなんだ。もうひとり、息子もいるんだが、これが箸《はし》にも棒にもかからない木偶《でく》の坊でさ、まいったね。奴がはいれるのは道化師養成大学くらいだろうな。専攻はビール鯨飲《げいいん》学、なんちゃって。ミニカー基礎講座なんてのもお似合いかもね。ＳＡＴ（大学進学適性試験）の奴の成績、知ってる？ 得点どころか汚点をもらってきちまった。いい子なんだけどね、あいつを九年生から救い出すには母親が学校を燃やすしかないだろうね。ジャンジャン。

それはともかく、おれが病院から家に戻ってみると、カミさんは消えていた。ジャンジャン。その置手紙ってのが、実に見事でさ。どうせならここに持ってくるんだったな。あの病院には――名前は〈ロックヘイヴン〉ていうんだが――四カ月近くはいっていたかな。なんでかっていうと自殺未遂を繰り返していたからなんだ。カミさんは、またやらかすんじゃないかってビビっていたんだろうな。さもなきゃ、あいつの親父さんを殺すんじゃないかって。おれが睡眠薬に手を出したそもそもの原因てのが、その親父さんだったんでね。

　なんでそうなったかというと、おれがギャンブルで借金をこさえちまったからなのよ。ジョイスは知らずにいたんだが、とうとうおっかないお兄さんたちにつけまわされるようになっちまった。連中、こっちの腕をへし折るとかそういう荒っぽいことはしないんだ。ただひたすら相手をつけまわして、とことんうんざりさせて死に至らしめようって寸法なわけ。新聞とかミルクを取りに外に出ると、そこに税理士みたいななりをした二人組がいて、「ジョーイさんよ、金はできたか？」と訊いてくる。ドジャーズの試合に行けば、すぐ後ろの席に奴らはいて、「金を払えよ、ジョーイ」と言う。カミさんと口を使ってナニしてりゃ、連中のひとりが窓からぬっと顔を突き出し、「金だよ、金」って声をかけてくるわけだ。

　ところがしばらくして、別の男がこの二人組を引き連れてやって来た。とうとうおいでなすったか、こいつが腕折り職人だなって思ったね。ゴリラが髭をそり落として革ジャンを着たみたいな男でさ。ここで税理士風情の片割れが「なあジョーイさんよ、あんたの指のなかで一番気に入らないのはどの指かな？」と言った。要するに腕折りならぬ指折り職人だったってわけ。おれは拝み倒し、泣き落としに出たわけだが、まるで効果なし。もたもたしていたらそのうちジョイスが食料の買い出しから戻ってきちまう、こうなったらさっさと片づけてしまおうと、左手の小指を差し出した。連中はおれをキッチンに連れてくと、ゴリラ野郎がおれの小指を引き出しに挟ませた。ほら、見てよ——医者はうまくくっつけてくれたけど、直角に曲がったまんまなんだよね。カミさんには三度たて続けに階段から転げ落ちたって言ったら、彼女、本気にしたよ。

　で、ジョイスの親父さんのとこに行って、こっそり借金を申しこんだんだ。この親父さんてのがブルックリンハイツじゃ名の知れた業突張《ごうつくば》りでさ、ルドルフ・ヘス（ヒトラー率いるナチ党の副総統を務めた）が善人に思えちまうくらいなわけ。ジョイスに代わりに行ってもらうこともできただろうし、それなら父親もふたつ返事で金を出してくれるとわかっちゃいたんだが、カミさんには知られたくなかったんだ。後ろめたかったこともあるし、彼女には関係ない話だからさ。うちのカミさんてのはこっちが無価値な男とわかったうえで自分の人生を賭けるような、そんな間抜《シュティック・ドレック》けじゃないんでね。そんなわけで、おれは帽子を手に神妙な面持ちでハシッドヴィル（超正統派ユダヤ人の住む町の意）に赴《おもむ》いた。

父親っていうのはさ——いいかい？——はっきり言って、あれはとことんサイテーな存在だね。かく言うおれもいちおう父親なんだけどさ。知っとくべきだったね。父親ってのは譬《たと》えるなら誕生日にもらう贈り物だよ。馬鹿でっかい箱に大喜びして蓋を取ってみたら、中身はウールのセーター一枚きりってわけ。ただし、これが父親となると、中身がわかるまでに十八年はかかるしさ、開けてびっくり、中身は犬の糞ときたもんだ。とくにおれとジーニー姉さんの父親がまさにそれだった。うちの親父さんは史上最強の糞たわけだったんだ。

なんでそんな目で見るんだよ、ジーニー？　死者の悪口は慎めってことのようだね——あの親父さんが天国にいるとでも？　笑止千万《せんばん》。おれは酒癖が悪いけど、姉さんは記憶力に問題があるようだ。この名前を持ち出せば思い出すかな——エイブラハム。

おーいヘンリー、姉貴はどこに行った？　うへ、地雷を踏んづけちまったみたいだな。

姉貴がいなくなったんで、我らが親父殿——偉大な男の話にもちょっと触れておきますかね。おれたち家族がまだポーランドにいたころの話だけど、あのとことんイカれた野郎に餓死寸前まで追いこまれたんだ。お袋は町に出かけちゃ物乞いをして食い物を調達してきたよ。文字どおり道端でね。だって親父ときたら、なんだか知らないけど、丘の上の凍りついた土地をがんとして手放そうとしないんだ。で、ある晩、親父さんがブチ切れて、うちにたった一頭しかいない動物を殺しちまった。おれたちが可愛《かわい》がっていた騾馬さんをだ。しかも家族全員に殺すところを見せたんだ。血の儀式とか言っちゃってさ。てめえのガキと女房を怯《おび》えさせておいて何が儀式だよ。いずれ自分たちも死ぬんだなとおれは思ったね。クレージー野郎《メシューゲナー》は血まみれのまま、火床《ひどこ》の前で眠りこんじまった。まあ、とりあえずその晩は、お袋を殴ることはなかったよ。

偉大なるアッシャー・シコルスキー！　とんだ大馬鹿野郎だよ。このホテルだって何から何まで嘘で塗り固めた宮殿てわけだ。

で、何の話だったっけ？　そう、父親なる存在についてだった。そもそもおれがなんで向こうの親父さんから金を借りる羽目になったかといえば、〈ネヴァーシンク〉に借金を申しこむこともせず、信託財産なんてものもなかったからだ。ここを出たのが二十歳のとき、そのとき親父に言ってやったんだ、「ゲイ・カーケン・オーフェン・ヤーム」ってね。今夜はふたりばかり、イディッシュ語に馴染《なじ》みのないお客さんがいるみたいだから訳しておくと、「どこぞの海にでも飛びこんでくたばっちまえ」ってな感じ。ここでショーをやりだしたのだって親父が死んでからだからね、あんな根性悪と同じ部屋に身を置くなんて冗談じゃない。まあもっとも、いまもその辺にいそうな気はするんだけどね——とにかくこのホテルは親父そのもの、絶対にくたばらない醜いゴーレム（ユダヤの伝承に登場する人造人間）みたいなものなんだ。まあ、この件に関しては今夜が終われば、おれがくよくよ悩むこともなくなるだろうがね。だよね、ヘンリー？

アッシャーに泣きつく気はさらさらなかったから、それでジョイスの親父さんのところに行ったってわけ。

で、三時間ばかりおれを糞味噌に罵《ののし》って、もみあげのくるくる巻き毛を振り乱し、こんな恥知らずな娘婿《むこ》を持つなんて自分がいったい何をしたというのかとか何とか神を問い詰めてから、利子は二割だと言ってきた。おれに何が言える？　おれはこれを受け容れ、またぞろ現われた税理士もどきに金を渡すと、すぐさま芸能エージェントに電話して、どんなしょぼい仕事でもいいから回してくれって頼んだよ。どこにだって行く覚悟だった――キャッツキル山地、ポコノ山脈、ディナーショー、ハワード・ジョンソン（全米規模のホテル、モーテル・チェーン）、バルミツヴァー（ユダヤ教男子の成人式）、バトミツヴァー（ユダヤ教女子の成人式）、冠婚葬祭、何でもござれ。三年間、ドサ回りで日銭《ひぜに》を稼いじゃ、ジョイスの親父さんにこつこつ返していった。こなした仕事は千は下らない。自分がのぼせ上がっていると思ったら、〈ウィホーケン老人センター〉で一時間ばかりしゃべってみるといい、そんな熱も冷めるから。

で、とうとうおれはぶっこわれちまった。とにもかくにもしゃべれなくなっちまったんだ。うちの子たちなんて、家に戻ったおれが誰だかわからなかったくらいだよ。三年かかって返せたのは全体のわずか四分の一、このローン地獄からどうにもこうにも這い出せそうにないんで、ついにジョイスに打ち明けた。親父さんに話をつけてくれと頼みこんだが、けんもほろろ。恥を知れ、ときたもんだ。それからの数週間、最後に投げつけてくる言葉といったらこればっか。別室で子供たちを相手に、おれを悪《あ》しざまに言う声が聞こえてきた。こっちは競馬新聞とマグネシアミルク（胃酸抑制乳剤）を持ってベッドにもぐりこむしかなかった。それである日、カミさんの睡眠薬をごっそり呑みくだしたんだ。何を考えていたんだか、どうにも説明しようがないんだけどね――死にたかったわけじゃないんだ、とにかくひどく疲れていた、ただそれだけ、にっちもさっちもいかなかった。ジョイスにも子供たちにも顔向けできない、カミさんの父親にも顔向けできない、借金も返せない、働くこともできない。さっさと漫談《スタンダップ》の舞台に立《プット・オン》ってってか？　靴下も満足に履《プット・オン》くこともできないんだぜ。しばらく眠っていたかったんだ、五年くらいでいいからさ。

　目が覚めたら胃洗浄されていた。退院すると、ジョイスはおれを〈ロックヘイヴン〉に放りこむことを当局に認めてもらう申請書類に署名した。「わたくしは自分を傷つける恐れがあり……」とかそういうやつ。まだかなり疲れていた。反論する気力もなく、ただおとなしくタクシーに乗って、ひとりでチェックインしたよ。

　それから三カ月間、塗り絵をしたり、薬を呑んだり、自分の思考回路がぶっこわれていることを認めたり、グループ・ミーティングに参加したり、当番の日は玄関ホールにモップをかけたり、医者とチェスをやったりして、ようやく回復証明をもらって退院してみれば、齢《よわい》四十五にして独身に舞い戻っていた。すぐにドサ回りに復帰した——それ以外、何ができるっていうんだ？　忙しくしているのがいちばんだって思ったんだ。で、とにかくいまも月三百ドルの利子をあの因業《いんごう》親父に渡さなきゃならないわけで、それに加えて、病院のツケもたまっているんでね。

　でもさ、もう限界なんだ。見た目にはわからないだろうけど。ネタ切れなんだ。ネタ切れのお笑い芸人なんて、ファックできない売春婦みたいなものだよ。誰か、心ある人がいたら、この惨めな状態から救い出してくれ。ヘンリー、あんたならこの場でおれの息の根を止められるだろう——遠慮なくやってくれ。おれの命を奪ってくれ、お願いだ。

　今夜、屋根から真っ逆さまに落ちるっていうのもありかもな。ここを建てたあのイカれた異教徒みたいにさ。あるいは、ちびっ子たちをいまもさらい続けているゴーレムに出くわせたら、しめたものなんだがね。

おーい、この場でひと思いに殺《や》ってくれる人、ひとりくらいいないのか？　どうなの？

　悪いね。あんまり調子がよくないんだ。ものすごく疲れてるんだ。すわっていられるときは立ち上がるな、横になっていられるときは起き上がるな、って言ったのはチャーチルだったっけ？　ちょっと横にならしてもらうかな。おいヘンリー、ジーニーに言っといてくれないか、おれはやり遂げたって。ショーは終わり、おやすみ。

5　ヘンリー　一九六三年

　少し前のことだが、誰かに見られている、そんな奇妙な感覚にわたしは襲われた。すでにジーニーは、北棟で進行中の新建設プロジェクトを指揮する前に早めの朝食をすませておきたいと言って、〈ネヴァーシンク〉に出勤したあとだった。服を着がえてネクタイを締めたところで、わたしのうなじの毛がぞわりと逆立った。気づくより先に気配があった――手がすっかりかじかんでしまってからようやく、窓からの隙間風が部屋を凍てつかせていると気づくような感じ、とでも言えばいいだろうか。誰かが背後にいる――さっきからずっとそこにいる――そう確信した。

　振り返ると誰もいなかった。ただドアと、その横にジーニーの化粧台があるだけだった。だが朝食を食べ、新聞に目を通しているあいだもその気配は続いていて、自分で用意した食事のにおいがいまも居すわっているというか、見えそうで見えない何かがそこにあるといった感覚だった。オフィスで古い帳簿を整理していると、窓の外で何かがこすれるような音がした――普段なら深く考えもせず、シマリスか鳥が木の枝を揺らし、それがガラスに触れたくらいに思ったはず、そんな音だった。だがこのときばかりは、恐ろしいものを見てしまった。それを目にしていながらどうにもうまく表現できないのだが、こちらはすっかり気圧《けお》され、心臓が二倍速のマズルカを踊りだしそうだった。要するに――誰かが窓下の出っ張りか何かに手をかけてぶら下がり、ガラスの下のほうを爪で引っ掻いている、そんなふうだった。

　この感覚がひどく強烈で、イメージがしっかりと目に焼きついたので、外に出て確かめようとしたのだが、言うまでもなく、そこには痕跡すらなかった。緩い傾斜をつくる芝地にたたずみ心臓をばくばくさせながら、制御不能の思考が向かった先は、ジーニーの弟ジョーイだった。ジョーイ・シュヴェッツ――これは彼が家族と距離を置くために名乗っている芸名だ――彼はショーの最中に精神崩壊をきたし、その後、再び病院に送られた。あれは見るに堪《た》えない辛い出来事だった。頭の切れる男だったのに、自らの才能に押しつぶされてしまったのだ。自分が自分で信じられなくなる――さらにひどくなると自分自身が敵に思えてきて、その敵を絶えず監視していないと自分自身に害をもたらしかねない――わたしに言わせれば最悪のシナリオだ。

　気持ちを落ち着かせようと付近を歩き回り、出会った従業員たちと挨拶を交わした。マイケルは庭木の手入れをしていた、サンダー・レヴィンはバーで使うものをおさめた箱を運んでいた。滞在中の若者数人がサッカーに興じていた。初秋の風の強い一日だった。晩夏の明るい陽射しの余韻を残しつつも、風に冬の気配が混じっていた。このあたりに暮らす人々が愛してやまない、そんな日和《ひより》である。その後は本格的な冬が居すわり、暖かさが記憶と約束という形でのみ存在することになる。案の定、ジーニーは建設現場のそばで作業員たちと話しこんでいた。わたしの胸騒ぎを彼女に打ち明けることはしなかったが、それでも自宅でキスをして送り出す際に、足場とその入り組んだ隙間、それがつくる陰影が巨大な骸骨のように頭上にのしかかるような気分をぬぐえずにいたのだ。

残りの勤務時間は、頭に奇妙な靄《もや》がかかったままうち過ぎた。どうやっても収支が合わず、きちんと処理ができなかった――使途不明金がいくつか見つかった、新規事業がほかにあっただろうか？　そんな話は何も聞かされていなかった。頭がうまく働かず、思考は曇りガラスを覗くようだった。五時、仕事を切り上げて階下に向かった。バーでサンダーを相手に、ワインを一杯飲むつもりだった。そのとき階段途中の窓の向こうに子供がひとり、北の芝地の紫がかった夕闇のなかを森のほうに駆けていくのが目に留まった。

咄嗟《とっさ》にわたしも駆けだしていた。ぎょっとして目を剝《む》くメイドに立ち止まって説明することもせず、ジャケットを脱ぎ捨てもしなかった。念頭にあったのは、町のほうで行方がわからなくなった子供たち、とりわけ十数年前にこのホテルからいなくなった子供のことだった。ヨナ――何カ月にもわたる捜査や捜索の甲斐《かい》もなく、いまだその悲しみを引きずっている事件――客の会話や新聞記事にその名が飛び出すたび、とりわけジーニーを苦しめている事件だった。たまにわたしは感じるのだ――口に出して言う気はさらさらないが――あれは神隠しなんかじゃないのだと。

緑地を突っ切り、丘を駆け下りながら、わたしは先の子供の目になって、まるでその子がなすすべもなく木々に呑みこまれていくような感覚を味わっていた。

植生の変わるあたりの盛り上がる根っこに足を取られ、勢いあまって転倒した。もう何インチか先に突っこんでいたら、切株に激突して脳みそが飛び出していただろう。わたしは立ち上がった。泥にまみれ服は乱れ、手首にかなりの痛みがあったはずなのに、さして気にならなかった。わたしより少し前にこの暗い領域にはいりこみ、いまはその痕跡すら見当たらぬ子供を思い、底知れぬ恐怖に襲われた。あるのは樹林と湿った落ち葉の絨毯と、さっと駆け抜ける動物の気配ばかり。よろよろと足を運び、喉のあたりで声がもつれるのを感じながら、呼びかけた。おーい？　坊や？　おーい！　森の奥深くへと進むにつれて、わたしの声もどんどん大きくなった。

暗い茂みのなかで立ち止まり、息を整えた。かなりの歳月を重ねた巨木が数本、周囲を取り囲み、あたりは土の腐敗臭に満ちていた。膝に手をついた格好で一息入れながら、子供の声を求めて耳を澄ました。とそのとき、淡い黄色い光が目に留まった。それは木立のあいだから、闇の向こうから、わたし自身からもれ出しているかのように思える光だった。再び駆けだしたが、今度は追うのでなく、すぐ背後に迫る何かから、いまにも触れてきそうな指先から逃れるためだった。

森を抜け出すまでどのくらいの距離を走ったのか定かでないが、やがて遠くのほうから呼び声がした。ジーニーだった。藍色《あいいろ》の空がかろうじて投げかける残光に導かれ、植生の変わる地点まで引き返していた。そこには三人の作業員とランタンを手にした妻がいた。

「いったい何の騒ぎなの、ヘンリー？」妻が言った。

「わたしの声を聞いたのかい？」

「そうじゃなくて。作業員のひとりが森にはいっていくあなたを見かけたっていうから。まったくどうしちゃったの？」

わたしは目にしたことを伝え、幼い少年の特徴をできるだけ正確に描写した。小柄でひ弱そうで、黒い髪を後ろになびかせていたこと等々。だが、警察に問い合わせてみると、子供がいなくなったという話はどこにも起きていなかった。そして翌朝、お茶を前にした地元の警察官——ヨナがいなくなった当時は平の刑事だったが、いまは署長に昇格しているベイッツ——が、ジーニーとミスター・ジャヴィッツとわたしに向かって、いまのところリバティでも周辺の町でも子供の失踪届けは出ていないと請け合った。

警官が立ち去ると、ジャヴィッツが伸びをして言った。「まあ、これで一件落着ですかね」

「でも、確かに男の子を見たんだよ」

「だったら、そういうことにしておきましょう」ジャヴィッツはジーニーに言った。「見たかもしれないし、見なかったのかもしれない。一日のあの時間帯は、目に妙な悪さを仕掛けてくるものですからね。とにかく、仮に男の子がいたんだとしても、その子は無事に帰宅し、何ら問題はなかったってことですよ」

新聞のスポーツ欄に目を通すことと居眠りで退屈な一日をやり過ごすことくらいにしか興味のないこの男——わたしはそう睨《にら》んでいる——は立ち上がると、ティーカップを持って上階にある自分のオフィスに戻っていった。ジャヴィッツが部屋を離れ、ふたりきりになると、ジーニーは訝《いぶか》しげにわたしを見た。

「どうしちゃったの？」彼女は言った。

「言ったじゃないか。子供を見たんだよ」

「子供なんていなかったでしょ」

「それはいまさっきわかったことじゃないか」

「じゃあどう説明がつくの？」

「わからないよ」

あれから数カ月になるが、いまだにわからない。ジーニーには内緒でオールバニーの精神分析医のもとに何度か通ったが、納得のいく答えは得られなかった。たぶん答えなどないのだろう。あるいは、もし答えがあるとすれば、ときおり背後に気配を感じる例の男と関係があるはずだ。彼に気づくのが遅すぎたというのとは違う。わたしの分別が、彼が立ち去るまでそっちを見ないよう仕向けたのだ。

6　レニー　一九六六年

レニーことレナード・シコルスキーは、フロントデスクの宿泊者台帳に挟みこまれた黄色いメモ書きを手に取った。「Lに――三〇八号室の準備を四時までにすませておくこと」――どうにかこうにか読み取った――父さんの米粒みたいな文字は見ているだけで目がちかちかした。今日の午後、フェルマン一家が到着するという再確認メモである。わざわざ言われるまでもなかった。レイチェル・フェルマンにまた会えるのを、というかレイチェル・フェルマンの胸との再会をずっと心待ちにしていたのである。いままさにこの瞬間、フェルマン家の面々――ドクター・フェルマンとミセス・フェルマン、レイチェル・フェルマンと彼女の胸

——は、マンハッタンを出発してメトロノース鉄道ハドソン線で北上しつつあるわけで、今夜からここ〈ネヴァーシンク〉の新しく葺《ふ》き替えられたスレート瓦《がわら》の下で眠りにつくことになっていた。レイチェルが最後にここを訪れて以来、レニーはレイチェルと彼女の胸を思い浮かべては感情的かつ性的エネルギーを少なからず増大させてきた。あの日、夜のプールサイドで、レニーは彼女と口づけを交わし、胸に触れたのだった。淡いグリーンに輝くプールは、その前年に地元の友人ふたりとニューヨークに繰り出したときに目にした、ポルノ映画館の電飾看板《マーキー》を思い起こさせた。三人はタイムズスクエアの安宿に泊まったのだが、部屋の窓の外で一晩じゅう瞬《また》いていたのがそれだった。車を飛ばして大都会に着くまでは気炎を上げていた三人も、〈マクソリーズ〉（NY最古のアイリッシュパブ）にはいった途端、威勢のよさはどこへやら、おどおどちんまり横一列に並んでお上《のぼ》りさん定番のビターをジョッキで飲んでいると、まるで電線に止まった雀《すずめ》だぜと、どこかのひょうきん者がこっちを見ながら笑ったのだった。あそこで上映していた映画のタイトルは『パリのブリジット』。このタイトルの電飾文字が何度も何度も流れていた。

　次の日の夕方、レニーはこの映画を観ようと人目を忍んで入場した。昼間は宿酔《ふつかよ》いで胸をむかつかせながらミッドタウンで鬱々と過ごし、最後は仲間ふたりをオールド・ミルウォーキー（ルビー）の十二本パックとともにホテルの部屋に置き去りにした。チケットを買うだけでも犯罪者の気分だった。映画館の赤いドアを押し開けても警報が作動しないことに驚いた。館内は狭くて暗く、漂白剤のにおいがした。映写機のかたかた鳴る音で始まったその映画は、休暇中の若いアメリカ娘が、フランス男に入れ替わり立ち替わりファックされるという内容だった。どの男も横縞のTシャツを着ていて、そのうちのひとりはご丁寧《ていねい》にもベレーをかぶっており、彼らがフランス人であることがわかる仕掛けだった。気がつくとうんざりしていた。性交シーンそのものより、艶《つや》光りするペニスが激しく痙攣する女陰《カント》をぐりぐりやる場面よりも、そこに至るまでの経緯——これを観ようと思い立ったこと、仲間をまんまと出し抜いたこと、タイムズスクエアあたりをこそこそ歩き回ったこと、チケットを買ったこと、ブリジットが服を脱ぐまでのわずか四分間のエピソード——のほうがよほど楽しめた。

レイチェルのカント——つい最近レニー・ブルース（アメリカのコメディアン）のアルバムの海賊版で知ったこの放送禁止用語を、彼は脳内で下品にもてあそんだ——もまた、レイチェルと彼女の胸と一緒にもうじきここにやって来るのである。だが、そこまで期待するのはやり過ぎというもの、ましてフロント業務をこなすあいだに考えるようなことではない。そこで別のことを、レイチェル以外のことを考えようとした。うへ、まずい。家族四人連れが正面ドアを押し開けて、フロントデスクに近づいてきた。だがレニーはすわったままでいた——ズボンのグロテスクな膨らみを晒すより、無作法に徹するほうがまだましだと腹を決めたのだった。彼は歓迎の言葉を述べて宿泊者台帳に記入すると、椅子を回転させてルームキーをつかみ取り（幸い部屋は一階、鍵は手を伸ばせば届く位置にあった）、快適にお過ごしいただけるようご要望があれば何なりとお申しつけくださいと伝えた。ありがたいことに、このときには立ち上がれる状態に戻っていた。

レニーは脳内のセックスがらみでない無難な項目を繰《く》っていったが、そのつどレイチェルの姿が割りこんできた。野球場のレフトで手持ち無沙汰にたたずむ自分を思い浮かべれば、すぐ目の前で三塁を守る素っ裸のレイチェルが現われた。最近他界した祖母の、粗末なショールを体に巻きつけた姿を思い出そうとすると、微笑むレイチェルにすり替わった。ついには万策尽きて、ごく最近いなくなった子供に関する報道に意識を向けようとしたが、こうした失踪事件は青年期を過ごすうちに単なる日常の背景に過ぎなくなっていた。

もうそんなに若くはない、二十三である。ということは、この手の思春期的ナンセンスはとうに卒業してしかるべきだろう。先だってはタイムズスクエア・トリオのひとりの結婚式に出たわけだし、このホテルの運営全般を任される日もそう遠くないはずだ。それには大人になる必要がある。

だが、ここリバティで大人になるということは、とりわけ〈ネヴァーシンク〉と偉大なるジーニー・シコルスキーに庇護《ひご》されて大人になるということは、ある意味、彼が大人になりきれない要因でもあった。タイムズスクエアは二十一でようやく目にしたくらいだし、卑猥《ひわい》な言葉を考えるだけでムスコがビンビンになってしまうのだ。彼は青二才というだけでなく、甘やかされ大事に育てられた田舎者、地方育ちのぼんぼんなのである。〈ホテル・ネヴァーシンク〉はそれ自体が小さな王国だ。古めかしくて健全で、世の中からすでに十年は立ち遅れている地元の文化から、さらに十五年ほど立ち遅れた場所である。過去十年に巨額の資本が動いた数々の出来事——サンフランシスコ（ヒッピー文化発祥の地）、ボブ・ディラン、ビートルズ、いまなお続くヴェトナムへの軍事介入——は、ホテルの壁越しに届くただの言葉に過ぎなかった。いちおう耳に届きはしても、声はくぐもり曖昧《あいまい》だし、意味をなさないものばかり。世間では性の革命なるものが起きているらしいのだが、ここらあたりではついぞ見かけず、レニーの知る限り、起こる気配もなかった。ここにあるものといったらワンピースの水着を着た既婚女性たちと、ディナーが終わる夜の八時には眠くなってしまう、多彩かつ大量の東欧料理だけ。子供がわんさといることを思えば、客たちがセックスしているのは、というか、ある時点でなされたことは間違いないのだが、その図は想像がつかず、やってはみたものの、あまりぞっとしなかった。

レニー自身、初体験はすませていた。もっともそこは見方次第というか、二年ほど前の出来事を、レニー本人がどう解釈しているかによる。あの日レニーは〈リバティ・ラウンジ〉にいた。そこはシコルスキー家の大人たちから立ち入りを禁じられていた店で、それゆえ抗しがたく、タイムズスクエア仲間のひとりと、ふたりの女子と一緒に出かけたのだった。女子たちは州北部の村落から週末を利用してこっちに来ていた。従兄弟の結婚式だったか大伯父の葬式だったか、とにかく何か用事があって来ていたはずだが、レニーは聞いたそばから忘れてしまった。レニーは嘘をついて自分の素姓をはぐらかした。家名を守るためでもあったが、ユダヤ人だと知って冷たくされるのを避けるためでもあった。ビールをしたたか飲んで下手くそなビリヤードに興じ、それからレニーの友人のアパートに行った。大通りから引っこんだ場所の、宅配集配所の二階にある狭い部屋である。四人は一本のビールを回し飲みしながらレコードを聴いた。やがて友人が可愛《かわい》いほうの娘を連れて出ていってしまうと、レニーはもうひとりのあの娘――〝あの娘〟としか呼びようがないのは、名前をどうしても思い出せないからで、そのことに対する後ろめたさはいまも続いていた――とふたりきりになった。

彼女は大柄な子だった。背が高くて横幅もあり、でかい爪先からエアポンプで空気を送りこんで膨らませたみたいな体型だった。頭髪さえも馬鹿でかく――うず高く盛り上がる赤い巻き毛は、ホテルの前庭でマイケルが掃き集めた落ち葉の山を思わせた。レニーの面白くもなんともない話やジョークに、彼女は食料品店の通路に並ぶ牛乳瓶みたいに頑丈そうな白い歯を剝き出しにして笑いころげたが、その素振りはぎごちなく、レニーを不安にさせた。彼女は無理にこしらえた陽気さで先の見えない展開を乗り切ろうとしている、そんな印象を受けた。レニーは藁《わら》にもすがる思いで童貞喪失を望んでいたにもかかわらず、大丈夫だよ、と彼女に声をかけたくなった。こうやってただすわってレコードを聴いていればいいんだからと。

ところがやがて娘が服を脱ぎはじめた。ブラウスを脱ぎおわるとレニーの上に覆いかぶさってきた。重くて白くて柔らかかった。ディオンの歌声がかすかな歪《ゆが》みを帯び、おれはシャツの前をはだけとか何とか、酔って間延びしたような声がプレイヤーから流れていた。彼女から酵母菌《イースト》とレモン香料のにおいが立ち昇った――夏のバイトでやっている清掃作業がどうのこうのと言っていた――それから手をレニーのズボンに這わせると、シャワー室のとりわけしつこいカビに立ち向かってでもいるように、猛烈な勢いでアソコをこすりはじめた。効果覿面《てきめん》、彼女は自らの手技の成果を驚異の目で見おろすと、研磨作業を再開した。凝固した熱がレニーの全身を駆け上がるのと同時に、彼女は仰向けに寝転びスカートを腹のあたりまでたくし上げると、パンティをずり下げた。ついにそのときが来た。しかも相手は赤毛の非ユダヤ女《シクサ》である。信じがたい展開だった。娘がかすれた声でもらした言葉も信じがたいものだった。それは、彼女がその夜初めて口にした嘘偽りのない心情だった。

「濡れちゃった」

レニーは勃起《ぼっき》していた、準備は整った。だがズボンが止血帯のように脚に絡みつき、どうやっても脱げそうになかった。手荒に引っ張ってようやく拘束を逃れるも、引き剝《は》がす動作のせいで一連の行為の気が削《そ》がれた。その瞬間、すったもんだのこの光景を母と見物しているような気分になった。母はあからさまな落胆を示す、あのいつもの横目遣いをして見せた。彼の内部で張りつめ、うち震える弦がいきなりぷつんと断ち切られたようだった。

欲望とはまるで一致しない捨て身の気分で娘にむしゃぶりついた途端、ムスコは柔らかくなっていた。相変わらずふくらはぎをズボンに締めつけられたまま体を沈めると、彼女は手で誘導した、おおよその見当をつけて。

彼女がそうした途端、彼の思考は遠い昔に引き戻された――いやおそらく、その夜ずっと頭にあったのだろう――同じようなことは以前にもあった。相手はリタ・マイヤーという名の、ユダヤ人学校の友達だった。朗《ほが》らかで人なつこく、茶目っ気があり、この娘《こ》と結婚するような気が何となくしてもいた。〈ネヴァーシンク〉で催された高校のダンスパーティのとき、この娘と三二四号室で裸になって一夜を明かしたことがあったのだ。青白いペニスは軟体動物よろしく脚の浜辺に打ち上げられたまま、彼はなすすべもなくベッドに横たわっていた。リタは眠ったふりをして非難がましい鼻息をもらした。それはレニー自身が感じていた己のふがいなさを、ひとときの戯《たわむ》れとなり得たはずのチャンスを台無しにしてしまったことを、みずみずしいふたつの裸体がベッドの両端に離ればなれになっているという熟年夫婦のパロディじみた状況を、腹立たしさを、そのままなぞるような鼻息だった。

赤毛は体を跳ね上げてレニーを振り落とすと、溜息をもらした。万事休す。レニーは丁重に詫《わ》びて、晩秋の風に吹かれながら歩いて帰途についた。惨めな気分だった。この一件についてはもう考えまいと心に決めたのだが、続く十八カ月のあいだ、ぐずぐずと思い悩んで過ごすことになった。屈辱感にどうしようもなくさいなまれた。あの大柄な娘に恥をかかせてしまったことに、しかも名前すら憶えていないことに、憎からず思っていただけに悔《く》いが残った。だがそれとは別に――そこまでたいそうなことなのかという気もした。これでは週末の静養にやって来てはサンルームでお茶を飲みながら、タルムード（ユダヤの律法とその解説の集大成）の解釈をめぐってもっともらしい議論にかまけているユダヤ教の教師と同じではないか。こういうのを学者の些末《ピル》な論争《プル》というのだと、父さんは見下すように言っていた。あれは確かにそうだ、あれはあれで仕方なかったのだ。あれは一時的な義務違反にすぎないのだと。とはいえ、そこまでの確信はなかった。いまも勃起を制御できず、立ち上がる際にムスコをベルトの下にさりげなく押しこまねばならないことにイラついた。母に頼まれていたフェルマン家のスイートルームの最後の仕上げに行く必要があった。老婦人や子供たちとすれ違うたび会釈で朝の挨拶を交わしながら、彼は淫《みだ》らな気分でカートを押し進めた。

メイドはすでに室内の清掃を終えていた——三室あるもっとも広い客室のうちのひとつである——ここに特別なおもてなし感を加味するのが彼の役目だった。ドクター・フェルマンは、レニーの母親の盲腸の緊急手術を担当した外科医だった。あれは、ガスがたまっているだけだと思いこんでいた母が、破裂した盲腸を抱えて都心部に出かけていった最中のことだった。またドクター・フェルマンは、レニーの伯父ジョーの黒色腫《メラノーマ》を早期発見してくれた恩人でもあった。そのようなわけで、ドクター・フェルマンはここを訪れるスポーツ選手や政府高官にも劣らぬ待遇を受けているのである。いや、実際はそれどころではない——数カ月前にキャッツキル山地を訪れたオランダの国連大使でさえここまで厚遇はされなかった。例えば、花瓶に活《い》けられた新鮮な花——黄色のアイリスと穂のような花をつけた飛燕草《ひえんそう》——は母が自宅の庭で丹精したものだった。歓迎の挨拶状は母自らがペンをとって書いたものだし、ガラスのケーキ皿に盛られた選りすぐりのブリンツ（チーズや果物入りのパンケーキ）と甘いハーラは、冷めないように窓辺に置かれた。氷に浸《つ》かったラトゥール（ワインの銘柄）のボトルと、ヘンリー自らが図書室で厳選した、夏の読書に最適な一週間分の本も用意されている。

室内の最終チェックをするうちに、レニーのなかの何かがくよくよ思い悩む自分に対して謀反《むほん》を起こした。

義務違反なんか糞くらえ！　何が問題だというのか？

彼は書き物机に引き返すと、ポケットからボールペンを抜き取り、ホテルの用箋《ようせん》に――一文を二行に分けて二行連句《カプレット》もどきに――メモを書きつけた。それを切り離すと、窓から射しこむ陽光に晒して読み返した。

　ぼくはもうこんなに長く待ち焦がれている
　きみがまた来てファックさせてくれるのを

言うまでもなく正気の沙汰ではない。彼は紙を小さく丸めかけた。しかし、五感に入り混じるあの赤毛やリタとの奮闘の記憶が、それらの失敗がもたらした心のうずきがよみがえり、手が止まった。彼は気真面目で臆病で礼儀正しい人間だった。これまでも常にそうだったし、日を追うごと、月や年を経るごとに、その傾向はますます強まりそうだった。性の革命を忘れたのか、野性の若さをこのままにしておいていいのか？

自分が父の息子であることに危惧《きぐ》を抱いた――哀れヘンリー・コーエン、ニューヨーク州立大ストーニー・ブルック校の図書館で学生アルバイトをしていたときにジーニーと出会い、妻とその一族の尻に敷かれ、自分の子供たちがシコルスキーの姓を名乗ることにも唯々《いい》諾々《だくだく》と従った男。やはりここは大胆にいくべきだ、たとえ裏目に出ようとも、レイチェルがこの破廉恥《はれんち》な振る舞いを撥《は》ねつけようとも、あなたとは絶交だと言われようとも。臆病で、その気はあるのに何もできずにいる、そんな腰抜け優等生でいるよりは断然いい。

彼はレイチェルの枕の下に用箋を置いた。これがレイチェルの使う枕だとわかるのは、フェルマン夫妻が主寝室を使い、レイチェルにあてがわれているのが狭いほうの部屋のベッドだと知っていたからだった。

　枕を膨らませて形を整えながら、窓に映りこんだ自分の姿に目をやった。二十三歳になったばかりである。頭にはくるくるした茶色の巻き毛が密生し、腕の筋肉は薪《まき》割りや水漏れ修理、その他必要に応じてこなす雑用仕事で鍛えられ隆々としていた。父方のセファルディ（スペイン・ポルトガル系のユダヤ人）の血を受けて肌は浅黒いが、ヨーロッパ系の青い瞳は母方の祖父アッシャー譲《ゆず》りのものだった。アッシャー――レニーが五歳のときに他界――のことはうっすら憶えている程度だが、病室に呼ばれ、死の床についた祖父のそばに立ち、その偉大な男の手を握りしめたことはいまもはっきり記憶に残っている。いまだ輝きを失わぬその目がようやっと見開かれると、青ざめた瞳の奥にレニーは自分自身を見た。ぼくは勇猛果敢な一族の末裔《まつえい》なのだ、その気概を受け継ぐべくして生まれてきたのだと思ったものだった。もっとも、レイチェルがメモに気づかずに終わる可能性だってある。それはそれで機が熟さなかっただけの話、あとは運を天に任せよう。

　窓の外、小さなベッドのヘッドボードの向こうには、真昼の太陽を浴びたプールがエメラルド色のきらめきを放っていた。さながら映画のワンシーン。『パリのブリジット』。いま一度室内を点検して部屋を出ると、一仕事終えた満足感に浸りながら鍵をかけた。

　その夜のディナーはだらだらと続いた。いつものようにドクター・フェルマンの仕事の話に全員がつきあわされた――これがまた長いのなんの、教訓めいたものがあるようなないような、つかみどころのない話ばかりだった。要するに日曜日のドゥヴァル・トーラー（モーゼ五書の一節に絡めたこぼれ話）のようなもの。もっと楽しいことに、例えばすぐ横の席の娘の脚に見惚《みと》れようものなら、上《うわ》の空で聞いていたことに後ろめたさを抱かせる、そんな類の話である。いちばん長いやつはこんなふうだった。病院にやって来た若者が腹痛を訴えたので、いくつかレントゲンなどの検査をした――この話は魚料理を食べるあいだに小出しに披露された――そしてドクター・フェルマンは、若者が母親の化粧道具をいくつも呑みこみつづけていたのだと話を締めくくった。このことからいまどきの若者のありようがわかるとでもいうように、彼はしきりにかぶりを振って見せた。ミセス・フェルマンは多くを語らず、長広舌《ちょうこうぜつ》に興じる夫をワイングラス越しにどんよりと見つめていた。

食後、ジーニーとヘンリーはフェルマン夫妻のお供でスタンダップのレイト・ショーに出かけてしまい、レニーの兄でこの日珍しく帰省していた大学院生のエズラもいつもどおりふらりとどこかに消えてしまい、結局、パーラーと呼ばれている部屋に残ったのはレニーとレイチェルのふたりだけだった。いつもは夜になると就寝前のお茶を楽しんだりおしゃべりをしたり、トランプをしたりする客たちで賑わうパーラーだが、この週は予約があまりはいっていなかった。八月も末ということもあり、人々は仕事に戻りはじめ、ニューヨーク市内では膨大な量のアスファルトやガラスに染みこんだ夏の熱がようやく引きはじめる時分だった。部屋の隅ではふたりの老人がユーカー（トランプゲームの一種）に興じ、ひとりは歓喜とも憤激ともつかぬ息でときおり頬を膨らませていた。

レイチェルは言うまでもなく美しかった。記憶している以上の美しさだった。ディナーのときは隣り合ってすわり、ときどきちらりと盗み見ては、その美貌《びぼう》にではなく、彼女らしさに、彼女のレイチェルらしさに、五感のなかでも嗅覚に訴えかけてくるものに、絶え間ない波動のようなものに、澄み切った水に広がる波紋のようなものに、大きなものが近づきつつある予兆に圧倒されていた。彼女の胸はまことにもって圧巻だと改めて思い知った。ただし前よりも短くなった髪はいただけなかった。初めて目にしたときのレイチェルが、十五歳のときのレイチェルが、駅から乗ってきた車で風にあおられくしゃくしゃになった長い髪のレイチェルが好きだった。フロントデスクの前に立つ彼女を見初めたとき――そのときレニーは屋内プールに新しいタオルを急いで届けに行くところだった——の映像はすでに彼の頭のなかで、古き良き時代の銀板写真となって、柔らかな金色の光沢を帯びていた。彼女を最後に目にして以来——五ヵ月前も、五日前も、五分前も——ひたすら彼女に恋焦がれて暮らしてきた。彼女がすぐそこにいても——いまこうして隣に腰かけ、笑い声をたてたり磁器のティーカップを口に運んだりしているときでさえ——過ぎ去った一瞬一瞬への郷愁の念が熱い塊《かたまり》となって喉にこみ上げてくるのだった。

もちろんこんな気持ちは馬鹿げているのであり、この自分が馬鹿げているわけで、そんなことは百も承知だった。彼女を愛していた。彼女とはすなわち——彼女の喉が描く得も言われぬ曲線であり、こちらに投げかけてくる知的なまなざしであり、微苦笑にちょっと歪められた唇であった。単に彼女とヤりたいだけではなく——結婚したかった、彼女を幸せにしたかった。いや、ファックもしたいが、それはほかの諸々をクリアした結果としてついてくるものだ。部屋の隅の老人のひとりが三枚のカードを広げ、またもや頬にためた息を吐き出した——自分はこの老人たちみたいではないか、そうレニーはふと思った。いつも年寄りくさいくせに、ときどき若者ぶってみたくなるのである。そんな思考の流れを断ち切るようにレイチェルが口を開いた。「あなたにまた会えて嬉しいわ」

「ぼくもだよ。きみは気づいていないかもしれないけど」

「そんなことないわ。わたしだって前回会ってからずっと、あなたを思いつづけていたんだもの。どうしてもやめられなかったわ」

人生最良の、これ以上ないほど完璧な瞬間が訪れようというまさにそのとき、レニーはパニックに襲われた。胃の奥から伸びた冷たい手が食道を通って喉を絞めつけるようだった。〈ぼくはもうこんなに長く待ち焦がれている／きみがまた来てファックさせてくれるのを〉——一瞬のうちに、あれを思い出した。まずい、ぼくはいったい何を考えていたんだ？　あの置き手紙、ディナーのあいだすっかり忘れていたあのメモ、あれは間違いだった。いわば抑圧された性衝動が——ホテルの饐《す》えた空気に加熱され倦《う》み疲れた探究心あふれるペニスが、そして過去の失態がつきつけてくる屈辱感が——もたらした有毒化合物。「ぼくだってそうさ」

「どうかしたの？」彼女は左目にかかるもつれた髪を手で払いのけた。

「何でもないんだ。ただちょっと仕事のことが」

「今日は非番だと思っていたのに」

「ぼくに非番なんてないからね」彼は立ち上がった。

「悪いけど、今夜のうちにやっておくよう母に言われていた用事を思い出したんだ。あとでプールのほうで落ち合わないか？」

　共犯者めく笑みがこぼれ、口紅を塗っていない唇から覗く舌先がレニーの血を騒がせた。「わかったわ。でも早くしてね、待ちくたびれちゃうかもしれないし」

　彼は精一杯の茶目っ気を発揮して笑みを返すと、大急ぎで玄関ホールに向かい、一段飛ばしで階段を駆け上がり、せめてあと二、三分、フェルマン夫妻が部屋に戻りませんようにと、まじないのつもりで、ポケットのなかのマスターキーの束をこすった。フェルマン家の客室の向かいにある備品室で片づけをしていたミスター・ジャヴィッツと出くわしたとき、レニーはにやけた間抜け面を晒している自分を意識せずにはいられなかった。ミスター・ジャヴィッツは、始終何かやっていないと気が済まない、落ち着きのない男だった。警備の仕事の出番がほとんどないため、彼いうところの〝遊軍〟になりたがった。敷地内をあちこちうろついては、やるまでもない雑用を見つけ出し、妙な空《から》元気で引き受ける、そうやって気を紛らわせているのである。彼はまた、口の軽いゴシップ屋で、何にでも首を突っこみたがる詮索《せんさく》好きでもあった。そこはホテルにおける彼の職務――従業員たちの挙動に目を光らせ、客の品行に目配りする――を思えば、うってつけの資質と言えなくもないのだが、それでもレニーはこの男が苦手だった。

「何をそんなに浮かれているのかな？」ミスター・ジャヴィッツが言った。

「浮かれてなんかないよ」

「どこへ行くんだね？」

「三〇八号室。フェルマンご一家は部屋にいないんだけどさ、取ってくるのを忘れていたものがあったことを思い出したんだ」

「忘れていたことを思い出したのか、なるほどね」

「ああ、そうだよ」

「まあ、忘れていたことを思い出すのを忘れずにいられたのは何よりだが、ここでわたしと出会えてラッキーだったね。というのも、ついいましがた、部屋に戻られるミセス・フェルマンと出くわしたんだ」

「奥様が戻られた？」

「少し酔っているようで、もう休むとおっしゃっていたからね、賭《か》けてもいいが、いくらあんたみたいに若くてたくましくてハンサムな牡鹿《おじか》に起こされようと、あれじゃさほど燃え上がらんだろうな」

「何を馬鹿なことを」

ミスター・ジャヴィッツは小首をかしげた。「それって朝まで待てないことなのかね？」

「ああ、そうなんだ。お休みになっているなら、こっそりはいって取ってくればいいだけの話さ」

「あんまりいい考えじゃないね、こういうご時勢だし――わかるよね」

「例の子供たちのこと？」数週間前に隣町でまたしても事件が起き、捜索はやはり実を結ばずに終わっていた。そのことは新聞で読んで知っていた。

「それだよ」

ミスター・ジャヴィッツの口数が珍しく少ないので、レニーはかえって先を続けさせたくなった。「それについて何か思い当たる節《ふし》でもあるの？　ずっと考えていたんだ、うちの関係者だったらまずいなって。まさか配達業者とかそういう類の、ここに頻繁《ひんぱん》に出入りしている人じゃないよね？」

「やめてくれ！」ミスター・ジャヴィッツの顔に怒気がよぎり、レニーは怖くなった――彼がかっとなったところを目にするのは初めてだった。ぶらぶら歩き回ってお節介を焼くことはあっても、感情を顔に出すことのない男なのだ。「もういい加減うんざりしているんだよ。その手の憶測はホテルのためにならないし、ここで働く人たちにとっちゃ有害だ。お互い疑心暗鬼になりだし、肩越しに目を走らせてはびくついて、この同僚が殺人者だろうか、この友人が怪物なんだろうかと勘繰るなんて、あってはならないことなんだ。わかるだろ？」

「ああ、わかったよ。悪かった」

「それでいい」いつもの人畜無害な表情が戻っていた。「じゃあ、レニー、そろそろ今夜のショーの準備を手伝いに行かないとならないんでね。失礼するよ」

ミスター・ジャヴィッツが立ち去った。レニーはしばらく待ってから、目指すドアの前に移動した。浮足立っていた。軽くノックをしたが、返事はなかった。三度目のノックに反応がないとわかると、マスターキーを鍵穴に差しこみ、回した。「失礼します」彼は声をかけた。

ドアが溜息をもらすように室内にこもる饐えた空気を吐き出した。レニーは足を踏み入れドアを閉めた。タオルを胸に抱えたまま――稚拙《ちせつ》ながら口実のつもり――左手の主寝室を覗いてみた。誰もいなかったのでほっとした――お節介なミスター・ジャヴィッツがトイレ磨きでもしている隙に、ミセス・フェルマンは再度廊下に現われ、ショーを観に階下に戻っていったのだろう。彼は予備の部屋に向かうと、安堵の溜息をつきながら枕の下からメモを回収した。それを手に振り返ったそこへ、誰かが部屋にはいってきた。

女性だった。ミセス・フェルマンだった。しかも全裸のミセス・フェルマンである。必ずしも全裸ではない――眼鏡だけはかけていた。シャワーの湯気で曇った眼鏡。いまに悲鳴があがる、と思いきや、彼女はその場に立ち尽くすばかりだった。

「レニーなの？」彼女が言った。遅ればせながら、彼女は垂れ下がった乳房を手で覆い、もう一方の手をイチジクの葉よろしく股間に当てがったが、そこは黒い茂みがすでに影を落としていた。彼女の裸体は摩訶《まか》不思議な効果を引き起こした――それはレニーが思い描いてきたレイチェルの裸体とすんなり重なるくらいよく似ていた。目の前にいたのは加齢と肥大を経たレイチェル――二十五歳ほど老《ふ》けさせ二十五ポンドほど体重を増したレイチェルだった。

「ぼくはその――」レニーはここに来た目的をひねり出そうとしたが、頭のなかは真っ白だった。部屋の清掃？　頭のおかしな誰かが部屋に残していった卑猥なメモの回収？「――そう、タオルをお届けに来たんです」彼が折りたたまれたタオルを手渡すと、彼女はそれで体を覆った。

「それは何なの？」

「え？」ふたりの視線が彼の手に握られた四角い紙に集まった。ミセス・フェルマンはよろよろと部屋を突っ切り、レニーをベッド際に追い詰めた。レニーがメモをさっと脇に引っこめると、ミセス・フェルマンはそれをひったくろうとした。

「レナード」彼女がのしかかるように体を擦り寄せてきたので、レニーはベッドに仰向けにひっくり返りそうになった。かつてホテルに遊びに来た幼い従兄弟を相手にボールの取りっこ遊びをしたときの要領で、レニーはメモを背後に隠すようにした。メモにつかみかかろうとすること二度、三度、彼女はレニーの上にほとんど乗り上げていた。レニーはアレが硬くなるのがわかった。まずい。やむをえずメモを放棄した。彼女は身を起こすと、気取ったしぐさで眼鏡の位置を直して読みはじめた。

彼女がメモに目を通すうちに、屋外プールに明かりがともった。レニーが大枚をはたいてマイケルに取りつけさせたハロゲンランプのひとつの下で、レイチェルがデッキチェアに腰かけていた。レイチェルの他には、水難救助員《ライフガード》の若者、ヨギがいるだけだった。彼には、レイチェルにはかまわず、プールを通常どおり九時に閉めてもそのまま居させてやってくれと伝えてあった。彼女を目にした途端、いまの状況はともかく、ふっと心が和んだ。ああ、レイチェル！ 彼女は髪を後ろに払いのけると、本に目を落とした。おそらくヴァッサー大のじきに始まる新入生向け講義の予習をしているのだろう。ぼくの恋人はヴァッサー・ガール！

だめだ、だめだ、いまは浮かれている場合じゃない、由々しき事態なのである。ミセス・フェルマンはメモから顔を上げると言った。「おすわりなさい」もっともレニーはすでにすわっていた。彼女はベッドの縁に浅く腰かけたが、目は相変わらず卑猥な文面に注がれていた。

「服をお召しになりませんか？」

「これ、レイチェルに読ませるつもりだったの？」彼は答える勇気が出なかった。ミセス・フェルマンは、苦々しげに言った。「そうに決まっているわよね、でなければ、わたし宛ということだもの」

「そうなんです」レニーは言った。

「そうなんですって、どういうこと？」

「はい、レイチェルに」

ミセス・フェルマンは、愚痴《クヴェッチ》を口にしかけて凍りついたかのように、いつもの表情でレニーを見た。彼女はたくさんの不満を抱えていた——冬のニューヨーク、夏のイスラエル、都心部の公立学校の現状（レイチェルとレイチェルの兄はともに私立のユダヤ人学校に通った）、レストランの生煮え料理、堅すぎるクッション等々、心に浮かぶことなら何でも愚痴になった――そんな人ではあったが、レニーはこの女性に好意をもっていた。気難しさの下には優しさがあったし、愚痴を言うにも茶目っ気があり、どこか子供っぽいというか、本気で怒っているわけではないという暗黙の了解を前提に、単に気を引きたいがための見え透いた作戦なのである。その点、レニーの母親は違った。母がたまに愚痴をこぼしたときは、それは本気で受け止めるべきものであり、父の言葉を借りれば、即刻善処すべき対象となる。

ミセス・フェルマンが泣きだした。

「申し訳ありません」レニーは言った。「すみません。こんな愚にもつかぬメモを書くなんて。ほんの冗談のつもりだったんです。本気じゃないんです。あなたのお嬢さんのことが大好きで、だから――」

「そうじゃないの、わかってないのね」彼女は嗚咽と嗚咽の合間にそう言うと、さらに盛大にしゃくりあげた。

こんなふうに動揺させてしまったことで後悔の念にさいなまれ、激しく狼狽《ろうばい》しつつも、レニーはさっと身を寄せ、おずおずと彼女の背中をさすった。「それ、何ですかね？」

彼女は左胸に挟みこんだタオルの縁をはずすと、そこに目をやった。シャワーで落とし切れなかったマスカラがタオルに付着していた。彼女は大きく息を吐き出した。「レイチェルにこんなメモを残すなんて馬鹿なことをしたものね、でもわたしは気にしていませんよ、レニー。そこまでわからず屋じゃないつもりよ。あなたは若いんだし、欲望だってある。でもね――ごめんなさい、こんな話、聞きたくないわよね。もう行ってちょうだい」

「いいんです、聞かせてください」

「それじゃ言うわ。ハリーはもうだいぶ前からわたしに触れてもくれないの。あなたに話すようなことじゃないけどね。もう二年になるかしら。あれはセデル(出エジプトを祝う過ぎ越しの祭り)でワインを少し飲みすぎたときが最後だった、それだって、あの人はすぐに寝てしまったの。とても多忙な人だし、腕のいい外科医なんだもの――」最後の言葉で彼女は声を詰まらせた。それから何度も深呼吸をした。「だからこのメモを目にしても――」彼女は忌まわしいメモをまだ握りしめていた。「腹は立たなかったわ。嫉妬《しっと》はしたのよ。あなたにじゃないの、レニー、こんなふうに求められることが妬ましかった。もう一度こんなふうに求められたいって思ったの」

「ミセス・フェルマン」

「ダイアンと呼んで」

「わかりました」彼は口を開いた。この馴《な》れ馴れしい呼び方はまずいものを口に入れたときのようで、嚙み切るのも呑みくだすのも容易でなかった。それでもどうにかやりおおせた。「ダイアン――」

「待って。わたしだってあの娘《こ》のことは百も承知よ――レイチェルがきれいだってことはね。でもね、わたしだって昔は……。かなりの美貌だったんだから、信じてもらえる?」

「ええ」

「本当に? 高校ではプロム・クイーンだったのよ。誰もがわたしを妬んでいたわ。首だってすらりと長かったのよ――白鳥みたいにね、なんだか月並みな言い方だけど嘘じゃないの。こんな消火栓みたいな首じゃなかった。言い寄ってくる男子たちを撥ねのけるのだって、そりゃもう大変だったわ。つい昨日のことのように思えるけど、それがこの体《てい》たらく。なんでこうなるのかしら! いまはハリーだってあんなふうにテーブルで無駄口を叩いて、他人様をうんざりさせているしね。おお、確かにいい暮らしをさせてもらってはいるのよ。自分が恵まれていることはわかっているの、でもね、だとしても……」

彼女の背中がレニーの手の下でさらに二度、上下した。それから彼女はかぶりを振った。「自分の娘に嫉妬するなんて、こんな馬鹿げたことってないわよね？」

「ダイアン、嫉妬する理由なんてあなたにはないですよ」

「老いた者はいつだって若さに嫉妬するものなの」

「そんなことはやめるべきだ――くだらないですよ」

彼女は声をあげて笑い、これがレニーを勢いづかせた。

「それに、まだお美しいじゃないですか」

彼女がレニーを見た。本心かどうかを探っているのが見て取れた。本心だとわかってほしかった。このときばかりは本気でそう思っていた。これまで彼女をそんな目で見たことはなかった――あくまでもひとりの母親であり、なんとなく煙たくて、適当にあしらっておけばいい相手であり、娘のまばゆい光にさえぎられた陰の存在としか見ていなかった。なのに、いま目の前にいるのは豊かな黒髪と、人生四十数年分の官能や何やらの秘密を抱える、黒い瞳を持つひとりの女性、魅力的な女性だった。その肉体の温もりが手を通して、湿った薄いタオル地の下から伝わってきた。レニーは心臓の血流が速まるのがわかった。その瞬間、結婚して二十五年を経たレイチェルが見えた気がした。それがレイチェルを産んだ女性の姿と溶け合い、現在と未来のレイチェルがそこにいた。レイチェル以前のレイチェル、〝パリのブリジット〟が。

　レニーの表情が彼の誠意を伝えそこねていたとしても、ズボンの膨らみがそれを実証していた。ミセス・フェルマンがそこに目をやった。レニーは小腰を屈め、さりげなさを装って腕を前に交差させた。その腕を彼女は小気味よく引き剥がすと、とても行儀のいい犬にでもするように、彼の股間を愉快そうに軽く叩いた――ぽん、ぽん、ぽん。「あなたはいい子ね、レニー。わたしはもう寝るわ」

　彼女は主寝室のベッドにはいると、傍らの明かりに手を伸ばした。だが、すでにレニーはメモをつかんで尻ポケットに押しこむと、逃げるようにして部屋を離れ、明るい廊下を、昼間の清掃で使ったレモン香料の漂白剤のにおいがいまも漂う清潔無垢な廊下を走り抜け、階段を駆け下り、外に出ると、鍵のかかったゲートを抜け、プールの湿ったコンクリートを踏みしめていた。ちょうどレイチェルが椅子から立ち上がったところだった。ヨギはすでに引き揚げたあとで、あたりには誰もいなかった。

「もう来ないかと思ったわ」彼女が言った。

「もっと早く来たかったんだけど、ちょっと手間どっちゃってね」

「休みなしってわけね？」

「まあね」

　ふたりは抱き合いキスをした。レニーが押しつけてくる体をレイチェルが受け止め、レイチェルが押しつけてくる体をレニーが受け止めた。勃起は、世代から世代へと受け継がれる家宝のごとく、上階から運んできていた。

「こっちにおいで」彼は言った。逸《はや》る心で声はかすれていた。それから葺き替えたばかりの藁屋根が載ったカバナ・バー（海浜やプールサイドに設けられた簡易バー）の暗がりに彼女を引き入れた。

　その後レニーは、ズボンを膝までたくし上げた格好で彼女と並んでプールの縁にすわり、冷たい水を軽く蹴立てた。水面《みなも》に浮かぶ木の葉が一枚、小波《さざなみ》を受けて上下に揺れた。彼女が自分の手を彼の手に重ねると、彼は嗚呼《ああ》と、満足の溜息を吐き出した。いまは迷いもなく、うじうじ考えるまでもなかった。ついに男になれた。真の意味でのバルミツヴァーを迎えられた。立派に務めを果たしたのだ。ちょっと勿体《もったい》をつけてレイチェルと〈ネヴァーシンク〉を、〈ネヴァーシンク〉とレイチェルを交互に見やる、そうやって快感にしばし浸った。

二十三歳で望むものすべてを手に入れてしまうなんて、ひどく妙な気分だと彼は思った。ある意味、拍子《ひょうし》抜けの感なきにしもあらず。だが実に気分爽快《そうかい》だった――これで自分の人生は定まり、あとは前進あるのみだとわかった。舞い上がるレニーの心と競い合うように夏の風が吹き抜けた。風は水面を波立たせ、レイチェルの髪を掻き乱し、周囲の木々をざわめかせ、ふたりの愛を、いずれこれが人生最高の瞬間だったと彼が思い知ることになる情景を見守っていた。

7　アリス　一九七三年

それはアリスの人生でもっとも退屈なひとときだった。ここまでうんざりしたことはいまだかつて記憶にない。両親と、相席になった老夫婦と夕食を囲みながら、猛烈な倦怠《けんたい》感が肉体的不調となって現われた。どうにもじっとしていられなくなり、彼女はちくちくする椅子の肘あてをしきりにこすり、テーブルの脚を何度も蹴飛ばした。彼女の母親はアリスの腕を自分の腕で押さえつけた。大人たちが迷惑しているのはアリスにもわかっていたが、わかったところでどうにもならなかった。わかっているからなおのこと腹が立った――やれ年金がどうの、やれ通勤距離がどうの、やれ瓦屋根がいいだとかスレート葺きがいいだとか――自分たちがしゃべっていることを、大人というはるか遠くの灰色にくすんだ世界の埒《らち》もないやりとりを、この人たちは一度こっちの身になって反省してみるべきなのだ。

自分が幼稚なことはわかっていたし、幼稚を嫌ってもいるのだが、実際に子供なのであり、いま九歳だから、少なくともあと二、三年は子供のままである。とにかく十一か十二になれば、バトミツヴァーにはまだ間があるが、ティーンエイジャーは目と鼻の先、そうなれば事情は変わる。つい最近、姉のエリーズがまさにその領域に足を踏み入れたのをアリスは目の当《ま》たりにした――姉は両親と丁々発止《はっし》の議論を戦わせた挙句、この一週間をホワイト・プレーンズのいとこの家で過ごす許可を勝ち取ったのだ。その激論のさなか、彼女はキャッツキルなんてくだらない、ボルジェーオイスの巣窟《そうくつ》じゃないのさと吐き捨てるように言った。父さんの大爆笑を買ったところからすると、どこかで読んだかして覚えた生かじりの言葉だったに違いない（ボルジェーオイスはbourgeois、つまりブルジョワの発音間違い）。

アリスもできることなら家に残りたかった。ここには年に二回、七月と十二月に来ているわけで、この先もずっと来つづけることになるのだろう。〈ネヴァーシンク〉はなんだかんだ言っても身内なんだし、と父さんは自分の身内でもないのに言いたがる。父さんの名前はフレッド・エメンタール。母さんの名前はローズ、母さんの父親はジョーイ・シコルスキー――かの悪名高きジョーイ・シュヴェッツだ。彼がこのホテルでショーの最中に精神崩壊をきたしてしまったという話は、キャッツキル山地一帯では有名らしい。ジョーイは一族の持て余し者だった。アリスの両親が〈ネヴァーシンク〉にせっせと通い詰めるのは、ある意味、再び一族に受け入れてもらおうと必死に取り入っているためだと、アリスはうっすら理解していた。わずか九歳とはいえ、それが無駄な努力だということも察していた――大伯母のジーニーは、今回もいつもと同じ素敵な部屋を用意してくれたし、到着したときには歓迎の言葉もかけてくれたが、いつまでもそばにいることはなく、気がつけば自分たちだけ取り残され、ニュージャージーから来たという退屈な客たちとテーブルを囲んでいた。

　アリスはもう一度、テーブルを蹴飛ばした。今度はやや強めに。母さんが身を寄せてきて小声で言った。「子供じみた真似はおやめなさい」我が娘の子供じみた振る舞いをやめさせるために母さんが好んで使う手は、「子供っぽい」とはっきり口に出して言うことだった。これでたいていはアリスもおとなしくなった――大人の振る舞いとまではいかなくとも子供じみた真似はやんだ。でもいまのアリスにとって、行儀作法など知ったことではなかった。この場から逃げ出す必要に迫られていた。自宅の未完成の地下室に積もる埃《ほこり》みたいに全身に絡みつく、鬱陶《うっとう》しさを払いのけたかった。あと一分でも我慢してすわっていようものなら、死んでしまいそうな気がした。

　ミスター・シェンクマンが、ダイニングルームの大シャンデリアの明かりに禿《は》げ頭をてからせながらアリスのほうに身を乗り出して言った。「そろそろお眠《ねむ》なのかな？」

「違うもん」アリスは言った。「それはそっちでしょ？」

　アリスの父親が言った。「アリス！　失礼じゃないか」

「もう行ってもいい？」

　ミセス・シェンクマンが言った。「まだデザートとコーヒーが来ていないのよ」

「行っていいでしょ？　ねえってば」

「いけません」母さんが言った。

　父さんが言った。「どこに行きたいんだ？」

「お部屋に戻りたいだけ。本を読みたいの」

「あなた、それは駄目」

「どうして？」父さんは母さんに目を向けた。早くも話題はアリスそっちのけで、大人の領域にはいってしまったことを、アリスは悟った。

「だってほら……」母さんが父さんを見やった。「どもこたちのことがあるし」

「そんな暗号言葉、バレバレだもんね」アリスは言ったが、それの意味するところがはっきり理解できたわけではなかった。

「おお」ミセス・シェンクマンが言った。「怖い話ですわよね。二十年も経つのに見つからないなんて。このままどうなってしまうのかしらね？」

「わたしなりに考えてみたんですがね」ミスター・シェンクマンが言った。「わたしはホテルの滞在客が怪しいと睨んでいるんですよ。田舎で獲物狩りを目論んだ輩《やから》じゃないかとね。この意味、おわかりでしょう。都心部には警官がうようよしていますからね。その点こっちなら郡全体でも五人程度だろうし」

「いまここで議論しても埒はあきませんわよね？」アリスの母親が言った。

「何の話？」アリスは訊いた。

　母親は溜息をついた。「お部屋までの行き方はわかる？」

「うん、ばっちり。じゃあいいのね、やったぁ」

「寄り道なんかしちゃ駄目よ、一時間したら確かめに行きますからね。ベッドにはいる準備をしておくのよ」

　逆らったらどうするつもり、と言い返したかったが、アリスはそこまで愚かではなかった。彼女はゆっくりとした足取りでダイニングルームを離れた。すねて抵抗してテーブルの下で突っ張らせていた脚がまだ本調子ではなかったが、背後のダイニングルームが見えなくなるや、絨毯敷きの廊下を駆けだしていた。こみ上げる歓喜が強烈すぎて心臓が破裂しそうだった。ここまでの幸福感を覚えたことがあっただろうか？　すっかり舞い上がり、猛スピードで一組の老夫婦の横をすり抜けると、咎めるような視線を浴びた。それから夕陽にきらめくプールを横に見ながら少し歩調を緩めた。ライフガードの若者は、緑色の水面に広がる小波にぼんやり見入っていた。それからロビーを突っ切り、またしても来てしまったダイニングルームの前を素通りし、劇場の閉じた扉の前で足を止めた。〈只今上演中。入場ご遠慮ください〉の張り紙が出ていた。なかにはいるのは断念し、踵《きびす》を返すと中央階段を駆け上がり、五人の家族連れと、その背後から荷物カートを押してついてくる息の上がったポーターとすれ違った。それから金箔《きんぱく》仕上げの椅子がずらりと並ぶ無人の休憩エリアを通る際には、鏡に映る自分の姿を一瞥《いちべつ》した。その先にあるのはドアばかり、行けども行けどもドアまたドア。ドア、ドア、ドア……。

閉じたドアがアリスの空想力を掻き立てた。将来は作家になるつもりだったが、まだ何ひとつ書き上げたことはなく、四年生になってから担任の先生いうところの〝自由作文〟をいくつか書いた程度である。それでも本は大好きだったから、ここにあるすべてのドアの向こうで起きていそうなことを想像するのは楽しかった。よその人々の暮らしは、自分や両親の暮らしとは違い、ものすごく面白そうな気がした。彼女の家はそこそこいい暮らし向きではあったが、退屈そのものだった。作家になることの醍醐味《だいごみ》はそこにありそうだ――退屈で裕福な人生を送りながら、その一方で別の人生を意のままに生きることができるのだ。例えば、クレオパトラ。クレオパトラについては教室で少しだけ習い、休み時間に『ブリタニカ百科事典』でさらに詳しく調べたことがあった。どうしてクレオパトラのことを誰も書こうとしないのか不思議だった。ならばわたしが書いてやろう、もっと大きくなってから。

冒険心をくすぐられながら、アリスはさらに移動を続けた。まだ見たこともない何かを発見できそうな気がした。ホテルは客室や廊下やフロアや小部屋でできた未知の巨大迷路――それ自体がひとつの世界だった。彼女は秘密の場所にいつも憧れていた。この自分の人生には秘密もプライバシーもない。そのことに最近になって気がついた。自分ひとりになれる場所も持っていなければ、これといった秘密もなかった。今年初め、休み時間に意地悪な男の子に大きめの石を投げつけて問題を起こしたことはあったが、あんなのは秘密でも何でもない。その点、姉のエリーズは本物の秘密の宝庫だった――彼女の体それ自体が謎めいていた。姉のここ一、二年の日常は腹立たしいくらい、どこもかしこも隠し事だらけだった。しょっちゅう電話でこそこそ話をしているし、ドアを閉めきっているし、やけに長くお風呂にはいっているし、デートにも出かけていく。そうなると自分の存在が突如、味もそっけもない単純な日課を送っているがゆえに、未熟でいささか馬鹿っぽく感じられてしまうのである。朝起きて朝食を食べて学校に行き、家に帰ってきたらおやつを食べ、友達と通りで自転車を乗り回すとかテレビを見るとかバンジョーを掻き鳴らすとかして、夕飯の席でその日一日の愚にもつかない出来事を取るに足りないことまでいちいち報告し、それから宿題をやってまたテレビを見て、あとはベッドにはいるだけ。これといった特徴のない郊外暮らしの情景は、いわば自分に突きつけられた告発状のようなものだった。

四階まで上りきったところで彼女はがっかりした。上に行けば屋上の遊歩道へと続く秘密のトンネルがあり、そこを抜けると秘密の花園があり、消防士が使うようなポールがあって、それを滑り下りるとホテルの心臓部に行きつける、そんな想像をめぐらしていたのである。なのに、あるのはまたしても客室ばかり。階段近くに面白そうな物入れがあったが、開けてみればタオルと掃除用具が詰まっているだけだった。毒入り洗剤？　まさか、そんな馬鹿なことがあるわけない、母さんがキッチンの流しの下にしまっているものと同じ、ただのありふれた洗剤だ。飲めば毒は毒だが、劇薬を示す髑髏《どくろ》マークがついているわけでもないし、面白くもなんともなかった。不満をつのらせながら階段を下りた。見るべきものがなかったら、秘密のひの字も見つからなかったら、どうすればいいのか？　これは由々しき問題だった。もしも大人の世界が退屈な社交と会話だけで成り立っているのだとしたら、大人になることにどんな意味があるというのか。唯一、大人になりたいと思わせてくれるのは、彼女のアンテナにたまに引っかかってくる〝仄《ほの》めかし〟だった。その背後には物事が複雑に絡み合う広大な網目が潜んでいるらしく、口にできないどろどろした感情が毛布ですっぽり覆い隠されているように思えるのだった。だがおそらくこのホテルはただのホテル、ニュージャージーはただのニュージャージー、姉さんはただの悩めるティーンエイジャーに過ぎないのだろう。

　二階まで来たとき、賭けごとめいたちょっとした遊びを思いついた。どこかの部屋のドアを当てずっぽうにノックして、もしもお婆さんが出てきたら、それは人間に変装した善良な魔女ということにする。お婆さんはアリスが次に行くべき場所を暗号で教えてくれるだろうし、そうすれば何か面白いことに出会えそうな気がした。さっそく目についたドアをノックしてどきどきしながら待ったが、誰も出てこなかった。次もまた留守だった。ところが三つ目のドアから顔を出したのがお婆さんだったので俄然《がぜん》色めき立った。正確にはお婆さんというほどではなかった――アリスの祖母の年齢には程遠い――それでもいちおう年寄りではある。皺があったのだ。

「なあに」女の人が言った。

「わたし、アリスっていうの」

　女の人は善良な魔女らしい笑みを浮かべた。「こん

アメリカの経済はなぜ、過剰な市場原理主義に陥ったのか？

新自由主義の暴走

――格差社会をつくった経済学者たち

ビンヤミン・アッペルバウム／藤井清美訳

eb12月

一九六〇年代以降、アメリカの市場原理主義を推し進めた経済学者たちがどのように政府の政策決定に影響を及ぼしたかを検証し、経済保守主義者が規制緩和を唱え自由競争を称揚した結果、超格差社会が生まれた過程を明らかにする。解説：前田裕之（日本経済新聞社）

四六判上製　本体３９００円［17日発売］

韓国女性の共感を集める新世代作家のデビュー作！

わたしたちが光の速さで進めないなら

キム・チョヨプ／カン・バンファ、ユン・ジヨン訳

eb12月

廃止予定の宇宙停留所には家族の住む星へ帰るため長年出航を待ち続ける老婆がいた……冷凍睡眠による別れを描き韓国科学文学賞佳作を受賞した表題作、同賞中短編大賞受賞の「館内紛失」など、疎外されるマイノリティに寄り添った女性視点の心温まるＳＦ七篇！

四六判並製　本体１８００円［絶賛発売中］

『オリーヴ・キタリッジの生活』待望の続篇となる連作短篇集

オリーヴ・キタリッジ、ふたたび

エリザベス・ストラウト／小川高義訳

eb12月

癖があり頑固だが、ときにやさしく勇敢なオリーヴ・キタリッジ。老境を迎えた彼女の日々と、海岸沿いの町クロズビーの隣人たちの悲喜こもごもをつづった傑作ぞろいの13篇を収録。ピュリッツァー賞を受賞した傑作『オリーヴ・キタリッジの生活』11年ぶりの続篇

四六判上製　本体２７００円［17日発売］

〈氷と炎の歌〉で描かれる世界の３００年前、

ばんは、アリス」

「こんばんは」アリスは突っ立ったまま指示を待った。

「どうしたの？　迷子になっちゃったの？」

「わたしに伝えることが何かあるんじゃない？」

女の人はドアから半身を乗り出し、廊下の左右に目をやった。「ご両親はどこ？」

「まだお食事中」

「あなたがここにいること、知っているの？」

「お部屋には八時半に戻ればいいんだって」

「そう。だったらもうお部屋に戻ったら？」

「つまらないんだもん」アリスは正直に言った。

女の人は一瞬、黙りこんだ。何か考えているらしかった。「いいことを思いついたわ。下の喫茶室に行って、レモネードを飲むっていうのはどうかしら？　わたしがごちそうしてあげる。二〇八号室のミセス・モスコウィッツと伝えてくれれば大丈夫よ」

「そこに行けば次の手がかりをもらえるの？」

女の人は苛立ちとかすかな好奇心を覗かせながらアリスを見た。「手がかり？　いいえ、もらえるのはレモネードだけよ。嘘じゃないわ。とにかくそこに行ってごらんなさい」

　立ち去りながらアリスは、善良な魔女はわざととぼけているのだ、ああやって手がかりを与えてくれたのだと自分に言い聞かせたが、どこか違う気がしなくもなかった。迷惑している女の人がただ追い払いたくてそう言っただけ、というふうにも取れた。絨毯を踏みしめながら来た道を引き返し、壁に指を走らせるうちに気分はなおのこと落ちこんだ。壁の色は彼女の自宅と同じクリーム色——そういえば学校も同じ色だった。どこもかしこもこの色だらけ。唯一の例外は、愉快なことが本当に起こる場所は、本のなかだけなのだ。廊下のはずれの自分たちの部屋にいったんは戻ったものの、気が高ぶっていてベッドにはいる気になれず、そこで家から持ってきた本——マデレイン・レングルの

『五次元世界のぼうけん』——を手に取ると、言われたとおり階下に向かった。

喫茶室には新聞を読んでいるかなり年をくった男の人がひとりいるだけで、カウンターの向こうには誰もいなかった。アリスはビニール張りの高いスツールのひとつによじ登り、硬質コルクの天板に本を据えると、読みかけのページを開いた。そこへ男の人の声がした。

「アリス？」

目を上げると、ホテル支配人のレンがいたのでびっくりした。物心ついてからずっとこの人にお熱だった。彼は天然の巻き毛で腕の筋肉がたくましく、人を寛《くつろ》がせてくれるおっとりとした雰囲気があった。譬えるなら、大きくて人懐《ひとなつ》こい犬といったところか。「ハーイ」

「ご両親はどうしたの？」

どうしてみんな同じことばかり訊くのだろう？

「お食事中よ。レモネードをもらえる？　二〇八号室のミセス・モスコウィッツにつけておいて」

「かしこまりました」彼は愉快そうにそう言うと、背後の冷蔵庫からピッチャーを取り出した。それからグラスに氷を入れてレモネードを注ぎ入れ、アリスの前に置いた。「店のおごりだよ。何を読んでいるの？」

「『五次元世界のぼうけん』」

「聞いたことないな。面白い？」

「傑作よ」

「最近は本を読む暇がなくってね、残念だよ」

レンは洗いもので忙しそうなので、アリスはいま一度本に意識を向けた。すると物語の見事な語りの力だろうか、アリスははっと気がついた、レンこそが目指す手がかりだと。善良な魔女はここに彼がいることを知っていたのだ。

「わたしに渡す手がかりがあるんじゃない？」

レンが振り返った。「何だって？」

「手がかりよ。次にどこへ行けばいいのかを教えてくれる手がかり」アリスは不意に自分が幼稚な愚か者になったような気がしたが、かまわず先を続けた。「わたし、探し物をしているところなの」

「何を探しているの？」

「わからないけど、面白そうなものをね」

レンはアリスに目を向け、ハンサムな顔をくしゃっとさせて笑った。「うん、あるよ」彼はカウンターの隅にいる男の人に素早く目を走らせ、盗み聞きされていないことを確かめると、顔を寄せてきた。アリスは全身を耳にして彼の言葉を待ち受けた。彼がささやくと、うなじに鳥肌が立つのがわかった。「ドアがあるんだ」

「ドア？」

「魔法のドアだよ」

「どこにあるの？」

「それがうまく言えないんだな、ここが肝心なところでね。ドアは始終動き回っているんだ。まずはそれを見つけなきゃならない」アリスがレンを見つめると、レンは神妙な顔でかぶりを振って見せた。それから呪文を解くように居ずまいを正して言った。「ご両親の食事はいつ終わるの？」

「二十分後」

「だったらそれまでに捜索を終わらせるんだよ、いいね？」

「わかった」アリスはレモネードを飲み干して立ち上がった。糖分で感情を高ぶらせながら、喫茶室をあとにした。目に見える以上のものが存在することをどうして疑えるというのか？　ただ素直に受け容れるだけでいい、世界に心を開けば、こうした発見を、冒険を与えてもらえるのだ。彼女はゆったりとした足取りで、両親が敬意をこめてグレート・ホールと呼ぶ場所を通り抜けながら、だだっ広い空間に目を走らせた。いくつものソファ、数々の絵画、本や装飾品で埋まる棚、舞踏場やラウンジを行き来したり、弧を描いて上階へと延びる大階段を上り下りしたりする大勢の人たち。すぐ近くの壁龕で時を刻む金縁時計が、自由時間はあと十五分だと告げていた。十五分で魔法のドアを見つけなくてはならない。一瞬、諦めかけた。〈ネヴァーシンク〉はあまりにも広大、まずもって無理だろう。

そのときだった。大階段の下にある金属製の小さなドアが目に留まった。半ば陰に埋もれていたし、主だったソファの並びとは斜交《はすか》いの位置にあるので、階段のそばまで行って注意して見ない限り気づかないだろう。心臓の鼓動が速まった――これが問題のドアだ、間違いない。だが、堂々とはいっていけるのか？　周囲には大勢の人がいるし、ベルボーイやメイドもそこここをせわしなく歩き回っていた。そこでアリスはその場にたたずみ、本を開いた。立ち読みしているふりをしたのである――ただの本好きの変わり者、そこに見るべきものはない、誰ひとり気にもかけないだろう。彼女は階段下の暗がりにじりじりと近づいていった。

だが、アリスはつと足を止めた。面倒なことになるのは嫌だった。手がかり探しの遊びを諦めかけていた。とそのとき、手にしている本のことが頭をよぎった。もしもメグとチャールズとカルビンが五次元世界にはいらずに終わったら、この物語はどうなってしまうだろう？　もしも彼らが猛烈な怖がりだとしたら？　それでは冒険などできっこないし、お父さんのミューリ博士をそれの魔の手から救い出せずに終わってしまうのだ。これではお話が台無しだ。分別を頭から締め出すかのように鋭く息を吸いこむと、アリスはドアの取っ手を引いてなかに身を滑らせ、素早くドアを閉めた。

木の小さな階段が下に延びていた。明かりはともっていたが、黄色い光は弱く、水中にいるような心地がした。地下の通路はスレート敷きで壁は石造り、この建物の土台部分にあたる。何か壮大な秘密を探っている密偵の気分――表面下に潜むものを嗅ぎつけて追跡している気分だった。目指すものはここに、この地下にきっとある。

とはいえ、魔女の差し出す手がかりに従いここまで来てしまったが、次はどうすればいいのか？　さらに下があるわけではなかった。あるものといえば、またしてもドアばかり、通路に沿ってドアが並んでいた。百ヤードかそこら進めばやがて大きな出口にぶつかるのだろう。アリスの思考に反応したかのように、頭上の電灯がちらちらと瞬いた。どのドアにしようか？　最初に試した向かい合うドアにはいずれも鍵がかかっていた。左側の三つ目のドアにも鍵がかかっていた。落胆という名の小さな欠片《かけら》の一突きが、楽しいはずのひとときをしぼませた。なんだか自分が退屈まぎれに空想ごっこをしている幼い少女に――実際そのとおりなのだが――思えてきた。

頭上に並ぶ電灯がぱっとついた。右手のドアを引くとすっと開いた。入口に立って闇を覗きこむうちに、次第に目が慣れてきた。缶詰や瓶がぎっしりと棚をふさいでいたが、中身までは確認できなかった。何十何百とある容器の中身はどれも魔法の飲み物なのだろうと思った。毒薬とか血清とか不老不死の霊薬に違いない。足を踏み入れると、背後のドアが思いがけず重々しく閉じた。四角い小窓からわずかに陽射しがもれていたが、十分とはいえなかった。そこで照明のスイッチを求めて壁に手を這わせたが見つからなかった。

部屋の隅で何かが動いたのでは？　そんなはずはない。ドアのノブを引いてみたが、鍵がかかってしまったようだった。そこで勇気を奮い起こして隅のほうに改めて目をやり、目が慣れるのを待った。男の人が見えたときも、これは恐怖心と闇が見せる目の錯覚だと否定した。顔のない灰色の男の人がこちらを見ていた。それからかちっと音がして、光が生まれた。その光はそこにいるはずのない男の人から出ていた。彼は間違いなく部屋の隅にいて、アリスに微笑みかけていた。隠されていたものが出現するのをさっきまで願っていたくせに、いまはそれと同じくらいの切実さで、これが幻覚でありますように、男の人が消えてしまいますようにと祈っていた。だが男の人はぐんぐん近づいてきた。ついにアリスは悲鳴をあげた。

翌朝、どこかに消えてしまったモップの柄《え》を探しにやって来た営繕係の人がアリスを見つけた。すでに十六時間が経っていた。ふたりの救急隊員に抱えられ、母親のすすり泣きをBGMに、アリスは容赦ない地上の陽射しのなかに運び出された。ホテルに呼ばれた医師が身体検査をした。医者はアリスの喉の周りについた青痣を触診し、生きて戻れたのは奇跡だと言った。大いなる奇跡《グロイス・ネス》——医者はそう何度も繰り返した。医者が警察の人と話しているのがアリスの耳に届いた。地下にはもうひとりいた——彼女ほど運に恵まれなかった子供の亡骸《なきがら》があったのだ。暴漢は彼女が死んだと思ったに違いない、警官のひとりが別の警官にそう言うのが聞こえた。警官たちはその男についてアリスにいくつか質問をし、彼女が憶えていることを書き留めると、礼を言って、彼女の父親に名刺を置いていった。ホテル専属の探偵ミスター・ジャヴィッツは質問をいっさい口にせず、ただ無事でいたことにほっとしている様子——実に勇敢なお嬢さんだ、と何度も繰り返すばかりだった。

アリスは感謝の念でいっぱいの車中におさまり、自宅に戻った。両親は、ちょっとでも口を利いた途端に娘が再び連れ去られるのではと恐れているふうだった。そして、彼女を寝室に寝かせると、枕元に本をどっさり積み上げた。読書も書きものも、父親がトレイに載せて運んでくる食事も、どれもベッドの上でこなした。実に快適——自分が望めば学期中まるまる学校に行かなくていいのである。これにはエリーズもちょっぴり悔しそうだった。感謝してよね、とアリスは姉に笑って言った——この先ずっと〈ネヴァーシンク〉に行かずにすむんだからね！

だが夜になると、階段とあの部屋、隅にいた男が現われた。彼の全身が放つ奇妙な光が、近づいてきたときに見せた彼の柔和な微笑みが、アリスを抱き寄せたあの腕の感触がよみがえった。闇のあまりの深さに、意識が戻っても死んでいるような気分だったことを思い出した。しかしこれについて考えることも人に話すこともできず、両親が連れてきたセラピストにさえ打ち明けられなかった。こうした記憶は、絶対に掘り起こせないほど深く、意識の底に埋めてしまうつもりだった。朝が来て、ブラインドの隙間から射しこむ陽光がもう安全だよとささやきかけてきてようやく、眠りが訪れた。そしてうつらうつらしながら思うのだった。もう決して地下には行くまい、何があっても地上にいよう。

8　ミスター・ジャヴィッツ
一九七五年

赤毛の女がやって来たとき、頭のおかしなのがまた現われたかとミスター・ジャヴィッツは思った。この手の変人は、一九七三年八月の猛暑日以来、ごまんと見てきた。あの日、幼いアリス・エメンターラーの失踪事件が起き、それがヨナ・シェーンベルクの遺骸発見につながったのだった。まずは死体に酢をかけて腐敗臭をごまかし、その後、骨になった亡骸を麻袋に詰めこみ、乾物貯蔵室の棚の背後に二十五年間隠してあったのだ。この忌まわしいニュースが駆けめぐるや、人間の姿をした有《う》象無《ぞうむ》象《ぞう》が、ホテルの北の芝地に立ち昇る蒸気のごとく、ぞろぞろ地表に湧き出てきたのである。ミスター・ジャヴィッツは常連客が当然抱くだろう好奇心にも動じなかったし、この事件をネタに何か書いてやろうと都心部からやって来たジャーナリストや物書きにも取り合わなかった。連中はただ自分のやるべきことをやっているだけと割り切っていた。とはいえホテル専属の探偵である以上、つまらぬ役目とは思いつつも、連中の対応はミスター・ジャヴィッツがやるしかなかった。女房のヘッダは、亭主が三十年近く続けているこの仕事に、まるで理解を示さない。彼女はいつだってこれを腰かけ程度にしか考えていなかった。正直なところ、彼自身もそのつもりだった。なにしろニューヨーク州立大学クィーンズ校（二年制コミュニティカレッジ）のジャーナリズムの準学士号を持っているのである。卒業して一年後の一九四六年、ふたりはこの谷間の町に越してきた。同世代の人たちのなかには、戦後になって大地回帰運動みたいなことを実践する者がけっこういた。そしてこの地で親しくなったのがジーニーの夫、ヘンリー・コーエンだった。そのヘンリーから、ちょうど評判も集客もうなぎ上りの〈ネヴァーシンク〉で、宿泊業にありがちな厄介事――酔っ払い、不品行、盗難、その他諸々――に対処する専属の探偵を雇う計画があると聞かされ、ミスター・ジャヴィッツはこれに乗ったのだった。面白そうな仕事に思えた。MGMの往年のコメディ映画――例えば、デザート用カートの下に隠れている女装したボブ・ホープとかをホテル探偵が見つけ出すドタバタ喜劇を思い浮かべた。仕事に就いても一年で辞めるくらいの軽い気持ちだった。ところがヘッダが妊娠し、ささやかながら家も買った。するとヘッダがまたぞろ妊娠し、さらにまた別の事情ができ、そしてまた……という具合にきっかけを失った。そのうち彼女が都会に戻りたいと言いだしたが、そのころには週七十ドルを稼いでいたわけで、心優しいジーニーのお蔭で給料は着実に増えていた。都会でゼロからやり直すとして、何をすれば週七十ドルも稼げるというのか？　都会の物価はこっちの四倍だということはさておくとしても、六年前に取得したジャーナリズム準学士号をひっさげて安物のスーツを着こみ、職を求めて会社回りなんてできるのか？　どこぞの胡散《うさん》臭い手合いが週給五十ドルで雇ってくれるかもしれないが、いずれ家族が行き着く先は殺されても不思議のない場末の劣悪環境だろう。おまえさんは自分たちと子供たちが殺されてもいいのか？　ジャズ的狂騒や乱痴《らんち》気《き》騒ぎを求めて夜な夜な出没する欲情したビート族の若者に強姦《ごうかん》されたいのか？　こんな台詞《せりふ》でヘッダを脅《おど》して震え上がらせ、このままリバティに留まることを、静かな丘の上の彼が手放しで絶賛するこの土地に住みつづけることを、受け容れさせたのだった。この川！　湿原！　魚釣り！　気さくな町民！　草むす土手から斜めに射しこむ陽光が、ここに暮らす者たちの運の良さとセンスの良さに目配せするさまときたら！　これらが我が家の窓から一望できるのだ。ところが皮肉なことに一九五〇年に例の子供が行方知れずとなり、誘拐や殺しといった質《たち》の悪い噂が吹き荒れると、乳牛からじかに搾《しぼ》りとったグラス一杯のミルクほどに健全で安全と思われていたこのホテルは、経営危機に陥ったのだった。ミスター・ジャヴィッツは一九二〇年代、ニュージャージー州ウィホーケンの人のひしめく集合住宅で生まれ、移民の母親は階下でいかがわしいもぐり酒場をやってどうにか日銭を稼ぎ、閉店後は自宅の居間が酒臭い男どものふらりと立ち寄る年中無休の紳士クラブに早変わりといった環境で育った。それゆえ悪徳に対する生来の嫌悪感はますます強まり、その分、品行方正、勤勉、健全、善行と評されるものなら何であれ愛するようになっていった。だから、今回現われた赤毛の女もそうだが、〈ネヴァーシンク〉にやって来る病的な好奇心丸出しの変人どもには心底怒りを覚えていた。連中は何が望みなのか？　スキャンダルや死が放つオーラに引き寄せられるのか？　あるいは単に刺激を求めているだけなのか――もっともこれはあくまでも寛大な見方ではある。三十年近くこの谷に暮らしてきたミスター・ジャヴィッツに言わせれば、たしかに面白いことなどたいして起こらない土地であるのは認めるとしても、幼い男児が殺された現場をうろつくより、もっとましなことはいくらでもあると思うのだ。例えば、ブラックベリーを摘《つ》みに行ってもいい。果汁たっぷりのあの甘い果実をパイに入れて焼くとかジャムにするとか――そんなことを思うだけで、ミスター・ジャヴィッツは飼い犬のバセットハウンド、アルバータ（シュヴァイツァーにちなんで命名）みたいによだれが垂れてくるのだった。正直な話、近頃この牝犬は体調が思わしくなかった。目も悪くなっているし、目のすぐ下の垂れ下がった口にも異常があるらしく、絶えず流れっぱなしのべとつくよだれで床や地面を濡らし、疲れるとその場から動かなくなった。この惨めな状態からアルバータを楽にしてやる必要がありそうだと最近になって思うようになった――地元の遠回しな言い方にならえば〝農家の裏手に連れていく〟というやり方で。そんなこともあって、とりわけ死に対する本能的な嫌悪がいっそう強まっていたのである（それを言うならジーニーも、ホテルの経営を二年前に息子のレンに譲り渡して以来、徐々に体調を崩すようになり、例の少年が発見されてからは急坂を転げ落ちるように一気に衰弱してしまい、いまでは一日のほとんどをホテル裏手のコテージで、悔い改めた聖人のような隠遁《いんとん》生活を送っていた。とはいえ、ジーニーの死を予見するなどあまりに恐ろしすぎたし、一瞬たりとも意識にのぼらせることなどできようはずもない）。しかし彼がこうした物見高い連中を忌み嫌うのは、動機が何であれ、ここをうろついているというただそれだけで、愛してやまぬ場所がみすぼらしいオーラに包まれてしまうからだった。こうした輩は客になりすましてホテルにはいりこんでは飢えたワタリガラスよろしくこそこそ歩き回り、無断でこしらえたスペアキーをじゃらつかせ、どうにかして地下への通路を見つけ出し、新聞がさんざん書き立てた〝秘密の部屋〟を一目見たいものだと思っているのである。一度、ヤンキーズの帽子をかぶった狡賢《ずるがしこ》そうな男が階段下に潜んでいるところを発見し、力ずくで追い払ったこともあった。そこは下りられませんよ！　と声を荒らげると、男は自分の部屋に戻るところだと言い張るので、あんたの部屋は地下にあるのかとどやしつけてやった。恥を知れ！　ふざけるな！　ホテルの紋章が胸元を飾るピーコートを脱ぎ捨てて男に迫ると、男はおどおどした目で振り返りながらロビーを駆け抜け逃げ出した。ミスター・ジャヴィッツは泣く子も黙る大男というわけではない——むしろ小柄なほうで、表向きには五フィート七インチと言っているが、せいぜいが五フィート五インチに硬貨数枚の厚みを加えた程度——それでもいたって壮健だし、自己流のフィットネスをずっと続けているお蔭で腕の筋肉はむきむきだ。毎日、腕立て伏せを二百回と腹筋運動を百回こなしているが、もっとも重視しているのは五時起きで励行している八マイルのランニングだ。朝も暗いうちからランニングシューズの紐を引き結び、頭に乾電池内蔵のヘッドランプを装着して敷地内の砂利道を駆け下り、ルート１１７沿いをひた走るのである。そこは崩壊寸前の木材搬出用道路で、足首を捻挫《ねんざ》しそうな轍でそこここがえぐれていて、路肩は切り立った崖だった。彼が丘の斜面にさしかかると闇に紛れた動物たちが慌てふためき、ときおりフクロウがほーほーと啼《な》いた。ルート１１７は、彼が暮らす丘陵もしくは小山——実際どっちが正しい呼び方なのか彼にもわからない——から麓までコルク抜きのように続く広い道路で、そこを下りきった先はリバティのなかでももっとも貧しい地区だった。じめつき雑然とした家並みは泥んこ遊びをするうちに置き去りにされた子供たちのようで、彼はここを目にするたび自分の子供時代に引き戻され、体に悪寒が走った。特によく思い出すのは、絨毯の縁がめくれ上がったあたりに投げ出された泥のこびりついた男物のワークブーツにまつわるものだった。そのときジャヴィッツ少年は絨毯の上で本を読んでいた。本を読んではいたが、実際は心をさまよわせていたわけで、成長して身の回りの環境をさらに意識するにつれて、心のさまよう頻度は高まっていた。思考はいつしか本から離れ、本を貸してくれた教師へと向かい、さらには白墨《はくぼく》の粉だらけの黒板と筆記体の文字で埋まる板壁のある教室風景へと移っていった。とそのとき、自分の前に立ちはだかる男の足が目にはいった。男が何か言ったが、ジャヴィッツ少年は水中で聞いているような心地がした――もっともそのときの声がどんなふうに聞こえたのか、それをどう記憶しているのか、いまになるとよくわからないのだが。そこに何か違いはあるのか？　だが、間違いなく男のほうに顔を上げることはしなかった。まだ年端《としは》も行かぬ子供とはいえ――自分自身にも、妹にも、暗い廊下の先にいる母親にも、目の前にいる男にも、誰に対しても――気まずい思いがあったのだ。男はワークブーツを履こうとしていた。見れば男の靴下はひどく汚れていて皺が寄り、一方のくるぶしあたりにできた穴から黒い毛が一本覗いていた。するとジャヴィッツ少年の脳裏に、友達のルーベンの、逸《そ》れたボールを取りそこねて右眉にこしらえた傷の縫合痕がよみがえった。その縫い目は蠅《はえ》の脚の繊毛を思わせ、皮膚にしっかり食いこんでいるように見えた。あれを繊毛と呼んでいいんだろうか？　奇妙なことに、そのとき一匹の蠅が東の窓にとまった。窓からは金色の小塔と青いドームを戴《いただ》く東方正教会が見えていた。青いドームは巨大なコマドリが捨てていった卵、嫌悪と孤独が潜む異様に肥大した卵に見えた。蠅が体をうごめかせた。ふと気づくと男は話すのをやめていた。その瞬間、ジャヴィッツ少年は強烈なパンチを食らい、天地が逆転した。壁と天井に宙吊りになった家具と家具のあいだから男の顔が見えた――ブロンドの髪をした、従兄のディヴィッドとさして年の違わない、頬髯をうっすら伸ばした若者で、生来の憂《うれ》い顔が怒りで赤く染まっていた。男が立ち去ると、そこで記憶は薄れ、ひしゃげた椅子とひび割れた漆喰しかないセピア色の情景だけが残された。彼がこの地区を走るのはこれがため――自分の出自を忘れないようにするため、自分はもうあそこの住人ではないことを再確認するため――そう思っていた。五十になり、いまも〈ネヴァーシンク〉で快適な暮らしを営んでいても――ジーニーのために働き、警備の仕事をこなし、絶えず忙しくしていることを信条に、必要とあらばどんな雑用でも引き受ける――そうしながらも彼は不安だった。たまに想像するのは、そのうち何かとんでもないことが起こって自分と家族が貧困のどん底に引きずりこまれる場面だった。だからこういう家々のそばを日々走ることには屈折した満足感が、生乾きのかさぶたを剝がすのにも似た病的なスリルがあった。町の貧困地帯を行き過ぎ、次に走り抜けるのは小さな公園だった。ここでは夏になるとホームレスたちが朝まだきの静けさのなかで、眠りの番人のごとき錆《さ》びたバーベキューグリル（公園内の公共設備）の下に寝転んでいた。そこから町の中心部――ガソリンスタンド、図書館、郵便局、歯科医院――に向かう。歯科医院の正面を飾る白い列柱は歯ブラシを連想させるため、前を通りかかるたびに失笑をもらさずにいられなかった。いったいどんな人間が自宅のポーチを歯ブラシみたいにしたがるのか？　まあ、そこはやはり歯医者だからだろう。歯医者になるのはどういう手合いの人間か？　それを言うなら、誰が好き好んでホテル探偵になどなりたがる？　（以前、警備主任なる肩書変更が検討されたこともあったが、保留のままいまに至っている）。なにゆえ人はことを起こそうとするのか？　なぜあの少年は殺されてしまったのか、なぜこの辺一帯の子供たちが何人もいなくなったのか、なぜあの少女は襲われたのか、いったいなぜなんだ？　いっそ少年の遺体など見つからなければよかったのだ。いや、そもそも少年が殺されなければ、この自分の目と鼻の先で殺されずにすんでいれば、なおのことよかった。あれが自分のせいだと思っているわけではなかったし、罪悪感にさいなまれているわけでもない。つまるところ警備担当者は自分ひとりしかいないのであり、しかも一九五〇年には一日に何百という数の客が出入りする巨大ホテルになっていたのだから、ひとりひとりに目を配れるわけがないのである。これは少年がいなくなって二日後に、ジーニーから言われたことでもあった。そのとき彼はジーニーの狭いオフィスの椅子にすわり、悲嘆に暮れ、罪意識に苦しんでいた。我が子チャーリーが連れ去られてひどい目に遭《あ》わされるところを想像しては、がっくりとうなだれ、さめざめと涙を流した。何の罪もない幼いチャーリーに——愛情たっぷりに大事に育てられた子供に——降りかかるのは、まさしく人生初の恐怖体験になるのだから、なおのこと悲惨だろう。そんな恐怖が湧き上がる瞬間は現実で味わうどんな苦痛よりも最悪なはず、そうミスター・ジャヴィッツは思った。この前夜、自分がヨナになったりチャーリーになったり、殺人者になったり、あるいは自分自身になったりして、ただなすすべもなく傍観している、そんな恐ろしい夢を切れ切れに見ては、ベッドのなかで汗まみれになっていた。自分が眠っていたのかも、ただ頭がめまぐるしく回転していただけなのかも、判然としなかった。翌朝、職場に出かけると警察の尋問を受け、少年の母親からは無能だ何だとさんざん罵《ば》倒《とう》された。その後ジーニーのオフィスで壁にもたれてむせび泣き、辞職を申し出た。だがジーニーは——いまもはっきり憶えているが——彼のそばに来て肩に手をかけ、こう言ったのだった。ねえソール、あなたはひとりきりで任務をこなしているのよ。あの両親にも誘拐を防げなかったし、警察だって防げなかった——わたしだって、あなただってそう——神様なら防げたかもしれないけれど、実際には防げなかったのだから、あれは神のご意思だと思うしかないの。あなたを雇ったのはなにも窃盗や誘拐を未然に防ぐためじゃない、ただ秩序や風紀が乱れないようにしてもらうためだもの、あなたはその役目を立派に果たしてくれているわ。
あのときの彼女の顔は聖女のようだった。頬には無垢な天使みたいな赤みがさし、彼女に具わる善性が陽射しとなって頭上に降り注ぐかのようだった。彼は相変わらずしゃくりあげていたが、涙の原因は一変していた。口に出しはしなかったが、罪意識は影を潜め、清らかな心を持つ人に対して抱く無限の感謝が、この女《ひと》のためなら殺人も厭《いと》わないと思えるほどの報恩の念が、湧き上がっていた。ジーニーは実の母親とも思える存在になった。もちろん実の母が飲んだくれの老いぼれ売春婦なのは百も承知。それでも人生は摩訶《まか》不思議な小径へと彼を導き、都会っ子の彼を森深い辺境の地に誘《いざな》い、特に興味もなければスキルがあるわけでもないのに仕事を与えてくれ、そして何よりも、松とハンノキの鬱蒼とした木立や棘《とげ》のある茂みのなかで母親と出会わせてくれた、そう感じたのだった。その人は豊かな胸にこの自分を抱きよせて優しくなだめ、この一件はもう忘れてしまいなさいと言った。だから忘れるようにしたし、この二十年余り、ほとんど忘れていた。ところが幼い少女が襲われ、警察が少年の亡骸を発見したことで、頭のおかしな連中がまた押しかけてくるようになった。そのひとりがあの女、ルーシーという名の女だった。

朝十時、彼のオフィスの前に現われた彼女は、〈警備主任〉の札がかかるドアをノックした。主任と名乗っておけば部下が複数いることをそれとなくにおわせられるわけで、不特定多数の人間——例えば今週初めに現われた年端も行かぬ窃盗犯——に、悪事や不品行が起こらないよう見張っている人間がそこらじゅうにいると思わせるには便利な肩書だ。だが赤毛の女に畏《おそ》れ入ったふうは見受けられなかった。デスクの向かいの椅子に腰をおろす彼女を見守りながら、ミスター・ジャヴィッツは自らの探偵術を駆使して、といってもたいしたものではないが、この女が何者で、どういう素姓かを推理しようとした。年齢は自分とほぼ同じ五十前後、髪は銅線のような赤。サンダルを足につっかけ、くたびれたジーンズをはき、花柄のブラウスの第一ボタンをはずし、しみの浮いた平たい鎖骨を晒している。美人ではないが不器量でもなく、態度にも好感が持てた——少なくとも前日、彼がダイニングルームでマッツォ・ボール・スープ（団子を浮かせたユダヤ風チキンスープ）の汁を吸わせたパンを呆《ほう》け顔で口に頬張ったところにやって来て、面会を申し入れた時点では、ただの感じのいい女性に過ぎなかった——ところがこの日、彼女が口を開いた瞬間から、ミスター・ジャヴィッツは彼女が嫌いになっていた。彼女がホットなニュースを書き留めるべく、ジャーナリストよろしくリーガルパッドを膝の上に広げたときも嫌悪感は続いた。こいつはジャーナリストなのか？ 作家か？ いや違う。女は暇を持て余す地元の主婦にしか見えなかった。ならばどうして、この会見を自分は引き受けたのか？ 彼女が何者かは知らないが、少年の失踪に関して耳に入れたい情報があると言ったからだった。しかも、そのさりげない物腰にはおまえにも責任の一端があるという気にさせる威圧感があり、何十年も前に少年の母親と対峙《たいじ》したときの苦い思い出を呼び覚まさせたのだ。女が向かいの席から笑顔を向けつつこちらを品定めしている、そんな気がした。そこで期待に応えるべく、背後から伸びる見えざる手で顔の皮を引っ張られてでもいるように、醜怪な笑みをこしらえて見せた。さてルーシー、ご用件は何ですかな、と彼はうながした。すると彼女は、実はねソール——こう呼んでいいかしら（彼は了承）——例のシェーンベルク家の少年と二年前の少女の件で、どうやら有力な情報をつかめたみたいなの、と彼女は切り出した。なるほど、と彼は返した。つまり、それが誰だかわかったのだと彼女は続けた。それとは何かと尋ねると、犯人ですよと言うので、彼は彼女に目をやった。女は彼がここで立ち上がって小躍りを始め、感極まってデスクを跳び越えてくるのを期待していたのだろう、彼の反応にがっかりしているのが見て取れた。残念ですが、なぜあなたがそれをわたしに告げに来たのか理解に苦しみますね、これは警察に持ちこむべき話だと思いますが、と彼は言った。すると彼女は、ええやりましたよ、嘘じゃありませんとも、とうに掛け合ったんですと言った。連中は耳を貸そうともしなかった。頭のイカれた女だと思ったんでしょうね。なるほどね、とミスター・ジャヴィッツは返し、ちょっといい気分になって椅子の背にもたれた。だからわたしは言ってやったわ、あなたたちに殺人犯を捕まえさせてあげるんですよ——家も突き止めたんですからね！　って。そうしたら連中、何て言ったと思います？　その情報がいずれ必要になったら、こちらから連絡します、ですからね。ほかに話の持っていきようがなくて、それでここに伺ったってわけ、あなたならちゃんと話を聞いてくれるんじゃないかと思って。そこでちゃんと聞いていることを示すべく彼が居ずまいを正すと、彼女は自らの身の上を語りはじめた。この近くで生まれ育ったこと、ほかの人たちのように失踪事件のことを耳にして誰とも知れぬ影に怯えて暮らしていたこと。そして、自分の息子の身をずっと案じてきたが、神のご加護で息子は無事に成長し、いまはニューヨーク州立大学ジェネセオ校に在籍していること。二年前に夫が急逝《きゅうせい》し——ここでミスター・ジャヴィッツはお悔やみを口にし、彼女は礼を述べた——もっと小さな家に越さねばならなくなったこと。移り住んだ地区の、同じ通りの何軒か先に住む男が気になりだしたこと。背が高く、がりがりに痩せていて、黒い髪と黒い瞳をしていること。その男は誰かが背後に忍び寄るのを始終警戒しているような素振りを見せること。〝胡散臭い〟という表現がぴったり当てはまるのだと彼女は言った。初めのうちはさほど気にもしていなかった、ただの変人くらいに思っていた(でしょうな、あんたみたいにね、とミスター・ジャヴィッツは心のなかでつぶやいた)、ところが次第に男の行動を見張るようになった。わたしって宵《よい》っ張りなんですよ、夫もいないし仕事もしていませんしね。それもあって、そのうち通りを歩いていくその男が目につきだした。男はたまにかなり遅い時間になって——夜中の二時、三時、四時あたりに——出かけることもあった。そこで真夜中に自宅の窓から見張ることにした、すると彼が影のように、実際の影以上に黒々とした気配を漂わせて歩いてきた。遅い時間に外出するというだけならまだしも——これだって犯罪というわけじゃない、ちょっと変わった趣味ではあるけど、このわたしだって宵っ張りですからね——それとは別に、家々の窓を覗いて回るんです。ときどき立ち止まっては後ろを振り返り、誰もいないことを確かめると、裏に回って反対側の通りに抜けるという具合。一度、わたしの家の裏手に来たこともあったんです。あなたの家にですか、とミスター・ジャヴィッツは言った。ええ、庭を抜けて家の側面にやって来たもんだから、わたしは戸棚からショットガンを持ち出しましたよ。それから下に行って、寝室をそっと覗くと、男が窓の外に立っているじゃありませんか。いまこうしてわたしがすわっているのと同じくらい見間違えようがありません。男は何かを、誰かを探している、それが肌に伝わってきた。正直言って血が凍りつきそうなほどぞっとしましたよ、ソール。ええ、想像がつきますよと、彼は返した。そうでしょう、で、警察に通報したところ、誰かをそっちに向かわせると言ってくれたけど、結局誰ひとり来やしない。その夜も次の夜もまんじりともできなかった。それからというもの、わたしはちょっと取りつかれたようになったんです。男のことを近所の人に尋ねると、みんなは肩をすくめてこう言うばかり——ああ、ミスター・アンドリューズのことだね、あの人は誰ともつきあおうとしないけど、知る限りじゃちゃんとした人ですよ、確かに夜の徘徊《はいかい》が好きな点はちょっと変わっているけどねって。そこであるときミスター・アンドリューズを尾行したんです。夜の早い時分に家から出てくるのを見かけたので、わたしは黒っぽいなりをして、後ろからついて行きました。そうしようとは前から思っていたんです。通りを歩いていく彼の背後を二ブロックほど距離を置いて追いました。てっきり町に行くんだと思っていたら、公園にさしかかるとそこを通り抜け、森のほうへ行くじゃありませんか。まあ、言うまでもなく、尾行するには遠すぎます。わたしはジャングルジムの陰でぶるぶる震えながら立ち止まりました。夜の十時に森にはいるだなんて！ 誰がそんなことします？ そこで調査を開始したところ、非常に興味深い発見がいくつかあったんです。わたしにはある仮説が——。しかしミスター・ジャヴィッツはすでに聞く気をなくしていた。この女はやけに自分の母親を思い起こさせる、そう思った。見た目が似ているというのでなく、精神的に危うそうなところがそっくりで、これが彼の神経を逆撫でした。もしも彼女の話を真剣に受け止めなければ、こっちが彼女を呼び出して話を聞きたがったかのように彼女の推理に反応して見せなければ、この女は傷つくのではないかと。仮説にはうんざりだった。猫も杓子《しゃくし》も口を開けば仮説ばかり！ そのうち誰も彼もが胡散臭く思えてきて、自分以外のすべての人に疑いの目を向けるようになる——これこそがこの手の失踪事件の真に嘆かわしい点なのだ。そうやって隣人や職場の同僚が互いに反目《はんもく》し合うようになるのである。彼は椅子にもたれ、彼女の話に相槌《あいづち》を打ちながら、窓の外の樹木に目をやった。こ一羽の大きな鳥がすぐそこの枝にとまったので、ミスター・ジャヴィッツはうなずきと相槌の合間に、なんという種類の鳥か特定しようとした。黒とオレンジ色――ムクドリモドキだろうか？　いや、羽はオレンジというより黄色に近いし、しかも斑《ふ》がはいっている。いずれにせよ、こんな北の果てまでやって来るムクドリモドキなど聞いたことがない。こう言ったからといって鳥に詳しいわけでもなんでもなく、ずぶの素人《しろうと》である。オウゴンヒワ？　鳥にそこまで関心を持ったことはなかった――むしろヘッダのほうが野鳥観察にかけてはぐんと優秀だ――とはいえ、すこしばかり年をくい、生活のペースがやや落ちだしてみれば、鳥にますます惹《ひ》かれるようになっていた。彼には目の前のルーシーその人が鳥に見えた。動作がぎごちないし、痩せているし、赤い羽毛が老化で色あせたというか、最後の羽根の抜け替わりで色が抜け落ちてしまった鳥といったふうだった。ふと見れば、彼女が何か言い、こちらに問いかけていた。え、何ですって、と彼は訊き返した。すると彼女はこう言った。あなたもしくは警察が尋問をした人のリストをお持ちじゃないですか？取り調べはしましたよ、と彼は言った。アリスという少女のときにもやったし、シェーンベルク家の少年についてはずっと以前にやっている――もしやあなたが事情聴取を担当したのでは、と彼女が言うので、そうだったかどうか思い出そうとした。人々から話を聞いたのは間違いない。あちこち聞きこみに回ったのだった。警察の捜査にも協力したが、警察が誰と話をし、誰を署に連行したかまでは、そういうことがあったとしても、彼にはわからなかった。確かに――誓って確かに！――少年が消えてから何週間ものあいだ眠れぬ夜を過ごし、少年の無事の帰還をひたすら祈ったものだった――それで祈りが通じたかといえば、成果はゼロ。それまで本気で祈ったことなどなかったのに、どんよりと雲の垂れこめたある夜、彼は完成間もないゴルフコースにふらりと足を向け——あれは緩斜面のある芝地、14番ホールだった——神に向かって声を張りあげ、どうか少年の無事をお計らいくださいと祈っていた。それを口にしたとき、頼んでいるのがシェーンベルク少年のことなのか、息子チャーリーのことなのか、はたまた自分自身のことなのか、自分でもよくわからなかった。だが、事情聴取？　そんな形式ばったことをしたかどうか確信はなかった。そんなことをあれこれ考えていたせいで、またしても質問をうっかり聞きもらしていた。すると彼女はこう言った、いえそうじゃなくて、よかったらうちに来て調べ上げたものを見てもらいたいの。わたしが収集した資料をね。警察は見向きもしてくれなかったから。そこでミスター・ジャヴィッツは言った。正直言って、いいですかルーシー、もしも警察が興味を示さなかったというなら、わたしにできることがあるとは思えませんね。彼女は椅子のなかで身をこわばらせた。一瞬、彼は自分が事情聴取を受けているような、尋問されているような気分になった。彼女は指を折ってひとつひとつ数え上げながら言った。いいことソール、あなたはこのあたりに住んでずいぶん長いはずだし、取り調べのテクニックにも通じている。二件の犯罪が起きた場所で働いてもいるし、警察にコネもある。だからこそ手を貸してほしいんです。そう言って、黄色いリーガルパッドに自分の住所を書きつけると、それを破り取ってデスク越しに彼に差し出した。そこで彼はこう告げた。いいでしょう、わかりました、喜んで伺いますよ。朝のうちでもいいですか？

木曜日の朝、五時、ミスター・ジャヴィッツはまだ寝ているヘッダにキスをすると、最近降った雨でぬかるむ轍だらけの道を抜け、いつものランニングに出かけた。いまは雨期《モンスーン》だが、このあたりは一年じゅうモンスーンみたいなものだとヘッダは言う。この水はいったいどこへ行き着くのか？　そんなことを考えながら、自宅裏の増水した段々滝と灰色にぎらつく石積みを思い浮かべた。道路の湿った土が靴底に触れるたびにぎゅっぎゅっと音をたてると、いやはや、今日って日はどうなることやらと思った。いまも雨が降っていることに気がついた。ヘッドランプが放つ三角形の光のなかに霧雨《きりさめ》の粒がはっきり見て取れた。おまけに寒かった。彼はひとり毒づいた——まったくなんてひどい道なんだ、忌々しいったらありゃしない。悪態が頭のなかで谺《こだま》した。とそのとき、丘を少し下ったところで、ぬかるんだ轍に足を取られ、体が前に投げ出された。口は禍の因《もと》、しっぺ返《ネコメ》しをされた気分だった。起き上がり、走り続けようとしたが、足首をくじいていた——一歩踏み出すごとに鋭い痛みが体を貫いた。立ち止まり、途方にくれた。予定ではいつもどおりランニングをこなし、七時ごろルーシーの家に立ち寄って、それから走って自宅に戻り、九時には職場にはいるつもりだった。こうなったら足を引きずりながら家に引き返し、シャワーを浴びてから車でルーシーに会いに行くべきかと思ったが、彼のなかの何かが——懲罰的意識からか、単なる強情がさせるのか、当人にも理解の及ばぬ何かがそうさせるのか——ランニングの続行をうながした。彼が自力で戻れない場合は、彼女が車で送ってくれるかもしれない。彼はペースを落とした、彼女の家に行くのにそう慌てることもなかった——虫たちが翅《はね》をこすり合わせて奏《かな》でる調べに包まれながら、ヘッドランプの光が闇に穿つ穴を踏み進むことを甘んじて受け容れた——ようやく麓にたどり着いたところには薄墨色の夜が白みはじめ、町の起点を示す舗装したての歩道から立ち昇るタールのにおいが大気を満たしていた。彼女の住所はエルミラ通り二〇〇番地。彼は湿ったリーガルパットに三度目をやり、よし、ここが目指す場所だとさらに三度、確認した。そこは町の貧困地帯に立つ薄汚れた家並みの一軒で、間口の狭い、色あせた黄色い家の脇には、たるみきったトランポリンが放置されていた。ルーシーはそこそこ裕福そうな印象だったので、これには驚いた。なんだか一杯食わされた気分だった。いいように操られ、就業前に丘の下までやって来て、走りを邪魔され、足首を痛める羽目になった、そんなふうに感じた。しかもこの先数週間、走れそうにないと思うと気が滅入ったし癪《しゃく》にさわった。何が悲しくてこんなことを引き受けてしまったのか？　なにゆえあんな妄想女をわざわざ訪ねていかねばならぬのか？　突拍子もない仮説と、警察が見向きもしない情報を持つ頭のイカれた女だぞ？　馬鹿ばかしいにもほどがある。馬鹿げていると気づいたところで来た道を引き返すべく、いいほうの足を軸にして体の向きを変えたそのとき、前進を阻《はば》む声がした。おはよう！　彼女はすでにポーチに出ていた。コーヒーカップを手に彼を出迎えると、わざわざ山を下りてきてくれたことに礼を述べ、捻挫の具合を尋ね、気づいたときには腕を取られて踏み段を上り、家のなかに導かれ、汚れた室内に恐縮され——こうなったのは夫が死んで鬱状態になったせいだが（癌《がん》だったと、あらためて聞かされた）、最近ようやく立ち直り、このケース（彼女はそう呼んだ）の解明に携わることが精神の安定に大いに役立っているという——それから散らかった居間に連れていかれ、二年間の調査の成果だという資料が山積みされたオーク材の大きなデスクを見せられた。なかでも目を引いたのは大判のコルクボード、そこにはキャッツキル一帯の地図が張り出され、あちこちに色とりどりのプッシュピンが刺してあった。それを指さす彼女を眺めながら彼は、悲しみがいかに人を何かに駆り立てるかを思った。自分の母親がいい例だった。そう言えばずいぶん長いこと顔を見ていない、会わなくなってどれくらい経つだろう？　五年？　老境にはいると母は突如狂信的になり、ルバヴィッチ派（ユダヤ教超正統派集団のひとつ）の熱心な信者になっていた。タルムードに無分別にのめりこみ、いまは週に一度、善行戦車《ミツヴァー・タンク》（ルバヴィッチ派が布教のために使っているバン）でボランティア活動をしているのである。最後に彼女に会いに行ったとき、彼女はそれに乗って、バーゲン郡の当惑する住民たちにパンフレットを配っているところだった。灰色の髪をショールで覆った頭をちょこんと下げては、宗旨変えの可能性なきにしもあらずの信者候補たちに期待をこめた笑顔を振りまくこの女性と、彼が子供時代に知っている母とがうまく結びつかなかった。香水と酒のにおいの染みついたバスローブ姿で悔い改めたように押し黙り、彼と妹を小学校へ送っていったあの人と同一人物とはとても思えなかった。学校のトイレで、彼は母が触れた部分を何度も執拗に洗ったものだった。ほかの子たちににおいを嗅ぎとられそうな気がした。まだ十歳だというのに、歪んだ鏡に映っていたのは、おどおどした中年男のような顔だった。

ミスター・ジャヴィッツ！　我に返るとルーシーが声を張り上げていた。わたしはこれに二年もの歳月を費やしてきたんですよ。せめて何分かでも、ちゃんと見てくださいな。わたしの話を聞いてちょうだい。

彼は傾聴した。続く数分間、彼女は気づいたことを具体的に述べていった。一九五〇年にヨナ・シェーンベルクが姿を消して以降、さらに七人が行方不明になっていた。地図に刺さるプッシュピン——黄、赤、緑、青、紫、オレンジ、白——はリバティの町に集中し、ホテルの所在地には、モノポリー・ゲームで使う赤い建物が糊《のり》づけされていた。彼女はこれら失踪事件の詳細を語った。そのいくつかはミスター・ジャヴィッツの耳にも届いていたが、知らない事件もあった。数年前には、食料品店のレジ係をしていた地元の若い娘がいなくなった。彼女のことは彼もよく憶えていた。小柄な娘で、アッシュブロンドの髪を真ん中で分けて、スエードを三つ編みにしたヘアバンドで留めていた。だが彼女はヒッピーだったし、西海岸とか、何か楽しいことが起きていそうな土地に、誰にも告げずに旅立ったというのが大方の見方だった。リバティを除けばそんな場所はいくらもあるだろう。ルーシーはしばらくしゃべりつづけた。猛然と活気づき、正義のエネルギーで頬を染め、これでわかったでしょ? と言った。それから彼女はプッシュピンに囲まれたモノポリーの緑の家を指さした。被害のあった場所はどれも、その家の周辺に集中していた。つまり犯人は同一人物なの! 彼女はとっておきのマジックをいよいよ披露しようという手品師のような派手な手つきで部屋のカーテンをさっと引き開けると、あれを見てと言った。道の先にある、あの白い家、見えるでしょ? ミスター・ジャヴィッツはそれに目をやった——周囲の家々と同様、そこもやや傾きかけたあばら家で、特に目立ったところはなかった。一九四六年にモンティチェロの鉄道駅で地元の女の子が襲われた事件のことはご存じよね? ミスター・アンドリューズがここに越してきたのがいつだと思う? ほら考えて! ミスター・ジャヴィッツには見当もつかなかった。一九四五年ですからね! わたしがいまあなたに話したことをそっくり全部伝えたのに、警察は指一本動かそうとしなかった。なるほどね、とミスター・ジャヴィッツは言った。警察がまったく調べていないというのは間違いないんですかね? 捜査には時間がかかるんですよ。すると彼女はこう言った。この二十年間何もしてこなかった警察が、いまさら動くもんですか。彼女は気力を奮い起こそうとでもいうように窓の外に目をやり、それから溜息をもらして振り向くとこう言った。ミスター・ジャヴィッツ、もう一度言うわ、わたしに手を貸してちょうだい。そこでミスター・ジャヴィッツは、まあなんというか、いいですか、警察はかなりの情報を入手しているに決まっていますよと言いかけたが、ルーシーがカーテンを引き寄せながら解き放った、苦々しく責め立てるような笑い声にその声はさえぎられた。彼女は言った。何より問題なのは——殺人者が野放しになっているというのは言うまでもなく——人を自己不信に追いこみ、己の正気を疑うよう仕向けてくる国家権力のありかたなんですよ。権力というのは、世界がこの自分を目の敵《かたき》にしているような気にさせてしまうし、こっちを絶えず被害妄想に追いこんでくるし、捜査責任者の見落としが無能によるものなのか悪意によるものなのかをわからなくしてしまうんです。悪意ですか？　とミスター・ジャヴィッツは言った。悪意の複合物とでもいうものだわね、と彼女は言って、ほかの話をあれこれまくしたてはじめたので、そのあいだ彼は地図に目をやった。それは子供たちが消えた場所を示しているというよりはむしろ、襲撃作戦図を思わせた。プラスチックの駒（ホテル）を取り囲む不吉なピンは、将軍の戦略図《バトルプラン》に配された攻め入る軍勢のようだった。ルーシーの口の右端に唾《つば》が溜まるにつれて声も高まったが、よく聞き取れなかった。彼女か彼のいずれかが水中にいるような感じがした。ウィホーケンでの子供時代に家具が宙に浮いたときに経験した、まさにあの感覚だった。だから話の内容はほとんど耳に届かぬまま、とりあえず情報提供の礼を述べ、まずは上の者と相談したうえでまた出直すと伝え、頭のすぐ後ろで依然わめきたてている彼女と一緒に外に出た。雨はすっかり上がっていた。鳥がさえずり、太陽は東の山際に暢気そうな間抜け面を覗かせていた。いまではすっかり黙りこみ、じっと見つめてくるルーシーに手を振ってから、彼は用心しいしい庭を抜けて道路に出た。足を踏み出すごとにくるぶしが抵抗の悲鳴を上げた。だがとにかく引き揚げねばならなかった。車で送ってくれとは言い出せなかった。かなり唐突に暇《いとま》を告げたのだから頼めるはずもなかった。それにしても実にいい天気である。足首を痛めてはいるが歩かないのはもったいない。〈人生ときには雨も降る〉というではないか。あれは聖書の一節だったか、それとも流行歌だったか？　それが真実なら、どっちだろうとかまわなかった。真実。地図と責め立てるようなピンに思いを馳せ、彼女の非難がましいまなざしを思い、彼はこう自分に言い聞かせた。いいかソール、冷静になれ。あの女が、あのイカれた女が、おまえや警察が二十年経っても解明できずにいる謎を解いたと本気で思っているのか？　おまえはあの少年のことで動揺しているだけ、ああいう頭のおかしな連中はあの少年が招き寄せただけなんだ。なのにおまえは、自説をたずさえてやって来る奴らの話をいちいち真面目に聞こうというのか？　おまえはレニーやみんなのストレスを、とりわけジーニーのストレスを増やしたいのか？　ジーニーはコテージで病《やまい》に臥《ふ》せっていて、日によっては起き上がることもままならず、たったひとりの客にさえ挨拶できないくらい体が弱っているんだぞ。宿泊客ひとりひとりに歓迎の言葉をかけるのは、彼女の父親アッシャーが始め、数カ月前まではジーニーも続けてきたホテルの伝統だった。みんなに不快な思いをさせるのは本意ではなかった。運よく道端で見つけた木の枝を杖代わりにして丘を進み、数分遅れで職場にはいった彼は、爽快感と愛社精神を胸にみなぎらせながら、家族で健全に楽しむ清潔な場にふさわしい環境づくりにとりかかった。

　ところが翌朝の四時、気がつけば彼は、片足を引きずりながらコテージの周囲をうろつき、何時間かしたらジーニーに会いに行こうと自らの尻を叩いていた。顔を覗かせた太陽が一日の始まりを告げていたが、彼の一日はすでにもう何時間も前から始まっていた。というか、ルーシーと会ってからずっと、一日は切れ目なく続いていたのだ。彼女との会見は、なかなか消えようとしない悪臭のように、目には見えない腐敗物の存在を示唆《しさ》するしつこい不快臭のように、彼の頭にぐずぐずと居すわった。地図とピン、背後から追い迫る彼女のわめき声——〈子供たちは神隠しにあったわけじゃないんですよ。なのにどうして、自分のやるべきことをやらないの?〉。ミスター・ジャヴィッツは、今日やるべきこととその手順に思考を振り向けることであの台詞から逃れようとしたが、それは飢えた迷い犬のように彼をつけ回し、踵《かかと》に噛みつき、消えてなくなることのない存在をいっときも忘れさせてくれなかった。昼食はたいてい早めに席に着き、時間をかけてゆっくり味わうのが彼の流儀だった。ところがこの日の料理は味がいまひとつで、鼻につんときた。たぶんサワークリームが傷んでいたのだろう。彼は皿の中身を自分のオフィスのゴミ箱にこっそり捨てた。ここなら料理長のナターリャに気づかれず、反感を買わずにすむだろう。窓の外で木の枝が上下に揺れた。まるで大きな鳥がさっきまでそこにいて、彼が目を向けた途端に飛び立ったかのようだった。空に目をやったが何も見当たらず、霞《かすみ》のような雲がちらほら浮かんでいるばかり。それは彼の監視の目をすり抜けてついいましがた飛び立った、何かの痕跡を思わせた。監視の目とは我ながら聞いて呆れる！　もしもあの赤毛の女、ルーシーの言い分が正しいとしたら……。何十年ものあいだ新聞のスポーツ欄を読んだり、間食をしたり、うたた寝をしたりするのに肘をついてきたせいで天板がわずかに摩耗《まもう》した、オーク材の古いデスクに向かってずっと考えていたのは、子供たちの死はこの自分に責任があるということだった。もちろんルーシーがはっきりそう口にしたわけではない。おそらくそんなことは思ってもいないだろう。だが、彼女があの台詞にこめた思いは、わかりすぎるほどわかった。もしもこの自分が職務を全《まっと》うしそびれているとしたら——ある意味こっちのほうがもっと質《たち》が悪いのだが、職務を全うする気がまるでなかったのだとしたら——それは自分の振る舞いが非難に値する《カルパブル》ということだ。カルパブル——何百回となく見聞きしているくせにあえて意識にのぼらすことも、それについて考えることもしなかったため、ある日突然、自分とは無関係で実感の伴わぬものになってしまう、これはそんな中途半端な言葉のひとつと言っていいだろう。ルーシーと会った日の夜、自宅の辞書で〝カルパブル〟を調べてみた。一度も引いたことがなかった辞書には、この語が罪人《カルプリット》と同源だとあった。つまり罪人（も同然）と非難されてしかるべき人間だということだ。この自分は非難されても仕方がない、咎《とが》を負うべき存在なのか。夕食を食べながら（妻とふたりきりの食事——娘のサマラは友達と出かけていた）、こんな夜も罪人が、本物の罪人が野放しになっているという胸糞悪い思いがつきまとった。ヘッダが具合でも悪いのかと訊いてきたが、彼はなんでもないと答えた。彼女はいつもどおりしゃべりつづけ、チャーリーがもうじき帰省すること、彼が異教徒のガールフレンドを連れてくるらしいことを話題にした。ねえソール、まさかこんなことになるなんて想像できた？　想像できなかった。自分には想像力を働かせたためしがひとつもないように思えた。これまで一度でも想像をめぐらしたことがあったのか？　目と鼻の先にあるものですら見落としてきたのではなかったか？　何かを察知したことすらないのでは？　どうやらなさそうだった。この自分は見えない肘で摩耗した天板、姿の見えない鳥が飛び立ったあとに揺れる枝なのだ。彼は胃がむかむかすると訴えて（本当にむかむかしたので言いやすかった）、二階に上がってベッドにはいると、ヘッダが洗いものをしながら流している音楽を聞くともなく聞いた。キャロル・キングの新しいレコードは頻繁にかけすぎたせいで細かな傷があちこちにできていた。キャロルが〝もう遅すぎるの……愚か者の気分だわ〟と歌っていた。彼は妻の睡眠薬を一錠、呑みくだした。二年前、彼女がひどい風邪をこじらせたときに処方されたものだった。期待したほどの効果はなく、よく思い出せない夢にはっとなって夜中に目を覚ました。これもまた監視の目をかいくぐってしまったものというわけだ。気がつくと泣いていた。起きて顔を洗った。玄関ホールの時計は一時四十五分を指していた。もう眠れそうにない。あれを眠りと呼べるならの話だが。そこでランニングシューズと仕事着をバッグに詰めて車で家を出た。雲が厚く垂れこめた夜だった。真っ暗闇でも曇っていることはわかった――目を上げて星のないことを確かめるまでもなく、隠れた上空を覆い尽くす屍衣《しい》のような大気の質感と冷たさが伝わってきた。見えても見えなくても、それは謎を秘めた完全無欠の空だった。自分の母親を思い、またしても泣いていた。いやはや、泣くのはずいぶん久しぶりのことではなかろうか？　昔、ジーニーのオフィスで涙を流したのが最後だった。おんぼろのプリマスは丘陵地（もしくは小山）から螺旋《らせん》を描くように下っていき、貧しい人々が暮らす――ルーシーや、忌々しい彼女が糾弾《きゅうだん》するミスター・アンドリューズが暮らす――麓に出ると、郵便局と公園と歯ブラシみたいな列柱のある歯科医院の前を走り抜けた。やがてホテルのエントランスゲートを行き過ぎ、〈リバティ・ラウンジ〉の前を通過した――開け放たれた店のドアが烏合《うごう》の衆を夜のなかに吐き出すさまは、どぶに胃の中身をぶちまける口を思わせた。店先にたたずむ若者は、まるで彼が子供時代に遭遇《そうぐう》したあのブロンドの若者がそこにいるかのようだった。若者は汚れた靴下から黒いすね毛を覗かせ、煙草に火をつけようとしていた。その戸惑ったような表情は、一九三三年のニュージャージー州ウィホーケンのサラ・ジャヴィッツの家から時を超えて、一九七五年のニューヨーク州北部の酒場の外に転送されるなどということがはたして可能なんだろうか、と自問しているように見えた。老朽化《ろうきゅうか》した林道にがたがた揺さぶられて〈ホテル・ネヴァーシンク〉に引き返しながら、ミスター・ジャヴィッツも同じことを思った。これまで決断らしいことをしたこともなかったし、何かをとことん考え抜いたこともなく、ただ漫然と人生の流れに身を任せてきただけだった。片側が小渓谷になっていて、もう片側からは広大な樹林越しにホテルを遠望できる小さな尾根《おね》に車を停めた。月が一瞬、薄い雲間から顔を覗かせ、ミスター・ジャヴィッツの足元の草地に鈍い灰色の小皿をいくつも投げかけた――それらは人々が〈ネヴァーシンク〉に出没すると噂する幽霊となって、ルーシーが解き放ち、彼に一日じゅうまとわりつくことになった妙に心ざわつかせる数々の記憶となって、彼の周囲をふわふわ漂った。あの背の高い男――ミスター・ジャヴィッツの記憶はそこに絶えず引き戻された。あれはたしか一九六〇年ごろだったか、風が木の葉を吹き寄せて斑《まだら》の旋風《つむじかぜ》を起こす、秋のある晴れた日のことだった。彼は息抜きをしに外に出た。裏手の出口のひとつから出ていくと、帽子をかぶった男が西側の庇《ひさし》がつくる影のなかにたたずみ、芝地のほうを見つめていた。あの男は背が高かっただろうか？　そう、高かった。芝地は午後の陽射しに明るく照らされ、子供たちの遊ぶ姿がそこここにあった。初めのうちは自分の息子か娘を楽しそうに見守る父親くらいに思っていたのだが、どこか妙な雰囲気というか、しっくりこないものを感じたミスター・ジャヴィッツは数秒間、いや三十秒くらい、暗がりに紛れた人物を観察していたのだった。これといって怪しげなところは見当たらなかったが、もっとよく見てやろうと足を前に踏み出した。そのとき、少し前の暴風雨で吹き飛ばされ地面に転がっていた木の枝を踏みつけた。目を上げると男はさっと逃げていった。待ちなさい、と声をあげたが、男は建物の角を曲がってしまい、それきり見失ってしまった。そのあとジーニーのところに行ったのではなかったか？　出来事全体が下りてきた暗幕で覆い隠されてしまったかのように、いまとなってはその後のことは思い出せなかった。そのときはさほど重要視していなかったからだろう。だが、いまになって思い返すと、あの背の高い男をその後何年にもわたり――図書室でたたずむ彼を、ダイニングルームですわっている彼を、敷地をぶらつく彼を――たびたび見かけていたという気分をどうしてもぬぐいきれなかった。一度、コテージにヘンリーを訪ねていく途中で、雲をつかむようなこの人物が、ミスター・ジャヴィッツの折り目正しい挨拶に会釈ひとつ返すでもなく、すぐ横をすり抜けていったことがあった。そのときにも妙な男だと思ったはずだが、人というのはえてして妙な振る舞いをするものだと、さして気にも留めなかった。足元にいくつも散らばる灰色の皿が位置を変え、幽霊が周囲で躍るなか、さてどうしたものかと思案した。ジーニーのところに出向いて、ルーシーなる女から聞いた話を伝えないわけにはいかないだろう。ジーニーにこの職務で雇われている以上、遅ればせながらやるしかないのだろう。取り調べをして、従業員の履歴書に目を通し、物証を掘り起こし、推理する。そうなれば、愛してやまぬこの女性の前に立ち、〈ネヴァーシンク〉と被害に遭った子供たちのあいだには抜きがたい関連性がありそうだと伝えることになるのだ。そして彼女もこの自分も、それが何を意味するのかを知ることになる。もしもこの自分が忌まわしい何かを突き止めれば、それはとりもなおさずホテルの終焉を意味するのである。彼は〈ネヴァーシンク〉に車で乗りつけ、駐車すると、コテージに徒歩で向かった。太陽が昇り、ジーニーが起床して朝のお茶を飲み終えるのを待つつもりで、たっぷり時間をかけて足を運んだ。だが、太陽は二度と昇りそうにないように思われた。ときおりうずく足首をかばいながらのろのろ進むうちに、ウィホーケン時代の別の記憶がよみがえった。あれは十二、三歳のころ、夜も遅い時間だった。外で近所の子供たちと下手な野球をやっていたのだったか、同じ学校に通う女子を、自分の家より貧乏で下層の娘を虚《むな》しく口説《くど》いていたのだったか、とにかく何かしていたわけだが、その後自宅に戻ったところで鍵を失くしたことに気がついた。アパートメントに公衆電話はなかった。彼は玄関先に突っ立ったまま上を見上げ、自宅の窓を、母の部屋の窓を、そこからもれる楔形《くさびがた》の明るい光を見つめながら、いつもの母ではない母が――家族の食事をこしらえている母が、ごく普通の仕事に就いている母が、自慢できる母が、愛することのできる母が――上にいるところを想像した。そんな母を思い描くうちに、それがほぼ現実のことのように思えてきた。家にはいれば温かい食事ができていて、母が宿題を手伝ってくれ、ベッドにはいればおでこにキスしてくれる、そんな情景が頭に浮かんだ。この夢想もひとりの酔っぱらいが千鳥《ちどり》足《あし》で現われるまでのこと、ジャヴィッツ少年は男に続いてすごすごと家にはいったのだった。いまの彼には、すぐそこにいる女性が自分の願望に呼び出された存在に思えた。いまの自分は、その女性が眠る家の外で強盗のように、幸せ泥棒のように潜んでいるのだと。ジーニー、〈ネヴァーシンク〉、この地を愛する彼の思い――これらは紛れもない現実だと彼は思った。ならばルーシーの話はどうか？　あれはよくある仮説のひとつでしかない。誰もが仮説を持っていた。しょっちゅう自分でも言っているではないか、仮説が引き起こす妄想症ほど危険なものはない。病に臥せるジーニーに心配をかけてしまうこと、彼の病的な不安で彼女の頭を満たしてしまうこと、それこそが真《しん》に恥ずべき行為だろう。だが、あの背の高い男のことは……。ああ参った、頭をすっきりさせなくては。そこで玄関先の椅子に腰をおろしてランニングシューズに履きかえると、左の靴紐をきつく結び直した。それからヘッドランプを装着し、ジョギングで丘を下った。夜露で路面は滑りやすかった。ホテルの前を行き過ぎ、砂利敷きの私道を駆け下った。足を踏み出すたびに痛めた足首があげる甲高い歌声には取り合わず、どんどん速度を上げていき、背後に潜むものにも前方に待ち受けるものにも取り合わなかった。いまようやくわかった。大事なのはいつものようにひたすら無心に走ること、前に向かって走り続けること、どんどん、どんどん、走り続けることなのだと。

9 レイチェル 一九七九年

毎月最後の週末になると、レイチェルは都心部に出かけていく。これは長年続いている習わしだった。レイチェルに辺鄙《へんぴ》な田舎暮らしをさせるのだから、彼女が家族や過去とのつながりを失くさないようにしてあげたいというレンの、暗黙の了解に基づく夫婦間協定である。しかし年を追うごとに、この都会行きはただの逃避という様相を強めていった。斜陽のホテルが絶えず突きつけてくる問題からの逃避、リバティという田舎町特有の無聊《ぶりょう》からの逃避、薄闇のどこかに潜む殺人者が引き起こす不安心理でしか活気づくことのない土地からの逃避。素晴らしい夫の愛情からの逃避である。夫の徹底した愛妻家ぶりは疎《うと》ましさを増幅し、これでは癒《いや》されるより疲弊《ひへい》させられるだけだと感じてしまうわけで、そう感じる自分への後ろめたさからの逃避でもあった。なかでも最大の目的は自己逃避だった。実のところ、黒い旅行鞄を提げてリバティの鉄道駅に到着した瞬間から二日後に再びこの駅に降り立つまでのあいだ、自分ではない別の誰か――旅行者――になるのである。

彼女はそんな旅行者気分をふたつの意味で味わった。ひとつはニューヨーク――十八歳当時の彼女の脳内に結晶化したこの町――が辺鄙な片田舎で暮らす十年のあいだに見せた劇的な変化である。彼女が生まれ育った情趣あふれる大陸的ボヘミアン気質に彩《いろど》られた界隈《かいわい》は、かつては彼女と同世代の、頬にうっすら髯を生やした若者たちが〈ガスライト〉や〈カフェ・ワッ？〉（ともにグリニッジヴィレッジのカフェ）などの店先の石段でギターを掻き鳴らしていたものだが、それに代わっていま幅を利かせているのは同性愛者たちだ。ある日そのあたりを訪ねてみると、ふたりの男がバーの店先で手と手を絡ませてキスをしていた。五年前には考えられなかった光景である。町全体が犯罪多発地帯となり、より陰鬱に、よりいかがわしく、より官能的になっていた。そんなふうに感じる自分が、急に老けこみ、現実についていけない無粋な中西部人になったように思えたりもするのだった。

しかし、彼女が滞在中にさらに深遠で名状しがたい意味で味わおうとしたのは、自分にあり得たかもしれない様々な人生を旅すること、十年前になされた選択――レン、母親業、〈ネヴァーシンク〉――によって実現できずに終わった人生の別バージョンをひととおり生き直すことだった。彼女に与えられた月一度の二泊三日は、実人生をひとまず脇にやり、いわば死んでしまったいくつもの人生に命を吹きこむ時間なのである。

列車に乗りこむ瞬間には早くも、何かが起こりそうな予感に武者震いが起きた。谷間の単調な景色が郊外の住宅地に取って代わり、やがてコンクリート造りの都会が視界に飛びこんでくるにつれて――〝ギャラクシー・クルー〟と落書きされた北ブロンクス橋の下をくぐるころ――ただの一時滞在者でなく、この町に舞い戻ってきた者の気分がますます強まった。さしずめ放蕩娘《ほうとうむすめ》の帰還といったところか。レストラン〈サバティーニ〉のスツールに腰かけて酒のグラスをちょっと揺らし、店名のステンシル文字が裏返しに映りこむ窓ガラスから四十二丁目の慌ただしい雑踏に目をやり、黒と白の六角タイルを敷き詰めた古めかしい床を靴の爪先でなぞり、黒と金のブロケード織の生地で仕立てた重厚な騎士風ベストに身を包む、控えめな態度のバーテンダーと言葉を交わしながら、この人はわたしをどう見ているのかしらと想像をめぐらした。酒癖の悪い弁護士？　買い物帰りに一息入れているパーク・アヴェニュー住まいの子持ち女？　それともただの旅行客？

　パーク・アヴェニューでタクシーを呼び止めながら覚えるのは、体内に満ちてくる痺《しび》れるような快感だ――街路にみなぎるエネルギーが産み出す電流が張りつめたふくらはぎへと流れこむ――こうなると、もはや自分は自分でなくなる。ひんやりとした革のシートに滑りこんで懐かしい住所を告げた瞬間、運転手のかすかなうなずきと倒された料金メーターが教えてくれるのは、どこかに行こうとしている別の誰かがここにいるということだ。彼女の姿をとらえてはさっと離れる歩行者たちの素早い目の動き、それらが引き起こす幽体離脱感。彼女は一瞬のうちに見られては消え去り、すぐさま別のものに場所を明け渡す存在となる。この都会ではどんな人にでもなれるし、誰かになってもいいし、誰でもない者にもなれた。

　両親のアパートメントに行くと、彼女は聞き分けのいい子供に、一度も家を離れたことのない子供に戻った。そして十分もすると、思春期のけだるい記憶がよみがえってくる。ホルモンでぱんぱんに膨れ上がり、落ち着きがなくなったかと思うと無気力に襲われる、そんな五感の記憶だ。必ずしも不快ではなかった。客用の部屋――古びた腰板とバースデーケーキの縁取りのような廻り縁《モールディング》のある、昔使っていた部屋――で荷を解くうちにあのけだるさが体に忍びこみ、なぜわざわざこんなことをしているのかと自問したこともあった。こうなっていなければいまもここで暮らし、週のうち二回は牛の胸肉を使った母の手料理を食べ、父と書斎でステンレス製のレコードプレイヤーから流れる雑音混じりのドヴォルザークを聴きながら、ル・カレやクルーズ・スミスのスパイ小説を読みふけり、不死の飼い猫フリスコの頭を撫でさすり、ワシントン・スクエアまで宵の散歩に出かけていたはずだ。

散歩に出たときの彼女は独身女性、自立した人生の求道者、三十にしていまも博士論文を仕上げるのに余念がない人間になりすます。この女性はヴァッサー大で過ごす時間が圧倒的に多い。厖大《ぼうだい》な数の蔵書を誇る居心地のいい、蔦《つた》の絡まる古めかしい図書館でこれまでずっと夜を過ごしてきたのだろうし、良き指導者や先達にも恵まれて、首席で卒業したあとは、さらに一段上の研究へと進んだのではないか。この女性なら四年間を恋愛だけで終わらせはしなかっただろう。不実な恋人やフィアンセ候補をこっそり部屋に連れこむとか、毎日のように夜中の二時まで寮の電話に張りついているとか、C評価だらけの成績に甘んじてただぼんやり過ごすとか、そういうこととは無縁だったに違いない。

土曜の夜は毎回〈プラザホテル〉で、既婚女性になった。といっても別の人と結婚した人妻に、である。この女性はラウンジの片隅で白ワインを片手に、背もたれが金張りの華麗な椅子にマリー・アントワネットのごとく腰かけ、通りすがりの男たちのひとりと結婚したという想定を楽しむのである。例えば、洗練されたスーツに身を包み、灰色の顎鬚を生やした年輩のあの男性は——証券アナリストでスカッシュの腕は達人並み、極上のあばら肉を投げ与えられた飢えた犬の貪欲さでオーラルセックスをするのが好み。うへ、いただけない、あっちはどうか——フロントデスクでチェックインをしている若い男——野心を胸に秘めた気さくな税理士といったところか。パートナーには、〝地を受け継ぐ者〟（キリスト教が説く柔和な人の意）を後押ししてくれる知的で胆《きも》の据《す》わった女性を選びそうな慎重派。男は選《よ》り取り見取り。相手がユダヤ人だろうが非ユダヤ人だろうが、年寄りだろうが若者だろうが、既婚者だろうが未婚者だろうが、デブだろうがスリムだろうが、壮健だろうが虚弱だろうが、ハンサムだろうが不細工だろうが、マウンテンゴリラみたいに毛むくじゃらだろうが生まれたての赤ん坊みたいに肌がすべすべしていようが、彼女は誰とでも結婚する。どんな人だろうと、どんな欠点があろうと、彼らにはきわめて重要な共通点がある。すなわち、現実の夫ではないということだ。

　こんなことをしてはいるが、レンを裏切りたいわけではなかった。実際、数カ月前に一度、そういう機会を持ちかけられたことがあったが、誘いには乗らなかった。あの日、こうした男たちのひとり、彼女の幻《まぼろし》の夫たちのひとりが水滴のついたスコッチのグラスを手に、彼女のそばに立ったのだった。一目見た瞬間、ハンサムだと思った、それもかなりのハンサムだったが、しばらく見ているうちにそうでもなくなった。やけに派手な顔立ちで、甘さが鼻につきだす熟れすぎた果実といったふうだった。彼はダニエルと名乗った。

「わたしはレベッカ」万一こういうときに備えて用意してある名前だった。偽名を使うのは実人生の尊厳を守るためだと自分では思っていたが、そう言いながらも、空想上の人生を守っている気がしなくもなかった。

「ちょっとお邪魔していいかな?」

「ここは自由の国よ」

「いちおうそういうことになっているけどね」

彼ははす向かいの椅子にすわった。ふたりを隔てるガラスのテーブルには、彼女がいま読んでいる『ティンカー、テイラー、ソルジャー、スパイ』が伏せて置かれていた。彼はその縁を持ち上げて笑った。「意外だな」

「あらそう? どんなものなら意外じゃないの?」

「美女がひとり、ホテルのラウンジにいるんだよ? 『コスモポリタン』とか『ヴォーグ』あたりじゃない? なぁんてね」彼は両手を挙げて見せた。ダサいとは思いつつ、気がつけばこの男に惹かれていた。場を和ませるためにわざとダサく振る舞っているらしかった。

「これ、けっこう面白いのよ」

「でもさ、土曜の夜の八時半にソ連のスパイもの?」

「どう言えばいいのかしら? だって、政治がらみの陰謀ものに関心があるんだもの」

何をしているのかと訊いてきたので、彼女はブラウン大の英文学の教授で(プリンストンはさすがに厚かましすぎるだろう)、学会でこっちに来ていると答えた。趣味は旅行、今年はブエノスアイレスに行く予定(かの地にずっと憧れていて、わずかな時間を見つけては旅行パンフレットを読み漁《あさ》っていた)。犬が好き(レンは、レトリーヴァーの子犬を飼うのをここ何年も渋っている。純血種を買うのは不経済だし、いまは躾《しつけ》をする暇なんてないという。だが、犬に限らず、やるべきことが山積みで、ふたりはいつだって忙しすぎるのだ)。そして最後に、未婚だと告げた(指輪は部屋に置いてきたが、そうしたのは七月の、この町のうだるような暑さで指がかぶれたせいだった)。

「結婚なんかしちゃ駄目だ」彼は言った。「これはぼくからのアドバイス」

「離婚経験者なの？」

「バツ二でね。もうこりごりだよ」彼がグラスに口をつけると肉厚の唇がてらてら光り、淫靡《いんび》な魅力が生まれた。

「完璧な女性が現われたとしても？」

「無理だね。こっちが完璧になれないもの」

「ということは、離婚の原因はあなたにあるの？」

「ああ、そうなんだ。もちろん全部とまでは言わないけど、まあ、そんなところかな。ぼくは軍人の息子でね、何事にも終わりがあるという気がしているんだ。そりゃあ、ぼくだって永久不滅なものを求めてはいるけどね、いったんそれが手にはいると怖くなってしまうんだ。だからいつもドアを少し開けておくようにしているってわけ。ほんのちょっぴりだけどね、それで不足はない」

「なんだか嫌な感じね」

「そうかな、結婚したことは後悔していないんだ」

「結婚はもうこりごりだって、確か言ったように思うけど」

「そんなこと言った？　今夜はこれが最初の一杯じゃないんでね」

　彼のおごりで、お代わりを注文した。すでに深夜一時に近かった。会話は最初から陰謀めく気配があった。頭を寄せあう姿は秘密の取引をしているように見えただろうが、もっぱらの話題は、彼のこっちでのビジネスの話と（面白くもなんともない金絡みの仕事でね、と彼は言った）、数年前に移り住んだというマイアミでの暮らしぶりだった。彼は月に一度、仕事上の指示を出すためにこの町にやって来るが、あとは向こうのオフィスで耳に電話をあてながら窓の外に広がる青い海を眺めていると言った。

　彼は子供っぽいしぐさで拳《こぶし》を口に当ててあくびをすると、こう言った。「明日は十時に会議があるんで、そろそろ寝ておかないとね。でね、ぼくとしてはかなりその気になっているんだ。きみのこと気に入ったし、そっちも憎からず思っているようだしさ。こう言ったからって気を悪くしないで。気を悪くするような人じゃないよね。部屋は四八五、よかったらドアをノックしてよ。もうちょっとしたら部屋に戻るからさ。上にはけっこう上等なウィスキーが半分残っているんだ。でもそう長くは待たないよ——二十分待って来なかったら寝ちゃうから。だから負担に思う必要はないけど、来てくれたら嬉しいな。まあとにかく、きみに会えて本当によかったよ、レベッカ」

　彼女は二十分間、その場に留まった。まるで公開カウントダウンに参加してでもいるようにバーカウンターの向こうの金めっき仕上げの時計に目を凝らしながら、酒を飲みきった。いともやすやすと別人になりすました自分に驚いていた。まるで何年も前から自分のなかに宿り、口から飛び出すチャンスをうかがっていた別人生の詳細が、自分でも耳を疑いたくなるような台詞となって周囲を飛び交い、欺瞞の田舎バレエを演じている、そんな気分だった。三十分が経過したところで彼女はエレベーターで四階に上がり、自分の部屋にはいった。それから、ふたりを隔てる長い廊下——距離にして三十フィートあまり——を思いながら服を脱いだ。そしてベッドに横たわり、もう金輪際、自分の素性を偽ることはすまいと心に誓った。

　夏が去るとともにダニエルの記憶も薄れていった。記憶はやがて他人事のようになり、何杯か酒を飲んだあとに誰かが口にした告白を上の空で聞いている程度のものになった。とにかくホテルではやることが多すぎた。秋になると客足が遠のいた——秋に限らず、とりわけアリスの事件と少年の遺体発見があってから経営はおおむね不振続き——それでもこの時期になると修繕や改装という、年に一度の繁忙期に突入する。子供がチョコレートやゼリーのついた手で触った壁紙が張り替えられた。屋外と室内のふたつのプールはかなりの金をかけて点検が行なわれ、プールの縁のタイルも補修された（今年はとりわけ不快な排水溝の清掃もあった。このうんざりする作業は営繕係のマイケルが長年担当してきたのだが、最近退職したため、彼女自らの手で吐き気と闘いながら、排水溝にこびりついた毛髪をごっそり引き剝がしたのだった）。ゴルフ場に芝草の種子を蒔き、景観の整備も行なった。厨房設備は徹底清掃と部品交換が必要だった。従業員の勤務評定をチェックし、おそらく二、三人を解雇せざるを得ないだろう（首切りの話になると、ジーニーとジーニーの懐の深さを讃える逸話が常について回ったが、この老婦人が体調を崩してからこっちコテージに引きこもっていることもあり、彼女をめぐるあまたの逸話同様、半ば神話と化している――彼女が五〇年代に手癖の悪いメイドを馘にしたことはレイチェルも聞いて知っていた）。十月から十二月にかけてのホテルは病に臥せる患者のようなもの、絶え間ない世話と目配り、可能な限りの安静を必要とした。

　月一度の旅行は相変わらず続けていたレイチェルだが、別人になって冒険をする気はすでに失せていた。いまはあくまでも夫の承認を得て月一度の休暇を楽しむ母親であり妻だった。そして鼻持ちならない天候が続く三月、彼女は強風に顔をなぶられながらグランドセントラル駅に降り立った。〈サバティーニ〉はがらがらで、グラスの氷をつまみ上げては口に頰張り、がりがりかじっている大柄な女が、バーカウンターの端の席にいるきりだった。レイチェルはジントニックを注文した。アルコールが血管に拡散するにつれて気持ちがほぐれた。店先の窓から外を眺めつつ、ウェスト・ブロードウェイの家具店で以前から目をつけていて、土曜日に買うつもりでいる面取り縁のアンティークの鏡を思い浮かべては悦に入っていた。そこに帽子を目《ま》深《ぶか》にかぶった男が通りかかり、不意にぞくりと悪寒が駆け抜けた。彼女は不安になった。こういうのは初めてではなかった。この三ヵ月のあいだ子供たちが風邪をうつしたりうつされたりするうちに、こっちの体調までおかしくなっていたのだろう。

　両親は息災だし、母の牛肉料理はおいしかったし、猫のフリスコも老境の身ながら穏やかに日々を送っていた。レイチェルもぐっすり眠った。翌日は父と読書を楽しみ、レイチェルは『スマイリーと仲間たち』を読了した。困難で重要な任務をやり遂げでもしたように、満足の溜息をもらしながら本を閉じた。それからそばの本棚に目を走らせ、擦り切れた表紙の『カラマーゾフの兄弟』（注釈付）を抜き出した。よし、次はこれにしよう、面白そうだ。室内はぽかぽかして快適だった。品よくあくびをもらすと、最初のページを二度読み返し、はっと目を覚ますと三時間が経っていた。

　母親とちょっとした買い物に出かけ、そのあと母と別れて〈プラザホテル〉にチェックインした。ディナーを食べ終え、バーで一杯飲もうかとそちらに目をやれば、煌々《こうこう》とともる明かりの下には似たような灰色のツイードのビジネススーツを着こんだ男が四人、ずらりと並んでいた。それで気を削がれてしまい、部屋に引き揚げた。レンに電話を入れると、一日をなんとか無事に乗り切ったと告げられた（水道管の破裂、ミスター・ジャヴィッツが風邪で欠勤）。いつもどおり彼の深みのある声に心を和ませ、彼のほうはいつもどおり妻を恋しがった。父に借りた本を少し読み進め、それから明かりを消した。

　やがて意識は〈ネヴァーシンク〉に戻っていた。そこはもぬけの殻、自分しかいなかった。部屋から部屋へとさまよい歩き、レンの名を呼ぶのだが、人っ子ひとり見当たらない。壁にかかる鏡の前を通りかかったとき、見ればそこには若い娘が映っていて、途端に恐ろしくなった。自分は見捨てられたのだと確信した。すると階下からいくつもの声が聞こえてきた。そこで階段を下りてグレート・ホールに行くと、大勢の人がひしめいていた。何かのお祝いらしいのだが、どの顔もさして嬉しそうではなかった——全員が黒をまとい、何かを耐え忍ぶような陰気な表情を湛《たた》えている。ひとりの女性が脇に寄ると、レンが目に留まった。と思いきや、それはレンではなかった。以前に見かけたことのある別人だった。その顔を見た。それは——

——悪い夢を見ていたらしかった。部屋に誰かがいる、そんなくっきりとした感覚にとらえられてベッドに身を起こしたが、そんなことがあるわけない。夢を思い出そうとしたが、霞のようにぼやけた輪郭は、粉々にくだけ散った幽霊となって、廊下からの黄色い光の帯が覗くドアの隙間から逃げ去ったあとだった。時計に目をやる。一時十五分。これといった考えもないまま、何時間も前にスーツケースの上に広げておいた服に着がえて髪をとかした。寒気がしたのでコートを羽織り、エレベーターで地上階に下りた。

　バーもラウンジと同様、この時分には閑散としていたが、奥の席に一組だけカップルがいた。レイチェルはマティーニを注文し、バーテンダーがそれをつくるのを見守った。手慣れた様子でなめらかに進む反復動作に心がほぐれていく。それは冷たい一口目が与えてくれる安らぎにほぼ匹敵した。清掃前の悪臭を思わせる夢が遠のいていくのを感じた。こんな遅い時間に起きているのは妙な気分だったが、もう眠れそうにないこともわかっていた。一杯飲んだら本を少し読み、眠りに再挑戦するつもりだった。

　何か面白い話でも出たのだろう、カップルが笑い声をあげた。レイチェルはそちらにちらりと目をやった。と同時に男が振り返った。ダニエルだった。彼はすぐに顔を戻した。ほんの一瞬ではあったが、間違いなく彼だった。あの艶っぽい派手な顔立ちは、見間違えようがなかった。彼のほうもレイチェルを目にしたはずだが、彼の表情にそれとわかる変化はなかった。彼は女のほうに身を乗り出していた——髪をブロンドに染めた、どうということのない四十がらみの女である。あのときと同じ、レイチェルの記憶にもある陰謀めかした態度だった。女が何か言うと、彼は顔をのけぞらせて豪快に笑った。そういえばあの日、レイチェルがマナセットのビーチの屋外シャワーを使っている最中に水着を盗まれ、裸のまま固まってしまったという話をしたときも、彼はそっくり同じ反応をして見せたのだった。あれはあの夜、彼に語った唯一の実話だったのではなかったか。

バーカウンターの向こうに斜めにかかる鏡で、ダニエルと彼の獲物を観察した。ようやく彼が腰を上げた。おそらく誘いをかけ終わったのだろう。彼はバーを出ると、振り返りもせずにエレベーターのほうに向かった。女は顔にかかった髪を掻き上げると、物思いにふけっていた。レイチェルもその気分に心当たりがあった。彼が立ち去ってからしばし余韻を楽しみ、誘いに乗るかどうか思案しているのだ。ただしこの女はレイチェルと違い、黒いキャミソール・ワンピース——裾には金で縁取られた襞《ひだ》飾り——の皺を撫でつけると、エレベーターに向かった。

部屋に戻って一眠りするという考えは、もはや論外だった。そこでもう一杯、お代わりをした。それをちびちびやりながら、目の前のバー・ミラーに映る自分の顔に見入った——前髪を膨らませた豊かな髪、高い鼻梁《びりょう》、とっつきにくく見える強情そうな灰色の目、どれも自分のものとは思えなかった。そこにいたのは、ダニエルと寝たことがあり、再度そういう状況になりかねない別バージョンのレイチェルだった。このレイチェルは明日のハドソン線に乗ることはないだろうし、厨房のコンロの下に四つん這いになって点火プラグを修理することもないだろうし、鬱々とした冬の日々にオフィスで帳簿をつけることもないだろうし、駻馬のように御しがたい夫から同意を取りつけるべく断固たる態度で臨むこともないだろうし、風になぶられ黒ずみ湿った木々しか見えない窓と、そこから吹きこむ隙間風で冷え切った寝室で、夫の横に身を横たえることもないだろう。

「そろそろ閉めますが。もう一杯おつくりしましょうか?」バーテンダーはガラス棚にウィンデックスの洗浄液を吹きかけながら言った。

「もう結構よ」カウンターの向こうの金めっき仕上げの時計が、四十五分経過したことを告げていた。マティーニはとうになくなり、グラスの底にはヴェルモットとオリーヴ果汁の油膜だけが残っていた。百合《ゆり》紋章柄の絨毯を踏んでエレベーターに向かった。近くまで来たとき、エレベーターのドアが開き、ダニエルが出てきた。またしても彼はちらりと彼女に目をくれたが、気づいた様子はなかった。彼女はその脇をすり抜け、どきどきしながらエレベーターに乗りこむと、自分の降りる階までいったん昇ってから、そのまま地上階に引き返した。彼は広々としたロビーの果てにある大きな二枚扉を押して出ていくところだった。彼女は跡を追った。大理石の床にローヒールがかつかつ鳴った。バーテンダーに見られているのが何となくわかったが、気にしなかった。二杯のマティーニ、こんな遅い時間に寝そびれてしまったことから来るもやもやした気分、ダニエルの気づこうともしない態度、これらが混じり合い、制御不能の突飛な行動に駆り立てた。長いコートをまとう幽霊と化した彼女は、ドアを抜けて通りに出た。

五十八丁目通りの手前で追いつくと、ホテルとそこにはいる店舗の前の、寄せ木模様の石敷き歩道に沿って進み、六番街まで来たところで再び背後に立った。通りすがりの窓に映りこむ自分の姿が目に留まる。毛皮のコートの大きな襟を立てて風を防ぐその風体《ふうてい》はいかにも胡散臭かった。これでサングラスをかけたら、過去に読んだ本のどれかに出てきた任務遂行中のロシア人スパイに見えただろう。都会の迷路をたどってターゲットの男をつけまわす二重スパイ。二重スパイ――足を運びながら、この言葉が頭のなかで反響した。彼がセントラルパーク前の横断歩道のところで足を止めたので、彼女も半ブロック手前で立ち止まった。この自分は二重スパイなのか？　どうもそうらしい。彼が通りの向こうに渡った。闇に紛れて前方を暢気に歩いていく小柄な男と過ごした数カ月前の夜を思い返しながら、いまこうしてあんなふうに振る舞った自分をいともあっさり赦し、相手を騙《だま》したことさえ頭から締め出している我が身を思った。この自分は己の人生における対敵諜報《ちょうほう》部員。夫を平然と裏切り、どうやら自分自身をも裏切ろうとしているらしい。こうなると欺《あざむ》きのメカニズムはより不透明になった。自分は何者なのか、誰のためにこんなことをしているのか？　誰に雇われたのか？　どれだけのことを知っているというのか？

　問いかけはさらに執拗になった。なぜ――なにゆえ自分はこんなことをしているのか？　ダニエルを尾行しているというよりは、自分自身の別バージョンを、彼と寝たことのある人物をなぜか追っているような気がした。この男に干渉することにどんな意味があるというのか？　この謎めいた男が歩きながら何かの曲を口笛で吹きはじめた。文字どおり、闇夜の口笛。何の曲だろうかと耳をそばだてた。ちょっと陽気なナンバーで、二、三のフレーズのあとに繰り返しがある、以前聞いたことのあるミュージカルの一曲だ。ひょっとして『ペンザンスの海賊』（ギルバート＆サリバンのコミックオペラ）？　そうだ、間違いない。〈吾輩《わがはい》は現代的な少将の鑑《かがみ》〉だ（有名な早口歌）。

　セントラルパーク・ウェストのビル群が左手の木立越しに見えてきた。窓という窓が夜のなかで燃えるように明るかった。いまはダニエルと自分のふたりきりだが、人々がすぐそこにいると思うと心が落ち着いた。

こんな夜更けにセントラルパークをうろつくということは——もしや彼は木立に潜むレイプ魔かも、という考えがふと頭をよぎった。彼が正規の散策路から脇に逸れて木の茂みに分け入ったので、一瞬、不安が確信に変わった。だが違った。そこは公園出口に続く砂利敷きの小径だった。そちらにはほかにも人がいたので格好の目隠しになった。酔っ払いあり、夜中の犬の散歩者あり、都会の夜にうごめく分類不能の人々あり。だが二ブロック北の六十四丁目通りで彼が左に折れると、再びふたりきりになった。前を行く彼の靴音が響いた。彼女は躊躇《ちゅうちょ》した——もしここで相手が振り向いたら、必ずこちらの存在が目に留まるはず。ホテルにいた女だと気づき、尾《つ》けられていたことを知るだろう。通りを横断した彼の姿は、きれいに手入れされた並木がつくる暗がりにすでに呑みこまれていた。

　彼はストライプ柄の日除けが張り出した、何の変哲もない褐色砂岩の建物にはいっていった。レイチェルは震えながら立ち尽くした。それから通りの反対側に渡ってレストランの黒ずんだ石段に腰をおろした。一分後、果せるかな、二階の窓に明かりがともった。半ば閉じたブラインドの隙間から、室内を歩く彼の姿が見て取れた。もうひとりいた。女だ。さらに動きがあり、視界からふたりの姿が消えると、明かりが消えた。彼女はしばらくそのまま腰をおろしていたが、やがて立ち上がり、長い道のりを引き返した。

　翌朝、電話に出たレンの声はそっけなかった。「もしもし」

「ハーイ、わたしよ」

「やあ。いま何時？」

「八時半。まだ寝ていたの？」

「ぼくのささやかな秘密の楽しみだよ。日曜日は朝寝坊の日だ」

「スザンナは何を食べた？」

「本当のことを知りたい？　きみのいない土曜の夜はいつも、夜更かしをして一緒にテレビを見て、アイスを食べていいことになっているんだ。だからたいてい九時か十時まで起きてこない」

「レンったら」

「月に一度、寝坊ができるなんて最高だよ。はいはい、ぼくはひどい父親ですよ」

「そんなことないわ」彼女はそう言いながら、室内と、いま横たわっているクイーン・アン様式のベッド、この町の詮索好きの視線を跳ね返すように引かれた重厚なカーテンを順に見ていった。「あなたは違うわ。起こしちゃってごめんなさい。実はもう一泊してもいいか訊きたかったの」

「かまわないけど。どうして？」

「それがね、夕べ昔の友人とばったり出くわしたの。大学時代の友人とね。で、ご主人も交えてのディナーに招待してくれて、それもいいかなと思って。でも、あなたはいい顔しないわよね。もう一泊無駄遣いするなんて、やっぱりまずいだろうし」

「そんなことないさ。泊まってくればいい。ぼくも行けたらそっちに行くよ」

「え？」

「大丈夫、一晩くらいならミスター・ジャヴィッツがうまく仕切ってくれるしさ」レイチェルは言葉に詰まった。頭のなかを整理するうちに呻き声がもれる。彼はすぐさま彼女の反応を読み取った。「冗談だよ、万事了解」

「怒ってる？」

「ぼくが？　ちゃんとわかっているさ、昔の友人だろ。楽しんでおいで、気にしてないから」

「ほんとに？」

「ほんとだとも」

　昨夜の遠出でまだ脚がだるかったので、西六十四丁目までの二十数ブロックをタクシーで向かった。前夜目にしたレストランは、八時から開いていた。そこで窓際の席をリクエストし、人と待ち合わせていると告げてひとまずコーヒーを頼んだ。デートをすっぽかされたと思《おぼ》しき女を急《せ》き立てる者はいない――そのことはホテルのレストランを運営するなかで学んでいた。ふられた女はダイナマイトをベストに装着したテロリストのごとく扱うべし。しばらくしてから平然と朝食を注文し、ときおり目頭《めがしら》をハンカチで押さえて見せれば、二、三時間は粘れるだろう。

だが何としたことか、コーヒーを半分も飲まないうちに、ダニエルが幼い女の子の手を引いて建物から姿を現わした。その背後に赤ん坊を抱えた女が続いた。彼は地味な青いスーツにオーバーコートを着こみ、女の子は木のボタンのついた鮮やかな赤のジャケットを着ていた。彼の妻はハイネックの毛皮のコートにサングラスといった威厳あるいでたちで、高貴な雰囲気さえ漂わせている。彼らは東方向に歩いていくと次の角で北に折れ、姿が見えなくなった。

レイチェルは三ドルをテーブルに置くと、ドアを押して通りに出た。よく晴れた冷えこみの強い朝だった。昇りつつある太陽は、大気を暖めるというよりは寒さをくっきりと際立たせた。ダニエルとその家族は通りを渡り、二ブロック先をゆっくり進んでいく。彼女は徐々に距離を縮めていった。細君は赤ん坊を後ろ向きに抱えて左肩に乗せているので、その子がレイチェルを敵のスパイと見抜き、背後を行く彼女に陰険なまなざしを投げかけているように思えた。

家族は六十九丁目通りの角で立ち止まった。そこは聖ステパノの名を冠したエピスコパル派（米国聖公会）の小さな教会だった。静かな庭のなかに立つ瀟洒《しょうしゃ》なレンガ壁の建物だが、通りから少し引っこんでいて手前に柊《ひいらぎ》の植えこみがあるので目につきにくかった。彼らは新たに増築中と思われる、足場が組まれた一画の隅にあるドアからはいっていった。なんなのこれ、本気なの？　彼らが教会に行くだろうとは察しがついていたのに、ディケンズ的とでも呼べそうな偽善はこの瞬間まで考えてもみなかった。彼女はためらいながら寒気のなかにたたずんだ。それからコンクリート敷きの歩道を進み、足場の下の重い木のドアをくぐった。

　間口の狭い縦長の建物のなかでは、前方に据えられたパイプオルガンが静かな楽の音《ね》を響かせていた。ダニエルの一家はここが定席とばかり、厚かましくも左最前列付近におさまっていた。レイチェルは二十列くらい後ろの右側の席に着いた。ダニエルが細君のほうに身を寄せて何やらささやくと、細君がうなずいた。陰謀めく雰囲気はなかった。陽光のなかで見ると――それも教会のなかだと――彼の顔のグロテスクな淫靡さは薄まり、むしろ禁欲的哀調を帯びているように感じられた。この夫婦には不幸の影があった。昨夜の一件がそう感じさせるのだとは思いつつ――彼らの結婚生活が最良の状態にないことくらいは慧眼《けいがん》の持ち主でなくとも察しがついたはず。説教師だか司祭だか、どんな立場の人かは知らないが――エピスコパル派の教会は初めてだし、シナゴーグに足を運ぶこともめったになかったが、レンと結婚して以来、この種の人には好意以上のものを抱いている――その人が前に進み出てボストン風のアクセントで穏やかに話しはじめると、レイチェルはたちまち根本的な疑念に引き戻された。自分はいったいここで何をしているのか？

　いうまでもなく、これは前夜と同じく常軌を逸した行動だった。昨夜の尾行は半ば酔った勢いから始まったこと、未知のものに対する好奇心からだった。だが、すぐそこにいる女性をゆうべ窓越しに目にしたとき、彼がどの程度の裏切りを働いているかを理解したとき、別種の好奇心にとらえられていた。ホテルに戻る道すがら、そのことを考えた。二重生活を送るというのはどんな気分なのか？　彼はそれをどうやりこなしているのか？

ある意味、彼女は知っていた。それはニューヨーク滞在のたびに自分がやってきたことであり、影の存在を幾通りも生きてきたのだから。だとしても、それはただのごっこ遊びではなかったか？　日曜日が来ればそこで遊びは終わり、現実の暮らしがまた始まることを承知していたのではなかったか？　おそらく彼も同様の気分――ときおり〈プラザ〉に部屋を取るのは彼のささやかな休暇だと、彼もそう自分に言い聞かせているのだろう――これは実人生ではなく、日曜日が来ればすべて終わるのだと。会衆の動きを機械的に真似て、立ち上がったりすわったり、ひざまずいたりしながら彼女は考えた。わたしたちはこうしたごっこ遊びの旅から、どれだけの数の幻の自分を自宅に持ち帰っているのだろう？

切れ切れの夢を見て五時間後に目覚めたとき、ダニエルの実人生が見たくなったのだった。彼はそれをどんなふうにやりこなしているのか？　それが知りたくていまこうしてここにいる。そして立ったりすわったりを繰り返しながら気づいたのは、ダニエルの実人生を目にしても、なんら理解を深める役には立たないということだった。役に立ったとすれば、それはおそらく教会の雰囲気――彩色された吊りランプ、祈る姿勢のまま二次元空間に凍りついた聖人たちのステンドグラス――のほうだった。彼が嘘つきで、ずるい人間だということを、これらが単純明快にわからせてくれた。妻や子供たちが眠りについた家から一マイルと離れていない〈プラザ〉で、よその女たちと寝ているような男なのだ。ダニエルの裏切り行為のどこに、あるいは自分自身のやってきたことのどこに、学ぶべきものがあると思ったのか？　彼女は立ち上がると年配女性の前をすり抜けて出口に向かい、ドアを押した。びくともしなかった。

何かが行く手を阻《はば》んでいた。もう一度押すと大きな摩《ま》擦音《さつおん》が起きた。司祭が話を中断した。彼女は急いで側廊から正面出口に向かい、外に出た。見れば足場の先端部分がドア枠につかえていた。背後に目をやる。誰もいなかった。ただ簡素な小教会が、その丸いドームが眉を上げたように見えた。彼女はコートの前を掻き合わせるとホテルに引き返した。

丸一日を潰さなくてはならず、彼女はラウンジでコーヒーを飲みながらドストエフスキーと全力で格闘した。どうして良書は悪書より読むのに骨が折れるのか？　読みにくいから良書なのだという気もした。

白服姿のウェイターがコーヒーをカップに注ぎ足すと、ランチをお持ちしましょうかと訊いてきた。結構よと答え、代金は部屋につけておいてと告げた。ウェイターが立ち去ると、奇術のトリックのようにダニエルが出現した。彼は断りもなく隣に腰をおろした。

「レベッカ、だよね？」

彼女は彼を見た。言葉が出てこなかった。

「ぼくを尾行していたの？」彼は一拍、間を置いてから先を続けた。「さっき聖ステパノ教会で気づいたんだ。気づいたとき、昨夜ここできみを見かけたような奇妙な感覚に襲われてね。どうなの？」

彼女はうなずいた。

「なるほどね。きみが何を企んでいるのか知らないが、こんなことはやめてくれ」

「あなたはあれをどうやりこなしているの？」

「え？」彼は言った。

「あなたがここでやっていることよ。情事を楽しんでいるのよね、正体を偽って」

「ぼくのことなんか何も知らないくせに」

「少しは知っているわ。夕べはあの女性よね、ブロンドの」彼は立ち上がり、帰りかけた。「待って」彼女は言った。「どうしても知りたいの。あなたは頭のなかでどう折り合いをつけているの？　あんなことをした翌日に奥さんと子供を連れて教会に行くなんて」

「きみは、ぼくの妻も承知の上かもしれないとは思わなかったの？」

　思ってもみなかった。そんな発想自体、ダニエルがいきなりここにやって来た以上の驚きだった。彼は茶色の豊かな髪を掻き上げながら、このまま立ち去るべきか思案しているらしく、ごくかすかに肩をすくめて見せた。「こんなこと、わざわざ言う義理なんてないんだがね、あれはぼくたち夫婦が合意の上でやっていることなんだ」

「〈プラザ〉でよその女たちと寝ることを？」

「試しているのさ。見てのとおり必ずしも成功しているとは言えないがね」

「それでうまくいくものなの？」

「結婚というのは奇妙なものでね」肉厚の濡れた唇を苦々しくすぼめながら、彼は彼女の指にはまる結婚指輪に目を落としてから言った。「でもさ、そんなことはきみだってとっくにわかっているんじゃないの？」

　なぜだかわからないが、この議論では、どんな議論にせよ勝つ必要があると彼女は思った。「だったら、わたしがあなたの家にこれから乗りこんでいってドアを叩き、わたしたち寝たんですと言っても、奥さんは気にしないのね？」

「彼女のことは持ち出すな」彼はかっとなったが、すぐに自制心を働かせた。それからロビーを見回し、誰も聞いていないことを確かめた——いちばん近くにいたのはコンシェルジュ・デスクの横で手持ち無沙汰にしているポーターだけ、三十フィートは離れていた。彼は椅子の背に身を乗り出すようにして声を落として言った。「いいかい、ぼくは彼女も子供たちのことも愛している、あんたが思っている以上にね。だからぼくたち家族にこれ以上立ち入るつもりなら、あんたを殺す、わかったな？」

「わかったわ」

「よし。いい人生を送ってくれ」

　彼女はレンに電話を入れ、友達が病気になったので今夜のホテルの予約はキャンセルして午後にはそっちに戻ると伝えた。帰りの列車の席におさまると、都会がその周辺部へ、郊外がその先に広がる地帯へと南に流れ去るのを目で追った。やがて田園地帯が現われた。見渡す限り、ひしゃげた柵に囲まれ雑然とした家ばかりだった。一匹の犬が二月に解けだした鉛《なまり》色の雪でぬかるむ線路脇の小渓谷を駆けていく。川の中州に立つ廃工場、そこに並ぶレンガの支柱は胴付き長靴を履いた漁師のようだった。チェックアウトのとき、〈プラザ〉の定期予約を解約した。こういうことはもうやめにしたのだ——月に一度の旅行も、別人を演じることも、ごっこ遊びも。

　ダニエルの顔を思い浮かべると、いまも手が震えた。彼の脅し文句に怯《ひる》んだわけではない。たとえ彼が本気だったにせよ、あの場で引きさがる気はなかった。だが、心底どきっとしたのは、彼の言葉からほとばしる感情の激しさであり、妻子に対する篤《あつ》い忠義心の表明だった。不義について、夫婦間の合意について、彼は真実を語っていたのか？　実際そこはどうでもよかった。肝心なのは、彼が確固たる信念をもって自分の人生を守ろうとしたことだ。レンを欺いたことはなかったが、彼を、自分たちふたりの人生を、あそこまで強く思いやったことがあっただろうか？　邪魔だてしてくる者に向かって殺すと脅せるほど、レンとの結婚生活は不可侵にして神聖なものだったろうか？　どちらの問いに対しても答えは〝ノー〟だと彼女は悟った。これまでは自分の人生をそっくり全部受け容れていないところがあった。それゆえいまになって理解した、自分にはまだ生きたことのない人生がもうひとつあることを。

　列車がリバティを目指してがたごと進むにつれて、初めてここにやって来た人のような気分になっていた。

車窓に次々に現われては流れ去る小さな町々（スコッツ・フェリー、ニューバーグ、モンティチェロといった名前でさえ）、それぞれが有するランドマーク同様、見るものすべてが物珍しく感じられた。中古車ディーラー、はるか遠くに見えるスキーロッジ、蛇行《だこう》する川、壊れそうな橋、そしてリバティ駅――そうしたすべてを彼女は新鮮な目で眺めた。タクシーが丘陵の長い坂道を上り、〈ホテル・ネヴァーシンク〉の正面に停まるころ、あたりは闇に包まれようとしていた。運転手に支払いをすませて地面に降り立つと、タクシーはスーツケースと彼女をその場に残して走り去った。ホテルは紫色の光に包まれ、それぞれの人生を生きる人々であふれていた（とりあえず収容可能人数の半分だけではあるが）。ここが彼女の属する場所だとは信じられなかった。その瞬間、ここには一度も来たことがないような気がした。自分の人生とは無縁の他人、ひとりの観光客になっていた。スーツケースを持ち上げ、ためらいがちに正面ドアに向かう彼女を誰かが見ていたら、宿泊客だと思っただろう。

10　アリス　一九八五年

アリスの横にすわる男は、酒場の片隅に押しこまれたテレビが映し出す、目下中西部を通過中の猛烈な暴風雨の進路予想図みたいな顔だった。その目鼻立ちは口を開くたびに絶えず位置を変え——赤らんだ鼻、充血した青い目、黒ずんだ歯並びが渦巻き、斑模様を描いた。どうやらこれは、薬物が体内で悪さをしているせいらしい。コカイン、クエイルード、ベンゼドリン、ヴェイリウム、マリファナ、アルコール、ベナドリル——彼女がこの二十四時間に摂取したものをリストにすればこうなった。そこに気づくや、男の顔ばかりか、周囲すべてが脈打っているように思えてきた。

「アイオワには何しに来たの？」ここに至るまでのやりとりから、といっても彼女のほうはその中身をすっかり忘れていたが、男は彼女がアイオワ出身でないと見抜いたらしかった。

「ブック・ツアー」嘘くさい返答だが、本当のことだった。本人でさえほとんど信じられずにいるのである。ニューヨークでの刊行記念パーティから今日まで、彼女はほぼずっとドラッグ漬けだった。普段の行動からさほどかけ離れているわけではないものの、それなりの口実があるのは喜ばしい。男は彼女の言ったことがぴんとこないようなので、彼女は改めて言い直した。

「本の宣伝」

「つまりきみが本を書いたってこと？」

「まあね」

「どんな本？」

しらふでとことん友好的に接していたとしても、これに答えるのは容易でなかった。「どう言えばいいのかな」彼女は言った。「学園もの、っていうか、人々がいろんなことを望み、難しい決断をする話って感じ」

　これが吸血鬼や核戦争の小説なら、もっとすんなり説明できただろう。〝吸血鬼の話〟とか〝核戦争もの〟とか言えば事足りる。だが彼女が書いたのは修士論文——しかもこみいった筋の学園ものの大作というか、某教授を主人公にした個人崇拝をめぐる実話小説もどきで、モデルとなった教授を逆撫でするのが主たる目的だった。ところが問題の教授は腹を立てるどころかすっかり気をよくしてしまい、これを自分の出版エージェントに持ちこんでしまった。すると、そこの女性エージェントはアリスに契約書へのサインを迫り、某出版社が原稿を買い取り、鳴り物入りで出版の運びとなった——この一部始終は彼女にも不可解としか言いようがなく、回転花火みたいにぐるぐる旋回する顔の見知らぬ男にわかるはずもなかった。

　さらなる質問が出るのではと身構えたが、ぴかっと光る稲妻とすぐさま起きた雷鳴が、彼女の対話者の機先を制した。束の間、照明が明滅し、さらに阿呆面をした二、三の集団から悲鳴があがった。アリスはこの機をとらえて席を立つと、バー大好き人間たちの波を掻き分け、ずらりと並ぶビニール仕様のしょぼいブースの前をすり抜け、店の入口付近にたどり着いた。そこには主催者のひとりであるドンという名の若き准《じゅん》教授が、バーボンのはいったプラスチップカップを手にたたずんでいた。朗読会のあと、彼とその他の大学関係者が、大学にほど近い、ヴィクトリア朝様式の大きな建物のなかにあるこの怪しげな酒場に、アリスを引っ張りこんだのだった。彼女としてはまっすぐホテルに戻って二日間ぶっとおしで眠りたかったのだが、明日はセントルイスに行くことになっていた。いや、シカゴだったか。

「きみがこの天気を連れてきちゃったんだな」ドンが言った。窓の向こうでは猛烈な雨がレンガ敷きの路面と、付近一帯に散在するヴィクトリア朝様式の大きな建物を打ちすえていた。二十分前にここに来たときは小降りだった雨も、ふたりが見守るうちに十秒刻みで強さを倍加していくようだった。あと五分もしたら、ふたりは満杯のボウルに水没しているのではなかろうか。

「人のせいにしないでよ」

「違うのかな？　きみの行く先々には暗雲がついて回るじゃないか」

ドンは不細工ではなかった。ただし薬指の指輪から判断して既婚者である。この男と寝たらどんな感じだろうかとふと思った。まずもって退屈しそう、とにかく寝る価値はなさそうだった。下手に関わろうものなら、悶々《もんもん》とした告白の手紙を妻に送りつけ、自分の離婚を題材に、『核分裂』とかそんな感じのタイトルをつけた詩集を編みかねない。アリスは彼の手からカップを取り上げると、それをおどけたしぐさで掲げて見せて一気に飲み干した。彼は笑みを浮かべた。不快の笑みではなく、ただ戸惑い、本気で気遣っているふうでもあった。「大丈夫？」

「うん」

「じゃあ酒を取ってくるかな」彼は笑い、バーカウンターのほうに行きかけた。「きみにも何か持ってこようか？」

「結構よ、ありがとう」

本当にいいのか？　いつだって何かを求めていた。だが何を？　店内は漫然と動き回る人ばかり。教授や院生たちがジュークボックスからひっきりなしに流れてくる昔懐かしいロックに包まれてひしめき合っていた。ミック・ジャガーが滑稽《こっけい》なほど感傷的な声を絞り出し、アンジーとかいう女の名前を呼んでいる。昨日から何十人もの人に引き合わされたが、ひとつとして憶えている名前はなかった。称賛や嫉妬や敵意もあらわな熱血院生らしき一団が駆け寄ってきた。若い娘たちはゆったり流れるドレスに身を包み、男どもはブルーカラーの労働者風の装いをするのが昨今《さっこん》の流行《はや》りらしい。そのなかのひとり、ひょろりとした髯面が、ひとりぽつんとたたずむアリスに気づいて横に立った。

「やあ」

「どうも」

彼女が目を向けると、彼は言った。「おれはミッチ」

「わかった、ミッチね」青白い肌とうつろなまなざし、呼気にウィスキー臭がかすかに混じるこの男を、彼女は早い段階から好みのタイプとして目をつけていた。彼は破滅を扱う本を読むだけでは飽き足らず、自らそれを——本物の破滅、というか破滅の圧倒的幻影を——体験せずにはいられない、そんな冒険心に富む同級生数人を思い起こさせた。「ねえ、訊きたいことがあるんだけど」

「何なりと」

「この辺でドラッグが手にはいるところ、どこか知らない？」

「ああ」彼は言った。「だったら外で一服するって手もあるけど」

「それよりもっとハードなのがいいんだけどな」

「おお」その瞬間、彼女ははっとした。こんな得意げなにやけ顔を向けられたのは初めてだった。「そうか、そういうことね。ひとり、心当たりはあるよ。でも、ここを抜け出さなくちゃならないけど」

「行く行く」

彼は肩をすくめた。「わかった、じゃあ車を取ってくるから、ここで待ってて」

彼は正面ドアから外に出ると、木の階段を駆け下りた。濡れた歩道の水を跳ね上げる大きな足が雨のなかにたちまち呑みこまれた。ドンが新たな飲み物を手に背後から近づいてきた。「もう帰るの？」

一瞬、強烈な寂寥《せきりょう》感と後ろめたさを覚えた。どうしてこれだけでよしとしないのか？　どうして現状に満足できないのか、いまこうして自分のために開いてくれているパーティで、彼女との束の間の戯《たわむ》れを求めているイケメンとおしゃべりを楽しむだけじゃ駄目なのか？

「うん、まあね」

「気をつけてよ」彼はまじまじと見つめてきた。その瞬間、ドラッグでラリったふりをしているのを見透かされたような気がした。ホテルのバーで気つけがわりに飲んだ酒とベニー（アンフェタミンの俗称）二錠のお蔭で、朗読会ではまともに振る舞ったつもりだったが、ドンがこっちの様子を何度も横目でちら見するのを目にしたような気がしなくもない。いまそれが確信に変わった。そのとき、ドンが何か言ったのだ。「ふらついている《ツイステ》から《ッド》さ」

「え？」

「竜巻《ツイスター》だよ。トルネード」彼が隅のテレビ画面のほうに手を泳がせた。「予報じゃこっちに向かっているそうだ。外に出るなら気をつけないと」

　車は南へと町を突っ切り、鉄道の操車場が一望できる橋を渡った。その後、郊外の住宅地を走り抜け、スーパーマーケットの前を通過し、田園地帯にはいった。ミッチがテープデッキにカセットを押しこむと、ボブ・ディランの「追憶のハイウェイ61」がかかった。彼女がとっていた創作講座のひとつでこんなシチュエーションが取り上げられたら、担当の教授は、この場面でこの曲を選ぶのは芸がないと言いそうだ。

　彼はしきりにハンドルを指で叩いた——彼が落ち着かなげに押し黙っているのは彼女とふたりきりになったせいだろうと考え、ちょっと得意な気分だったが、実際は怯えているのだといまになって気がついた。稲妻が空の彼方をフォーク状に切り裂き、風が小型のダットサンを揺さぶった。利口な者ならこんな日にはまずもって走らない田舎道を、車は這うように進んだ。トウモロコシの茎《くき》という茎が踊り狂い、右手方向にはどす黒い濃密な狂乱が迫っていた。なんとも馬鹿げた思いつきだった。ここまでして本気でハイになりたかったのか？　どうやらそうらしい。

「そろそろだな」ミッチが言った。「ここだ」

数秒後、ミッチは車をいったん停めると、彼女のヘッドレストの背後に腕を回して車をバックさせた。それから左にハンドルを切って砂利敷きの長い私道を進んだ。突き当たりにあったのは、うずくまってむっつり押し黙ったような白い家、こちらが近づくとあとずさりしそうな家だった。家の前で停止すると、車の窓という窓に大量の雨がゼラチンシートのごとく、ひとつながりになってどっと流れ落ちた。

　ミッチが言った。「名前はジミー。ときどきそいつからブツを分けてもらっているんだ」

「あっそ」

「果たしているかどうか。まあいるだろうな、この天気だし。初めての客にはちょっと警戒するかもしれないけど、何とかなるさ」彼は、まるで彼女がニューヨークで暮らしたことがなく、ドラッグもやったことがなく、ヤクの売人と関わったことなどないみたいな口を利いた。変人奇人を大目に見ること――不快、退屈、暗愚、怠惰、大雑把《おおざっぱ》等々に目をつぶること――これは違法薬物を原価の五倍で買うという途方もない特権に支払う税金のようなものである。

　車からポーチにたどり着くまでに高さ十五フィートの大波をかぶったふたりは、ずぶ濡れの犬よろしくポーチでぶるっと水を振り落とした。ミッチが呼び鈴を押した。室内の明かりがともり、感覚的にはかなり待たされて、ドアが少しだけ開いた。「やあ」声がした。

「ミッチだ」

「そっちは？」

「友達だ」

「前に会ってるかな？」

「いや、この人はこっちに来ている旅行者なんだ。いいからさっさと開けろよ」

ドアが全開になり、ほの暗い明かりのともる玄関ホールに招じ入れられた。彼女の左手の暗がりに紛れた男は変装のつもりか、野球帽をかぶり黒っぽい眼鏡をかけていた。男はふたりを居間に案内した。いかにもな部屋だった。道端から拾ってきたようなみすぼらしいカウチ、壁際に積み上げられたがらくたや箱、閉じたままのカーテン、隅に斜めに立てかけられたギター、部屋じゅうにたちこめる猫の糞尿のにおい。この男、ジミーは最初に受けた印象以上に年をくっていた。おそらく四十代、顔にはかなりひどいニキビ痕があり、いちばん大きなクレーターには小粒のミントがおさまりそうだ。「名前は？」彼が言った。

「アリス」

「なんでこっちに？」会話はパーティで一時間前に交わされたそれと気味の悪いほど似ていた。

「この家にってこと？　それとも町に来た理由？」

「町のほう」

「ただの仕事よ」

「いいときに来たね」この言葉に反応したかのように、バケツの水をぶちまけたような雨が窓を打ちすえた。

ジミーはミッチを見て言った。「で、ここにはなんで？」

「あんたなら持ってるんじゃないかと思ってさ」

「昨日ジラウジッドがはいったんだ、それでいいか？」

「いいんじゃないかな」

「ばっちりよ」

ジミーはその部屋以上に暗い隣室に引っこむと、麻酔薬の瓶を手に戻ってきた。コーヒーテーブルに置かれた金属製の楕円《だえん》の皿に二、三錠、振り出す。皿はドラッグの残留物で粉っぽかった。「一錠十ドル。いくつにする?」

「十錠」アリスが言うと、彼はアリスを見返した。そこでこう続けた。「少し持って帰りたいから」

彼が錠剤を数える横で彼女は、こういう幸運に恵まれることを見越して銀行から下ろしておいた二十ドル札を五枚、財布から抜き取った。金を渡すと、彼女は別の紙幣とクレジットカードの一枚を取り出し、カードを使って白い錠剤を四つ、皿の上で砕き、そこに紙幣をかぶせてカードの縁でさらに細かくすり潰した。ドラッグがさらさらの粉末になったところで、紙幣を剝がし、紙幣に付着した粉をこそげ落とすと、粉を二列に切り分けた。この作業に彼女が専念するあいだ、ジミーは立ち上がって隅のレコードプレイヤーをいじりだした。ワン・ツーとテンポを刻むフィドルの古臭いきしみ音で、彼女の知らないカントリーソングが始まった。彼女は筒状に丸めた紙幣を右の鼻腔に突っこんで一列目の粉を吸いこみ、ミッチに紙幣の筒を渡すと、ミッチも同じことをした。

カウチにもたれながら彼女は、一錠あたりの用量を訊くべきだったと遅まきながら気がついた。ジミーはミッチを相手に、目をつけている車の話をしていた。八気筒エンジン搭載の旧型スティングレー、ボディは黄色でね、とジミーは愛《いと》おしそうに描写した。外では雨が降りしきり、レコードの女は自分の愛が薔薇《ばら》のようだとか何だとか歌っていた。そこへ黒と白のタキシードをまとったような猫がふらりとはいってくると、これほど平穏な情景に身を置いたことが自分にあっただろうかとアリスは思った。テーブルの上の麻酔薬の存在さえ忘れてしまえば、そこには健全ですらある、家庭的で中西部的なものが感じられた。ミッチが煙草を一本、彼女に差し出し火をつけてくれた。煙を深々と吸いこむと、これが固形物のように肺を満たし、感覚をより身体的なものへと変容させた。

煙を吐き出すと、注意力は淀《よど》んだ空気のなかに拡散し、もはや諸々のことを切れ切れにしか把握できなくなった。目下執筆中の本の話をするミッチ。彼女のくるぶしに体をこすりつけてくる猫。再び立ち上がって窓の外を見ているジミー。ここには自分たち以外にもうひとりいる、その思いがますます強まった――ひとり、ふたり、さんにん、よにん、何度も何度も数え直した。自分にミッチにジミー、あとひとりは誰なのか？

　彼女にはわかっていた。〈ネヴァーシンク〉にいたあの男だ――あの男が、目には見えぬが、ここにはいりこんでいた。最近は、彼のやって来る回数がますます増えていた。目を閉じていても、それが彼だとわかった。いまもカウチの隣にすわる彼の穏やかなまなざしに見つめられ、浅黒い長い腕に抱き寄せられ、彼の発する白熱光に浸されている自分を感じていた。

　ミッチに体を揺さぶられ、はっと我に返った。「ほら行くよ」彼が言った。

「え？」ミッチが揺り起こしたのは、あの灰色の男のせいに違いない、そんな気がした。

「ほら、聞こえるだろ？」ジミーが言った。

　レコードプレイヤーから流れてくるとばかり思っていた、哀調を帯びた響き、泣き叫ぶような音色。「これって何なの？」

「あんた、確かにこっちの生まれじゃないようだな」ジミーは言った。「トルネードの警報サイレンだよ。さあ行くぞ」

「どこへ？」だがすでに彼は玄関ホール横のドアを開け、頭上の電球から下がる鎖を引いていた。

「ほら立ちなよ」ミッチがまた言った。「しばらく地下でやり過ごすんだ」

「やだ」彼女は言った。

「あのサイレンはトルネードがここを通過することを知らせているんだ。急がないと」

　どうやら彼女が薬で朦朧となっているあいだに家は

揺れはじめていたらしい——さらに強い揺れが起こると、彼らふたりはサバンナに突如出現した捕食動物に気づいた動物の群れさながら、浮足立った。ミッチが懇願するような顔をした。彼女はわずかに抵抗を緩め、うながされるままドアに向かった。ジミーは、身をくねらせて暴れる猫を抱えて階段のいちばん上にいた。雷鳴がとどろくと、猫は猛烈な勢いで拘束を逃れ、ジミーの眼鏡を弾き飛ばした。眼鏡を拾おうと腰をかがめたジミーが、いつも暗闇にいるせいで視力をなくした生物の目でミッチとアリスをちらりと見上げたそのとき、彼女はアルミホイルを嚙んだときのような不快感にまたしても襲われた。

「やっぱやだ」彼女は言った。

「ほら」ミッチが言った。

「行きたくない」

　ミッチが力ずくで行かせようと腕を引っ張るので、思いあまって彼の頬をひっぱたいた。彼はぱっと飛びのくと、位置がずれるのを恐れてでもいるように頬髯を手で押さえた。「何するんだよ」

「下になんか行くもんか」彼女は言った。

　ミッチは彼女を押しのけると振り返りもせず、ジミーと一緒に閉じた扉の向こうへ姿を消した。地響きとともに照明が消えた。レコードプレイヤーの女の声が間延びした不気味な呻き声へと変化し、すぐに聞こえなくなった。家屋の振動がでこぼこの床板を急激に動かしはじめた。部屋の隅の飾り棚のてっぺんに雑然と積み上げられたがらくたや雑誌の山がどっと崩れ落ちた。部屋のドアが、落ちてきたがらくたを掻き集めようとする腕のように勢いよく開いた。アリスは怯えていなかった、いま起きていることに興味津々《しんしん》だった。彼女はカーテンを引き開けた。

　奇妙なことに雨はやみかけていて、水槽の緑色の照明で照らされたような、ほの暗い空が覗いていた。自分たちが車で通ってきた道路の先に広がるトウモロコシ畑にそれが見えた。黒い地平線を背景に、さらに濃密な黒を湛《たた》えた逆円錐形《えんすいけい》が、あちらにこちらに揺れながらゆっくりと近づいてくる。ついに来た。そう気づくと同時に、向こうも彼女の存在に気づいたようだった。畑を越えてやって来たそれは道路を引き裂くと、周囲を混沌の渦に巻きこみながらぐんぐん迫ってきた。彼女は地下室へのドアを振り返り、これが正解だったかどうかはともかく、そこに行かずにすんだと思うとちょっとほっとした。

残りの錠剤を財布にしまってカウチに戻り、いずれ起きるだろうことを待ち受けた。家屋は揺れに揺れた。徐々に激化する震動は先ほどまでの雨と似ていた――これ以上ないほど強烈な揺れに思えたのに次に来た揺れに比べたら生ぬるい、そんな揺れが次から次へと襲ってきた。こすれ合う梁《はり》と梁が松脂《まつやに》のにおいと甲高い悲鳴をますます強めていく。家そのものが息を吸いこんだみたいに、室内の空気が濃度を増したように感じられた。すると家が絶叫し、窓ガラスがそっくり全部吹き飛んだ。彼女は息ができなかった、頭も働かなかった、カウチから体が浮き上がり、これで死ぬのだと思ったところで床に落下した。

通り過ぎた、なぜかそれがわかった。

降って湧いたような静寂のなかに彼女はいた。手が濡れているのは血のせいだった。ガラスの上に着地していた。まだ生きていた。かなりの時間が経ったころ、男ふたりが地下から姿を現わした。いやはや、まいったぜ《ジーザス・クライスト》、ふたりは想像を絶する体験とばかり、それぞれのテンポで、それぞれの言い回しで騒ぎたてた。ぶったまげたぜ《ジーザス・ファッキン・クライスト》。

「ジーザス・クライスト」ミッチがアリスに言った。

「大丈夫？」

「うん」

「近かったな」ジミーが言った。「めちゃクソ近かった」

ミッチが言った。「家が土台から浮き上がるみたいだったよな」

ジミーが言った。「ほんの一瞬だけどな」

「ジーザス・ファッキン・クライスト」ふたり同時に言った。

その後、トルネードが去ったことをテレビで確かめると、ミッチはアリスをホテルに送り届けた。彼女は膝の上にきちんと両手をそろえてシートにおさまった。怪我《けが》をした左手はTシャツにくるまれていた。外は嵐が去ったあとの静けさと冷気に包まれ、何事もなかったかのように見えた。そんな不気味な静けさもすぐに破られた。いまでは通りを車が行き交い、人々は普段の暮らしをすでに再開し、電力会社の作業員たちが切れた電線を直していた。

ミッチはホテルの前で彼女を降ろすと、無言で走り去った。彼女はロビーの前を素通りし、フロントデスクのホテルマンたちの凝視にかまわず部屋に向かった。

室内は霊廟《れいびょう》のように冷えきっていた。ありったけの明かりをつけたが、部屋は彼女が戻る直前まで浸っていた闇の記憶をぬぐえぬままだった。バスルームで改めて手を洗い、小さな白い錠剤を数個呑みくだした。テレビをつけ、チャンネルをレターマンのレイトショーに合わせた。超人デイヴがレンガ塀に大砲を打ちこむ場面が現われた。朦朧とした意識を通して感じたのは——何だろう？　そう、主に落胆だった。嵐が猛然と襲いかかり、命が風と壁に追い詰められたあの瞬間の、あの状況にずっと居続けられたらそれこそが幸福というもの、最高の気分でいられただろう。

11　レン　一九八八年

壁越しに届く騒音が、およそ十分のあいだに低い呻き声からわめき散らすような声に変化し、さらには大音量の口論へと発展し、次いで歌声やシュプレヒコールが始まり、ついには耐え難いほどの騒擾《そうじょう》のカオスへとなだれこむ。ポーランド系警官同盟の面々が浮かれ騒いでいるのだった。デスクに頭を投げ出してからすでに二十分、その間に喧騒《けんそう》は頂点に達した。レンはすわっていた椅子を後ろに押しやりデスクを離れた。立ち上がりながら一瞬、芝地にある備品庫とそこにしまってある22口径のことが頭をよぎった。あの銃を取り出し、あそこに乗りこんでいって天井めがけてぶっ放し、烈火《れっか》のごとく——威風堂々とはいかないまでも——立ち去ればいい。とりあえず、目にもの見せてやれるだろう。それで酔っぱらったポーランド野郎に顔面を撃ち抜かれたとしても、ホテルに掛けてある損害保険の追加条項だか補足条項だかが適用されるのではあるまいか。

前夜、ベッドのなかでこの保険の約款《やっかん》に漫然と目を通しながら、ほんの一瞬、ここをそっくり全部焼き尽くしたい衝動に駆られたのだった。だが何をもって放火とみなされ、どこからが神の御業《みわざ》——保険屋の使う怪しげな詩的用語でいうところの〝不可抗力〟——とみなされるのかが判然としなかった。隣室のさらなる咆哮の波が、レンをデスクから廊下へと向かわせた。彼の顔に浮かぶのは忍従の微笑。放火にも、ついでに言うなら、いかなる凶暴行為にも手を染めるつもりはなかった。それはあくまでも気散じの方便、ただの夢想だった——夢想でなら運命の支配を振り切ることができたし、ホテルの死期を自らの意志で決められるというわけだ。目下ホテルは抜き差しならぬ、いつ果てるとも知れぬ末期《まつご》の苦しみの渦中《かちゅう》にあった。

彼は宴会場のオーク材でできた格子模様の重いドアを押し開けた。ここはいくつかの点でホテルの末期的症状を具現化している空間だった。まず何よりも目につくのは、ここが完全なる機能停止状態にあるという点である。黄色の壁紙は自ら進んで壁から剥がれ落ちようとしているかのようで、そこここが腐ったバナナの皮のごとく茶色に変色して膨らんでいた。部屋の隅にできた小さな水溜まりは、退色した天井部分を映し出していた。至るところに悪臭がたちこめ、カビと木材の内部腐敗と中途半端に塗布された漂白剤の混合臭が鼻を刺した。

　ふたつ目はお得意様、つまり部屋を埋め尽くす五十人余りの男どもである。これが虚ろなまなざしでレンを見つめてきた。レンは国家権力に盾突いたことはなかったし、肝心要《かんじんかなめ》の部分では遵法《じゅんぽう》精神あふれる市民であり、自家用車には〝警察官の友〟を標榜《ひょうぼう》するステッカーまで貼っている。だがここに集う連中は最低も最低、最悪の下種《げす》野郎どもだった。彼らがこのホテルを利用するようになったのは七〇年代の終わりごろ、幼いアリスが襲われ少年の遺体が発見されるという不運な出来事によってホテルの零落《れいらく》が兆《きざ》しはじめた時期だった。昔からの常連客は瞬く間に姿を消し、種々雑多なホテルチェーンが近隣に乱立しだすと、レンは様々な戦略で新機軸を打ち出す必要に迫られた。そのひとつが当時としては非凡な一手、警察の各組織に特別価格でホテルを使ってもらうことだった。これは未開拓領域ともいうべき予約の宝庫であり、しかもほかの宿泊客に安全な宿を印象づけられるという、いわば一石二鳥のアイデアだった。都心部の知人を通じて呼びかけたところ、酔っぱらった牡牛の一群よろしく殺到したのがポーランド系警官同盟だった。

　短く刈り上げた髪と猪首《いくび》、ビール腹なる甲冑《かっちゅう》をまとった胴回り、これらを具備した連中はまさに牡牛そのものだった。鼻を鳴らして馬鹿笑いはするは、頭突《ずつ》きはするは、ビュッフェテーブル脇に置かれた未開封のビヤ樽を無理にこじ開けようとするは、朝の十一時にはすでにへべれけになっているは、といった具合である。午後三時に廊下で立ち小便をしていたこともあった。毎年四月になると、またしても呪わしい一年が巡ってきたことを告げ知らせるかのように、彼らは一週間滞在した。彼らの代表であり事実上の上司でもあるミクルスキー巡査部長が、すぐそこのテーブルから真っ赤な顔で声をかけてきた。「レンじゃないか！」

「巡査部長」

「どうしたんだね？」

「もう少し抑えていただけないかと思いまして」

「抑える？」ミクルスキーは信じられないという顔で部屋を見回した。靄のかかった彼の小さな黒目から、早くも陽気の色が失せかけていた。

「その、いささか声が大きいようでして。ほかにもお客様がいらっしゃいますし、おわかりいただけますよね？」

「なるほどね」彼は言った。ミクルスキーの横にいたふたりが面白いことになりそうだとばかり巡査部長を横目で見やると、巡査部長は立ちあがり、「諸君」と一同に呼びかけた。「諸君！　こちらにいらっしゃるミスター・シコルスキーがおっしゃるには、我々は少々騒がしいそうだ。我々はここに客として、良識ある客として来ているわけだからして、そのように振る舞おうではないか。いまこの時点をもって」ここで彼の声が、芝居の傍白《ぼうはく》のようなささやきに変わった。

「いまこの時点をもって、きみたちにはこんなふうにしゃべってもらいたい。ものすご〜く静かに。ものすご〜くひっそりと。シーッ！」全員がどっと笑うと、巡査部長は抜き足差し足で部屋をめぐり、ひとりひとりに向かって赤らんだ太い人差し指をぽってりした赤い唇に押し当てて見せながら、おつに気取ったパントマイムよろしく静粛をうながした。

レンはオフィスに戻ると、これから起こるだろう耳障りな哄笑《こうしょう》を締め出すべくドアを閉めた。笑い声がどっとあがると、世界が——この忌々しいほど惨めな世界全体が——彼を嘲笑《あざわら》うかのように耳のなかで鳴り響いた。

「いい加減もう廃業すればいいのよ」レイチェルが言った。年の初めごろからすでに一千万回くらい口にしているのではなかろうか。「それで終わりにできるじゃないの」ふたりは厨房にいた。三十人の料理人が動き回れる広さのタイル敷きの大空間だが、いまはフルタイムのコック三人と洗い場係、時給日払いで雇っている地元の若者ふたりがいるきりだった。レンは仰向けに寝そべって故障したオーブンに頭を突っこみ、種火のありかを探っていた。

「やめて何をするんだ？」

「何でもいいじゃない。文字どおり、ホテル経営以外のことならね」

「金にならなきゃしょうがないじゃないか」

「これでお金を稼いでいるつもり？　何もしないほうがよほどお金になるわ。ゼロ収益のほうが現状よりはるかにましよ」

「そういう議論はしたくないんだ」彼女の溜息が聞こえた。種火は復旧したが、妻の顔を見たくないので、そのままオーブンに頭を突っこんだままでいた。ここは居心地がよかった。「ぼくの祖父《じい》ちゃんと祖母《ばあ》ちゃんが創業したホテルなんだよ、レイチェル。そう簡単にやめるわけにはいかないよ」

「あら、やめられるわよ。あなたにできることといったらまさにそれ。お祖父様とお祖母様なら、わたしたちの人生を、わたしたちの子供たちの人生を台無しにしたくはないはずだもの」

「なんでそう言いきれる？　会ったこともないくせに、それが彼らの望みだなんてよく言えるな」

「わたしたちはまだ若いんだもの」

「ぼくはもう四十五だ」

「それだって若いわよ。もう一度やり直すだけの時間はたっぷりあるわ」

「もう一度やり直すなんて気はないね」種火がまた消えた。何もかもが彼を嫌っていた。オーブンから頭を出すと、つのる不満をみなぎらせて仁王立ちする妻がそこにいた。予想はついていた。彼が唯一想像できる最近の妻のポーズがこれだった。

「ここはぼくが受け継いだ世襲財産なんだ、それはわかるよね？　だからこそ再興させたいんだ。救いたいんだよ」

「もういい加減にして」こめかみのあたりがやや白くなりかけているが、いまも少女のように長く伸ばした豊かな黒髪――ああ、初めて会ったとき、この黒髪をどれほど愛したことか！　いまだってこんなに愛している！――を振り立てると彼女は、ほかの場所と同様、崩壊の一途をたどる厨房に、しみの浮いた華奢な腕をさっとめぐらせた。サルバドル人の洗い場係は、聞こえていないのか言葉が通じないのか、はたまた気を利かせてわからぬふりをしているのか、隅のほうで宴会用の大鍋を黙々とこすっていた。「再興する意味もないし、救う意味もないわ。目を覚ましてよ、レナード。みんながここに、リバティに来るのを怖がっているのよ。怖がっていないにしても、キャッツキル山地はもう終わっている。夢は死んでしまったのよ」

「いいかい」言ってレンは、膝を抱きかかえるようにした。「現実はそのとおりさ、だよね？　でも、ここは人の一生のようなものだ。どんなに体調がすぐれなくても生きつづけるしかないんだよ。どんどん具合が悪くなったとしても、もうこれ以上は無理というところまで、終わりが来るまで生きつづけなくちゃならない。いずれそうなるさ。とにかく最後までつきあうしかないんだよ」

レイチェルは、言わずもがな――つまり自分は最後までつきあうつもりはないということ――は口にするまでもないとばかり、無言で立ち去った。おそらく彼女が正しいのだろう。再興する意味はないのだ。ならばこの自分は何を望んでいるのか？　不可抗力――それを思いながら、彼はもう一度オーブンに頭を突っこんだ。

その夜のレストランは――というかほとんどの夜もだが――気が滅入るほどがらがらだった。レンはバーカウンターの前に腰かけ、長く勤めているバーテンダー、サンダー・レヴィンが用意してくれた終業後のいつもの一杯に口をつけた。この大きな部屋の隅のテーブルには警官たちがいた。レンは彼らの席を、なんでこんなところに来てしまったのかと戸惑いがちにメニューに目を落とす若いカップルから、できるだけ遠ざけるよう案配したのだった。目下のところ警官以外の客はこのふたりだけという可能性なきにしもあらず。レンはまだ宿泊者台帳に目を通していなかった。着古したタキシードに身を包み、目がぼやけて見えるくらいぶ厚い眼鏡をかけたサンダーが、カウンターに身を乗り出すようにして言った。「ミスター・シコルスキー、実はお話があるんです」

「言ってみて」

「辞表を出させていただきたいんです」

「え？」

「ここを辞めようと思うんです」

レンがまじまじ見つめると、サンダーは隙を与えまいとするように居ずまいを正した。サンダーがここに来たのは記憶にないほど遠い昔のこと――レンが物心つくころには、白のタキシードに銀縁眼鏡をかけ、灰色の髪を後ろに撫でつけた姿でカウンターの向こうにいた。何十年にもわたる忠誠心の生きた記念碑的存在だ。レンの知る限り、サンダーは一日たりとも欠勤したことがなかった。彼が辞めるということは、ロビーを支える柱が一本失われるに等しかった。

「ねえ、どうしちゃったのさ」レンは言った。

サンダーは大きな頭を横に振った。かすかに震えていた——レンが目にしている以上に感情が高ぶっているらしかった。「もう限界なんです、ミスター・シコルスキー。このままじゃ暮らしていけません。不足分を補うために、ベルヘイヴンで昨今流行りの〝花金《ハナキン》パーティ〟の仕事も二、三、引き受けているくらいなんです。ところがそっちの稼ぎのほうがずっといい」

「ハナキンねえ」

「すみません」

「で、これからどうするつもりなの？」

「それがその、フロリダに行こうかと。わたしの娘と娘婿がそっちにいましてね。フォートマイヤーズに。気候のいい土地で心機一転も悪くない。いま住んでいる家を売れば、多少の貯えもできますし。娘のルイーザが種苗《しゅびょう》の仕事を始めると言っているんです。そこを手伝うのもいいかなと」

「わかった、給料のほうはどうにかするよ。こういう話は早めに言ってもらわないと」警官たちのテーブルからどっと咆哮が起こると、閑散とした室内にいるレンも、気がつけばそれに負けじと声を張り上げていた。「昇給してもいいんだ。それとも売り上げの歩合制にする？」

レンを見つめるサンダーの憐れむような表情に、レンは手元のグラスに視線を落とし、プラスチックの楊《よう》子《じ》に刺さる二個のオリーヴを見つめるしかなかった。サンダーが言った。「ミスター・シコルスキー、ほら、元気出してくださいよ、こんなことで揉めるのはやめましょう。これまでうまくやって来たんですから、わたしだってこの職場には愛着がありますよ。あなたのお父上のこともお母上のこともお慕い申し上げていましたしね。でも、もう潮時なんです」

翌朝、レンに名案が浮かんだのはコーヒー片手に読んでいた新聞記事がきっかけだった。それは十九年前のウッドストック・フェスティバルの会場となったヤスガー農場の地役権をめぐる紛争を扱った小さな記事だった。ウッドストック世代より少し上のレンは、当時すでにホテルの日々の業務をこなしていたから、三日も休暇を取ってLSDをやったり、ホロスコープの星座にちなんだ名前を持つ娘たちと裸で泥のなかを転げまわったりするなど、それが不快とは言わないが、できない相談だった。一九六九年までにはレイチェルとの交際もかなり進展していた――彼女がヴァッサー大で過ごした四年間、レンはかの地にせっせと通いつめた。あそこの学生寮で過ごした時間を思えば、ヴァッサーから名誉学士号をもらってもいいくらいだ。

レイチェルは友人数人とウッドストックに繰り出し、「めっちゃいかしてた《ファー・アウト》」と感想をもらしたが、そこにためらいが見え隠れするのをレンは見逃さなかった。知的なヒッピーが言いそうなこの決まり文句を口にしながら、その奥底には上流育ちのユダヤ娘が潜んでいた。自由恋愛《フリーラブ》とかその手の思想にかぶれるには彼女は育ちも頭もよすぎたのだ。とはいえ、レイチェルは強烈なマリファナを向こうから持ち帰り、レンをホテルの屋上に連れ出すと、一晩じゅう性の快楽を与えてくれた。その意味でレンとしては、ウッドストックとその精神に感謝しないわけにはいかなかった。

懐かしのヤスガー農場がいまの苦境を救ってくれるのではないか、とレンは考えた。新聞を下に置くと、ソール・ジャヴィッツに電話をかけた。今日はジャヴィッツの非番の日で、山上の自宅近くで益体《やくたい》もない雑用をこなしているだろうことは心得ていたので、呼び出し音を十二回ほど鳴らしつづけた。ようやく古いタイプの探偵を気取った声が応答した。「ジャヴィッツだ」

「いいことを思いついたんだ」

「いいことを思いついた、明日まで待てない、ってわけかね？」

「まあ聞いてくれよ——ウッドストック二十周年記念コンサートが目前だってこと、知ってた？」

「来年の夏。八月」

「けっこう盛り上がりそうだという話なんだ。あのコンサートを讃えて往年のプレイヤーが何人か出るらしい」

「なるほど、捨てる神あれば拾う神ありってわけだ」

「ぼくが考えたのもまさにそれ。ここでイベントをやるんだよ、ビッグネームに来てもらって舞踏場で演奏してもらえば一山当てられる。〝ウッドストック・ホテル〟として名声も高まるじゃないか」

「なぜそんなことを？」

「なぜって、どういう意味だよ？　経営を立て直す必要があるからじゃないか」

　ジャヴィッツは考えこんでいるのか、長い沈黙が流れた。それからこう言った。「わからないな。なんだか藁をもつかむって感じだな」

「藁をもつかみたい状況なんだから藁だってつかむさ。溺《おぼ》れかけている人間は必死の形相にもなる、そうなって当然だよ。溺れるのは嫌だからね」

「つまりジミ・ヘンドリックスを呼んで国歌を演奏させたいってこと？　リッチー・ヘブンスなら『フリーダム』を三時間ぶっとおしで歌ってくれるんじゃないかと？」

「ああ、そうさ」

「冗談で言ったんだよ、レニー、しっかりしてくれよ。そんなのは〈ネヴァーシンク〉じゃない、ここは家族で楽しむ品のいいホテルなんだからね。そういうのに群がるのがどういう手合いか、わかって言ってるんだろうね？」

「金のある連中だろ？　だったら我々がいま求めているのはどんな手合いだっていうのさ？」

　ジャヴィッツは溜息をついて言った。「いまはどこも不景気なんだ。いずれ持ち直すよ」

「景気云々《うんぬん》の問題じゃない。ミッキーと連絡を取って意見を訊いてみるよ」ミッキー・シュルマンは、〈ネヴァーシンク〉を始め、いくつものホテルが手がけるショーの、出演者を何十年にもわたり差配してきたタレント派遣会社の経営者だった。長年の友人でありビジネスパートナーでもある彼女は、レンの父親と同世代、いまは亡き叔父ジョーイのエージェントも務めてきた。七十をとうに越しているが、いまも九時から五時まできっちり仕事をこなし、所属タレントたちの面倒を見ている。またしても長い沈黙が生まれ、しびれを切らしたレンはこう言った。「きみに意見を求めようとは思わないよ、ソール。とにかく何かしなくちゃならないんだ」

「おや、だったらなんで電話してきたんだね？　ミッキーによろしく。幸運《マゼル・トフ》を祈っているよ」

　ミッキーはジャヴィッツとは違って大乗り気だった。悪くない、という彼女の言葉に、レンの迷いはごくわずかながら薄まった。その日遅く、彼女はあちこちに電話をかけてから、出演してくれそうなプレイヤーとギャラの一覧をファックスで送ってきた。レンはリストに目を通した。そこにはなんとリッチー・ヘブンスの名もあったが、ギャラの希望額が一万五千ドルというのは法外に思えた。だが、ほかの人たち——例えばジョン・セバスチャンとか——はずっと穏当な額が提示されていた。この名前はぼんやり記憶していた。そう、ママス＆パパスで「夢のカリフォルニア」を歌っていた人じゃなかったか。

　レンは、屋外プールのそばで宿題をしている娘のスザンナを見つけた。プールには一面、落ち葉が浮いていた。これをきれいに取り除かねばと頭にメモしたが、こんなに寒くては泳ぐ人などいないだろうし、そもそも泊まり客がいないのである。娘は毛布にくるまって、風にめくれ上がるルーズリーフに何やらせっせと書いていた。

レンは言った。「なんでこんなところにいるんだい？」

彼女は肩をすくめた。当年十三歳。彼女が自ら進んでレンと会話をしたのはもう二年前になるだろうか。

「ノアから目を放すなって母さんが言ってたぞ」八歳になるノアはどこにも見当たらなかった。プールの縁に近づきながら動悸《どうき》がちょっと高まった。隣接する斜面の草地を下ったところに息子はいた。彼は小さなハンモックの上で腹這いになって、何かに変身するとかいうプラスチックの玩具同士を不可解にして大仰な身振りで戦わせていた。

「ノア！」彼が大声で呼びかけると、少年が振り返った。「こっちに戻りなさい！　お姉ちゃんの目の届くところにいなくちゃ駄目だよ」

少年はしぶしぶプールに戻ると、玩具を手にカバナ・バーのそばに腰を落ち着けた。レンは娘に向きなおって問いかけた。「あのさ、ジョン・セバスチャンて知ってる？」

「さあね」

「音楽をやっている人なんだ」

「あっそ」

「ママス&パパスだったかな。そのグループは知っているだろ？」

「昔の人でしょ？」

「まあね、その人たちを呼びたいんだ」

彼女が顔をあげた。「何の話？」

「別にいいんだ。何の勉強？」

「代数。ややこしいんだから」彼女は視線を戻した。

きみにはわからんだろうなと思いながら館内に引き返すと、レイチェルがいるはずのフロント前ロビーに向かった――どれほどややこしいことか、きみにはわかりっこないんだ。いつもどおりグレート・ホールを突っ切りながら、修理や部品交換やハンダづけ、補修やつぎ当てや塗装といった諸々を要する箇所の多さに圧倒された。ここを良好な状態に戻すには、改修業者に頼むとしても最短で一年はかかるだろう。そうなれば、その間ずっとホテルの営業はできなくなるはずだが、そういうことはなぜか彼の頭からすっぽり抜け落ちていた。

角を曲がってロビーにたどり着いたが、レイチェルは見当たらなかった。フロントデスクはもぬけの殻。彼の知らぬ間にホテルは閉鎖されてしまったのかと、一瞬、ぞっとした。と同時に、そこに未来を見た気がした。ロビーや隣接する屋内プールがすっかり荒れ果て、ゴミに埋もれ絨毯がずたずたになり、壁は落書きだらけ、ひび割れたコンクリートの隙間に雑草が旺盛に伸び広がる、そんな情景を。彼はぶるっと身震いして大声で呼びかけた。「レイチェル！」

「何なの？」彼女の声が喫茶室のほうから聞こえた。スーパーマーケットで迷子になった子供よろしく、彼はほっと胸を撫でおろしながらそちらに向かった。

彼女はカウンターの前に腰かけ、ルゲラー（ユダヤ発祥の焼き菓子）を食べながらコーヒーを飲んでいた。カップの受け皿で本のページの端を押さえている。ミステリーだか何だかのペーパーバック――彼女はいつも何かしら読んでいた。この十年、やむことなく続いている習慣だ。レン・デイトンやカール・ハイアセンがウルフやフーコーに取って代わられてからだいぶ経つ。レンは正面入口のほうに手を泳がせた。「デスクはどうしたの？」

「あら」彼女は首を伸ばしてレンの背後に目をやった。「観光バスが到着したのを聞き逃しちゃったのね。すぐに行くわ」

「そういう嫌味は必要かね？」

「さあね。そういうお小言は必要なの？」

「みっともないじゃないか」

「誰に対して？　誰にみっともないっていうの？」

　レンは隣のスツールに腰かけると、ポケットから例のファックス用紙を取り出し、フォーマイカの天板の上に広げた。「わかったよ」彼は言った。「そういうことも含めて、とにかくこれに目を通しておいて」

「何なのこれ？」

　彼は説明の合間に彼女にちらちら目を走らせては反応をうかがっていたが、そのうち彼女の顔が疑心もあらわに凍りついてしまうと、目をやる回数は減った。

「本気なのね」彼女はようやく口を開いた。

「ああ、そうだ」

「言葉も出ないわ」

「ミッキーは名案だと言ってくれたがね」

「ミッキーには五パーセントの手数料がはいるんだもの、名案だって言うに決まってるでしょ」

「金だけのつきあいじゃないんだ——彼女なら、まずけりゃまずいって言ってくれるさ」

　レイチェルはさらに何秒か、ファックス用紙に目をやった。「アビー・ホフマン（アメリカの政治活動家。ウッドストックではザ・フーのステージに乱入して、ピート・タウンゼントにギターで殴られるという一幕があった）のギャラが一万ドル？」

「アビーはこのイベントには不可欠だよ。みんな喜ぶんじゃないかな」

「ならジョン・セバスチャンは？　たしかラヴィン・スプーンフルのメンバーだったわよね？」

　レンはファックス用紙を取り上げた。「彼はママス&パパスだったはずだけどな。あ、もちろんパパスのうちのひとりって意味だけど」

「あなたったら、どうしちゃったの？」

「追いつめられているからね」

レイチェルが立ち上がった。彼女はジーンズにホテル支給の仕事着《スモック》といういでたちだった。彼女の尻の豊かな丸みを目にした途端、レンは未来が重くのしかかってくるのを感じた。実体を伴った何かが生々しい現実となって、彼を、自分たちふたりを待ち伏せているようだった。「金を稼ぐには金を惜しむな、ってわけ？」

「それが常識だよ」

「いいことレン、わたしが言うことをしっかり聞いて、わたしの考えを理解してちょうだい。もしもあなたが預金してあるスーズとノアの大学進学資金から二万ドルを引き出すっていうなら、神に誓ってわたしはあなたと別れますからね。わたしたち夫婦の人生をあなたが壊すのは勝手だけど、子供たちまで巻きこまないで。わかった？」

「きみの言いたいことはわかったよ、ああ」

「よろしい。回答は郵送でお願いするわ、キャプテン」彼女はフロントデスクに行ってしまい、レンは喫茶室に残って彼女の使ったカップと皿を洗った。

　その夜、彼女の隣に横たわるも、両者を隔てるマットレスの三インチほどの隙間は、ミデヤンの砂漠にも匹敵した。彼の目は閉じられていたが――ベッドで目を閉じない人などどこにいるというのか？――眠れるはずもなく、朝まで眠れそうになかった。そのうち目の前にレイチェルが現われた。結婚した直後、スザンナを身ごもる前の、ある夜のレイチェルだった。あの夜、ふたりは近くの森に散歩に出た。ネヴァーシンク川は闇に紛れて見えなかったが、ごぼごぼという川音がすぐ間近に聞こえていた。レンのフランネルのシャツを着た彼女は襟元に鎖骨を覗かせていた。膨らんだ黒髪は、稲妻の閃光が走る樹林上空にかかる雷雲を思わせた。前を歩いていた彼女が振り向いて何か言った。何と言ったのか？　愛している、ではなかった――そういうわかりきった、ありふれた言葉ではなかった。

それはふたりの関係を深める奇妙な基盤となり、結局は丘の上に立つこの四方八方に複雑に延び広がる大邸宅に埋もれてしまう、こうした物事の始まりにつきものの、おどけた台詞のひとつだった。ここで彼女は――つまり空想上の彼女は――実にはっきりとこう言ったのだ。ホテルのためになるならやるっきゃないわね。お願いよ、レニー、この計画をなんとしても実現させてちょうだい。

その警官は若かった、多く見積もっても二十五あたり、髪を短く刈り上げ、ランチタイムのどんちゃん騒ぎで顔を真っ赤にして、廊下で死んだように気絶していた。まずいことに彼の倒れている場所は、客で埋まっている五室のうちのひとつ――宿泊者台帳はすでに確認ずみ――の真ん前だった。レンはどうにか警官の体を転がして脇にどけると、廊下に出るに出られずにいたミスター・ティテルバウムの窮地を救った。この人物はここにゴルフコースができて以来、早春ゴルフを楽しみにやって来る四十年来の客だった。痩せたこの御仁は、足元にうつぶせで倒れている肥満体に向けて、密生する白髪を矢尻のごとく振り立てた。

「あんたのおふくろさんがまだ生きていてこれを目にしたら、なんと言うだろうね」彼は白いV字を前後に震わせながら言った。

「幸いあの世です」

「こんなことを言うと驚くかもしれないが、あんたのおふくろさんはたいした女性だった、わしはぞっこんだったんだ」

「畏れながら、存じ上げております」

「まあそれはともかく、あの人がこんなものを見ずにすんだのは天恵かもしれないね」

ミスター・ティテルバウムがのろい足取りで立ち去ると、レンはそっちとは反対方向に警官を数フィートばかり引きずってみたが、どこに連れていったものか途方にくれた。そこで手近な部屋の鍵を開け、通行の邪魔にならないよう引き入れた。ベッドに乗せるのは無理そうだった。ラスキー巡査――首にぶら下げた名札から判明――の体をまたいで立ち尽くすうちに、いまならこいつにやりたい放題のことができるぞ、とふと思った。顔面に水をぶちまけるもよし、靴で殴りつけるもよし、鼻の穴に指を突っこむもよし、何だってやれる。やるだけの根拠は大いにあった。ミスター・テイテルバウムの言うとおり――母さんがいまも生きていて、こういう頭のおかしな酔いどれどもが床を這いずり回っているのを見たら、いまの切羽詰まった状態を知ったら、憤死したのではあるまいか。無論、母さんならこのまま手をこまねいてはいないだろう。ホテルの窮状を救うべく何らかの手を打っていたはずだ。実際、ここの舵《かじ》取りをしていた数十年間、母さんはそれを何度もやってきたではないか。

　彼はかぶりを振りふり部屋を離れると、こみ上げる怒りに喉を詰まらせながら、階段を使って一階に駆け下りた。ドアをどんどん叩くと、根負けしたのか、ミクルスキー巡査部長が姿を現わした。バスローブ姿で、やはり酒で顔を真っ赤にしているが、こちらはとりあえず歩けるし、意識もしっかりしていそうだった。

「何だね？」室内ではテレビが大音量でがなりたて、床にはゴミと空き瓶が散乱していた。

「ラスキー巡査をご存じですか？」

「ああ、テディだね」

「その方が、上の廊下で気絶していたんです」

「おお、やっちまったか。テッドのやつ、ランチのときに殴り合いでもしたのかな？」ミクルスキーはくっくっと笑い声をもらし、かぶりを振った。明らかに面白がっていた――ガキは結局ガキでしかない――それから袖で顔をぬぐって笑いを引っこめると、わざとらしく神妙な顔をこしらえた。「いやなに、そりゃ大変だ。わたしにできることはあるかな？」

「ひとつは、彼を運ぶのを手伝ってくださると助かります。あとひとつ、今後のことですが、お仲間たちに野獣集団みたいな真似をさせないよう、しっかり監督していただければと思います」ミクルスキーのいつものおどけ顔が溶解するのを見て、レンはちょっと溜飲《りゅういん》を下げた。ごくささやかながら勝利感を味わった。

「わかったよ。ここで待っててくれ」彼は言ってドアを閉めた。そっととは言いかねる閉め方だった。それから一分ほどして、スラックスと半分しかボタンをかけていないシャツを身に着け、しかも裸足《はだし》というなりで現われた。人を小馬鹿にしたような態度を復活させていた彼は、吹き抜けになった階段のほうを大仰な身振りで示しながら言った。「お供しますよ」

ふたりはラスキー巡査を、幸いにして同じ三階にあった彼の部屋に運び入れ、ベッドに担ぎ上げた。ミクルスキーはなんとも驚くべき優しさでラスキーの頭を枕に載せると、顔を横向きに直しながら言った。「こうすれば吐いても大丈夫」

「素晴らしい。ありがとうございます」

レンが部屋を出ようとしたとき、ミクルスキーがあとに続くのがわかった。彼はレンに一、二歩遅れて廊下を進んだ。彼が口を開いたとき、その声には威《い》嚇《かく》するような歯切れのいい調子があった。「言わせてもらうが、あんたさ、あんな生意気な口がよく利けたもんだな」

「そうでしたか？」

「こっちはあんたにとっちゃ手堅いお得意様なんだぞ。毎年、わたしとわたしの〝野獣集団〟はあんたの懐にそれなりの大金を――つまり八千、いや九千ドル――落としているんじゃないのかね？ こうやって見回してみても、なんだかね、こんなしょぼくれたホテルに客なんているのかね？」

「もうお越しいただくには及びません」レンは言った。

「はっきり言って、こっちがお断りしたいくらいです」

　ミクルスキーは呂律《ろれつ》が回らなくなっていた。どうやらレンの声も聞こえていないらしかった。「それにだ、こっちはニューヨーク市民の安全に奉仕しているんだぞ――なのにあんたはどうなんだ？」レンが吹き抜け階段に足をかけると木の階段のきしむ音が虚ろに響き、背後のミクルスキーのたてるきしみがそれに続いた。踊り場のところでレンの腕が背後にねじ上げられ、花柄の壁紙に顔を押しつけられたときも、さして驚かなかった。それからレンの耳に悪態が吐き出された。

「あんたは糞みたいなホテルをやっているだけじゃないか。宿を商う薄汚いユダヤ人があんな口の利き方をしていいのかね？」

「放してください」

「心配には及ばんよ、来年はもう来ないんでね」ミクルスキーは唾棄《だき》すべきクズに用はないとばかり、レンを突き飛ばした。レンはよろめき、隅にあった蜘蛛《くも》の巣だらけのスプリンクラーバルブにしたたか膝を打ちつけた。ミクルスキーが言った。「あんたには言わずにおくつもりだったが、来年はアトランティック・シティでやることがもう決まっているんだ。こんな掃溜《はきだ》めみたいな場所は、はっきり言って落ち目だからな」

　レイチェルの要望どおり、学資預金から二万ドルを引き出すのは断念した。イベントの経費が一万三千ドルでおさまるとわかったのだ。ミッキーはアビー・ホフマン――彼女にとっては〝アーブ〟――と交渉して八千ドルで手を打たせ、ジョン・セバスチャンのほうは五千ドルまで値切ってくれた。金は夫婦の共同名義の口座でなく、レンの母親がホテルの最盛期に場当たり的に金を預けていた、いくつかのオープン型投資信託（いわば箪笥貯金のようなもの）のうちのひとつを解約してこしらえた。レイチェルには報告しなかった。どう伝えるのがベストかを考えあぐね、というか、単に先延ばしにしたのだった。だが後ろめたくはなかった――代々受け継いできたものが、精神その他も含め、じわじわと崩れて塵《ちり》の山と化すのをただ黙って見ているわけにはいかなかった。それにじっくり考える時間と機会さえあれば、レイチェルもそのうち軟化するだろうと踏んだのだ。だが軟化の兆候はいまのところ見えなかった――正面玄関前の〝ウェルカム〟と記した立て看板を囲む花壇の前で、シャベルを手に屈みこむ彼女の顎関節の筋肉は、ことのほか堅い軟骨を噛み砕いてでもいるようにひくついていた。

ジャヴィッツは、昔とった杵柄《きねづか》ともいうべきジャーナリズムのスキルを駆使して、レンの父親が始め、いまも過去の利用客二万人以上に郵送している『シコルスキー・タイムズ』に載せるプレスリリースを書き上げた。〈ウッドストック二十周年記念ガラコンサート開催決定!〉。ジャヴィッツは二枚の写真を探し出していた。一枚は、手にした本を振りたてているホフマンのもの、それとジョン・セバスチャンが絞り染めシャツとサングラス姿で、とろんとしたにやけ顔でアコースティックを爪弾いている一枚である。記事の内容はどこか曖昧だった。ふたりの出演者(及び記事がほのめかすその他の出演者)以外、具体的なことは何も決まっていなかった――なのにコンサートやトークショーだけでなく、様々な〝ワークショップ〟――陶芸教室、エコロジー関連集会、高齢者ヒッピーのための絶対確実な投資セミナーなど、ジャヴィッツいわく、どうにでも解釈可能な企画――にまで触れていた。このプレスリリースは地元新聞『ハドソンヴァレー・リーダー』にも送られ、年末には『ニューヨーク・タイムズ』にも取り上げられることになった。

ジャヴィッツと協議を重ね、資料を検討したあと、廊下を闊歩《かっぽ》するレンには、いつもの職務怠慢な現場監督の気分は影を潜め、一国一城の主《あるじ》という近来稀に見る意識が芽生えていた。確かにこの仕事を選んだのは自分にほかならない——ここで生まれ育ち、稼業を継ぐことを期待されながら業務をひととおりこなせるようになり、父の死と母の病を境に、実際そうなった。ところが兄のエズラときたら——内向的な変わり者で、コロンビア大に行ったきり、帰省しても三日と居ついたことがなかった。エズラは自分の持ち株をさっさと手放し、そこそこの信託財産を受け取ると、これを教師の薄給の足しにして暮らしているのだ。彼が教えているのはレンにはとても覚えきれない専門分野——水生生物中世記号学だかなんだかそんな感じ——とにかく難解な学問世界のパロディかと思えるほど難解な分野である。

いや、そうじゃないんだ。レンはバーカウンターの下からぼろきれと金属研磨剤ブラッソを取り出し、閑散としたダイニングルームの壁に沿って走る手すりを磨きながら、考えた。これは自ら選んだ道なのだ。だが時が経ち仕事が惰性となるにつれ、冴《さ》えた頭で自ら下したはずの決断もあやふやになるのが人の常、何年も続けるうちに大義も曖昧になり、自分の人生は貧乏クジばかりだと思ってしまうようになる。そもそも選択などしたことがないような気になってしまうのだ。ならばどうする？ 延々と続く曇った金属レールにぼろきれを走らせながら、そこに映りこむ自分の歪んだ顔を見つめつつさらに考えた。これが馬鹿げた非現実的な計画だとしても、だから何だというのか？ レイチェルはこれをどう表現していたっけ？ これと似たような表現だったはずだが、それはまあいいとして、だからどうした？ これは少なくとも意味のあることなんだ。ほかはともかく一万三千ドルでいま感じているような気分になれるなら、ひとかどの男の気分を味わえるなら、安いものではないか。祖父のアッシャーが、都市部であれこれ事業に手を出してはしくじり、その後キャッツキル山地にわずかな土地を買い、ようやく成功を手にしたときに抱いた感慨もこれだったに違いない——初めは農民から出発して、それから三流の宿を商い、やがて起業家として、ホテル購入という再起をかけた大勝負に打って出たのである。アメリカ移住も含め、人生行路を一歩踏み出すたびにアッシャーは、家族にとっては無謀としか思えない危険を冒してきた——もしも彼が家族の声に素直に耳を傾けていたらどうなっていた？　手すりはレンの努力で輝きを取り戻した。手すりは彼の決意を後押ししてくれているようだった。祖父の遺産を守るためにもこれはやる価値のある冒険だと。

その夜はレイチェルも、間遠になっていた夫婦の営みによって内なる炎を焚《た》きつけられたのか、手すりのレール同様、輝きを取り戻した。ベッドでレンが見せた益荒男《ますらお》ぶりは彼女を魅了し、というか、少なくとも驚きをもたらしたようだった。愛を交わしたあと、うっすら笑みを浮かべて見つめてくる彼女を目にしたレンは、その瞬間、ものごとがいともあっさり動き出すのがわかった。あとはやるべきことをやるだけだ——働き、そして養い、妻と家族をできる限り幸せにしてやろう。薄闇に包まれた寝室のなか、彼女は横たわったまま彼にもたれかかった。まるでこの世に最後まで生き残った、たったふたりきりの人間が辺境の地に身を置いているかのように、北風が鎧戸《よろいど》を打ちすえた。

「あなた、どうかしちゃったみたい」

「そうかな、だいぶご無沙汰だったからね」

「そうね、確かに」

「愛しているよ」ほの暗いランプに照らされた彼女の顔は焦燥でやつれ、小皺ができ、多少老けこんではいたが、そこには彼女のすべてが、過去十五年にわたる日々の一瞬一瞬が詰まっていた——物知り顔をした跳ねっかえりの女子大生からいずれ母となる花嫁になり、若さと自信に満ちあふれた母親から若さと過労を抱える母親となり、その後はいわくつきの事業の共同経営者として辣腕《らつわん》を振るい、やがて活力を使い果たした中年期を迎え——という具合に幾多の変遷《へんせん》を経てきた。それでも彼女はいまも美しかった。しかし、これだけ長く間近で見てきたレンにとって、彼女の容貌は美を超越していた。そんな言い方ではとても評価しきれないもの——それは水が美しいのと同じ意味での美しさだった。美はその本質と切り離せないし、価値はその必要性と切り離せないものなのだ。

「そんなことわかっているわ」

「だったらきみも愛してくれているんだね」

「当たり前でしょ」彼女はわずかに言いよどんだ。

「でも？」

「あら、〝でも〟なんてないわ。ほんとに愛しているんだから」

「はっきり言ってくれよ」

「なら言うけど、いまの状況は好きになれないの。ここで暮らすことも、この膠着《こうちゃく》状態も」

「膠着状態ね」

彼女は寝返りをうって仰向けになった。「あなたが自分を追いつめていくのを見ているのが辛いの。スーズとノアがこんな田舎の学校に通っているのがうんざりなの。スーズの科学の先生が天王星に環があることを知らなかったという話、彼女から聞いたでしょ？」

「ぼくも知らなかったがな」

「あなたは科学の教師じゃないもの」

「きみだってそうだろ」

彼女は溜息をついた。「そうね、わたしも科学の教師じゃない。だったらわたしは何なの？」

「レイチェル・シコルスキーだよ」

「その人は何者？」

「母であり妻であり、女実業家だ」

彼女がベッドの端に身を寄せて泣いているのがわかったが、なだめる気になれなかった。何のためになだめなくてはならないのか？　ふたりが共に築き上げてきた人生のため？　結婚生活と子供たちのため？　どれに対しても謝る気になれなかった。彼女がすすり泣くのにも我慢がならず、レンは起き上がると水を飲みにキッチンに向かった。廊下で最初に聞こえてきたのは、娘の堅く閉ざされた敵意むきだしのアジトから、振動のみが伝わってくるロックのビート音だった。ノアの部屋の前で足を止めると、かすかないびきが聞こえてきたのでほっとした。最近この少年は夜になるとうなされ、部屋に男の人がはいってきてじっと見つめてくると言いつづけていた。セラピストはストレスからくる金縛《かなしば》りだろうと言った。子供たちが部屋や公園や食料品店からさらわれる事件のことをさんざん聞かされたせいでしょうと。この土地で暮らしていると、誰もが少なからぬ痛手を被《こうむ》ることになるらしい。

月光がキッチンの窓から射しこみ、彼の足元を柔らかな光のプールで浸した。彼は信心深い両親に育てられ、自らも神の忠実な僕《しもべ》ではあったが、神に見守られているという気持ちになったことはなかった。神はどこにでもいるわけではないし、全能なわけでもないし、完全無欠な構造体というよりは知覚力の劣る存在に思えた。だが、こうして白くなめらかな光を見つめるうちに、おそらく願望のせいだろう、全智の神がすぐそこにいて、自分を見守っているような感覚に襲われた。神よ、わたしはここにいます、ここでのっぴきならない事態に瀕《ひん》しています、と心のなかで訴えた。わたしに力をお与えください、それが無理なら、わたしを煮るなり焼くなりしてください。

日曜日、休暇の終わりと前夜の言語に絶する乱痴気騒ぎという二重の未練がもたらす意気消沈ムードのなか、朝食をたらふく腹に納めたポーランド系警官同盟の面々が、チェックアウトを開始した。レンはフロントデスクに立ち、ルームキーを置いていく彼らに感謝の言葉を投げかけた。なかには挨拶をして握手を求めてくる者もいたが、多くは目を合わせようともしなかった。ミクルスキーとのごたごたの噂が広がっているのは明らかだった。

当のミクルスキー巡査部長は十時半ごろ、バッグをぶらさげ、寝ぐせでつぶれたクルーカットの真下にある眉毛をしきりに動かしながら、姿を現わした。それからレンにキーを手渡すと、こう言った。「レン、昨日はすまなかった。無礼な真似をしてしまったね」

「いいんですよ、巡査部長」

「よくないよ。ちょっと酔っていたし、部下をかばいたい一心で、ついムキになってしまったんだ。そこを汲んで胸に納めてくれ」

「わかりました」

「ここに来るのをいつも楽しみにしているんだ」

「どうかまたご利用ください」

「ああ、そうするよ、そうするとも」言葉のほうはともかく、握手に嘘はなかった。

　十一時、レンは若いベルボーイのピーターにフロントデスクを任せると、寝坊でもしたのかまだチェックアウトに下りてこない三室の様子を見にいった。三人のなかにはラスキー巡査も含まれていた。厨房の前を通りかかると、レイチェルが彼の進路に立ちふさがり、一枚の紙を振りかざした。「これはどういうこと？」彼女の声音はいたってソフトだが、ささやきよりやや大きめではあった。

　レンは紙を取り上げた。『シコルスキー・タイムズ』に載せるウッドストック・フェスティバル開催の告知だった。ジャヴィッツが雑然としたオフィスに放置していたに違いなく、レイチェルが心を入れ替えて整理整頓《せいとん》を始めた矢先にこれを見つけたのだろう。彼は言った。「まだチェックアウトをすませていない警官たちを追い出さなきゃならないんだ、話はそのあとでいいかな？」

「話って何のことかしら？」

「どういう意味だよ？」彼は紙きれを顎でしゃくった。

「それのことじゃないか」

「すでに話を進めてしまったなら、話し合う必要なんてないでしょ」

「いや、あるさ」

彼女は片腕をぐいと突き出しドア枠をつかんだ。そうやって体を支えようとしているというよりは、建物全体を片手で持ち上げようとしているかのようだった。

「もうやってられないわ」彼女は言った。「あなたは何もわかっていないのね」ここでスモックを脱ぐと、きちんとふたつに折りたたんでレンに突き出した。

「そういうこと？　辞めるってわけ？」

「ええ」

「事前通告はなし？」

彼女はあははと笑った。「だったら馘にすれば？」

「ぼくの母さんは誰の首も切らなかったこと、知ってるだろ？　盗みを働いていたメイドでさえ――」

「そんな言い伝えもあったわね」

「で、どこに行くのさ？　ノアとスーズはどうするんだ？」

「もう手は打ってあるの。わたしの両親のところよ。ちょっと手狭《てぜま》だけど、二、三ヵ月なら何とかなるわ」

「こうなることを見越して計画を練っていたのか？」

彼女の憐憫《れんびん》を湛えたまなざしに射すくめられ、彼は顔を背《そむ》けずにいられなかった。玄関ホールの窓の向こうでは、若い娘がプールに足を浸していた。あそこにふたり並んで腰かけていたのがつい昨日のことのように思えるけど、それももう取り戻せないのよね、とレイチェルは言った。その声は、向こうに見える娘から発せられているように思えた。「これはもう何年も前から始まっていたの。あなただってきっとわかっていたはずよ」

「そんなことないよ。ぼくは何とかうまくやっていきたかった。すべてがうまく運ぶようにしたかったんだ」

「おお、レニー」

彼女はかぶりを振ってスモックを小さく丸めると、ドアのすぐ向こうにあるステンレスのキッチンカウンターの上に放った。「近いうちに電話するわ」彼女はそう言って、彼にキスをした。彼は彼女の立ち去る姿を、通路を抜けて脇の出口から出ていく姿を目で追った。おそらくこのままコテージに向かい、子供たちに事情を伝え、マンハッタンに持っていくものを荷造りするのだろう。いや、すでに荷造りはすませているのかもしれない。あとは立ち去るだけなのだろう。

さあどうする。すっかり途方にくれたレンは、ひとまず中途になっている仕事を片づけに階段で三階に向かった。ラスキーの部屋、三二四号室のドアを叩いた。返事がないのでマスターキーを鍵穴に差しこんで回し、部屋にはいった。

室内はとんでもないことになっていた。傍若無人《ぼうじゃくぶじん》の泊まり客がたまに残していく通常の散らかりよう——床に散乱する食品の包み紙、ベッドの下に置き去りにされた衣類、クズ籠の縁に侘《わび》しげに貼りついた使用済みコンドーム——の比ではなかった。完全に破壊し尽くされていた。鏡は壁から引き剥がされ、ガラスの破片が絨毯の上できらめいていた。ドアをはいって右手の壁は、宿泊者が花柄の壁紙の下に隠れている何かを探し出そうとしたかのように、何カ所もえぐられていた。枕は無残に引き裂かれ、一枚の小さな羽毛がレンの眼前をのどかに漂った。

この羽毛の映像を脳内に焼きつけたまま、レンは階下に向かい、メインホールを抜け、チェックアウト手続きをしながらにこやかに客と言葉を交わすピーターを横目に見つつロビーを突き進んだ。自分が目に見えない気流に、己の人生の奇妙な風にあおられ漂う羽毛になった気分だった。ラスキー——赤ら顔、ブラシみたいに刈った髪、私服——は車にもたれ、仲間ふたりとしゃべっていた。

「ちょっと」レンはそちらに向かいながら声をかけた。

ラスキーが振り返った。

「部屋のことでお話があります。「何?」おたくが使った部屋のことで」

ラスキーが肩をすくめた。「ゆうべあそこでポーカーをやったんだ、ちょっと汚くしちまったかな」

「あれは破壊行為ですよ。弁償していただきます」

ラスキーは仲間のほうに目をやり、にやりとした。

「冗談だろ。ここはとっくにぶっ壊れてるじゃねえか」

ラスキーは顔をのけぞらせて耳障りな笑い声を長々と発した。その隙にレンは距離を縮めていき、ラスキーの口元にがつんと一発食らわした。ラスキーが地面に倒れると、たっぷり時間ができたレンはさらにパンチを浴びせたわけだが、そこへ何発もの強打がレンに襲いかかった。背中に受けた大鎚《おおつち》級の一撃でレンは、うつぶせに伸びている警官の横に崩れ落ちた。警官たちが横たわるレンを取り囲むと、さらに別のふたりが愉快な遊びに加わろうと、駐車場の向こうからあっという間に飛んできた。以下はホテルそのものが目にした光景である。ホテルが見ていたのは、まずはコテージでさめざめと涙を流しながら洗面用具をバッグに詰めるレイチェルだった。ステーションワゴンの傍らには、声を落として話し合うスザンナとノアがいた。年上のほうが年下に向かって事情を改めて説明し、これから行く場所を伝え、当分ここに戻ることはないだろうと焦《じ》れた様子で告げていた。さらにホテルは、ラスキー巡査に破壊された部屋を見に行ったベルボーイのピーターが、新人のメイドを思って心を痛める姿も目にしていた。ピーターはこのメイドに恋していて、その娘《こ》がここの清掃に午前中いっぱい費やすだろうことを見て取ったのだ。ホテルは自分のオフィスでうたた寝するソール・ジャヴィッツも見ていた。また、サンダー・レヴィンが自家用の旧型ノヴァでホテルまでの長い坂を上ってきて駐車場にはいり、最後のシフトのためにわざわざドライクリーニングに出しておいた白いジャケットに袖を通すところも、ホテルは見ていた。

「やめなさい！」サンダーが声を荒らげた。

振り返った警官たちの目に飛びこんできたのは、白のタキシードと鋼《はがね》色の髪をした時代錯誤の人物だった。彼らは申し合わせたように、痣と血にまみれ、ありがたくも意識を失っているレンからぱっと飛びのいた。ラスキー巡査——口から血を流し、目は腫《は》れ上がっている——と仲間ふたりはレンの体を抱え上げ、非番のパトロールカーの後部座席に放りこんだ。それから何台ものパトロールカーが葬列さながら回転灯を無音で作動させながら、ネヴァーシンク丘陵の螺旋を描く道路を下っていった。サンダーは遠ざかる車列をしばらく眺めていたが、すぐに自分の車に取って返し、跡を追った。

金属ベンチの上で意識を取り戻したレンは、傍らにサンダー・レヴィンが腰かけているのに気がついた。殴られた顔に持っていった手が、ねばつく血糊で汚れた。「何もかも台無しにしてしまったよ、サンダー」

「いいえ、そんなことはありません。そんなことおっしゃらないでください」

「ぼくがすべてをおかしくしてしまったんだ」

「我々人間にはどうにもならないことだってあるんです。景気の低迷とか、少年の遺体のこととか。そういうことはどうにもなりません」

レンは笑った拍子に咳きこんだ。「不可抗力か」

「何ですって？」

「保険会社が使う用語だよ。〝神の御業〟ともいう」

一羽の鳥が羽音をたてて窓辺に降り立つと、干からびたコンクリートの欠片を突いてまた飛び去った。「レイチェルが出ていったよ、サンダー」

「嘘でしょ、レニー。ああ、そんな」

「助けてくれて礼を言うよ。来てくれてありがとう」

サンダーはベンチに腰かけたままレンの体に腕を回し、上下に波打つ広い背中を抱き寄せた。

「もう少し残ろうかと思います。このホテルに」

「昇給しなくちゃね」

「お願いします」

徐々に暗さを増す部屋のなかで、ふたりはしばらくそのままの姿勢で腰かけていたが、やがてサンダーは席を立ち、バーを開けに行った。

12　エズラ　一九九六年

〈ネヴァーシンク〉の廃業が決まると、友人や家族、元従業員たちを集めて最後の夜を過ごしたいとレンが言ってきた。自分は行く気があるのか？　この数カ月、今日の今日までずっとぼくは迷っていた。最後にあそこに行ったのはもう何年も前のことだ。ホテルのいまのありさまを目にするのはあまりに辛すぎる。ホテルのことを一度も気にかけたことがないぼくではあるが、それでも弟とは別の意味で辛かった。ホテルと祖父母にまつわる神話を真剣に受け止めたことはなかったし、この帝国の後継者になりたいと夢見たこともなかった。進学で家を離れることになったとき、月一度のささやかな小遣いと引き換えに、ぼくは喜んでいっさいの権利を放棄した。この臨時収入はその後何かと重宝し、おかげで好きな研究に心置きなく専念できたし——給料の額や在職権の速やかな確保を気にすることなく就職先を決められたし——独身ということもあって余暇も趣味も満喫してきた。

この余禄《よろく》には感謝しているが、あそこに行くのはいまだに嫌で仕方なかった。その悲惨な荒廃ぶりが連想させるのは——何十年も病魔に蝕《むしば》まれ、こうして正式に終焉が決まったいまも悪化が止まらない——そんな病人の肉体以外の何ものでもない。とはいえ恩は感じていたし、学期が終わっている以上、仕事を口実にできるはずもなかった。ぼくは車に荷物を積みこむと、隣人のミセス・シェルドンに猫の世話と室温を二四度に保つよう頼んで鍵を預け、タイヤの空気圧とオイルゲージをチェックすると、〈ホテル・ネヴァーシンク〉に最後の敬意を表し、その亡骸につきそうシヴァ(ユダヤの七日間の服喪)を果たすべく旅立った。

車一台しか通れない崩れかけた橋にさしかかったとき、川岸の一本の木をねぐらにしている鷲《わし》の一群が目に留まった。ぼくは車を停めて写真を何枚か撮ると、野鳥観察ノートに記録した。子供のころのぼくは鳥たちを観察することに純粋な喜びを見出し、その全身を包む羽毛と陶然とするような飛翔力に感動したものだった。きっと多くの子供たちが同じような体験をしたはずだ。だが眺めているだけでは飽き足らず、そのうち図書館から何冊も本を借りてくるようになった。恐竜から鳥へと進化する過程を扱った科学書は、ぼくの情熱をさらに掻き立てた。やがて十三歳の誕生日に父から双眼鏡をもらい、以来、鳥への情熱が衰えることは一度もなかった。

ここ州北部でうんざりするような午後を過ごした日々は数知れない。当時はブーツに迷彩色のハンタージャケットといういでたちで、首に双眼鏡をぶら下げ手帳をたずさえて、ホテル周辺の森を忍び足で歩き回ったものだった。あの少年がいなくなったとき――ぼくは十四だった――野鳥観察に行くのを止められたが、ぼくはやめなかった。週末になると、詩人イェイツが「再臨」で詠《うた》った鷹のように、〈ネヴァーシンク〉の周辺を、定まろうとしない（ようにぼくには思えた）中心の周囲を、何マイルもぐるぐる旋回したものだった。十八になると大学――コロンビア――に進み、家を離れたが、この趣味は二十代になっても、結婚そして離婚を経て中年になったいまに至るまで、ずっと続けてきた。だいぶ年はくったが、いまも沸き起こる心のときめきは、珍しい羽毛の特徴に心奪われた十四歳のころと少しも変わっていない。これは野鳥愛好家にしかわからない独特の歓びだ。

ぼくは幸福感に包まれながら運転を再開した。だがかなりの距離と時間をこなすうちに、昼の陽射しは州北部特有の靄のかかった薄闇へと変化した。まるで薄いガーゼが視界を覆ったようになり、またしてもぼくの胸は不安でいっぱいになった。紫色を帯びた大気のなかに〈ネヴァーシンク〉が、待ち構えているその姿が見えてきた。高速道路を降りる段になっても、このまま引き返そうかと心は迷っていた。いや、駄目だ、リバティまであとわずか、百マイルもの道のりを戻るには遅すぎた。

ぼくらはダイニングルームで食事をした。総勢二十有余名――ぼくとレン、マンハッタンからやって来たレイチェルとノア、大学から直行したスザンナ、ジャヴィッツにサンダー・レヴィン、ぼくの知らない元従業員や長年利用してくれた顧客もいた。ホテルに染みついた陰鬱さは描写するのが難しい。レンの先導で我々一行がダイニングルームに足を踏み入れるや、穴蔵のような暗さがその奥底から救いを求めて手を差し出しているように思え、胸がつまったのも一度や二度ではなかった。経営が思わしくなくなった時期にあっても〈ネヴァーシンク〉はまっとうな商売をしてきたわけで、この場所にまつわるぼくの数々の思い出――よく見知った昔からの馴染み客やきびきび立ち働く従業員たち、水のしたたるおもちゃを抱えたプール帰りの子供たち――は、この新たな現実によって滅茶苦茶にされてしまったのだ。滅茶苦茶にされたのはぼくの思い出だけではなかった――ここに着いてすぐに気づいたのは、地元の落書きアーティストたちによる蛮行だった。そのほとんどは南面の長い壁に著しく、〈ムルキベル!〉（地獄の万魔殿を建築した悪魔の名前）とスプレー缶で書きなぐられたものもあり、文字から赤ペンキがしたたるさまは禍々《まがまが》しく謎めいていた。

テーブルに漂うムードは必ずしももの悲しいものではなかったが、誰もが押し黙ったままだった。レンは酒をずっと飲みつづけていたようで、ハグを交わしたときも彼の呼気にビールの酵母《こうぼ》臭がかすかにした。ときどき厨房を手伝ってもらっているとレンから聞いていた年配の女性が、おずおずと料理の皿を運んできた。祖母の料理を思い出させるメニューではあったが、供される前に食洗機をくぐったのかと思いたくなるほど風味に欠けていた。

それでもワインが次々と出てくるにつれて、会話もそれなりに弾《はず》みだした。全員が活気づき、ぼくも気がつけば危惧していたわりにはここに来たことを楽しんでいた。ディナーが終わると、ぼくらはバーに移り、サンダー・レヴィンがカウンターの向こうで腕を振るった。白いタキシードに品のいい小ぶりの蝶ネクタイを締めた彼は、控えめな歓呼の声に応えてマティーニをつくりはじめた。ぼくはあまり酒をやらないほうだが、宴会気分がよほど楽しかったのだろう、遅くまで居残り、レイチェルやサンダーやレンと四方山話に花を咲かせ、食事に来たほかの面々があくび混じりに暇を告げて出口に向かう――あるいは最後の宿泊のためにレンが用意した客室に引き揚げる――のにもほとんど気づかなかった。最後まで残ったのはレンとサンダーとぼくだけだった。サンダーは脱いだ上着をドアに引っかけると、神妙な面持ちでカウンターの向こうから出てきてぼくの弟と握手を交わした。

「呼んでいただき光栄でした、ミスター・シコルスキー」

レンは目元をぬぐってサンダーを抱き寄せた。「ぼくたちこそ光栄に思っているよ」

ぼくは思わず胸が熱くなった。ぼくもサンダーと握手を交わし、彼は任を解かれた兵士の威厳そのままに背筋を伸ばして立ち去った。三人がふたりになってしまうと、なぜか部屋がみすぼらしく感じられた。

「これからどうするんだ？」ぼくは言った。

「そうだな、ここにはまだやることがいっぱいあるからね。厨房の備品や美術品、諸々の設備をどうするか考えなくちゃならないんだ」レンはシャンデリアに目を向けるでもなく頭上に手を泳がせた。「それにゴルフ場のほうはこのまま営業を続けるつもりだし」

ぼくはうなずいた。レンは続けた。「兄さんのほうはどうなの？」

「おお、相変わらずだよ。学生に教えて、論文を書いている。七月にはヴァンクーヴァーで学会があるんだ」ぼくの研究内容をレンがちゃんと理解しているとは思えず、尋ねてみたい衝動に駆られたがやめにした。「向こうにいるあいだに、ヴィクトリアまで足を延ばしてみるつもりだ。何十年もまえに絶滅したと思われていた鳴き鳥の一種、ノドアカアメリカムシクイがそっちにいるんでね。いまからかなりわくわくしているよ」

レンはカウンターにはいって適当に混ぜ合わせたカクテルもどきをこしらえると、カウンターに肘をついて身を乗り出した。「ねえ、エズ」彼は言った。「悪い知らせがあるんだ。兄さんの小遣いを打ち切りにしなくちゃならなくなった」

「何だって？」

「もうこれ以上、兄さんに払えないんだ」

ぼくはマティーニに口をつけた。気の抜けたヴェルモットと、枯れた花を活けてあった花瓶の水のような味がした。「話が違うじゃないか。あれは生涯ずっと受け取れるはずだろ」

「まあそうだが、〈ネヴァーシンク〉だってずっと続くはずだったわけだし」

「ぼくには関係ないね」

「そりゃそうだけど、出したくても出せる金がないんだよ」

「一文も残っていないなんて信じられないな。たしかホテルの一部を売却するって話だったよね？」

彼は不審をかすかににじませた目でぼくを見た。

「ここを売るのは債権者への支払いがあるからだよ」

「なるほどね」ぼくは言った。「だったらぼくも債権者のひとりに加えておいてくれ」

「兄さんはいつだって冷淡だったよね。でもそこが実は問題でね」彼はグラスの中身を揺らしながらカウンターから出てくると、まるで自分にしか聞こえない曲のテンポに合わせてでもいるようにかぶりを振った。「何ができるか考えてみるよ。あの金を兄さんが当てにしていることはわかっているからね。でもいちおう言っておくけど、にっちもさっちもいかなくなったら――ゴルフ場が赤字になったらという意味だけど――そのときは運が悪かったと諦めてくれ。契約書を交わしたわけじゃないしね」

「約束は約束だろ」

「とにかく何ができるか考えてみるよ」

ぼくらは酒を飲んだ。機械的に口に運んだ。弟とぼくはとりたてて仲がよかったわけでもないし、たまに口を利く程度だったから、ふたりの距離が以前よりいっそう広がった気がした。弟のことを本当にはよく知らなかったし、向こうもこっちのことを本当には知らないのだ。ぼくらは押し黙ったままだった。バーのすぐ向こうに広がる闇は生きた妖怪を思わせた。その奥まったどこかで時計が鼓動のように時を刻んでいた。

「あれ、誰だったと思う？」ぼくはふたりに重くのしかかる静寂を破るように口を開いた。

「あれって何の話？」

「殺人者だよ」

弟がぼくを見た。「ぼくが知るわけないだろ」

「おまえがどう考えているのか訊いてみたかったんだ」

「その辺をうろついている頭のおかしな奴だと思っている」弟は、そうやればすぐそこの壁が消えてなくなり、谷を越えてはるか先の都会まで、さらにその向こうに広がる眺望が得られるとでもいうように、腕をさっと伸ばした。

ここでやめておくべきだった。お休みと言って、そのまま部屋に引き揚げるべきだった。だがすでに摂取した酒が、小遣いの打ち切りを告げられて膨れ上がった怒りが、この場の雰囲気が――いまにも銃が発射され、悲鳴があがり、ミス・マープルが正面玄関をくぐってきそうな雰囲気が――すべて混じり合い、ぼくを毒のある軽口に駆り立てた。「でもさ、おまえはここの人間の仕業かもしれないという考えをもてあそんできたんだよな」

弟から反応はなかった、彼は酒のほうに身をかがめ、覇気のない表情で下唇を軽く噛みしめた。ぼくは酔ってはいたが、弟がかなり酩酊《めいてい》しているのがわかった。明日になれば、今夜の一切合切《いっさいがっさい》を彼が忘れてしまうような気がして、ぼくはさらに畳みかけた。「つまりさ、ここで二件の殺しがあったんだ。実際は一件だが、それでも殺人があったのは事実だ」

「もうやめてくれ」彼は手を一振りした。

「ぼくがやったかもしれないんだぜ！　そう考えたこ

とがあるんじゃないのか？　つまりさ、当時のぼくはまだ年端も行かぬ十四歳だった。だがやってやれないことはない年齢だ。要するに、ぼくであったとしてもおかしくないわけだ。母さんに会いに来たと言えばここにいたって不自然じゃないものな。完璧な口実だよ！　ありそうな話じゃないか」

「エズラ、いい加減にしてくれ」

「でなけりゃおまえだよ！　もしおまえだとしたらどうなのかな？　最初の事件を起こすにはまだ幼すぎたとは思うけどさ。でもその後おまえがどういう人間になるか、ぼくにわかるわけがないだろ？　おまえは生まれてからずっとここにいるんだし、おまえは母さんのお気に入りだった。彼女が知ったところで、警察に通報なんてしないだろうしな。ううむ、あるいはジャヴィッツという可能性もある、あるいはサンダーが——

——」

最後の一言はいささかやりすぎだった。彼はぼくの上着の襟につかみかかると、力ずくで椅子から引きずり下ろした。「このホテルの最後の夜を冒瀆《ぼうとく》する気か。もう帰ってくれ」

ぼくはその言葉に従った。車に乗りこみ——酒を飲んでいることを思えば、間違った忠告に従ったわけだが——来た道を引き返した。なぜあんなことを言ったのか、なぜ弟をあんなふうに追い詰めたのか、自分でも説明がつかなかった。原因は金、そう、それもあった。だが部外者という立場がぼくにとっては常に最高に居心地のいい状態だったはずなのに、ぼくの心の深《しん》淵《えん》に潜む何かが——悲しみが、部外者であるがゆえに絶えずつきまとう悲しい怒りがそうさせたのだ。曲がりくねった田舎道に沿って延びる並木がぼくの散漫になっている注意力を察知して、前のめりになって車につかみかかろうとしているように、側溝にぼくを真っ逆さまに叩きこもうとしているように思えた。高速道路に乗ってすぐにパーキングエリアに車を入れると、暗黒の眠りともいうべきものに落ちた。恥ずべきことをやってしまったあとに、それが引き起こすだろう面倒から目を逸らしてくれる眠りだった。

　朝になり、昇りかけた太陽がフロントガラスを容赦なく斜めに貫き、瞼《まぶた》の裏側を淡いピンクに染め上げ、車内に閉じこめられた空気を焼き焦がした。外はずっと涼しく、熱く息苦しい空間から逃れて爽快な気分を取り戻すと、一日が否応なく始まったことに気づきはじめたしびれた脚でそこらを歩き回った。近くの水飲み場で水分補給をするうちに、生気が戻ってきた。顔に水を浴びせかけ、運転を再開すべく車に戻った。

　車に乗りこもうとしたそのとき、黄ばんだ緑の閃光が目に飛びこんできた。樹林に紛れていて、いままで気づかなかった一羽の鳥——その啼き声に、それが短くさえずり訴えかけてくる声に、ぼくは一瞬動きを止めて耳を澄ました。声からすると若い鳥らしかった。ドアをそっと閉めると後部座席から取り出したバッグを肩に掛け、御《み》影石《かげいし》造りの公衆便所の脇の、よく手入れされた芝地を突っ切った。誰にも見られていないのを確かめてから、茂みにそっと分け入った。自分が追っている生物の羽のように、心臓が羽ばたいた。野鳥観察リストにもう一種加わりそうだと思うと心がとろけそうだった——同じ野鳥愛好家にしかわからない独特の快感だ。

13 スザンナ 二〇〇一年

父親からの電話は絶妙のタイミングだった——最悪という見方もできるが、そこはこちらの受けとめ方次第である。彼女は電話を切ると、前夜のパーティの無残な痕跡をカウチの孤島からぼんやりと眺めやった。パーティがあった翌日はいつもこうだった。物が置けそうな平面という平面は瓶や缶で埋め尽くされ、プラスチックカップがシンシアの水槽にも浮かんでいる。とはいえ水槽自体は奇跡的に難を免《まぬか》れていた。仮の灰皿——縁の欠けた陶器——には煙草の吸殻と灰がうずたかくピラミッドを成している。彼女もルームメイトたちもひどい宿酔いなので、今日一日で片づかないのは目に見えていた。この灰皿がその役目を再開する可能性は大——現時点ではまさかとは思いつつ、それでもおおよその予想はついた——いずれセスかジェイミーかシンシアが〈マックス・フィッシュ・バー〉に出かけていき、三ドルのブラッディマリーで迎え酒をしながら芸術愛好家もどき数人に声をかけ、ここに引き連れてくるはずで、そうなれば新たなパーティが墓場から息を吹き返すのは必定。それにしてもルームメイトたちはどこに行ったのか、と考えるともなく考えた。まだベッドのなかだろうか、はたまた死んでしまったのか、もしくは前夜どこかの時点でどこぞの負け犬と姿をくらまし、いまごろはベッドインしたことを心底悔やんでいるのかも——相手があまりにも残念すぎて、そんな奴と寝たことを忘れたいがため、昼酒を飲みはじめ、そうやってまた別の負け犬と寝る羽目になる。

そんな思考の流れが呼び出したかのように、セスが挨拶するでもなくおぼつかない足取りで部屋を横切った。彼はキッチンで何やらがさごそやっていたかと思うと、ビールを手に戻ってきた。酔っぱらいの抜け目なさがある時点で発動して、隠しておいたに違いない。スザンナは言った。「ちょっと嘘でしょう？」

「え？」

「また飲むの？」

彼がタブを引き上げると、彼女の古風な禁欲を嘲笑うかのような音がたった。「今日一日、しゃんとしてるにはこいつが必要なんだ」

「今日のご予定は？」

「何もなし、なくもないけど」

何もなし。スザンナの知り合いはやるべきことがない者ばかりだ。ブラウン大の二年生のとき、スーズがつきあうようになったのがこの手の連中だった。その大半は演劇人を親に持つＷＡＳＰ（アメリカ社会で支配的特権階級とみなされているアングロサクソン系白人新教徒）で、先祖が十七世紀のいつ、どの船でこっちにやって来たかを正確に言える者もけっこういた。そういう家系図を持たないスザンナは、自らの希少性――ユダヤ系であること（もっとも彼らに言わせれば、これだけで十分珍しいらしい）に加え、ブロードウェイ関係者や往年のエンターティナーたちとそこそこコネのある自分の一族の、一風変わった歴史――で、それに対抗した。ボルシチ・ベルト（東欧系ユダヤ移民が多くを占めるキャッツキル山地のリゾート地帯の俗称）の女相続人とくればインパクト大！　大学を卒業すると彼ら一党は大挙してニューヨークに移り住み、五年経ったいまは、たまに声がかかるオーディションと称されるものとか、演劇レッスンとか、バンドのリハーサルとかで予定表を埋めているが、週の大半は酒にしこたまありつけるパーティで占められ、ときには大量のコカインや薬剤がそこに加わった。彼らの週間スケジュールに存在しないのは仕事だった。彼らがとってくる仕事といえば、例えばプロダクションの研修生といいながら実態はドラッグの売人だったりする、とても仕事とは呼べない代物ばかり。なかでもセスの仕事はどうにでも融通の利く非現実の極致―

—脚本書きである。

セスは浅瀬を渡り終えたレトリーヴァーよろしく頭をぶるっと振り立てて言った。「やっぱ仕事でもするかな」

「そうこなくっちゃ、今日はダンテ？」

「今日だけじゃない、毎日だ」

「順調に進んでるの？」セスがここ数年取り組んでいるのは、現代のロサンゼルスに時代を移した「地獄篇」の舞台制作だった。実際この芝居はどんな風になるのだろうかと、スザンナはしばしば考えた。オリジナルの「地獄篇」はダンテがウェルギリウスにくっついて、拷問を受けている亡者《もうじゃ》たちを見て回るだけの話である（『エルム街の悪夢』もこれと似たようなものだが）。いずれにせよ、書き上げた箇所をセスが読んで聞かせてくれたことは一度もなかったし、そもそも台本の存在すら疑わしかった。

「台詞のひとつひとつに苦戦しているんだ。ところでさっきの電話は誰から？」

「父さんよ」

「ほんとかよ。久しぶりに声が聞きたくなった、とかいうやつ？」彼はカウチにいるスザンナの隣に腰かけた。

「最後に話をしたのは十二月だったかな」

「用は何だったの？」

「それがね、夏休みに帰ってくる気はないかって訊いてきたの。ホテルの片づけを手伝ってほしいんですって」

「たしか何年か前に廃業したんだよね」

「そうなんだけど、売却することにしたみたい。片づけなくちゃならないものがまだどっさりあるのよ。弟はいま大学だし、人手が欲しいんでしょうね」

「安上がりの労働力ってわけか」セスは肩をすくめると横長の上唇を少し歪めて、さも軽蔑《けいべつ》したように〝労働力〟という語を口にした。

「そうやっていけ好かない俗物《スノッブ》を気取らなくてもいいんじゃない？」

「わかっているさ、とはいえ、たしかにおれはスノッブだよ。それ以外のパーソナリティは持ち合わせてないんでね」

　スザンナは部屋を見回した。嫌悪感という強烈な波に呑まれていた。ここから逃げ出したかった。だが、たとえ逃げ出す気はないとしても――パーティが延々と続くことを切に望んでいるにしても――母からの最新の送金はあっという間に使いきってしまうだろう。徐々に目減りしていく〝信託財産〟は今回の送金で底をついたかもしれないのだ。さらに金を無心して現実を思い知らされるのは考えるだに耐えがたかった。狭いわりには法外な家賃のこの部屋を夏のあいだ又貸しする手もあるにはあるが、それだと一石二鳥どころか、下手な投石で鳥たちが怪我して終わる可能性、なきにしもあらず。「父の手伝いをしに行こうかと思うの」

「冗談だろ」

「冗談なんかじゃないわ」彼女は吸殻が山盛りになった皿を持ち上げると、落としてはまずい家宝でも運ぶようにして居間を出た。「もうこんな暮らし、うんざりなの。新鮮な空気を吸えば気分もすっきりするだろうし」

「すっきり気分ももってせいぜいが五分、あとはまた退屈するだけだぜ」

「それでもいいの。退屈だってしてみたいわ。退屈な毒抜き《デトックス》とか退屈な森の散歩とか。だったら訊くけど、ここにいれば退屈と無縁でいられるわけ？」

「一本取られちまったな」

「それに、ホテルが見たくなったの、あそこにひっそりとたたずむホテルをね」

「マジで？」

「不気味で奇怪なんだから」

「どんなふうに？」

「あなたはどう思うかしらね？　森のなかに打ち捨てられた巨大ホテル。屋内プールだけでも大聖堂《カテドラル》くらいの大きさがあるのよ」彼女は、ホテルの廃業が決まった数年前、そこを最後に目にしたときの様子を語って聞かせた。がらんとした客室という客室が一世紀分の宿泊客の妖気で満たされていた。いくつもある大広間をさまよえば、〈オーバールックホテル〉のジャック（スティーヴン・キング原作『シャイニング』の主人公）の気分になること請け合いだ。父のホテルでは過去に殺人事件も起きていた――しかもその後何年にもわたり、ほかにも事件はあったらしい。例えば又従姉妹のアリスの事件とか――犯人はまんまと逃げおおせてしまい、八〇年代からこっち、新たな事件は起きていないのだが。これらの未解決事件を扱った俗悪本さえ出まわった。セスが珍しく夢中で聞いているのに気づいたスザンナはさらに先を続け、最後にこう締めくくった。「それにね、幽霊が出るの」

「おお、ちょっと待った」セスはカウチの上で居ずまいを正した。「そんなこと誰が言っているのさ？」

「大勢の人が言っているわ。わたしの弟も目撃者のひとりなの。子供のときに見たって断言していたわ。それも何年か続いたみたい。つまり、わかるでしょ、子供が殺されたんだもの、あそこは呪われているって誰だって言いたくもなるわよ。でも、それよりもっと前に、あそこを建てた男の人が自殺しているしね。〈ネヴァーシンク〉には幽霊話が最初からいろいろつきまとっているってわけ」

「なんだかすごい話だな。で、出発はいつにする？」

セスは、ポキプシーまでの片道だけレンタカーを借りた。「題して『ポキプシー片道旅行』」彼は言った。「いいタイトルじゃないか。ヒューバート・セルビー（アメリカのカルト的作家。『ブルックリン最終出口』が代表作）よ、どうだ参ったか」父親のところに行くには鉄道を使うほうがずっと楽だから、車を借りることにスザンナは難色を示したが、やがてセスに先見の明があったことが判明した。ジョージ・ワシントン・ブリッジを渡り、パリセーズ州間パークウェイにはいると、四月の緑なす田園風景がたちまち視界に広がり、灰色の都会を背後に追いやった。重い冬物ジャケットを脱ぎ捨てるような気分だった。大都会――すべてを呑みこみ画一化してしまう場所――が、そこを離れた途端いともあっさり消え去ることに、彼女はいつも衝撃を覚えるのだった。

　ハンドルを握りながらセスは、彼いうところの〝今回の逗留《とうりゅう》〟が彼の芝居に与えるであろうプラスの影響について語った。都会に窒息させられていたのに、ぼくはそのことに気づきもしなかった。マンハッタンは、そこに住んだ人ならわかるはずだが、自分にしか興味のない鈍感な人々であふれた鈍感な町なんだ。彼もまた自分にしか興味のない人間――それが、彼に言わせれば、仕事に影響を及ぼしているというわけだ。スザンナはあまりしゃべらなかった――セスに励ましはさして必要でない――代わりに彼女は、松並木のある都心周辺部から手入れの行き届いたギョウギシバの分離帯がある三車線道路へ、さらには丘陵地の二車線道路へと少しずつ変化していく車窓の風景に気持ちを振り向けた。

　やがて自分のことをしゃべるのに疲れたのか、セスが煙草に火をつけて言った。「ところできみの親父さんだけどさ」

「父さんのことね」

「彼はどんな物語の持ち主なの？」

「さあね。〝離婚してがっくり落ちこんだ〟的なやつ？」

「そういうのはどこにでもある話だよ」

「わたしの知っている人はみんなそうかもね」

「ホテルを閉めてから、何をしているの？」

「ここ数年は手持ちのあれこれを売却処分しているわ。

記念の品とか厨房の備品とか、美術品とかをね。去年は階段の欄干を、ビーコンにあるブティック・ホテルに買い取ってもらったと言っていたわ」

「それだけ？　それでどのくらいやっていけるのかな？」

「まあ、個人資産が多少はあるから」彼女は確信もなく言った。「それにゴルフ場とクラブハウスも所有しているし。そこはまだ営業中なの。いまやっていることの大半がそれだと思うわ」

「ゴルファーなの？」

　車が丘を登り切り、ヘアピンカーブを曲がると、いきなりガードレールのない断崖が現われた。どうやらセスは黄色い警戒標識には不案内のようだった。スザンナはドア上部の取っ手にしがみつき、このドライブ旅行がいかなる顚末《てんまつ》をもたらすのだろうかと不安に駆られた。「生まれてこのかた、ゴルフなんてしたことないんじゃないかな」

「なんだか、あっぱれなほど哀れな人だな」

　彼女の父親はあっぱれなほど哀れな人ではない――ただ哀れなだけだった。彼女たち母子が父を捨ててリバティを出たのはスザンナが十三のとき、そのとき目にしたレン・シコルスキー――髪はふさふさで、隆々とした筋肉がついた毛深い前腕――が、スザンナの心をずっと支配してきた父親像だった。弟のノアを背中に乗せて腕立て伏せを四十回はこなすことができた。強靭な肉体だけではない――彼女の頭のなかに住んでいる父は、生き生きした笑みでたわいないジョークを飛ばす人であり、これまで出会った誰よりも手先が器用な人だった（彼女にとって父は男らしさの模範的存在だったから、彼女の周囲にいるプライドが高いだけで不甲斐ないアーティストたち――パンクしたタイヤや水が流れっぱなしのトイレを前にして困惑するしかない連中――をつい見下しがちだった）。だが老朽化したコテージの前でふたりを出迎えたのは、それとはまるで別人だった。以前より痩せたと同時に太りもしていた。肩のあたりは鳩のように丸みを帯び、手脚はひょろりと長いのに腹は妊婦のように膨れていた。だぶつくチノパンにニューヨーク州立大ビンガムトン校のスウェットといったなりをしているし、二日も寝ていないような顔をしているし、目の下はブラッドハウンドのように弛《たる》み、まばらに残る針金みたいな頭髪は四方八方に突っ立っていた。

「やあ、よく来たね」父親が言い、ふたりはハグを交わした。彼は石鹼のようないい香りがした。予期していたような汗臭さもビール臭さもなかった。彼はセスと握手をすると、スザンナのスーツケースを家に運び入れた。スザンナとセスは不安げなまなざしを交わしながらあとに続いた。

　コテージはそこそこきれいに片づいていたが、息苦しくて陰気だった。陽光がはいらないのは窓外の壁に伸びるがまま放置されている蔦のせいらしい。何らかの分類法に従っているのか、箱がそこここに積み上げられていた。ここに引っ越してきた誰かが荷解きをしている最中とも、荷造りをしてこれから出ていくところともとれそうな状態で、いずれにせよ、いまここで人の暮らしが営まれているとはとても思えず——むしろ薄暗い煉獄といった様相を呈している。ここ数年にわたる父親のありようを見る思いだった。レンが口を開いた。「スーズは昔使っていた部屋を使うといい。セスはノアの部屋を使ってくれ、玄関ホールの先にあるから」

「できたら」セスが切り出した。「ホテルのほうに泊まらせてもらえませんかね、少しのあいだだけでも」

「まさか本気じゃ——」スザンナと父親がほぼ同時に口を開いた。

「あれだけたっぷり話を聞いちゃったからね」セスはスザンナに言った。それから彼女の父親に向かってこう言った。「そこまで有名な歴史的建造物に滞在するのってどんな気分なのか、味わってみたいんですよ」セスはおだてるような調子でしばししゃべりつづけた。スザンナが見ていると、父のこわばりやつれた顔が喜悦に弛むのがわかった。

「どうしたもんかな」レンはスザンナに目をやった。スザンナは肩をすくめた。「安全だと言いきれないんでね」と続ける。

セスが言った。「建物の構造に問題がある、それとも異常者が出没するとか?」

レンはいささか気分を害したような顔をした。「何を馬鹿な」

「すみません」

「いや、いいんだ。わたしが心配するのは建物がもろくなっている点だ」

「そこは気をつけますから。許可してもらえたら、こんな名誉なことはないですよ」

「父さん」スザンナは言った。「気が進まないなら——

——」

レンは言った。「確かにあれは歴史的建造物だが、米国文化財登録局《ナショナル・レジストリー》の指定を受けられるほどのものなのかどうか。いちおう調べてはみたんだがね。まあとにかく、一日か二日ならあっちで過ごすのもいいだろう。清潔な部屋と新しいシーツくらいなら用意できるしね。ただし水道も電気もないから、バスルームはこっちのを使いなさい」

「早速ですが」セスは言った。「いまから館内を見せてもらっていいですか?」

「どうぞごゆるりと」そう言ってからレンは、自分がつい口にしたこの物言いに一瞬たじろいだ。

レンは本館の大きな角部屋——ハリー・トルーマンが二度滞在したことから、プレジデンシャル・スイートと呼ばれている客室——をセスに開放した。そこは広々とした部屋で、アールデコ調の帯状装飾《フリーズ》が巡らされ、床から天井まで届く窓からは、ホテルと2番ホールのグリーンの緩斜面とを隔てて連なる森が一望できた。ふたりはキャンドルをともし、レンに借りたプラスチックのピッチャーでセスがこしらえたマルガリータを飲んだ。セスはこっちで一緒におしゃべりしませんかとレンを誘ったが、レンは仕事があるからと言って断った。見え透いた嘘なのはスザンナにもわかった。彼の祖父母が築き上げたホテルに足を踏み入れるだけでも辛そうな顔になるのである。ここを歴史的ランドマークとして遺《のこ》したいという父のマゾ的願望とは裏腹に、気がつけばスザンナはここが完全に破壊し尽くされ、記憶から抹殺《まっさつ》されることを望んでいた。

セスが立ち上がって伸びをしながら言った。「遺体があった場所を見てみたいな」

「え、いまから？」

「いまじゃまずいの？」

「もう暗いし、それに地下に下りなきゃならないのよ」

「なおのこと不気味でいいじゃないか」

「セスったら」

「ほら行こうよ、蠟燭を持っていけばいいさ。気分はナンシー・ドルー（キャロリン・キーン作の児童向けミステリー・シリーズの主人公）ってとこかな」

セスに馬鹿な思いつきをやめさせるのは無駄な努力と知っているスザンナは、蠟燭を手にとると、先に立って廊下を進んだ。渋ったのは、認めたくはないが、単に怖いというのも多少はあった。歩くたびに炎が揺らめき、剥がれた壁紙や雨漏りで腐った果実のように茶色く変色した天井を照らし出した。吹き抜け大階段のところでは何かがさっと駆け抜ける音がした。あるいは空耳だったのか。いたるところに染みついた土の腐敗臭がはっきりと嗅ぎとれる。もはやここは自分たちの住む世界とは別物、人が立ち入ってはいけない場所なのだという気がした。

彼女の思いをすくい取るかのように、地下にたどり着いたところでセスが口を開いた。「『この門をくぐる者は、いっさいの希望を捨てよ』（ダンテ『神曲・地獄篇』の一節）、まさにそんな感じだね？」

地下の壁、むきだしの石灰岩の石積みは結露で湿り、黒ずんでいた——蠟燭の明かりを受けると、壁が血をにじませているように見えなくもない。ふたりの慎重な足音がスレート敷きの床に大きく反響した。かつかつというその音は、アリスが捕らえられ、少年が見つかった部屋の前でふたりが足を止めるまで、どんどん大きくなっていくように思われた。「ここよ」スザンナは言った。

そこはユダヤ教が定める食物の清浄規定《カシュルート》に則って家畜を解体し、その肉を吊るしておくことを前提に造られたタイル敷きの部屋だった。その戒律もスザンナの祖父アッシャーの死を境に廃《すた》れてしまい、以来この場所に動物を吊るしたいという強烈な願望を抱く者は現われぬまま、乾物の貯蔵室となった。そして殺人者は、塩蔵肉の保存庫に少年の死体を押しこみ、清掃用薬剤で腐敗臭をごまかしたのだとか。

「わっ」セスが背中に声を浴びせかけた。予想できたこととはいえ、スザンナは思わずきゃっと悲鳴をあげた。

「もう、ふざけないでよ、セス」

「ごめん、ついやりたくなっちゃったんだ。それにしてもここはすごいな」

「さあ行くわよ」彼女がそう言ってもセスは逆らわなかった。階段を猛ダッシュで駆け上がりたい気持ちをわざと見せまいとするように、ふたりは一歩一歩、踏みしめるようにして通路を引き返した。地上に出ると、蠟燭の乏しい明かりでは先が見通せないほど広い、洞穴のような舞踏場を通り抜けた。闇が、光をむさぼり食らう知覚を具えたものに感じられた。

セスが言った。「大勢の人たちがここには何かが取りついていると思いたくなる気持ちもわかる気がするな」

「へえ」

「きみは感じない？」

ぼろぼろになった緞帳《どんちょう》がどこかからはいってきた隙間風にはためいた。「ええ、あなたが言うような意味では感じないわね」

「じゃあ、どんな意味で？」

「父を見たでしょ」

「実に詩的だ」ふたりは階段を上りはじめた。「きみは作家になるべきだな」

「そうかもね」彼女は言った。「でも、とにかく、感じないわ、幽霊なんて信じていないもの」だったらなぜ、と彼女は思った。なぜ自分はそそくさと地下を離れようとしたのか。皮膚に走った違和感のある冷気は本物だったのか、ただの気のせいか。この場所で代々受け継いできた品々を、一度に一箱ずつ、ぐずぐずと箱詰めしながら父は、それを感じたことがあるのだろうか？　彼の祖父の幽霊が、自分たち一族の幽霊が彼に取りついているように、いま彼女に取りついているのはほかでもない彼女の父親だった。

片づけ作業は単純なものだった。取り仕切るのは彼女の父親、もしくはたまに手伝いにやって来るミスター・ジャヴィッツだった。スザンナとセスは言いつけられた任務――例えば全バスルームの銅でできた備品の回収――を午前中こなしたらランチ休憩をとる、という流れである。たいていは丘の麓のガソリンスタンドから調達してきた出来合いの卵サンドイッチかチキンサラダ・サンドイッチを食べた。ランチのあとは午前中の続きをすることもあれば、次の仕事にとりかかることもあり、仕事を切り上げるのが五時前後。あとはセスがいい加減に調合したカクテルで飲み会が始まり、レンもたまにだが参加した。

　スザンナはセスに驚かされた。大学の講義にしろ、アート・プロジェクトにしろ、実習にしろ、友達づきあいにしろ、スザンナがこれまで見てきた彼の行動パターンからすれば、数日もすれば音《ね》をあげて逃げ出すとばかり思っていたのである。ところが彼は、片づけ作業にもホテルそのものにも刺激を受けているらしく、開放感さえ味わっているように思われた。カクテルタイムのあと、セスは夜の散歩に出かけては、ノートに何やらしきりに書きつけていた。朝は朝で彼女より先に起き出し、レンのところでシャワーを浴びると、キッチンでコーヒーを淹《い》れて、スミス・コロナのタイプライター――彼の数ある愛用品のひとつ――の前に腰を据えた。彼がここまで何かに熱中するのを見るのは初めてだった。

　一カ月後の夕刻、オリーヴ果汁を目分量で混ぜ合わせただけの水っぽいマティーニのピッチャーを前に、セスは〝ジ・エンド〟と中央に印字された紙を広げて見せた。

「すごいじゃない」

「すごいだろ。こっちに来てから一気に書き上げたんだ」

「それはそれはおめでとう」

「それはそれはありがとう。それで変なことを思いついちゃってさ、きみの意見を聞きたいんだ」

「おお、勘弁してよ」セスが最近口にした変な思いつきといえば、ルームメイトたちでお金を出し合いコカインを一オンス買う、というものだった。そうやってパーティ用に確保しておいて、ハイになりたい者は金を払うことにするのだと彼は言った。わたしたちをドラッグの売人にしたいのかとスザンナは抗議した。すると彼はこう言った。いやそうじゃない、ぼくはただドラッグが欲しいだけだし、それを欲しがる奴から金を取ってみたいんだ。

「とにかく最後まで話を聞いてくれ」彼は言った。「これを上演したいんだ。この場所で」

「どこで、ですって？」

「ここさ、〈ホテル・ネヴァーシンク〉で」

「ご冗談でしょ」

彼は立ち上がって計画の詳細を述べた。台本は完成しているのだから、あとは広告を打って地元で役者を集めれば事足りる。夏休みで自由が利く人たちをね。なんだかんだ言っても、この辺にはそういう豊かな伝統があるんじゃない？　キャッツキル一帯には役者がうじゃうじゃいるだろ？　とにかく役者はどこにだっているよ。実のところ、きみに主役のひとりを、ダンテかウェルギリウスのどちらかを演じてもらいたいと思っている。面白くなりそうだろ？　演じるのは久しぶりだよね？　何が何でもここでやる必要があるんだ。この台本をニューヨークに持ち帰ったところで、どこかの引き出しの奥にしまいこまれて日の目を見ずに終わるのは目に見えているからね。二カ月かけて稽古《けいこ》して、都会に引き揚げる前に上演したいんだ。

「どこでやるの？」

「そりゃあ、ここらへんに」と彼は廊下のほうに手を泳がせた。「八百人くらい収容できる本格的な劇場があれば御《おん》の字だな」

「ホテルは閉鎖したのよ、セス」

「だったらまた開ければいい。一夜限りってことでさ」

「父さんは乗ってこないでしょうね」

「それはどうかな」彼は酒を一気に飲み干した。「きみの親父さんは大乗り気になると思うけどな」

レンの喜びようときたら腹立たしいほどだった。努めて隠そうとしているようだが、目尻の小皺が喜悦でうごめくのを見れば、ホテルが再び使用され人々であふれるところを想像しているのは明らかだった。

「トリビュートにふさわしい催しになりますよ」セス

は言った。「このホテルをしっかり記憶にとどめてもらう最後の夜を、人々に提供しましょうよ」レンは言った。「まあ、確かに心惹かれる思いつきではあるな。少し考えさせてくれ」

「ええ、もちろんです。そのあいだにお嬢さんとぼくは、この高貴な谷間をくまなくめぐって役者たちを集めておきますよ」

「ねえ父さん」スザンナは、セスが服を着がえにホテルに引き揚げたところで切り出した、「なにも答えはイエスでなくたっていいのよ。セスは思いつきの宝庫みたいな人だけど、たいていがひどい結果になっちゃうんだから。まだ台本だって読ませてもらっていないわけだし、話半分に聞いておくべきじゃないかな」

「なかなか面白そうなアイデアだと思うがね。わたしも出演したいくらいだよ。ダンテの役とか、どうかね？ せめて地獄に堕ちた亡者のひとりくらいにはなれそうだ。きみなら、わたしをどの層の住人にしたい？」（ダンテの描く地獄は、すり鉢型の穴の内壁が九層に分かれ、上辺部の第一層にはもっとも罪の軽い者がいる）

猛烈な勢いで増えていくゴミの山に囲まれ、タータンチェックのパジャマのズボンとタオル地のバスローブを身にまとい、髪の手入れもろくにせず、陋屋《ろうおく》にわずかに射しこむ陽光が照らし出す埃の粒子に包まれている――そんな父を見れば答えは明らかだった。「そうね、第一層かな」

「そこはどういうところ？」

「辺獄《リンボ》よ」

「畏れ入ったね」

「徳は高いけれど、キリスト教徒じゃない人がいるところ」彼女はそう答えたが、言い訳がましくなった。

「言わんとするところはわかるよ、スーズ」

彼女がテレビの前のくたびれた椅子に身を沈めると、レンは立ったまま、いつもの当惑顔をした。彼女は言った。「ねえ父さん、こう言っちゃなんだけど、脱出計画はどうなっているの？」

「どういう意味だね？」

「こんなこと続けていられないでしょ？　父さんはまだ若いんだし」

「もうちょっとで六十だ」

「大伯父さんのジョーは九十近くまで生きたじゃない」

「フロリダにでも引っこめというのかね？　ボカラトンあたりで競走馬でも買えと？」

「さあね。でも、ここでぐずぐずしていても、いいことなんてひとつもないんじゃないのかな」

　多少とも前向きなところを示そうとでもいうように、レンは階段近くにある箱を持ち上げると、古い本棚の脇に積まれた箱の山の上にそれを載せた。スザンナが子供のころ、この本棚の下段には参考書の類——年鑑や地図帳など——がぎっしり詰まっていた。とりわけ思い出深い一冊は『ドーレア版ギリシャ神話』という絵本である。夏の昼下がりはたいてい、色鮮やかな挿画に彩られた素晴らしくも恐ろしい超自然的な物語の数々を、むさぼるように読みふけったものだった。

　レンが言った。「なあスザンナ、まだ若いきみに、目に映るすべてが可能性に満ちて見えるきみに、わかってもらおうとは思わないがね。たしかにわたしは人生を台無しにしているように見えるだろうし、たぶんそのとおりなんだろう。おそらくとうに台無しにしてしまったんだ。だがね、どんなにささやかなものだろうと、世界にたったひとつしかない場所を持っていることがどういうことなのか、スーズはわかっていないんだ。それがどういう意味を持つのかをね。ここで生きつづけること、ゴルフ場をやりつづけること——それ自体に意味があるんだよ。きみから見ればひどくちっぽけで惨めったらしい人生かもしれないが、わたしには大きな意味があるんだよ」

「ごめん」

「まあ、地獄に投げこまれるなら、どの層だろうと胸を張って行きたいね」

彼女はしばし考えた。「父さんにふさわしい層はないわね。どんな罪より軽いもの。第一層から第九層まであるから、好きなものを選べばいいわ」

「だったら第九層にするよ。九で頼む」

六月には、リハーサルが順調に滑り出した。出演者は近隣一帯から掻き集められた役者たち、というか〝にわか役者たち〟――役者と呼ぶには定義を広げる必要があるだろう。サタン――セスの翻案では〝大物プロデューサー〟――の役は、デイルという大柄な庭師に割りふられた。彼は子供たちのパーティで道化師を何度も演じたことがあるという。それはともかく、主にこの役に求められるのは、一時間ぶっとおしで亡者たちの頭上に立ちつづけられるだけの気力と体力だった。レンは忘却の川《レーテー》（セスの芝居の設定ではロサンゼルス川）の畔《ほとり》を泥酔してさまよう宿無しホメロス《ホームレス・ホーマー》を演じることになった。この芝居の花形、ウェルギリウスならぬヴァージル・マーキンは、ヴァージニアという名の寡黙な中年女性（本業は弁護士アシスタント《パラリーガル》）に決まった。彼女は素人劇団での演技経験があったが、こんな大役をもらったのは初めてだと言った。

スザンナはドンティ役（ダンテのパロディ）を与えられた。セスの資質に関する当初の懐疑は影を潜め、彼女ははりきっていた。台本はなかなかの出来映えだった。ハリウッドの内輪ジョークやポップカルチャーの引用がふんだんに盛りこまれ、ゲテモノ趣味と正統的おかしみを兼ね備えた「地獄篇」のリメイク版に仕上がっていた。しかもセスの脚本はオリジナル作品への敬意も忘れておらず、深刻さという暗い芯もしっかり通っていて、そこがスザンナを驚かせ、喜ばせた。どうせ今回もセスの大いなる冗談で終わるくらいに思っていたのに、世の中を舐めてかかるいつもの彼とは思えない重厚な作品世界がそこにはあった。

七月、上演まであと二週間、ここまでは些細な障害もなく、というか、あっても大事には至らず、通し稽古にこぎつけた。ミスター・ジャヴィッツはこの催しの広報全般を担当し、複数の地元紙に一大旋風を巻き起こした。『ハドソンヴァレー・リーダー』紙は特集を組み、いまは亡き〈ネヴァーシンク〉の追悼《ついとう》を謳《うた》い上げた。この記事が今度は『タイムアウト・ニューヨーク版』に取り上げられると、これがさらなる反響を呼び、『ニューヨーク・タイムズ日曜版』のサンデー・スタイル欄が紙面の四分の一を割いたコラムを掲載した。題して〈伝説のホテル、カーテンコールは華やかに〉。噂が噂を呼んで話題になると、チケットを求めるメールや電話が殺到し、レンは対応に追われた。ここまで関心が集まるとは誰ひとり思っていなかった。チケットは正面ドアでもぎりをする少年をひとり雇えば事足りるくらいにしか思っていなかったので、問い合わせをさばくのに往生した。レンはすぐさま、ウェブサイトを立ち上げて電話対応もしてくれる外部のイベント会社を雇い入れた。『ドンテイのLAめぐり』のチケットは三日間で八百枚を完売した。

この朗報を受けて稽古場の空気が突如張りつめ、ひとりひとりに役者魂が芽生えることとなった。ヴァージニアは、デイルには真剣味が足りない、彼はただ台詞を棒読みして吠えまくっているだけだ、とスザンナにこぼした。デイルはデイルでヴァージニアに向かって、声をはっきり届かせる練習をしろ、とやり返したものだから、ヴァージニアがわっと泣きだし稽古場から飛び出す、という一幕もあった。もうひとりのメンバー、ポキプシーにあるユダヤ人学校二年生のウォルドロンは、ケルベロス（地獄の門の番犬）の台詞が少なすぎる、と文句を言いだした。これで十分だよ、あんたは犬なんだから、とセスが言えば、ウォルドロンは、そりゃそうだけど、頭がふたつあるんだぜ、とやり返した。

ある夜、リハーサルのあと、彼らは〈リバティ・ラウンジ〉に繰り出した。そこはネヴァーシンク丘陵の麓にある酒場で、〈DJマットのカラオケ・ウェンズデー〉と〈アマチュア・ビリヤード協会の公式戦会場〉が売りの店だった。鷹揚な気分になっていたセスは、出演者たちに酒をふるまい、壁際中央の丈の高い椅子におさまった。木でできた安っぽい間仕切りは、スザンナに中学校時代の友人の家の地下室を思い出させた。友人の親が留守なのをいいことに、そこでアダルト映画を観たのだった。

彼女は一同にラバットブルー――この森深い集落にある店ではめったに扱っていない低価格のカナダビール――をおごり、どちらが背が高いかでもめだしたウォルドロンと裏方のクレイグの判定役を頼まれた（つんと立ったクセ毛の差でウォルドロンに軍配）。彼女が席に戻ると、彼女の思考の流れに同調するかのようにセスが言った。「なかなかいい店じゃないか」

「まずまずかな」

「おお、まずまずなんてもんじゃないよ。ゴキゲンと言いたいね」

「ちょっとは減らず口を慎《つつし》もうという気にならないの？」

「いいや。これっぽっちもないね。そそられるご意見だが」

彼女は店内を見回した――ビリヤード台で球を突くふたりの男の頭上には、〈リバティ・ラウンジ〉のチームが地区大会で入賞したことを誇らしげに告げる、クアーズ・ライト特製の横断幕が掲げてあった。「ねえ、どうなのかな。自分はみんなよりできる人間だと思って生きていくというのは、世渡り的に最良の方法とは思えないのよね」

「ぼくは自分がみんなよりできる人間だなんて思っちゃいないぜ。例えば、ブラッド・ピットとかマザー・テレサにはかなわないよ」

「あはは」

「とにかく、きみもぼくに負けず劣らずかなりのスノッブだよな。少なくともぼくは自分がスノッブだと認めているぜ」

「あなたほどじゃないわ」

「ほらやっぱり、認めていないんだ」彼女が笑い声も微笑みも言葉も返さずにいると、彼は続けた。「わかったよ、何を悩んでいるのさ?」

「セス、本当のことが聞きたい? あなたはみんなを見下していると思うの。あなたにとっては誰もがジョークの対象なんでしょうね。こんなこと言うとあなたの芝居をけなすことになっちゃうけど」

「なんだ、ぼくの芝居の心配をしてくれているのか。悩みってそういうこと? だったらせめて一分でも明るく振る舞おうとしてみろよ。最近のきみはかなりウザい人間になりかけているぜ」

「ここは慎重にやらないと、ただのゲテモノ趣味の三文文士で終わることになるような気がするの。あ、待って——」

　だが彼はすでに店を出ていくところだった。追いかけていって謝ろうと思ったが、その気になれないというのが本音だった。誰かがジュークボックスで「いとしのレイラ」をかけた。スザンナがビールを飲み干したそのとき、曲の最終部分の心掻き乱すようなコード進行がうねりとなって店内に襲いかかり、彼女の体を大きく揺らした。

　本番三日前、セスがコピーショップ〈キンコーズ〉の箱を抱えて観客席に姿を現わした。座員たちはだだっ広い部屋にデッキチェアを広げて寝そべっていた。目下、名場面の稽古に励んでいるのは、地獄の第二層の淫蕩の亡者を演じる者たち(この渓谷在住のポルノ俳優の一団)。彼らはわざとらしい恍惚《こうこつ》状態で踊り狂い、ステージを駆け回っていた。スザンナとレンは、レン演じるホーマーがドンテイに向かって投げつける台詞〝ウザいんだよ《ファック・オフ》〟について議論していた。この台詞は本当に必要だろうかとレンは言った。〝くたばっ《スクリュー》ちまえ《・オフ》〟じゃ駄目かね？ 〝スクリュー・オフ〟は五〇年代っぽくてしっくりこないとスザンナは反論し、それからジェームズ・キャグニーの声色で「くたばり《ゴー・》やがれ《スクリュー》」と言ってみせた。ここでセスから紙束を手渡され、彼女はセスを見上げた。「これは？」

「新しい台本だよ」

「台本ならもうあるじゃない」

「こっちのほうが出来がいいんだ、任せとけって」彼は同じものを役者たちにも配った。スザンナは渡された台本をめくりながら困惑した。さほど違いはないように思えた。演出上の違いはない。だが台詞ががらりと変わっていた。苦心してこしらえたと思しき古英語もどきになっているのだ。彼女は顔を上げた。「意図が見えないんだけど」

「任せとけって」彼はまたしても言った。

リハーサルは惨憺《さんたん》たるものになった。暗記した台詞をそれなりにすらすら言えるようになっていたところに改訂版を渡された役者たちは、眉間に皺を寄せ、新たな台詞をたどたどしく読み上げた。ディルは汗びっしょりな顔の三インチばかり上方に台本を構え、滑舌《かつぜつ》よくしゃべろうと必死だった。「そこにおわす善良にして高貴なる巡礼のご両人、吾輩の拷問を、この奮闘するルシファー様を愚弄《ぐろう》しようというのか？ 痴《し》れ者どもめが！ 貴様らなど梅毒と苦悶にのたうち回るがいい」ブラウン大のリトル・シアター一座でシェイクスピアを幅広く学び、数々の役（ガートルード、ティターニア、エアリエル）を演じた経験もあるスザンナでさえ、発音と語順に苦戦した。舞台で舌をもつれさせてもごもごしゃべる彼らの様子を、ステージ下からセスは値踏みするようなまなざしで、かといって不満というわけでもない様子で見守っていた。最後には一同の労をねぎらい、今回の台詞の変更を詫びたあと、新しい台本を頭に入れてくるよう指示を出し、ぼくを信じてついてきてほしいと改めて訴えた。

　役者たちが全員引き揚げたところで、スザンナは手元の台本をかざしながら言った。「オーケー、セス。これはいったい何の真似？」

「ただの書き直しだよ」彼は言った。その表情はいたずらっぽい笑みを隠しきれていなかった――というか、それを彼女に見せたかったのかもしれない。

「ただの書き直しとは違うでしょ。これじゃ茶番劇だわ」

「まあ、この芝居はそもそもが茶番劇なんだし、理にかなっているんじゃないのかな」

「前の台本はよくできていたし、茶番めいた部分だっていっぱいあったじゃない」彼女は台本をぴしゃりと打った。「『おお、この陰陰滅滅たる西風をいかなる不機嫌の亡者どもが穢すのか？』――かわいそうに、これじゃデイルが自分の舌を呑みこんじゃう。それこそ残酷な茶番だわ」

　駄々っ子の癇癪《かんしゃく》に耐える親の辛抱強さで彼女を見上げていたセスは、寝そべっていたデッキチェアから身を起こした。「スザンナ、念のために言っておくけど、これはぼくの芝居なんだ。そこは了解してるよね？　ぼくがこうすると決めた以上、きみにどうこう言われたくないな」

「うちのホテルで上演する以上、前の台本に戻すべきだと敢《あ》えて言わせていただくわ、あっちのほうが出来がいいもの、ご参考までに」

「おお、よしてくれ。あんなのウケ狙いの駄作だよ」

「面白かったわ。こんなのとは大違い。これのどこがいいの？」

「わかった、じゃあ言うよ。ぼくはどうせ誰も観に来ないと思ってたんだ。その時点ではあれでいいと思っていた。ひとつのことをやり遂げられて、ただ嬉しかったんだ。ところがいまじゃ大勢の人がこれを観に来ることになった、ニューヨークの舞台関係者も含めてね。聞けばローウェル・シムズも来るっていうじゃないか。きみも知ってのとおり、連中はオフ・ブロードウェイでこの手の芝居をごまんと観ているんだぜ。低俗なものから高尚《こうしょう》なものまでね、だろ？　要するにあれじゃワンパターンなんだよ。ぼくだって、きみの言う、ゲテモノ趣味の三文文士で終わりたくないからね」

「セス――」

「でもね、こう思ったんだ――よしわかった、だったら一か八《ばち》かで台詞の部分をハイブローな言語に変えてやろうってね。それを誰がしゃべるかはわかるだろ」

「わからない」

「つまり、教養人ぽい台詞をしゃべる田舎者だよ。この芝居ではこの地に暮らす地元民ってわけ」

「田舎者」

「そうだよ。そうしたら高尚文化《ハイカルチャー》と低俗文化《ローカルチャー》をめぐるメタ演劇になるじゃないか」

　スザンナは何年かぶりにセスを再認識することになった――人というのは知り合ってしばらくすると、相手の第一印象に、知り合って友達になった当初の印象に従うすべを身に着けてしまう。そのおかげで相手は実像におおいかぶさる残像でその間ずっとやっていけるのだ。二十代後半にはいった現在のセスは、やや太りはじめていた――デブというほどではないが、一晩水に浸けておいた米粒みたいに白くふやけている。それと同時に顔つきがどことなく野卑になり、彼女には狼めいて見えた。観客席にたたずみながら彼女は、二十年後の彼が目に見えるようだった。さらに肥え太って貪欲になり、いずれ本物の権威ある文化人の地位にのし上がるころには、彼本来の茶目っ気に悪意という名の貫禄《かんろく》が加わっていそうだった。

　彼女は言った。「つまりこのメタ演劇をやるためなら、それを演じる役者が間抜けに見えようと知ったことじゃないってわけね」

「一般的な見方をすれば、そういうことになるんだろうな」

「父さんとわたしもそこに含まれているのよ」

「芸術は妥協のないご主人様なんでね」

「あなたは大馬鹿だわ、それがわかっているの？」

「ああ、わかっているさ」

彼女はレンのコテージに戻るべくショルダーバッグを肩にかけた。「わたしはいつだってあなたをかばってきたわ。みんながあなたを木偶《でく》の坊呼ばわりしても、何も知らないくせにって弁護してきたのよ。でもみんなのほうが正しかったのね。あなたには芸術的な才能なんかない、ただの最低野郎だってことよ。一般的な見方をすればね」

悪態の連打が急所を突いたと見て取ると、彼女はセスに反論の余地を与えぬまま踵《きびす》を返して立ち去りかけたが、セスの発した高笑いに肩がこわばり、その場に凍りついた。「いやはや、お見事」

「え？」

「おお、とぼけちゃって、〝みんなが言っている〟なんて切り札を使うとはね。だったらきみがみんなからどう言われているか教えてやろうか？」

「聞きたくもないわ」

「みんなはきみのことを田舎者だと言ってるぜ。ぼくがきみを仲間に引き合わせたときも、この子は仲間になって何がしたいんだろうかって、みんなは不思議がっていたよ。でもぼくは言ってやったんだ。そんなこと言うなよ、あの子は愉快だし、性格がいいし、キャッツキル育ちっていうのが笑えるじゃないかってね。みんなは呆れて目を回して見せたけど、ぼくはきみをかばったんだぜ。いまだってかばいつづけている。だってみんなはいまだに不思議がっているんだから、あんな面白味のない――ごめんよ――あんなクソ面白くもない子が陰気な顔して自分たちの周りをうろちょろしているのは、どういう了見なんだろうってね」

「なるほどね」彼女は言った。「とりあえず酒浸りの女帝にはされていないようね」

「ああ、きみは田舎育ちの低俗なユダヤ人てわけだ」

　立ち去る彼女をセスが背後から呼び止めた。おい待てよ、悪かった、こんなこと言うつもりじゃなかったんだ。だが彼女はすでに重い足取りで長い廊下をたどり、昔よく宿題をしに来た屋外プールの脇を通り過ぎ、屋内プールとロビーを抜けて正面玄関の大きなドアの前に達していた。ドアを押し開けたとき、彼の最後の呼びかけ——スーズ、行かないでくれ——が耳に届いたが、反響するその声は思い出から届く声、すでに遠い過去の声だった。


　翌日、彼女は父の古いスバルを借りてニューヨークに舞い戻った。芝居はどうするんだとレンに訊かれ、舞台に立つ自信がなくなった——タッカーズコーヴで美容師をしているケントが代役を立派に務めてくれるはずだと返答した。どうせ誰もが台詞を一から覚えなおさなくてはならないのだ。レンは異議を唱えたが、無理強いはしてこなかった。気難しい女ふたりに見捨てられた過去があるせいか、そういうことには慣れっこになっているのだろう。セスのことには触れずにおいた。わざわざ言う必要を感じなかった。父には成功を祈るとだけ告げた。

　アパートメントでは一時間ほどで荷造りを終えた。宅配専用スペースに駐車できたので助かった。ルームメイトたちが全員留守だったのも好都合だった。誰かに——つまりセスの言う〝みんな〟に——事情を説明しなくてすんだし、ついでにバスルームに斜めにかしいで掛かる大学時代の額入り集合写真も失敬できた。所有者が誰かは知らないが、誰のものであれ、手に入れてしまえばこっちのものである。

週末は母のところに身を寄せ、お金を少し借りてリバティに引き返した。予想どおりセスはもういなかった。芝居を終えた翌日に引き揚げたという。「芝居はうまくいった?」彼女はレンに尋ねた。ふたりは草のはびこるコテージの庭でトマトジュースを飲んでいた。

レンはかぶりを振った。「おお、おまえさんもあの場にいるべきだったね。はっきり言って、魔法にかかったみたいだったよ」

「で、芝居のほうは?」

「ふむ、芝居か」彼は肩をすくめた。

「みんなは新しい台詞を覚えられた?」

「まあどうにかこうにかね。ディルは失笑を買っていたな」

「でしょうね」

「でも素晴らしかった。そんなことはどうでもいいことだ」

「そうなの?」木立ちのきらめく葉群《はむら》越しに、太陽がちらりと顔を覗かせた。自分が生まれ育ったこのあたりの植物相《フローラ》をあまり知らないことに気づいた途端、妙な気分になった。十代のころからここを出たくてたまらなかったから、土地の景色にしろ歴史にしろ、いっさいの情報を頭から締め出していたらしい。

「素晴らしかったのは舞踏場の眺めだよ、正装した人たちでいっぱいになったんだ。立錐《りっすい》の余地もないほどにね」彼はその規模を示そうとでもいうように腕を大きく広げて見せたが、とても表現しきれないと思ったのか、両手を力なく膝の上に置いた。「おお、とにかく魔法にかかったみたいだったんだ。あれぞまさしく魅惑の一夜というやつだ」

「それを聞けてすごく嬉しいわ」

「向こうに戻ったら、セスに改めて礼を言っておいてくれ」

すぐ近くで虫が翅をこすり合わせて単調な調べを奏ではじめた。彼女は言った。「実を言うとね、こっちにもう少しいようかと思っているの、かまわない？」

「本気なのか？」

「少なくとも夏休みいっぱいは。そのあいだに今後の身の振り方を考えたいの。ニューヨークはしばらくいいかなという気もするし」

「嬉しいね」

「ここの手伝いもできるしね」

「ゴルフ場を任せてもいい、その気があればだが」

「ほんとに？」

「働いてもらうんだから給料も出すよ。帳簿つけをやってくれる人が欲しかったんだ」

「なら決まりね」彼女は言った。「任せてちょうだい、楽しみだわ」

「ああそうだ」レンはスザンナに目を向けた。「あの芝居がきっかけになってダンテを読みはじめたよ。読んだことがなかったんでね。地獄の第五層に誰がいるか、知っているかい？」

彼女は脳内を引っ掻き回して思い出そうとした。

「凶暴な人たち？」

「まあそんなところかな、憤怒《ふんぬ》の亡者たちだ。ところがそこには不機嫌の亡者もいるんだよ。これは興味深いと思ったね。不機嫌の亡者たちは、泥沼の水面のすぐ下でイラついているんだ。どうやら昔の人は不機嫌を内向きの怒りととらえていたらしい」

「何が言いたいの？」

「何が言いたいわけでもないさ」彼は額に手をかざして太陽を見上げた。「ああ、いい天気だ、だよね？」

　かくして彼女は残りの夏休みをこっちで過ごしながら、秋にマンハッタンに戻るための貯金を始めた。ところがその後、彼女の純潔の砦《とりで》が陥落し、翌年の春にはニックという地元の家具職人と一緒に暮らしていた。彼は精緻《せいち》な透かし細工を施したキャビネットを、ビーコンやブルックリンのあちこちのブティックに納めている。彼女のほうはゴルフ場の帳簿つけだけでなく、マネージャー的役割と昇給を受け容れると、デザイン会社を雇って老朽化《ろうきゅうか》したクラブハウスとゴルフ用品店の改装に着手した。そして暇を見つけては〈ネヴァーシンク〉で片づけを進める父の手伝いをした。

そんなある日、ダイニングルームのシャンデリアを取りはずす作業に立ち会った。レンはこれをニューヨークの骨董商《こっとうしょう》に売却したのだった。なにしろ巨大な代物である——テント用の杭《くい》ほどの大きさがある緑のねじ釘で固定されていた。小型昇降機を使って作業員が五人がかりでこれをはずして床に下ろした。スザンナは見通しの利く二階の客室から、シャンデリアが長物用荷車《フラットワゴン》でホテルの外に運び出され、トラックに積みこまれるまでを見守った。見ているあいだにピンク色の太陽が巨木の背後に沈み、床や壁に長い影を落とした。まるで何かが彼女の傍らに寄り添って一緒に見守っているかのようだった。

子供のころ耳にした幽霊話を脳裡《のうり》に呼び出した。いまそばにいるのはその幽霊だと想像を働かせた。この言い伝えを長年にわたり、セスやほかの友人たちに語り聞かせたときには漠《ばく》とした恐怖を覚えたものだが、このときはちっとも怖くなかった。それどころか、なぜか心を和ませてくれた——なにしろここに昔から住みついている存在、ここに居つづけたがった存在である。トラックが曲がりくねった連絡道路《アクセスロード》を下っていき、ささやかな家財がまたひとつ運び去られるのをそれと一緒に見送った。その後、それと一緒に客室を離れ、中央階段へと移動した。それからグレート・ホール、舞踏場、ラウンジ、そのずっと先にあるロビー、水の抜かれたプールを見て回った——子供のころはこうやって漫然と歩き回りながら、こんなところから一刻も早く逃げ出したいとひどく思い詰めていたものだった。とそのとき、そばに寄り添っているのが幽霊ではないことに気がついた。それは、死に絶えたこの広大な場所に対する、彼女自身の遅ればせの愛情だった。

14　アリス　二〇〇七年

アリスは精神科医のオフィスから、十月のロンドンを包む湿った冷気のなかに姿を現わした。ドクター・リンヴェルトのオフィスから自宅まで徒歩で四十分はかかるのだが、ほかのどの手段よりも歩くことにこだわった。自宅の目と鼻の先に地下鉄の駅があるにもかかわらず、地下鉄を競馬界でいうところのノンスターター、つまり〝使えない馬〟とみなしていた。地下への入口がちらりと目にはいるのさえ耐えがたかった——あれはロンドンの地下に閉じこめられ腹をすかせた怪物の口——そこに足を踏み入れるなど論外だった。

彼女は車の運転もしないし（左側通行の煩雑《はんざつ》さはともかく、この町で車を持つなど愚の骨頂）、バスも使わないし（あれはまさに拷問部屋）、自転車にも乗らない（あのヘルメットときたら間抜けもいいところ）。タクシーも、運転手と会話する羽目になるので絶対に乗りたくなかった。最低でも目的地を告げる必要があるわけで、そこから天気やサッカーや道路状況の話が始まるだろうし、下手をすれば家族のことまで話したがるおしゃべり人間に当たらないとも限らない。これもまた〝使えない馬〟である。最近は極力他人と口を利かずにすませたかったし、ドクター・リンヴェルトともできれば会わずにすませたいところだが、自殺を企てる可能性はひとまずなくなった証として、いまも毎週診療室に通っているのである。

セラピーを続けることが勇気ある行為なのか、はたまた臆病者ゆえの惰性なのか、あるいはその両方なのか、彼女には確信が持てなかった。もっとも可能性が高いのは診療を続けるのは無意味だということ。何もかもが無意味に思えた——その心情をうまく隠しおおせるか否《いな》かは、彼女の気分の落ちこみ具合による。実際、これが前回の診療での話題だった。ドクター・リンヴェルト——大柄で頬髯がある（北欧系の名前にもかかわらず黒人で、この点が十八カ月前に初めて予約をとりに来たときに彼女を戸惑わせた）——は、医師免許や開業認可書や学会会員証といった四角形の後光に取り囲まれた頭をデスクに乗り出すようにして言った。「すべては無意味だという考えにいまも引き戻されているわけですね」

「まあ、そうだわね。意味なんてあるの？」

「ありますとも」

「おお、納得よ。ありがとう、これで問題は解決ね」

「ほとんどの人にとって無意味じゃありません。わたしにとってもね」

「先生が間違っているという可能性はないの？」

「ないですね。人が間違えるようなことじゃありません、というか、客観的に正しいのです。わたしはすべてが無意味だと感じたことはありません。従ってわたしの見る限り、すべてに意味がないなんてことはない。あなただってそう感じているはずです、ゆえに、あなたがどう見るにせよ、すべてに意味がないなんてことはないのです。人生に現実感を持てるかどうかはあなたの感じ方にかかっているのです」

「うまいこと言うじゃない」医者がじっと見つめてきた。彼は凝視の達人だった。「でも、そんなのたわごとだと思わない？」

「思いませんね。たわごとだと思ったら口に出したりしませんよ」

口を開きかけながら彼女は、いま言おうとしている内容が既知のものであり、すべては結果があらかじめ決まっている出来レースだという気分になり、途端に心がどっと重くなった。単にお義理でものごとを進めているというこの感覚は、心身をひどく疲弊させるものであり、こういう状態に陥ることが最近ますます増えていた。最大の問題はそこではなく、むしろ鬱症状から来るこの疲弊感が一気に格上げされて、新たな疾患になりつつある点だった。彼女は気を取り直して先を続けた。

「先生がたわごとでないと思っているのはわかったけど、それが客観的に正しいかどうかは疑問だわ。先生の主張は何でしたっけ？　そうだ、人は誰でも人生に意味づけをしているとかいう甘ったるいたわごとでしたっけ？　でもね、人は正しいこともあれば間違っていることだってあるの。そういえば、世の中には天国に行きたいがために毒蛇と戯れることに一生を捧げているプロテスタントの一派の人たちがいるわよね？　噛まれたら一発で死んでしまうっていうのに――ほらね、意味なんてないというわたしの主張が正しいと言ってくださいよ――彼らは毒蛇と戯れて一生を無意味に過ごしているって」

「無意味に過ごしてなんかいませんよ。彼らには信じているものがあるんです、たとえ間違った解釈をしているにせよ」

「もし無意味だとわかっていたら、彼らだって蛇を操るのをやめると思わない？」

ドクター・リンヴェルトは溜息をついて、窓外の白骨めく色に染まった秋のベルグレーヴィア（ロンドンの高級住宅地）に目をやった。「何が言いたいんですか？」

「わたしが言いたいのは、意味があるというあなたの精一杯の主張は結局のところ、意味があるかのような気にさせるだけだということ。そんなものはちょっと突けば途端にしぼんでしまう程度の意味しかない。そしてわたしの精一杯の主張は、明らかに、明白に、人生に意味などひとつもないということ。人は糞みたいに死ぬ、ただそれだけなの。あなたの知っている誰もが例外なくやがて死ぬ、そしてその人たちの子供も、そのまた子供も、みんないつかは死ぬってわけ。たとえあなたたちが真に広い視野で物事をとらえようとも、どれほどの技術や科学や努力を駆使しようとも、人類は時が来れば地上から一掃されてしまう。卑劣な核兵器なんかなくたって地球温暖化は起こるだろうし、地球温暖化が起きなくてもエボラ出血熱が蔓延《まんえん》したり、小惑星が衝突したり、太陽が死滅したりして、最後は宇宙全体が熱的死《ヒートデス》を迎えることになる」

「宇宙のヒートデスが人生に意味があるという主張を阻んでいると言いたいのですか？」

「ええ、わたしが言いたいのはまさにそれだわね」ドクター・リンヴェルトの診療が椅子に腰かけて行なう対面式なのはありがたかった。もしもこれが椅子に寝そべるフロイト式だったら、しゃべり疲れて気を失っていただろう。

「あなたの主張は真面目に受け止めますよ、アリス。どうやらあなたの考え方でいけば、人生に意味を持たせるには永遠に生き続けるしかないようだ。だが、本当にそうなのか想像してみてください。アリス・エメンターラーよ、汝に永遠の命を授けよう！」彼は舞台の手品師が古臭いネタをやって見せるように、彼女に向かってぱっと両手を広げた。「さあ、意味はどうなりましたか、話してみてください」

「やっぱり意味なんかないわね。そもそも、こんなことしたって、あなたの主張が正当化できるとは思えないけどね」

「もう一度言いますが、わたしに主張なんてありません。わたしの人生には意味がありますから」

彼女は溜息をついた。「はいはい、畏れ入りました。先生の勝ち。とにかくこんな話をしていることが馬鹿らしくなってきちゃった。もう四十三だというのに、これじゃ学生寮でラリってだべっているのと変わらないもの」

「とんでもない、これは人生をめぐるもっとも深遠な、本質に関わるテーマです」彼が異常なまでの真摯《しんし》さで白が目立つ目を向けてきたので、その瞬間、リンヴェルト——ロバート——がひどく愛おしくなった。会えなくなったら寂しくなるだろう。彼女は知らず知らずのうちに泣いていた。彼は律儀にクリネックスを差し出し、話しつづけた。彼はこの対話で彼女が取り乱したと思っているらしかった。彼は言った。「アリス、とにかくですね、わたしはこうした哲学的問題であなたが苦しんでいるとは思っていません。あなたは落ちこんでいるだけなんです、そのせいで自分の人生には意味がないと思いこんでいるんです。たいていの人は、あなたの人生を見れば、そこにはたくさんの意味があると言うはずです。あなたは世界じゅうの人々を感動させるお仕事をしているのですから」

彼女は鼻をかんだ。「薬物療法はもうやめるわ」

「はっきり言って、ほかに打つ手はないんですがね」

あるわ、と言いかけたがやめにした。「もう書けないのよ。一日十二時間、ソファにひっくり返って『イーストエンダーズ』（一九八五年から続いているBBCの連続テレビドラマ）を見るだけで終わっちゃうんだから」

「それについては次回話し合いましょう。じっくり考えてみてください、頼みますよ。もしそれが無理なら、別の話題を用意してきてください」

彼女は立ち上がった。「もう来ないかも」

「どうして？」

「少し時間を置く必要があると思うの」

彼は席を立つと、彼女とドアのあいだにわざとらしく立ちふさがった。「それはあなたが決めることですが、わたしは断固反対します」

彼女は彼に近づきハグを求めるように身を寄せると、彼はぎょっと顔をこわばらせながらハグを受け止めた。

「お世話になりました」彼女はそう言うと、彼が次の言葉を発したときにはすでに部屋を離れていた。

ハグの記憶もタクシーのクラクションでたちまち霧散した――物思いにふけっていたせいで、分刻みで強まる雨に気を取られていたせいで、よく確かめもせず道路を横断しようとしていた。右に目をやれば、雨はハイドパークを猛然と駆け抜け、スピーカーズコーナー（人々が自由に演説できるよう公園内に設けられた一画）の変人たちをずぶ濡れにし、透明なレインコートを着て自転車にまたがった人たちがいる黒ずんだ専用レーンをつるつるに磨き上げ、サーペンタイン池で上下に揺れる禁欲的なアヒルたちをずぶ濡れにした。側道に吹き寄せられた雨は油膜の虹を浮かべている。「さあ渡りなさい」女の声がした。リンヴェルトの診療室でアリスがたどり着いた結論に同意するような声だった。今日、自殺するつもりだった。

決行日は七月のうちに決めてあった。今日から二日後の十月十五日。三カ月は、世間もしくは自分自身が思いとどまらせてしまいかねない長さではあるが、実行に移すのが耐え難くなるほどではなかった。それにこの三カ月で、いわゆる身辺整理も十分できた。もっとも整理すべきものは驚くほど少なく、そのこと自体が気を滅入らせた。両親はアリゾナの高齢者向けコミュニティで暮らしている。姉のエリーズとは、アリスが最後に出した小説で自分たち家族をダシにしたことで責められ、絶交状態にあった。公正を期すため言わせてもらえば、作中の〝イライザ〟はエリーズの実像にかなり近い――支配欲の権化《ごんげ》ともいうべき彼女の人生最大の喜びは、自分の子供たちに金切り声でわめき散らして干渉することだった。三人の息子は、割礼式のときについでに去勢されたかと思いたくなるほど、彼女の手でとことん骨抜きにされていた。実際に整理すべきことは金銭関係のみ――二冊のベストセラーで預金高は膨れ上がっていた――その預金の行き先を決め、アパートメントの売却を進めるだけで事足りた。信託基金、慈善事業、数枚の書類への署名と握手。

　万事解決。子供はいないし、伴侶《はんりょ》もいない。電話もプールもなければ、ペットもいないと、頭のなかで痴れ者のような歌声が響いた。マリーはオーストラリアのメルボルンでレストランを開業するため、二年前にアリスの元を去っていた。こうなったのは、いまのようなどん底状態に陥ったのは、マリーの旅立ちがきっかけだとアリスは思っていた。だがマリーのせいでも何でもない、まったく違うということもわかっていた。物心ついたころからずっと塞《ふさ》ぎの虫に取りつかれていたわけで、それでも常に周囲にはいろいろあったから――家族、友人、学校、パーティ、セックス、仕事、マリー――それで気が紛れていた。だが気づいてみれば、最後に残った大きな心の支えのひとつがマリーだったのだ。小説を書くことも心の支えではあったが、それもいまは遠い過去の話。ドクター・リンヴェルトの処方薬のせいで書けなくなった。書けなくなってから三年が経とうとしていた。

　土砂降りの雨のなか、重い足を運んだ。誰かが捨てていったカレーのテイクアウト容器がレンガ塀に酔漢《すいかん》のようにだらしなくもたれかかり、中身が歩道に吐き散らかされていた。なぜ今日では駄目なのか？　ドクター・リンヴェルトのところで彼女はそう思い、納得のいく答えが思い浮かばないまま終わっていた。今日でまずい理由などひとつもなかった。問題は方法だった。

通りの角にある〈豚とアザミ〉という名のパブが目に留まった。ドアを押し開けて足を踏み入れた途端、冷気が意識された。店内はがらんとしていた。客は、奥のテーブルでビニールのレインハットをかぶったまま背を丸めてビターを飲んでいる皺だらけのお婆さんだけだった。カウンターの向こうに置かれたテレビは、ご多分にもれずサッカー中継を流している。パブ王国における月並みな御用商人――フラーズやテイラー・ウォーカー――の商標ポスターがそこらじゅうにべたべた貼られている。この十年のあいだに英国民《ブリッツ》は、自分たちの家とも言える昔ながらのパブそれぞれに具わる一風変わった個性を手放し、右へ倣《なら》えとばかり画一性を嬉々《きき》として受け容れるようになった。どこのパブに行っても、十五ユーロのフィッシュ&チップスがメインの、面白くもなんともない同じメニューばかりである。

赤い頬髯に大きな笑みを覗かせて、バーテンダーが近づいて来た。陽気なタイプ――以前の彼女なら彼をそう形容しそうになっただろうし、すぐさま月並み表現《クリシェ》と判断して却下しただろう。彼女はジョニー・ウォーカーをオーダーした。黒ラベル、ストレート、ダブルで。彼は赤毛の眉を持ち上げながらグラスに注ぐと、彼女の前に置いた。「二十七ポンド」彼女は五十ポンド紙幣を渡し、釣りはいらないと告げた。「こんなに受け取れませんよ、お客さん」

「取っといて」

「ひょっとしてアメリカ人？」

「こっちに来て十年になるわ。チップの流儀は知っているつもりよ。あなたを見下しているわけじゃないの、黙って取っておいて」なぜ彼に無理に受け取らせようとしたのか、なぜわざわざ言い訳したのか、自分でも理由はわからなかったが、これがさらなるやりとりを招き寄せるだろうとは思っていた。だが、言うまでもなく、パブにはいったことからして、こうなるのをある程度望んでいたのは間違いない。嘘つきもいいところだ。ゆっくり時間をかけて飲んだ。ウィスキーはおいしかったし、胸を温めてくれたし、予想どおりの働きをしてくれた。

バーテンダーは五ポンド紙幣をレジに突っこむと、自分用にジョニ黒を小ぶりのグラスに注いだ。「従業員割引でいただくよ」彼は言った。「いい天気だね」

「そうね」

「で、何でこっちに？」

彼女は長口舌に乗り出すべく自らに発破をかけた。大岩を押し転がし、谷底に突き落とす気分だった。

「ブッシュが再選されたらこんな国なんか捨ててやるって、あの国の人たちみんなが口をそろえて言っていたこと憶えてる？　わたしはそれを実行に移した唯一の人間てわけ」

「ご冗談を」

「まあ、そうね、それはただの口実かもね。ずっとロンドンが好きだったからよ」

彼は彼女の背後にある窓に伝い落ちる雨粒に見入ったままだった。「こう言っちゃなんだが、この町に住みたいなんて言う人の気が知れないね。こっちは子供のころからずっと国を出たくて仕方なかったもの」

「だったら出ればいいのに」

「口で言うのは簡単だ、でしょ？」

「さあどうかな」簡単なことではないのか？　何が簡単で、何が簡単でないのか？　簡単に思えることも、いざやってみるとすごく難しかったりするものだ。彼女にとってこの世でもっとも簡単なことといえば――以前なら書くことだったが――それもいまではまるで歯が立たない。逆もまたしかり。以前はまずもってありそうにないと思われたことが常態化する。例えば、自己の抹殺《まっさつ》。人生全般に対するぼんやりした不安、これがここ何年かのあいだに事実上の黙想の対象になった。問題は方法だった。最後の作品のなかで脇役のひとり、主人公の糞ったれ彫刻家にもてあそばれた娘が、浴槽でぎざぎざの合金片を使って手首を切る場面があった（未遂に終わるのだが）。このシーンは、病的なくらいネット検索をしまくり、この方法だと失敗する確率がかなり高いと知った上で採用したのだった。静脈に達するほど深くえぐり、血管を断ち切るのは至難の業——画像検索では、ざっくりと切り裂かれた前腕部や手首がぞろぞろ現われた。ゆえにこの方法は却下。ならばどうする？　イギリス暮らしの身に銃の選択肢はない——ここがアメリカでないことが大いに悔やまれた。かの地であれば、帰宅途中にジーンズのショートパンツやビーフジャーキーを買うついでに12番散弾銃を入手することもできただろう。薬を使うのは脳にダメージを与えそうだし、自分自身のなかに永遠に閉じこめられそうだし、考えただけでも恐ろしい——運命としてはかなり過酷、死よりずっと質《たち》が悪い。高所から飛び降りることも考えたが（ロ～ンドン橋おちた～、おちた～、おちた～）、たいていは生き延びて障害を負うのがオチだろうし、目撃者たちにトラウマを与えてしまうのもいただけない。

「お客さん？」

「え？」

「気分がすぐれないのかな」

「気を悪くしないで聞いてほしいんだけど、おしゃべりする気分じゃないの。もう一杯、シングルでお願い」

　彼は酒を注ぐと、気を利かせてカウンターの端に移動した。それまで彼が立っていた場所に目をやると、酒瓶の並ぶ棚の横の、鉛線細工の鏡に映りこんだ自分の顔がこちらを見返してきた。他者のまなざしで、先のバーテンダーのまなざしで、自分の顔を眺めた――中年女のくすんだ顔。黒い髪に黒い瞳。こめかみから頬にかけてうっすらと走る傷痕《きずあと》。アリスの紹介記事を書いてくれたジャーナリストのほぼ全員がそうだったように、マリーもこの傷がアリスらしい個性になっていると言っていた。この傷と子供時代に〈ネヴァーシンク〉で遭遇した試練の物語を人々が勝手に結びつけるのを許してきたことに損はなかった。トラウマという名の亡霊が彼女の表向きの仮面に情趣を添え、彼女の小説を興味深くて重みのあるものにしてくれたのだ。この傷にまつわる真実の物語は胸に迫るようなものとはほど遠い――小学校時代、姉のエリーズに自転車置き場で突き飛ばされてできた傷なのだ。いま一度、鏡のなかの女に話しかけた。あんたって人はとことん嘘つきだよね。

だが、そんなことはたいした問題じゃない。そう思いながら鏡から目を離し、カウンターを押すようにしてスツールから降りると、店を出た。ぐんぐん歩きつづけた。いまや頭のなかの混乱は周囲の荒天と足並みをそろえていた。頭はまるで働かず、感情をかすかに波立たせるだけだった。いったんやると決めた以上、命を絶つのはたやすいこと、溜息のようにただ手放せばいい、なぜかずっとそう思ってきた。現実はそう甘くはないことに気づき、驚いた。だが、そういうものだろう。彼女の一部は、主に動物的本能の部分（案外これが大きい）は死にたがっていなかった。いまも生きたがっているのは動物的本能だけではなかった。だったらよせばいいだけの話ではないか。そう思いながら、キャリッジ・ドライブから北に向かってハイドパーク内を通り抜けた。雨が降っているというのに、人々は今日という一日を戸外で楽しもうとしていた――父親と娘がサーペンタイン池の畔の築山《つきやま》に立って、押し合いへし合い先を争う鴨《かも》の群れにパンくずを投げていた。さらに先の小径では、一輪車にまたがった男がその場でぐらぐら揺れながらイヤホンの位置を直していた。なぜこれで十分と思えないのか？　世界とそこに生きる人々は、この瞬間を豊かなものに、心躍るものに、愉快なものに、哀感に浸れるものにしようと、それぞれのやり方で精一杯生きている。これこそが結局のところ生の実存だ。これで十分と思えないなら、ほかに十分なものなどあるわけがない。

だが、アリスには十分ではなかった。十分と思うこと自体、空疎でインチキに感じられた。「人生に現実感を持てるかどうかはあなたの感じ方にかかっているのです」というドクター・リンヴェルトの形ばかりのあの御《ご》託《たく》もしかり。問題は、この世界を心から愛せるようになるには、この世界について書けなくてはならないのであり、それがもうできなくなったということだ。人生を続行するという行為がもたらす苦痛が、ものごとをお義理で果たしているだけだといううんざりするような感覚が、彼女の創作活動を著《いちじる》しく損ねていた。三十カ月のあいだに、豊かな着想——登場人物、プロット構成、設定、会話、気の利いた言い回し、あるいは白紙の荒野でめそめそしている見捨てられた動詞——は枯渇し、書いたものは自作からの盗用にしか感じられなくなっていた。書けなくなったというわけではない——書こうと思えば小説の一本くらいは書けただろう。だが書けたとしてもそれは、T・S・エリオットが用いた同じ言葉を同じ語順で書くとどんな気分になるかを味わいたくて院生時代に彼の詩集「プルーフロックの恋歌」を書き写したときのような、習作の域を出ないものになっただろう。

抗鬱剤のナルジルを服用していた一年間、鬱の最悪状態から解放されはしたものの、作家にとって重要な思考回路が遮断されたせいでスランプに陥った。すでにこの薬はやめているが、依然として調子は良くなかった。彼女は壊れてしまった、孤独で、使いものにならなくなったのだ。

彼女は顔をぬぐった。橋を渡ると小径に出た。木立の背後に延びる曲がりくねった小径を抜ければベイズウォーター・ロードに突き当たり、自宅は目前だった。さあどうする？　当面の問題は、思いとどまるという選択肢は決行するという選択肢に劣るという点だ。つまり決行には困難が伴うが、中止はあり得ない。そこがネックだった。

と、そのとき携帯電話が鳴りだし、彼女は足を止めた。出版エージェントのシャーロットからだった。画面に現われた写真を目にした途端、ニューテクノロジーなるものを通してシャーロットには公園にいるこちらが見えているような錯覚に陥り、後ろめたさで身がすくんだ。電話に出ようかどうしようか、しばしためらった。「はい」

「アリス？　いまどこにいるの？」

「外よ。散歩中」

「打ち合わせの件、まさか忘れていないわよね？」

「打ち合わせ？」

シャーロットは我慢も限界とばかり溜息をついた。至極もっともな反応とは思うものの、アリスが彼女を儲《もう》けさせていることを思えば腹立たしくもあった。

「マイクとリンジーと新作について話し合うことになっていたでしょ」

「しまった」

「いいこと、彼らには何らかのアイデアを提示しておかなくちゃ。いつまでも待たせておくわけにはいかないんだから」

そばにいた鴨が啼き声をあげると、シャーロットが言った。「そこ、どこなの？」

「公園よ」

「これからこっちに来られる？　進捗《しんちょく》状況を知っておきたいし、相談したいこともあるの」

「さあどうかな」

「用事があるなら、明日でもいいけど」

強い上昇気流が怒り狂って疾駆《しっく》する幽霊のように並木を打ちすえ、その下に立つアリスに大粒の雨滴をばらまいた。「やっぱり今日にする」彼女は言った。「これから行くわ」

シャーロットのオフィスの狭さと質実剛健な装飾は、ここに来るたびアリスを唖然《あぜん》とさせた。ロンドンのもっとも成功している出版エージェントのひとつのオフィスというよりは、創意とは無縁の、例えば繊維産業の中堅マネージャーの仕事場といったふうだった。ファイルキャビネットの上にはしなびたサボテンが放置され、デスク背後の壁に掛かる額入りのパウル・クレーの複製画は少しかしいでいた。その横の、厚ぼったいガラスタイルの小窓に斜めに射しこむのは中庭からの青白い陽光のみである。もっと広くて環境のいい場所に移ったらどうかと提案したこともあったが、シャーロットは肩をすくめ、ここで何の不足もないと取り合わなかった。やることといったら原稿を読んで電話でやりとりするだけ、ならばケンジントンのフラットでも仕事はできるのでは、と思案したこともあったらしい。

オフィスにはいると彼女が笑みを投げかけてきたので、アリスも笑みを返した。シャーロットに絶好調だと伝えるための顔面収縮、彼女を喜ばせたいという子供じみた願望からだった。十歳上で聡明でスタイリッシュ、しかもはっとするような俗っぽさも持ち合わせているシャーロットを、アリスは姉のように慕っていた。だがシャーロットの顔から笑みが消えた途端、ここに来たのはとんでもない間違いだったとアリスは悟った。シャーロットの直観力は並外れていた。こちらが探られたくないことをあの手この手で洗い出そうとするに決まっている。いまはまずい。

「おやまあ」シャーロットが言った。「鬼気《きき》迫る形相だこと」

「それはどうも」

「褒《ほ》めているんじゃないわよ。ひどい顔だわ」

「雨が降ってるしね」

「飲んできたの？」

「途中で一杯だけ」

シャーロットの携帯電話が鳴った。彼女はそれに目をやると接続を切り、裏返しにした。「アリス、何があったか知らないけど、担当編集者たちとの打ち合わせが控えているんだから、酔っぱらっている場合じゃないのよ」

「あら、問題ないわ、まったくね」

「わかっていないようだからはっきり言うけど、酔っぱらっている場合じゃないと言ったのは、酒を飲むべきではないという意味ですからね。あなたがやるべきことはそれじゃない。あなたって人は、平気でそういうことができちゃうのよね――」

「ごめん。本当に忘れてたの」

「――ほかにもやるべきじゃないことをいっぱいやっているわよね。例えば、まだ書きだしてもいない小説の前払い金《アドヴァンス》をがっぽり受け取っておきながら、あとはなしの礫《つぶて》、あらすじひとつ出してこない、二年間もね。一事が万事この調子なんだから」

「お説教したくて呼びつけたの？　だったら電話でも用は足りたのに。メールだっていいくらい」

「そうじゃないの」シャーロットはかぶりを振った。短く切りそろえたばかりなのだろう、灰色のくるくる巻き毛が水泳キャップを連想させた。「電話したのは、あなたのセラピストの、リンヴェルトとかいう人から電話をもらったからよ」

「何ですって？」

「彼、あなたのことを心配していたわ」

これまでの診療を通して、リンヴェルトはシャーロットがアリスのエージェントだということも、アリスのもっとも近しい友人のひとりだということも知っていた。患者に関する医師の守秘義務を著しく逸脱したこの行為は、彼の焦燥を物語っていた。「わたしは元気そのものよ」

「それのどこが元気だというの。元気にほど遠いことは見ればわかるわ。ちゃんとしたところで診てもらわないと」

「ちゃんとしたところで診てもらっているじゃないの。ドクター・リンヴェルトはその道のプロよ」

「わたしが言っているのは病院でってこと。いろいろ調べてみたの。この国にはけっこう評判のいい病院がいくつかあるわ。ひとつはミドルセックスにあるんだけど、朝食つき民宿《B&B》みたいな感じなの。毎晩マッサージを受けられるんですってよ。わたしが行きたいくらいだわ」

「精神科病院に入れようってわけね」

「やだ、何言ってるの？　五〇年代じゃあるまいし。いまはメンタルヘルス施設と呼ぶのよ。ほんのちょっとの期間でいいんだから」

アリスが立ち上がって部屋を出ていこうとすると、シャーロットが追ってきた。「ちょっと、ねえ、待ってよ。こうなるのは予想がついていたの。だったら別の提案をさせて。うちで一緒に暮らすというのはどう？」うちとは、シャーロットと彼女のボーイフレンド（おしゃべりでワインマニアの法廷弁護士スチュワート）が暮らす家のことである。アリスはコートを羽織った。これまで人から受けた申し出のなかでもっとも光栄であると同時に、もっとも魅力に欠けるものだった。

「シャーロット、せっかくだけど遠慮しとくわ」

「あなたのことが本当に心配なのよ、アリス。みんな心配しているんだから」シャーロットは何とかして言いくるめようと階下のホールまで追ってきて、ついには建物から人で混みあう歩道まで出てくると、いかに多くの人がアリスを愛しているか、アリスがいかに多くの生きがいに恵まれているか等々、その手のことを張りつめた静かな声で並べ立てた。実にドラマチックではあったが、お義理でやっているという気分をぬぐいきれず、すでに終わった話をやりなおす気になれなかった。すべてが模倣の模倣、そのまた模倣のように感じられた。やがてシャーロットの声は道行く人々の波に呑まれ、アリスが足早に道路を渡ると、車の流れが声を完全に遮断した。彼女は路地に逃げこみ、さらにまた別の路地にはいると、シャーロットの姿は見えなくなった。だが携帯電話がふたたび鳴りだし、笑顔のシャーロットがこちらを見つめてきた。アリスはそばにあったごみ箱に携帯電話を投げ入れた。これでいい、ただ捨てればいいだけ、何もかも放り出してしまえばいい、そう思った。そこまで思い切れたら、あとは実にシンプルだった。

ものごとはシンプルであればあるだけスムーズに運ぶ——アイランド型キッチンで手紙を書きながら考えていたのはそれだった。気がつけばマリーに宛てて書いていた。彼女とはもう一年以上口を利いていないのだが、それでも謝罪の言葉を書きつらねながら思い浮かべていたのは彼女のこと——両親でも姉のエリーズでもなく、甥《おい》っ子たちでもなかった。しかし切れ目のない筆記体を書き綴《つづ》るあいだも、彼ら家族はアリスを半円状に取り囲み、むっつり押し黙ったままアリスを見つめていた。シャーロットも念頭になかった。彼女も初めはひどく動揺するだろうが、人一倍気丈な人だからすぐに立ち直るだろう。いま語りかけたい相手はマリーだけ、メルボルンに暮らすマリーだけ、最近フェイスブックで目にした、前かがみになって小型バーナーでサーモンのパイ包みに焼き目をつけているマリーだけだった。マリーを思いながらこうしたためた。

〈ごめんね、もっとうまくやろうと頑張ったけど、疲れてしまってお先真っ暗なの。いまはすべてが終わってしまったように思えるの。こういうことになってしまったけど、わたしにはあなたが何より大切だったということを、あなたはちっとも悪くないということを、知っておいてください。愛をこめて、アリス。〉

彼女のなかの作家は感傷的な文面に異を唱えたが、いまの状況を思えばこうならざるを得ないだろうと察したようだった。手紙を質素な封筒に納めて封をすると、アイランド型キッチンの表面に走るひび割れにこれを差しこみ、熟れすぎて皺の寄った梨にもたせかけた。遺書が行方不明になるのは御免だった。遺体発見（願わくは発見者は隣人の、まったくつきあいのなかったあの口やかましい堅物であらんことを）に続く背筋の凍るような混乱状態のさなかに、遺書が紛れてしまうのだけは避けたかった。物入れに、前回の引っ越しで絨毯を括《くく》るのに使ったナイロン製のロープがあった。天井の鉄製シャンデリアは見るからに頑丈そうで、ぶら下がっても落ちることはなさそうだ。椅子の上に立つと脚が震え、一瞬バランスを崩しそうになったが、シャンデリアを片手でつかんで体勢を立て直した。まずはシャンデリアに引っかけたロープをぐいと引っ張り全体重をかけてみると、古い鉄のねじ釘で固定されているだけなのに、不思議なほどしっかりしていることがわかった。シャンデリアの基部にロープを何重にも巻きつけると、一方の端に首がはいる程度の輪をこしらえた。

そうするうちに、逃れようのなかった疲労感が一年ぶりに消えていることにふと気づいた。こんなときに生気がみなぎってくるとは何とも皮肉な話だが、それは否定しようもなく、ロープの輪に頭を通したときには、ぞくりとするような幸福感に鷲掴《わしづか》みされた。このわたしの人生を刻一刻と殺してくれる人がいてくれたらいいのに——けだし名言、真実の吐露《とろ》。だがこれもいずれは新鮮味を失い、月並み表現になり下がるだけだろう。これでよし、あとは椅子を蹴るばかり、優雅に手際よく死ぬなんてできっこない、だが本当にそうだろうか？ 死については誰もが素人だ――またしても名言。これを使えずに終わるのが悔やまれた。

椅子の上に立ち、薄墨色に染まる方形に切り取られた窓と向き合うと、階下のセヴンシスターズ・ロードが視界にはいった。引きも切らぬ車の流れが、くすんだ鳶色《とびいろ》の湿った路面を重い足取りで横切る人々でときおり寸断される。イズミールという名の、新しくできたファラフェル（ひよこ豆を団子にして揚げた中東料理）の自動販売式カフェテリアの派手な看板が映りこむ歩道が青く瞬いている。視界の左隅に地下鉄の駅が見えた。新たな犠牲者たちを次から次へと呑みこんでは、古いのを吐き出している。視線を逸らし、壁に掛かるマリーの写真に目をやった。この写真を、この世で目にする最後のものにしたかった。首にかかる輪を引き絞り、片脚に体重を預けた。あとはもう一方の脚で椅子を蹴り払うだけ。万事オーケー、完璧だ。

ドアのベルが鳴った。

さらにまた鳴った。ロープをつかんでバランスを取りながら椅子を下りると、ドアフォンに向かった。

「アリス？」シャーロットの声は不安でひび割れていた。

「はい」

「ここを開けて」

「それは無理、悪いけど」

「何度も電話したのよ。こんなの馬鹿げてるわよ」

「シャーロット、いまのわたしはまともじゃないの」

「だから何なの？ わたしなんかいつだってまともじゃないでしょ？」

アリスの親指は通話ボタンにかかったままだったが、言うべき言葉が思いつかなかった。シャーロットはここまで上がってこられない、それは間違いなかった。心乱れた迷えるクライアントを心配してはるばるこまでやって来てくれたエージェントが、雨と雑踏のなかでずぶ濡れになっている姿を見たら、根負けするような気がした。通り過ぎる車のクラクションの音が二手に分かれ、窓から、そしてドアフォンから同時に聞こえた。シャーロットが言った。「上に上がらせてちょうだい」

「駄目」

「あんまりじゃないの。警察に通報してもいいの？」

「何を通報するの？」

「わたしの友人が自殺しかけているって言うわ」

通風孔の熱風を受けた輪縄が、アリスを嘲笑うかのように前後に揺れた。アリスは思った。自分の人生がここまで馬鹿げたものになったのはいつだったのか？ 深々と息を吸いこみ、通話ボタンを押した。「その根拠は？」

「おお、アリス、いい加減にしてよ。あなたを見ていればそのくらいわかるわよ。あなたが口にした何百万もの台詞や、この一年にあなたがやってきたことを考え合わせればね。間違っていたら申し訳ないけど、でも当たっているはずだわ。わたしがこうやって雨に濡れつづけていなくちゃならないなら、わたしの不安が的中しているってことだもの」

「自殺なんかしないわよ」

「ちゃんと約束して。約束だからね」

約束なんてしたくなかった。計画をやり遂げるためにもさっさと消えてほしかったが、これを言わない限りシャーロットをどかしようがないわけで、仕方なくアリスは言った、「約束する」

「窓のそばに立って、顔を見せてちょうだい」

アリスは窓のところに行って、下を見た。二階下からシャーロットが見上げていた。彼女の赤くほてった顔が不安と雨でにじんでいる。水泳キャップみたいな髪がカワウソの背中のようにてらてら光る。彼女の背後には地下鉄の入口があった。シャーロットが手を振ったので、アリスも振り返した。シャーロットが声を張り上げた。「月曜日にオフィスに来て。約束よ」

「わかった、必ず行くわ」アリスは言った。空《から》約束ではなかった。決着のつけ方が二分前とは違っていることにも気がついた。だが、実のところ、何がどう違うのか？　彼女にはわからなかった――ひょっとすると違いなどないのかもしれない――それでも、これが重い意味を持つという己の直感に、というか、自分の一部が白黒をつけたという事実に従った。

青く濡れた広い道路の向こうに渡りきったシャーロットが地下鉄の入口に吸いこまれていくのを、アリスは窓辺から見守った。地下に延びる階段、地面に穿たれた黒い穴、見ているだけで気分が悪くなった。それが記憶と知覚の辺境に潜む激情となって彼女を圧倒した。この不快な気分に襲われると、彼女は決まって怖《おじ》気《け》づいたが、今度ばかりは目を背けなかった。

すべての記憶が、頭にいまも居すわる一切合切が、呼び覚まされていくに任せた。ホテルのなかをさまよい歩いたこと、なぜか地下室へのドアに行きついたこと、階段が下に向かって延びていたこと。階段を踏みしめ、自らの記憶の闇へと、すべての明かりが消えた場所へと下降したこと。いや、見ようという気さえあれば、そこにはおおまかな輪郭があった。貯蔵室のドアを開けたこと、背後でドアががちゃんと閉まる音が耳に届いたことが思い出された。灰色の男――何十年かぶりで、その人のほうに思い切って目を向けた。水中を思わせる濁った光がかちっとともり、彼がこちらに近づいてきても拒まなかった。彼に自分の顔を晒し、こちらも彼の顔に目を据えた。彼が体に腕を回してきても、されるがままにした。これを許したのは四十年ぶりだった。

ここで彼女は寝室に行き、ジーンズと縄編みのセーターに着がえた。アパラチア山脈の登山道に、あるいはサンティアゴへの巡礼の旅に、おずおずと最初の一歩を踏み出そうとしている徒歩旅行者の空元気をふりしぼりながら、髪を無造作に束ねて団子に結った。ショルダーバッグに水のボトルとグラノーラバー、リーガルパッドとペンを放りこむ。玄関ドアは、彼女が再びここをくぐることはないと思っていたのか、ぎょっとしたように大きく軋みながら開いた。外に出ると雨脚はさらに強まっていた。通りを横断する際、慌てて履いてきたキャンバス地のトムズ（靴のブランド）が路面のくぼみにはまり、たちまち靴のなかがぐずぐずになった。地下鉄の入口が、彼女の目の前で熱い息を吐き出していた。赤と青の丸いロゴマークが、病院のサインのように、ここから立ち去れと警告した。なぜこんなことをしているのか？　なぜなら遠い昔、彼女は地下にもぐったことがあり、とりあえず生還したものの、彼女の一部がまだ地上に戻っていないからだった。地下のあの場所に眠る真実を、何か新しい物語がいまだ書かれずにいることを、直感したからだった。このまま地上に留まっている限り、何も解決しないからでもあった。前に進むには地下に行くしかない、そう思えたのだ。

息をつめて手すりにつかまると、自らを奮い立たせて一段、また一段と階段を下りはじめた。彼女を体の不自由な人と思ったのだろう、ロンドン市民たちは流れるように脇をすり抜けていった。まあいいさ、どう思われようが構うものか。階段を下りきったときには心臓が肋骨《ろっこつ》の内側を激しく打ちすえていたが、そのまま一直線にタイル壁に埋めこまれた切符の自動販売機に向かった。どうにかクレジットカードを差しこんだものの、どのボタンを押せばいいのか見当もつかず、象形文字のような表示画面をあちこち虚しく押しまくった。ざらつく恐怖がうなじを走り、出口を高らかに歌う白タイルのほうに吸い寄せられそうになった。だが引き返すわけにはいかなかった——地上にあるのは、ひとけのない部屋で揺れる嫉妬深い輪縄だけなのだ。

彼女は壁を背にへたりこんだ。

「どうしました？」

目を上げると、シーク教徒と思しき男が目の前にいた。絹のようにつややかな髪をピンク色のターバンで包んでいる。彼が言った。「大丈夫ですか？」

「駄目みたい」

「手を貸しましょうか？」

「ええ」

彼は自らのカードを出してアリスの切符を買うと、親切にも、改札を通過したあともつきそってくれた。

「どこまで行くんですか？」

この問いに対する答えは考えていなかった。シャーロットのオフィスはどう行けばいいのか？　彼女は困り果て、かぶりを振った。「あなたはどこに？」彼女は言った。

彼は頭をひょいと上に向けた。「ぼくですか？　これから仕事に行くんです。ルイシャムまで」

「あら、奇遇ね。わたしもルイシャムなの」

彼女は彼の腕につかまると、介助されながらプラットホームへの階段を下りた。木のベンチにすわって電車を待つ。なんだか子供のころに戻ったような気分だった。まだずっと手前を走っている電車の振動でプラットホームが揺れると、彼女の心臓も同じように遠くのほうで激しく揺れた。足の周囲の濡れた部分が小さくなった。プラットホームの汚れたコンクリートに彼女がつけてきた足跡はすでに消えかかっていた。「あなた、お名前は？」彼女は言った。

「フィル」

「わたしはアリス」

「よろしく」

「親切にしてくださってありがとう」

「なんてことないですよ」彼は携帯電話を取り出し、すぐに溜息をもらした。電波が届かないことを思い出したらしい。「気分はよくなりました？」

「お仕事は何をなさっているの、フィル？」

「医療技士です」彼女は、彼がはいている緑色のスクラブパンツに気づいていたが、昨今は誰もが手術着を愛用するご時勢だ。「大学病院で」

「仕事は面白い？」

　彼が笑い声をたてた。「まあまあかな。大体が手術室の準備とかそんなことをやってます。あなたは？」

「作家なの。だった、と言うべきかな」

「あなたの本を読んだことあるかな？」

「さあどうかしら。アリス・エメンターラーをご存じ？」

　彼はかぶりを振った。先端で鼻筋がすっと消えてしまう繊細な高い鼻をしていた。「申し訳ない、好みはどっちかというとSFとかそっち方面に偏《かたよ》っているもので。有名な作家さんなんでしょ？」

「まあね」

「すごいな」

　ふたりのあいだに流れる沈黙も、金属同士がこすれ合う音で破られた。フィルは口を開きかけたが、言おうかどうしようか決めかねているふうだった。それからようやく切り出した。「作家と見こんで、ひとつ訊いてもいいですか。こういうのが本になりそうかどうか教えてもらいたいんです。二年ほど前からぼくと技士仲間数人で、手術で患者の体内から取り出したものを写真に撮ってコレクションしていましてね」

「へえ」

「体内から出たといっても尻の穴から出てきたものじゃありませんよ、それもなくはないですけど。ぼくらのコレクションの対象は人が呑みこんだ異物です。これが胃壁を傷つけたりして体内で悪さをするわけです。摘出した品々をぼくらは袋に入れて廃棄するんですが、同僚のキースジーという奴がこう言い出しましてね。なあみんな、摘出したものを写真に残しておかないかって。例えばこんな女性がいました。高齢のご婦人で、胃の不調を訴えて来院したんです、いいですか？　なんと胃のなかに小さな木琴《もっきん》がはいっていたんです。どうやら子供のときに呑みこんでしまい、以来五十年間、そのままで何の支障もなかったのに、ある日こいつが急に暴れ出したってわけです」彼は目を上げると、トンネルの奥のほうに覗く電車のヘッドライトの光に目をやった。アリスが気づくより一瞬早かった。「こんなことをしているのがバレたら、刑務所行きでしょうね。かなりの破廉恥行為ですから」

「誰にも言うつもりはないわ」

　彼はにやりと笑い、身をすり寄せた。「実を言うと、ぼくらは匿名《とくめい》でツイッターを始めていましてね。すでにフォロワーが千人もいるんです。で、考えた、これを本に、つまり、ちょっとした写真集みたいなものにできないかって」

「まさか本気じゃないわよね」

「本気ですよ。この携帯電話にも何枚かはいっているから、よければお見せしますよ」彼は幼い子供のように誇らしげに写真を呼び出した。どれも小さなものばかり――笛、グレープフルーツジュースのボトルキャップ、兵士のフィギュア――体内の粘膜に覆われたこれらの品々が愛おしげに写真におさまっていた。「ご感想は？」

「気持ち悪い」彼女は言った。「でもすごいわ」

　アリスの反応に、彼女の顔に浮かぶ笑みに気づいて、フィルは相好《そうごう》を崩した。彼はアリスのことをずっと気にかけていたのだ。助けが必要と思われる人に手を差し伸べようとしているのだ、とアリスにもわかった。

「ねえ、もし時間があるなら、病院に寄っていきませんか。ぼくらのささやかなコレクションをお見せしますよ」

　電車がトンネルから姿を現わした。車体前部に埋めこまれた黄色いライトが、駅から駅へと運ばれていく贈り物のようだった。いま生きているこの瞬間が新たに生まれ変わり、胸に吸いこむ饐えた空気が新鮮な春の香りに変わる、そんな気分を味わうのは久しぶりのことだった。前に進むには下に下りるしかない。

「ええ」彼女は言った。「見せてちょうだい」

15　ノア　二〇一〇年

アリス・エメンターラーから、〈ネヴァーシンク〉について取材させてほしいとメールが届いたとき、ぼくは驚いた。彼女とは家族の集まりで一、二度顔を合わせただけだったし、さほど親しいわけでもなかった——なにしろむこうは十五も年が上なのだ。もちろん彼女のことは知っていたが、ぼくにメールを出そうと思い立ったこと自体ちょっと意外だった。それに、ぼくの話が役に立つとも思えなかった。彼女がこっちの事情をどこまで知っているのか定かではないが、かいつまんで言えば——ぼくはさっさと逃げ出し、以来ずっとあそことは距離を置いているということだ。そう返信したところ、いずれにせよ、仕事の打ち合わせがいくつかあってＬＡに行くからランチを一緒にどうか、と言ってきた。喜んでつきあうと返事した。いつ、どこにします？

ぼくのアパートメントにほど近いモロッコ料理の店〈ロス・フェリス〉でぼくらは落ち合った。彼女は、グーグル検索で見つけた著書のカバー写真やトークイベントのスナップ写真から想像していたより、ずっと若々しかった。直接会ってみると思いのほかエネルギッシュな人はいるわけで、そういうことは写真からでは伝わってこない。ぼくはフルーツティーを注文し、ふたりは歩道に出ているテーブル席におさまった。アーニーはぼくの足元に腹這いになった。前の晩、アドリブの練習があって寝るのが遅くなったから頭がぼうっとしていたのだろう、彼女にこっちでの暮らしぶりを尋ねられると、大学時代から今日に至るまでの十年間、ロサンゼルスでどう過ごしてきたか――映画の脚本を書いていること、芝居に出ていること、〈ヴァーモント〉という店でバーテンダーをやっていること、去年一緒に暮らしていたガールフレンドが出ていってしまい、いまはイーグルロックのごみ溜めみたいな部屋で犬と暮らしていること――などを洗いざらいしゃべっていた。ここしばらくは、ラム酒のボトルに描かれているあのキャプテン・モルガンばりの海賊ルックでバイトも続けている――〈フッティーズ〉とか〈４１００バー〉なんかだと一晩で三百ドルは稼げるんだ。結婚式前の女子会とかにお呼びがかかったら、写真を撮ってやったり、短剣の上に乳首型のバターを並べて振る舞うってわけ。これのお蔭でニューヨーク州立大の芸術学部ティッシュ・スクール・オブ・アートに通えたし、いまも月五百ドルずつ学資ローンを返済している。なんだか惨めったらしく聞こえるかもしれないけど、結構楽しくやっている。歌にもあるだろ、気分はまさに〝アイ・ラブ・ＬＡ〟だ。

　雑談はここまでとばかり、彼女は小型レコーダーをテーブルにセットして言った。「ところでノア、向こうでの子供時代はどんなだった？」

「リバティ、それとも〈ネヴァーシンク〉でってこと？」

「その両方」

「さあ、どうかな。たしかに気味の悪いところもあったけど、それなりに普通だったと思うよ」

「具体的には？」

「つまりさ、あなただって子供のころは似たようなものだったんじゃないのかな、どんなふうだろうと、それが普通だった。子供時代を火星で過ごしていれば、それが当たり前と思うだろうしね」

「そりゃそうだけど、気味が悪いというのはどんなところが？」

「あなたも行ったことがあるよね」

「ええ、あるわ。少し調べたいことがあるから、もう一度行ってみるつもり」

「とにかく気味の悪いとこだよ。大人になって、あそこの歴史を知れば知るほど――」ぼくは自分でも何が言いたいのかわからなくなってしまい、尻つぼみになった。アーニーが足元で、自分たちがいまいる場所を思い出させようとするみたいに姿勢を変えた――ここはロサンゼルス、きょうは素晴らしい日和だよと。

　彼女が言った。「何か妙なものを見たことはある？　あるいはそういう噂を聞いてない？」

「例えばどんな？」

「何でもいいの。例の殺人事件のこととか」

「特にないな。ぼくが子供のころは、そういう話は基本的に出なくなっていたからね」

「誰それが犯人かもしれないというような噂はあった？」

「そりゃああったさ。憶測はしょっちゅう飛び交っていたよ。父さんなんかは、よそから来た人間の仕業だと思ってたんじゃないかな」

「それってどういうこと？」

「休暇でホテルに泊まりに来た都会からの旅行者とか、あの辺に親戚が住んでいる人じゃないかって」

「あなたはどう思う？」

「それをネタに本でも書くつもり？　探偵ごっこをして、事件の謎を解こうってわけ？」

「別に法に訴えたいわけじゃなく、ただものごとを整理してちゃんと納得したいだけなの。殺人事件のことも、わたしの身に起きたことも含めてね。でもそれとは別に、あのホテルの何十年にもわたる歴史やわたしたち一族のことも盛りこむつもり。まだどうなるかわからないけど」

　計画を口にしながら彼女は紅茶を注ぎ足し、ぼくが注文したねじりパンをかじっては、指を粉砂糖だらけにした。そんな彼女を見ているうちに、ぼくらはこんなふうに出会う運命だったんだという妙な気分になっていた。これは大事なことなんだ、あらかじめ定められていたことなんだって。彼女の話が一段落したところで、ぼくはいま思ったことを口にした。すると彼女は明らかに、そんな考えは馬鹿げていると思ったらしい。運命なんて信じちゃいないぼくだけど、様々なことがひとつの目的のもとに引き寄せられでもしたように感じることがたまにあるんだ。そんなふうに感じるのは、ＬＡに潜むプラス思考のエネルギーが乗り移ったか何かしたせいなのかもしれない——知り合いの役者たちにも、こういうのを信じている連中がいて、目指す役をすでに手に入れた気になってオーディションに臨むことで、自分のチャクラだかなんだかを引き寄せられるって言っているしね。北東部からこっちに移り住むには頭の切り替えが必要なんだ。なにしろ東海岸の人間てのは何につけ、ものごとを否定的にとらえがちだし、皮肉っぽいし、自虐の気《け》があるからね。その点、西海岸の文化は、はっきり言って、めちゃくちゃ能天気。この能天気こそがぼくがこっちに住みつづける理由のひとつってわけ――だって人にはハッピーに暮らす権利があるんだから、自分の出自や家族や生い立ちでぱんぱんに膨らんだスーツケースを一生引きずって歩くなんてまっぴら御免だよ。父さんの生き方がまさにそれ、父さんにはとことんがっかりさせられたね。

ぼくがそんな話をすると、彼女は言った。「レンの何がそこまで落胆させるの？」

「時間はまだある？」

「いくらでも」

というわけでぼくらは、ぼくのお気に入りの店のひとつ、メキシコ料理店〈カシータ・デル・カンポ〉で晩めしを食べた。マルガリータの二杯目のピッチャーに移るころには、レコーダーのスイッチは切られ、ただ話すだけになっていた。世の中のこと、お笑い業界のこと、LAのこと、書く仕事のこと、その他諸々。〈ネヴァーシンク〉について書こうという気になったきっかけをぼくが尋ねると、彼女は、三年前に自殺しかけたことを打ち明けた。そんな彼女を救ったのが、彼女の言葉を借りれば、下に向かうこと、どんどん下降しつづけること、という発想だったんだそうだ。彼女は、自分の身に起こったことやホテルのことなど、一切合切をとことん掘り下げる必要がある、そうすることで前向きに生きていけると語った。

ぼくは言った。「だったらぼくのやり方を試すべきだよ――ただひたすらできるだけ遠くまで逃げればいい」

「そんなのとっくに試したわよ。でも、まるで効き目がなかったわ」

彼女の黒い瞳が、テーブル上部に突き出た装飾的な燭台型照明の光を受けてきらめいた。ぼくは何としても彼女に認められたい、彼女を喜ばせたいという猛烈な願望に突き動かされた。「これマジだからね、アリス。できる限り協力するよ」

食事のあと、ぼくらはぼくのアパートメントに戻り、ぼくはアーニーを散歩させ、それからアリスと音楽を聴きながら葉っぱ《グラス》をちょっとばかり楽しんだ——ぼくはグラスという呼び方が気に入っているんだ、ダサいし七〇年代っぽいんでね。そう言うと彼女は笑い声をたてた。耳に心地いい、抑制の利いた声だった。ぼくはドイツのロックバンド、カンのアルバム『エーゲ・バミヤージ』をかけた。ハイになりたいときに無性に聴きたくなるんだ。するとぼくの想念は、あの地下室で彼女の身に降りかかったこと、それが様々な意味で彼女を破滅に追いこんだこと——取り返しがつかないほどのダメージだったと彼女は言った——へと引き戻された。何不自由なく幸せな人生を送っていた幼い少女がそんなダメージを受けたと思うと、ぼくは泣けてきた——自分がアリスの話に登場する傷ついた子供になったみたいにすすり泣いていた。

「ノア」彼女が言った。

「ごめん」

「いいのよ。こっちに来て」彼女はそう言うと、ぼくの頭を抱き寄せて膝の上で優しく揺らした。

ぼくらはその週を愉快に過ごした。なぜかアリスに——これは彼女の滞在しているホテルのプールでビールをしたたか飲んだあと、彼女にも告げたことだが——ぼくがずっと求めていた姉を、いつもよそよそしかったスーズとは違うものを感じていた。彼女は、それは光栄ねと言うと、ぼくを上から下まで眺め回し、あなたって一度も飼えずに終わったマーモットみたいだとからかった。それ笑える、コメディアンになれるよとぼくは返した。次の日の夜、ぼくはバーテンダーのバイトに出かけた。すると彼女が店にやって来て、初めて会うような顔をしてフレンチ75（シャンパンとジンでつくるカクテル）を注文した。それからぼくの携帯メールに「めっちゃ笑える」と送ってきた。次の日は彼女のレンタカーでマリブに繰り出し、トパンガ・キャニオンの道路脇の屋台でサクランボを買った。ぼくはサクランボを袋からつまんでは口に運び、種を丘陵の斜面にポイ捨てしながら、このうちのどれかが根っこを出して桜の木に育ったら素敵だなと思った。

彼女がロンドンに戻る日の前日、アリスはぼくの出演する〈ラーフ・ファクトリー〉（スタンダップ・コメディのライブハウス）に来てくれた。毎週水曜日は、三十人ほどのお笑い芸人が五分の持ち時間を与えられ、次々にステージに上がるんだ。内容はかなりいい加減だし、ステージ前の席ではたいてい大勢の酔っぱらった客が私語をやめないんだけど、それでもぼくはしっかりステージをこなしたよ。なぜぼくはプロのバスケ選手をやめたのか、なにゆえ試合への情熱を失ったかについて、脱力ジョークを延々としゃべりまくったってわけ。

そのあとバーでふたりきりになると、彼女は言った。

「超ウケたわ」

「そう言ってもらえると超嬉しいな」

「超どういたしまして。でも言わせてもらえば、あなたってお笑い芸人ぽくないよね」

「そうかな？」ぼくは言った。「カーリーヘアのデブっちょだよ？　いかにもだと思うけどな」

「まあそれはそうなんだけど、でも、あなたには悲壮感がないのよね。お笑い芸人は知り合いに何人かいるけど、彼らみたいにひねくれてないし、自殺しかねないほど鬱屈してるわけでもないしね」

「鬱屈してなきゃならないなんて、そんなのでたらめだよ」

「そう？」彼女はグラスに口をつけた。

「つまりさ、いい溶接工になるのに鬱屈してる必要なんてある？　フィギュアスケートの選手はどうなのさ？」

「そりゃそうね、その違いはわかっているようね」

ぼくは笑いとばした。「ぼくはハッピーでいたいんだよ、文句ある?」

「あなたの問題はそこね」彼女は言った。「だからうまくなれないのよ」

そのとき別の出演者が通りかかり、グラウンドリングス（LAに本拠を置くお笑い芸人集団）のひとりがコールドウォーター・キャニオンでパーティを開くから一緒にどうかと誘ってきた。それで支払いをすませて車に乗りこむと、ぼくらはそっちに向かった。着いてみると、ラッキーなことに建物の真ん前の駐車スペースが確保できた。なにもかもが軽薄で愉快だったが、ぼくはみんなのペースに合わせるのをやめてしまった、そう、ちょっと酔いが回っていたんだと思う。裏手のポーチで、リアーナの「アンブレラ」のメロディに合わせて煙草を回し喫《の》みしながら、ぼくは言った。「だからぼくはうまくなれないって、さっき言ったよね?」

「え?」彼女はレモンの木とゴクラクチョウカがもつれ合うように生い茂る急斜面を見おろしていた。

「さっき言ったじゃないか、ぼくはうまくなれないって」

「そうじゃないの。肩肘張ってハッピーになろうとしすぎるからうまくなれないって言ったのよ」

「なんだかめちゃくちゃな言いようだな」彼女が肩をすくめたので、ぼくはさらに続けた。「でもさ、あんたはイカれてるよ、違う? それってあんたの職業にはめちゃ向いているのかもな」

「酔っているのね、ノア」

「でも、そうだよね、違う?」

彼女は慣れた手つきで煙草をポーチに弾き飛ばすと言った。「わたしが言いたいのは、自分自身から逃げてしまうような人間にいいものはつくれないってこと。あなたは無理して何の悩みもない陽気な人間のふりをしているんじゃないのかな。それって、あとからしっぺ返しされるような気がするんだよね。まあ、それもいい経験になるんだろうけど」

「馬鹿にしやがって」
「そう、その意気よ」彼女は言った。ほかにも何か言われたのかもしれないが、ぼくは人波を掻き分けてパーティ会場を飛び出し、石段のところでいちゃつくカップルを押しのけて私道から公道へとずんずん進み、重力と酔いに任せて丘陵地を下りきるとハリウッドまで歩きつづけ、さらにサンセット大通りの〈セヴンス・ヴェイル〉（ストリップ・クラブ）の前を行き過ぎ、猫撫で声で誘いかけては笑いころげる、竹馬みたいなヒールを履いたふたりの売春婦を手で払いのけ、〈カイザーパーマネンテ〉（大手健康保険会社）と〈サイエントロジー・センター〉（宗教団体）の前をとぼとぼ進み、ようやく夜中の三時になって酔いが抜けきらぬままベッドに倒れこんだが、朝までまんじりともしなかった。

翌日、皮膚にちくちく刺さる毛織のシャツを着ているみたいな宿酔い状態のまま、アチヴァンを二錠呑みくだし、南に位置するサンディエゴまでひたすら車を走らせた。ＬＡの締めつけてくるような夏の暑さを逃れて気分は爽快だった。ラホーヤの丘陵地の高みに近づくにつれて気温は十度くらい下がった。パシフィック・ビーチの板張り遊歩道《ボードウォーク》の脇に車を停めると、アーニーを水際に連れ出した。それから対抗意識剝き出しで日光浴をしている二組のティーンエイジャー集団のあいだに割りこみ、砂浜に寝転んだ。

暑さと出がけに呑んだ鎮静剤のお蔭か、傍らのアーニーを撫でさするうちに気分が落ち着いてきて、眠りと覚醒《かくせい》の奇妙な狭間《はざま》を漂った。やがてぼくは、かなり鮮明な映像を伴い、昔使っていたコテージの寝室に舞い戻っていた。季節は冬——冷気と熱砂を同時に感じるのはなんとも奇妙な心地——風が窓の鎧戸をかたかた鳴らしていた。誰かが部屋に押し入ろうとしているような音だった。こういう風の強い夜は、一緒に寝てくれと姉のスザンナによくせがんだものだが、そのうち、もう子供じゃないんだからいい加減にしてと言われ、我慢するしかなかった。それからしばらく経ったある夜、あの男がやって来た。

眠れぬままベッドに横たわっていると、窓の外に気味の悪い黄色い光が現われた。ぼくの寝室は森に面していたので、それが何なのか見当もつかなかった。あたりが少し明るんだかと思うと、やがてまた闇が戻った。ぼくがベッドを離れようとしたそのとき、窓が開いた。現実とは思えなかった――手がぬっと現われ、続いて腕が現われ、足が一本、窓枠を乗り越えてきた。黒いブーツを履いていた。それから黒い人影が迫ってきて、すぐそこに立った――一瞬、叫ぶこともできなかった。ただじっと見つめるしかなかった、きっと悪い夢を見ているのだと思った。だが、普通は夢だと気づいた瞬間に目が覚めるはずなのに、そうはならなかった。男はただそこに突っ立ったまま、ぼくを見つめるばかり、ぼくも男を見つめ返した。それから悲鳴をあげようとしたが声にならず、ベッドに横たわったままぶるぶる震えていた。

男はベッドに近づき、覆いかぶさってきた。それからぼくの首に巻きつけた両手に力をこめ、じわじわと絞め上げた。どうすることもできなかった。ひたすら目を閉じ、観念した。そのうち息苦しさがなくなったので目を開けると、男の姿は消えていた。男がいたことを証明するものといったら絨毯に残る黒ずんだ雪ばかり、それもやがて解けて消えた。それからの一週間、一睡もできなかった。両親に話しても、悪い夢を見たのだ、それもかなり質《たち》の悪い夢を見たんだろうと言って、取り合ってくれなかった。

その後数年にわたり、男は何度もやって来たが、やがて姿を見せなくなった。あれから二十年、あいつがいまになって舞い戻り、ぼくは八歳に戻っていた。そして外のあの光を目にし、目をぎゅっとつむり、窓の開く音を聞き、何とかして彼を追い払おうとし、いまこうして体の下にぼんやり感じているような、はるか遠くの浜辺に何とかたどり着こうとした。叫ぼうとしても出るのは情けない声ばかり。手足をばたつかせ、のたうち回るうちに筋肉がつりそうになった。男はすぐそこにたたずみ、それからじわじわと近づいてきて、いまでは真上から覗きこみ、微笑みかけてきた。

日光浴を楽しんでいた両脇の娘たちは、砂浜からぱっと飛び起き二十ヤードほど先の水際まで駆けていく男に気づくと、ぎょっとなって身を起こした。ぼくは服を着たまま波間をさまよい、かなりの醜態を晒していたのだろう、やがて若いライフガードが駆けつけた。彼は日焼けした筋肉質の翼でぼくを抱えこむと、周囲からの遠慮がちな称賛を浴びながら浜にぼくを連れ戻した。人々が注目していたのはせいぜい一分程度、ぼくがアーニーを連れてボードウォークのほうに引き揚げるころには興味を失くしていた——頭のおかしな人間がまたひとり、海に吸い寄せられただけの話、見るべきものなど何もないというわけだ。全身ずぶ濡れのまま窓を全開にして車を出すと、ぼくはぶるぶる震えながらLAに引き返した。ホテルに行くと、アリスは荷造りをすませて出発するばかりだった。

「あらやだ」彼女は言った。「何があったの？」

「最初の夜に言ったよね。できる限り協力するって」

「助けが必要なのはあなたのほうみたいね」

「あなたに協力することがぼくを助けることにもなるんだ」

「なかにはいりましょう」

またしても彼女はレコーダーを回し、またしてもアーニーはぼくの足元におさまったが、今回はぼくが打ち明け話をした。男が夜な夜なやって来るようになったこと、両親に訴えても悪い夢を見ただけだと取り合ってもらえなかったこと。ぼくが悪夢を見つづけているとわかると両親はぼくをセラピストに預け、金縛りと診断されたことなどを語った。入眠時幻覚を起こす人は、部屋に誰かがやって来て押さえつけられるという幻覚に悩まされることがままあると医者は言った。医者は、『悪夢』と題された、横たわる乙女の体の上に灰色の人食い小鬼がちょこんと乗っている古い絵を持ち出しさえした。恐ろしい絵だった。だが、ちっとも気は休まらなかった。この身に起きていることが幻覚なんかじゃないとわかってしまったのだ。

それでもセラピーが数週間、数ヵ月と続くうちに、ぼくは精神科医の言うことを信じるようになった。外に光が現われると、ぼくはぎゅっと目を閉じて、別のことを——陽射しあふれる浜辺で学校の友達と遊んでいる場面とかを——考えるようにした。すると室内に響く足音も、首にかかる手も、ぼくの突拍子もない想像力が引き起こしているだけだと思いこめるようになった。考えてみれば、男が実在しているなら、なぜぼくを殺さないのか？　なぜ姉や両親を追い回さない？

そして春のある朝、そのころにはすでに、あれはただの悪夢だと思えるようになっていたのだが、なんと、その悪夢が置き土産を残していったのだ。古びた軍用の懐中電灯だった。緑色の金属でできた小ぶりの箱型で、パチンと挟んで留めるクリップが背面についていた——これが男のジャケットからはずれ、ベッドの下に落ちたに違いなかった。小さな赤いボタンを押すと黄色い明かりがぼんやりとともった。彼が窓の外にいることを告げ知らせるあの光だった。男が実在しているとわかって恐ろしくなったが、彼がぼくの産み出した幻覚ではないことを、ぼくの意識の奥深くに潜む存在でないことを知って嬉しくもあった。朝食のときに両親に伝えようかと思ったがやめにした。懐中電灯はその後もずっととっておいた。それを見つけた部屋の戸棚のなか、野球カードのコレクションをおさめた箱のなかに。

「どうして両親に見せなかったの？」

「男はあれを失くしたことに気づいたはず、ということはもうやって来ない、そう思ったんだろうな。それとね、あれを両親に見せて、それでも信じてもらえなかったとしたら？　それ自体が悪夢そのものだろ？　もしも信じてもらえなかったら——今度は自分で自分がますます信じられなくなってしまう、そんなのめちゃ怖すぎるよ。言っている意味、わかるかな？」

　彼女はうなずいた。「よくわかるわ」

　ここでぼくはポケットに手を入れ、例のもの——懐中電灯——を取り出した。スイッチをオンにすると、室内が不気味な光に包まれた。「あれからずっと持ち歩いているんだ。何十年も経つけど、まだちゃんとつく。これはぼくの正気を証明してくれるもの、自信を与えてくれるものなんだ。だってぼくは間違っていなかったんだから。あれっきり奴は一度も姿を見せていないけどね」

　彼女は懐中電灯をぼくの手から取り上げると、目の前に持っていった。「これ、地下室で見た憶えがあるわ」

「じゃあ同一人物だったんだね」

「そうね」

　彼女は立ち上がると、部屋に備えつけのプラスチックカップにワインを注いだ。エアコンの微《かす》かなうなりを聞きながら、ぼくらはワインを飲んだ。「わたしがいま書こうとしているものは、わたしたち一族を傷つける内容になると思うの。そこをわかっててね、いい？　あなたに不意打ちを食らわすような真似はしたくないの。あなたのことが好きだから」

「ぼくもあなたが好きだ」窓の外では、隣のビルの屋上にずらりと並んで止まっていた鳥がいっせいに飛び立ち、その影が水のように落下した。「だから、家族が傷つくことになっても目をつぶるよ」

「本当に？」

　アーニーが足元で体の位置を変えた。ぼくは目元をぬぐい、息を吸いこんだ。「あの場所は不吉だよ。みんなして何かを隠蔽《いんぺい》しているような気がするんだ。長いあいだ何かをずっと隠しつづけてきたんだろうな。誰がぼくらにあんなことをしたのか、ぼくだって知りたいよ」

　彼女はスーツケースをロビーまで転がしていった。ぼくはアーニーと一緒についていった。空港への送迎車《エアポート・ウーバー》はすでに到着していた。ぼくらはいま一度ハグを交わし、彼女は去っていった。そして自宅に戻ったぼくは、彼女が懐中電灯を持ち去ったことにようやく気づいた。

16　アンサンブル　二〇一二年

　朝の八時、すでにコテージ前の地面は雪の毛布にすっぽり覆われていた。雪は一夜のうちに窓の下枠やガラスの縁にも降り積もり、室内を心地いい閉鎖空間に仕立て上げていた。レンは窓に貼りつく雪の隙間から〈ネヴァーシンク〉本館の側面を覗き見た——そこに広がる一枚の純白の毛布。雪はすべてのものを見境なく覆い隠してしまうのだな、とレンは思った。降っているのは湿ったぼたん雪、どこにでもたちまちくっついてしまう雪である。あと四時間もすれば、雪は長年にわたり放置してきた怠慢の跡や、落書きや伸び広がる葛《くず》の蔓《つる》や荒廃を隠蔽し——建物全体を粉砂糖をどっさり振りかけた巨大なバースデーケーキに変えているはずだ。レンは火をおこすと、古いジャズのレコードを何枚かかけた。マイルス・デイヴィスの『スケッチ・オブ・スペイン』、『カインド・オブ・ブルー』、『エタ・ジェイムズ・シングズ・フォー・ラヴァーズ』。

紅茶を飲みながら、今日予定されているアリスの来訪が天候を理由に中止になればいいのにと思った。彼女は先月何度も電話をよこし、次から次へと留守電にメッセージを吹きこんでいた。だが、電話に出てしまったら、身内の女性に対して無下《むげ》に〝ノー〟とは言えなかった。わかったよ、日曜の午後遅くならかまわない、そうレンは応じた。嫌な予感はあったが、そのくらいはすべきだろう。彼女はこのホテルについて、というか、このホテルにまつわるエピソードを本にまとめているところだと言っていた。かつて彼女の身に起こったことを思えば、喜ばしい内容になるとは思えなかった。彼女はあくまでも「中途半端になっていることにけりをつけたいだけ」と言っているのだが。

電話が鳴った。珍しいことだった。「もしもし」

「ソールだ」

「ソール！」ジャヴィッツとは五年ぶりだった。その間、顔を合わせたことも話をしたこともない。声は昔のままだった。鼻にかかったそっけないその口調に、瞬時に懐かしさがこみ上げた。互いの近況を伝え合いながら、レンはキッチンに行ってコンロにやかんをかけた。

「ところでレン」ソールが唐突に切り出した。「実は話があるんだ」

「なにを改まって。いまこうして話しているじゃないか」

「電話じゃ駄目なんだ」

「わかった、なんだか謎めいているな」

「そっちに行ってもいいかな？」

「え、今日ってこと？　予報じゃ十二インチは積もるって話だぞ、それ以上かもしれないし」

「もう家を出てしまったんだ。昼ごろ時間はとれるかな？」

「ちょっと待って、調べてみるよ」アリスが来ることになっている五時までは、これといった予定はなかった。実際、ゴルフ場を娘に任せてからこっち、公的には隠居の身、用事と呼べるようなものはたいしてない。だが、そこは益体もない自意識に凝り固まった体裁屋のレンのこと、こっちはただお茶を飲んでコルトレーンやなんかを聴き、ぼんやり雪を眺めている暇人ではないと思わせたいのだった。彼はテーブルの上の電話帳をわざと音高くめくりながら言った。「ああ、昼ごろなら空いているな」

「じゃあそのときに」

　ジャヴィッツは昔と変わっていないなとレンは思った。いったいどんな用があるというのか？　ソール・ジャヴィッツとは、ほかのみんなと同様、ホテルの廃業からこっち、次第に交流もなくなっていった。しばらくは連絡を取り合い、たまに会ってビールを飲むこともあったが、ジャヴィッツと彼の女房（何年も前に〝ソールの奥方様《レディ・ソール》〟なるあだ名をつけたのはレイチェルだった）がリバティを離れ、国内のどこか遠い土地に引っ越した時点で会うこともなくなった。レディ・ソールが五年前に他界したとき、レンはレイチェルと一緒に葬儀に参列した。葬儀後の追悼の集まりでワインのグラスを傾けながら、レイチェルとレンはジャヴィッツがひどい顔をしているということで意見が一致した。それは悲しみでやつれたというのでなく、老いのせい、ひどく老けこんでしまったという意味だった。いまその男がどんなふうになっているかは想像するしかなかったが、じきに来るのだから想像するまでもないかと思った。

　正午きっかりにジャヴィッツはやって来た。外見は予想を裏切らなかった。赤ワイン色のベロア地の厚ぼったいスウェットから突き出た老いた頭部は、立派なクッションに載せて運ばれてきた特大の胡桃《くるみ》を思わせた。彼はぱんぱんに膨れた茶封筒を抱えていたが、これを何の説明もなくソファに置いた。レンは思った——ジャヴィッツは用件にはいるまでの脱線話が異様に長いしゃべり魔だ——まずは好きにしゃべらせておけば、そのうち茶封筒の中身を明かすだろう。彼はブーツを蹴立てて雪を払うと、レンと握手を交わした。自分がジャヴィッツをどれほど好いていたか、会えなくなってどれだけ寂しかったか、レンはしみじみ思い返していた。それだけ長い歳月が流れたということだった。

「コーヒーでいいかな」レンは言った。

「ビールがいいな」

「数年前からやめているんだ。気を許したら一日じゅうだらだら飲んでしまうからね」

「またなんで？　いまじゃ好きなだけ、飲みたきゃ一日じゅうだって飲んでいられる御身分じゃないか。誰に止められるわけじゃなし」

「だからだよ。このごろ肥満気味でね。スーズが気にするもんだから」

「スザンナはどうしてる？」

「ああ元気にしてるよ。ゴルフ場の運営を任せているんだ。信じられないと思うが、地元の警官とつきあっていてね」

「本人が幸せなら結構なことじゃないか、だろ？　自分にもそう言い聞かせているんだ、どこまで信じているかといえば自分でもわからんけどね。だが、どうしようもないだろ？」

「ああ、そうだとも。あの子ももう三十七だ、信じられるか？」

「うちのサマラなんて六十過ぎだ。まったくびっくりだよ」

「参ったね」レンは笑ったが、ジャヴィッツが節くれだった指をしきりに揉みしだく様子から、何か気がかりなことがあるらしいと見て取った。「おいソール、飲み物は本当にいいのか？」

「実は、話しておかなきゃならないことがあるんだ、どうしたもんかわからなくてね。といってほかに手は思いつかないし。電話じゃとても無理な話なんで、ここまで来たというわけだ。だが、来てはみたものの、何から話せばいいのやら」

自分の女房の葬儀のときですらあれだけよく舌が回っていたジャヴィッツである——その彼が言葉を探しあぐねているらしいこと自体、不安をあおった。レンは言った。「何があったんだ？」

ジャヴィッツは大きく息を吸いこむと、窓の外に長々と目をやった。冬枯れの木の枝から、雪が青ざめた綿菓子のように垂れ下がっていた。「わかった、話すよ。アリスから連絡があっただろ？」

「エメンターラーのことか？」

「ああ」

「そうか、実は今日の午後、五時ごろに彼女と会うことになっている」

「会っちゃ駄目だ。断るんだ」

「ソール、いったいどうしたんだ？」

「おお、レニー」ジャヴィッツのしなびた頭ががくんと垂れた。「わたしがヘマをしてしまったんだ」

遠くの丘の頂上付近で、ホテルの破風《はふ》に積もった雪が雪崩《なだれ》を起こし、砕け散った雪が風にあおられ渦《うず》を巻いた。レンはすさまじい恐怖に襲われた。隠されていた大きな何かが眼前に姿を晒そうとしているようだった。彼は言った。「いいから話してくれ」

それから三十分、ジャヴィッツは語った。語り終わったところで彼は茶封筒をレンに差し出した。「ここに全部はいっている」と彼は締めくくった。「本当にすまない」

「もう帰ってくれ」レンは言った。

「レニー、わかっているだろうが、わたしはあんたを愛しているんだ、あんたのおふくろさんのことも愛していた。そいつに目を通したら電話をくれ、わたしに何かできることがあれば――」

「とっとと失せろ」レンは声を荒らげた。さらに何かわめいたようだったが、すでにジャヴィッツはレンの罵声から逃れるようにドアの外に飛び出し、低い隆起を踏み越え、乗ってきたトラックにおさまりキーを回してエンジンをかけていた。見ればレンは外に出ていなかった。あんな大声でいまもわめきつづけているのか、それともこれはジャヴィッツの頭のなかで鳴り響いているだけなのか？　タイヤが空回りすること二、三秒、タイヤが雪面をしっかり咥《くわ》えこむと、車は尻を振りながらも、どうにか幹線道路に向けて発進した。バックミラーにぬっと映りこんでいたホテルの白い巨体も、螺旋を描く道路の最初のカーブを曲がりきったところで木立の背後に姿を消した。その瞬間、はたと気づいた――ホテルはこれが見納め、レンとも二度と会うことはないのだと。思考の流れに悶々としながらも運転に気持ちを集中させた。無事に自宅にたどり着きたかった。ニューバーグまでの道中はひどいことになっているはず、混乱の極みだろう。彼はハンドルに覆いかぶさるような姿勢をとった。わずか数インチでも身を乗り出すほうが方向をより正確に見定められるとでもいうように。だがそもそも速度は時速二十マイルしか出ていなかった。このまま車体が横滑りして右手の渓谷に優雅に落ちていくなら、それはそれでいいのかもしれない。

「まったくおまえってやつは」彼は自分に向かって毒づいた。

なにしろ旧知の友を裏切ってしまったのだ。しかもその人を身の破滅に追いこみかねない事実を告げてしまったのである。それもこれもアリスのせいだった。一年前、アリスはジャヴィッツに連絡してくると、ノアから聞いたという話を聞かせ、自分なりにたどり着いたという結論を口にし、そうやってジャヴィッツの頭に種子を蒔いたのだった。知っていることを教えてくれと彼女が言うので、ジャヴィッツはさっさと厄介払いしたいばかりに、あの件は調べがついているとロを滑らせてしまった。七〇年代、あのルーシーという女にもそっくり同じことを言い、その後は余計な詮索もせず、事件のことは頭から締め出し、日々やるべきことに専念した。ホテルで働き、子供たちを育て、ジーニーの死を悼《いた》み、自宅を修繕し、ホテルの後始末を手伝い、ヘッダとささやかな休暇旅行に出かけ、ここ数年は孤独なやもめ暮らしを送ってきた。なのに、ルーシーがホテルに持ちこみ、その後彼がすぐさま地下室にしまいこんでいたあの黄色いファイル――新聞記事のマイクロフィルムのコピー、警察の捜査報告書――をデスクに広げて目を通すうちに、この自分はルーシーにした空約束をようやく果たそうとしている、彼女が四十年前に着手した調査にけりをつけようとしているのだという気がした。すでにリバティ署を退職している知り合いの警官たちや、オールバニー在住の殺人事件専門の特ダネ記者に話を聞いてまわった。さらには不動産や銀行口座の記録を調べ上げた。そうやって調べたことをつなぎ合わせていった。単に退屈していたからなのか、自分もまだ捨てたもんじゃないという自負心がそうさせたのか？　ともあれ行き着いた結論には説得力があり、真実のにおいがぷんぷんした。関連性を明確には指摘できないものの、一見無関係に見える細部同士がシリンダー錠の回転金具のようにかちりと噛み合うような手ごたえがあった。そのときルーシーの言ったあの言葉が鳴り響いた――〈子供たちは神隠しにあったわけじゃないんですよ。なのにどうして、自分のやるべきことをやらないの？〉。以前も職務を果たす寸前まで行ったのだ。ちゃんと調べてみよう、ジーニーに相談してみようという気にせっかくなったのに、踏ん切りがつかず、しばらく様子を見たほうがいいと自分に言い聞かせ、結局はやめてしまった。そうこうするうちジーニーの容体が悪化し――死の床に就き――そうなると彼女にはとても切り出せず、その後彼女が亡くなると、ある意味、これで問題は解決したという気になっていたのである。だが、目の前に並ぶ証拠資料を眺めるうちに、己の本心を認めないわけにいかなかった――単に知りたくなかっただけ、これっぽっちも知りたくなかった、知らないほうが楽でいられるから職務を全うしなかったのだ。いまこうしてハンドルを握るあいだも、フロントガラスに吹きつけてくる雪の白いきらめきが、ダイニングテーブルに散乱する、真実を告げる紙のように見えた。静まり返った自宅でこれらの物証に何度も繰り返し目を通しながら、この身が情報の鎖となって、死者の口から生者の耳へと伝達しているような気分だった。真実の仲介者。もうやめにしようと何度思ったことか。だが、真実は何十年経とうがしぶとく生き永らえ、彼が突き止めるのを辛抱強く待っている――その思いが彼の背中を押しつづけた。真相を蒸気のように四散させてしまうのは不当に思われた。彼が死ねば真相はうやむやになってしまう。当年八十七歳、正直な話、あとどれだけ生きられるのか？　そんな思いが彼を何カ月も苦しめ、夜も眠りを妨げた。それでとうとうアリスに電話を入れた。犬のごとくアリスの要求に従った。待ち受ける彼女にうまみたっぷりの骨を差し出し、そうすることで旧知の友を破滅に追いこんだ。

「貴様らなんか地獄に堕《お》ちてしまえ」ジャヴィッツはいま一度、自分自身を、アリスを、レンを、ジーニーを、アッシャーを、〈ネヴァーシンク〉を、そして神を罵った。それを口にした途端――神が彼の暴言を聞きとがめ、すぐさま猛反撃に打って出たかのように――道路が一瞬のうちに消滅した。

前方にまっすぐ延びていたはずの道路は、大きく平坦な雪の吹き溜まりに一変した。薙ぎ払われた道路が上に移動したかと思うと、右手に消えるのを目の端がとらえた。ハンドルを思いきり切ったが時すでに遅し、車体は横滑りして雪の壁に突っこんだ。一瞬、素晴らしく優雅に停止したように思えたが、すぐに車台《シャシー》が何かを強くこすり、ジャヴィッツの頭部がハンドルに激突した。数秒間、何がなんだかわからぬままシートにすわっていた。股間から覗くビニールの座面を、壊れた蛇口のようにしたたり落ちる鼻血が汚した。おそるおそるアクセルを踏みこんだが、タイヤは無駄に空回りするばかり。バックミラーを覗くと、白一面の長い坂道がはるか遠くの墨色の松林のほうに延びていた。見れば車体は坂の上りから下りにかかる境に引っかかっていた――断崖の際《きわ》ではないものの、すぐ向こうは急勾配――タイヤは地面から浮いていた。携帯電話を取り出した。圏外だとわかっても驚きはしなかった。送風口からの熱風を顔面に受けながら、いくつかの選択肢を検討した。賢いのはほかの車が通りかかるのをこのままじっと待つことだろう、それはわかっていた。彼は目を閉じると、ずきずきうずくほてった頭部を冷たいドアフレームにもたせかけた。じっと待つ。思えばヘッダが死んでからこっち、待つ以外のことをしてこなかった。一切合切をやめてしまった――ジョギングをやめ、自宅の修繕をやめ、庭仕事もやめ、人との交流も断ち、料理も掃除もやめてしまい、やることといったら日がな一日テレビの前でぼんやり過ごし、サマラとは週に一度、チャーリーとは月に一度、話をするだけだった。ただ待つだけ――いずれ必ず訪れるはずのものを。だから探偵の真似事にもアリスにも、そしてレンを訪ねていくことでさえ、これ以上ないほどの胸の高鳴りを何年かぶりに覚えたのだった。身の毛のよだつことでしかないというのに、ぞくぞくするほどの生気がみなぎり、すこぶる有意義なことをしている気分だった。忙しく動き回った。ところがここに来てまたしても、待つだけの身になってしまった。ドアにもたれて体を縮こませながら、五歳のときにウィホーケンの〈ウールワース〉で母のそばを離れたときのことを思い出した。愉快な鬼ごっこくらいの気持ちから始めたことが捨て子という悪夢へとたちまち変化し、その絶望感から値引きになったコートの掛かるラックの裏に隠れずにいられなくなった。あそこにあった安物コートのツイード地が顔にちくちく当たる感触は、安らぎを何ひとつもたらしてくれないあの感触は、いまも生々《なまなま》しく憶えている。それで結局は観念して立ち上がり、助けを求めることにしたのだった。いま現在の彼もまた、行動の手順を深く考えもせずにドアを押し開けると、不実なタイヤの轍をたどりながら道路に引き返した。厚く積もる湿った雪が古びた防寒ブーツの下でぎしぎし鳴った。フードを頭に引きかぶった。前かがみになると、ぽたぽた垂れる血が白い地面に赤い点線を描いた。道路があるはずの雪上に自分の血で轍を描いていく——これが不思議と気分をよくしてくれた。自分が強くなった気がした。気温は零下六度あたりといったところか。だが北国育ちの彼は、この程度の寒さは屁でもなかった。妻は年をとるにつれて病弱になっていったし、友人たちの多くはアリゾナやフロリダに引っこんでしまったが（そういえば去年、サンダーから絵葉書が届いた。ということは、奴はいまもどこかの沼沢地で案外元気に暮らしていて、この二十年、彼の娘が営む熱帯植物農場で働いてきたのだろう）、しぶとい雑草のごときミスター・ジャヴィッツは老いてますます意気軒高《けんこう》だ。とはいえ寒さは身に堪《こた》えた。零下十度以下。顔がひりつきだすのがそのくらいの温度だし、いままさに顔がひりついていた。いや、この痛みは何かにぶつかったためではなかったか？　そうだ思い出した、車を駄目にしたのだった。そこで後ろを振り返ってみたが何も見当たらず、白一色の世界が広がるだけだった。車はどこだ？　眼前の大気に浮かぶ自分の呼気が名案をもたらした。そうだ、オナワンダとかいう最寄りの町まで歩いていけばいいじゃないか。せいぜい三、四マイルの道のりだったはず。若いころに行ったことがあった。あそこの簡易食堂は記憶にあった。テーブルの天板は斑入りのフォーマイカだった。きらめく雪の塊がすぐそばの小さな崖のでっぱりから、音もなく、いくつも落ちてきた――彼の頭のなかもそんな案配だった――何かを脱ぎ捨てるような、何十年にもわたる習慣や想念のかさぶたを剝がすような感覚だった。オワナンダで、あの簡易食堂が開いていたら、そこで昼めしを食おう。それからレッカー車を呼んで車を家まで運んでもらえばいい、うまくいけばの話だが。しかし気がつけば、家に帰りたくない自分がいた。いまここでこうしていることが、道路の真ん中（ここが道路と仮定しての話だが）を歩いていることが愉快だった。雲間から現われた一筋の陽光が、荒みきっていた彼の胸を歓喜の欠片で貫いた。新雪を踏みしめて歩くこと、周囲に一台も車が見当たらないこと――彼は再び少年の心を取り戻したが、〈ウールワース〉で竦《すく》みあがっていたあの少年のそれではなかった。雪の一日をまるまる手に入れた少年の気分だった。だが、まいった、頭がずきずきしてきた。ワナドンダにたどり着いたらあの簡易食堂に行き、それから体の汚れをきれいさっぱり洗い流して、車で家に帰ろう。晩めしに間に合うよう戻らなくては。娘の理科の自由研究を手伝う約束をしていたではないか。いや、待てよ、そうだレン、レンと会うことになっていたんだった。車はどこだ？　コートの肩口に鼻を押しつけ血を止めながら、彼は携帯電話のボタンを押した。

誰かが出た。「ソール？」

「誰だね？」

「サンダーだよ。あんたが電話をくれたんだろ？」

サンダー――聞き覚えのある名前だが、誰なのか思い出せなかった。このサンダーとかいう人物が電話をかけてきたのか？　ここはクールに振る舞おう。「ああ」

「元気かい？　ああびっくりした、本当に久しぶりだね」

「ああ」

「どうしたんだね、ソール？」サンダーは電話を耳から離してしばらく待ったが、うんともすんとも返ってこなかった。「ソール？」

「実はね、そのなんというか、あー、ちょっと助けが必要なんだ」

「どこにいるんだ？」

「それがわからないんだ。車も見当たらない。問題はないんだがね」

「とにかく、いまいる場所はどこ？」

「いまは腰をおろして一休みしているところだ。レンには話さないことに決めたよ」

「レンだって？　レンに何を話すんだね？」

「ちょっと待った。あんた誰なんだ？」

「サンダー・レヴィンだよ。そっちがかけてきたんじゃないか。もしもし？」

「悪いね」ジャヴィッツは溜息をついた。「もう行かないと」

サンダーはすがるようなまなざしで室内を見回した。娘に助けを求めていた――こういうことが数カ月前から日に何度もあった――だが言うまでもなく、娘の姿はここにはない。介護――彼にはこれが必要なのだが、娘のほうは応えてやれない――それで娘は父親をここ、〈グローヴァーブルック・ダウンズ〉に預けたのだった。お調子者の研修医がこれをもじって、〝ポンコツ《ブロークダウン》・の森《グローヴ》〟と呼ぶ施設である。ルイーザは週に三度会いに来たが、あとは日に二回、様子を見に来る看護師がいるきりだった。彼がただすわっているだけのこの部屋は、実感の伴う場所になるのを拒んでいた。

彼の頭は、また新たに出現した自宅を形ある実体として受け取められずにいるようだった。というか、ここで死ぬことになるだろうとの確信はいちおうありながら、彼のぼんやりした部分はそれを受け容れられずにいるのかもしれない。いずれにせよこの空間——一方の壁際にキッチンがあり、住まいの中心となる広めの部屋があり、その隣に寝室があり、ボルトで固定された金属レールを巡らしたバスルームがある——は、ひとつに混じり合い、現実味のあるものになろうとしてくれなかった。彼がこの部屋に抱く印象といえば、せいぜいが長いドライブを終えて道路脇のモーテルにチェックインした、疲れきった旅行者が抱くそれだった。疲れきった旅行者は室内のありふれた品々——テレビ、花柄のベッドカバー、ビニールをかぶせたカップ、縁が欠けたクリーム色のカウンター、がたつくテーブルと椅子——にちらりと目をやるだけだろう。そして数分後にはバタンキュー。これと同様、サンダーの頭もまたリアルなイメージを、とりわけこの新たな住まい——おそらくは終《つい》の棲家《すみか》になるであろう部屋——が差し出す現実感をことごとく撥ねつけてしまうのだった。

携帯電話——ルイーザが数年前に買ってくれた折り畳み式の旧タイプ——の赤いボタンを押した。いましがたかかってきた電話によって艫綱《ともづな》を解かれた気分だった。あれは幻聴だったのかと不安になった。ジャヴィッツは——あれがジャヴィッツだとしての話だが——レンについて何と言っていた？　あいつはどこからかけてきたのか？　言葉が頭のなかで渦巻いたが、おそらくそうなるのは相手の言葉がまさに混乱していたからだろう。いますわっているカウチのすぐ横に置かれた杖をつかむと、彼はよろよろと立ち上がった。老化でもっとも厄介なことのひとつはこの覚束《おぼつか》なさ、自分で自分がまるで信用できないという感覚だ。最後に車を運転したのは——確か五年前だったか——あのときは曲がり角の手前で三十秒ほど左方向を確認したはずなのに、すぐそこに迫るセミトレーラーをなぜか見落としていた。

　部屋の窓の外では、一列に並んだアザレアの植えこみが三月の穏やかな風を受けて葉音をたてていた。ときには外に出てベンチのひとつに腰かけることもあった。背当て中央に施設名の頭文字ＧＢＤが刻印された錬鉄製のベンチである。ここはいい環境だ、申し分のない環境ではあったが、彼には現実味に欠ける場所だった。不思議なことに、あまたある思い出にもやはり実感が湧かなかった。子供時代のこと、キャンプの思い出、リバティの〈ネヴァーシンク〉で働いていたときのこと、その後ルイーザと彼女の夫の近くに移り住み、娘夫婦の花農園を手伝ったり孫たちの世話をしたりしながら二十年余りを過ごしてきたこと、その後何年かにわたる娘一家との同居生活のこと。特別な思い出はくっきりと鮮明によみがえりはするのだが、そういう節目節目の出来事ですら他人事のように思えてしまうのだ。彼の過去と現在は曇りガラスを通して見ているようなものであり、未来は存在しなかった。彼は時間に見放された人間だった。

　最近の送受信記録をスクロールしていき、娘の番号に行き着いたものの、緑色のボタンの上で親指は逡《しゅん》巡《じゅん》した。娘や娘婿のケンを不当にわずらわせるのは気が進まなかった。娘婿は電話がかかるたび、呼び出しや不足品の補充、言づけやちょっとした頼みごとなど、義理の父親が生き永らえていることで降りかかる厄介ごとを、こっそり書き留めているような気がしてならない。さらにスクロールを進め、〝レイチェル〟と記された番号のところで指を止めた。苗字の頭文字Ｓはセンダックであってシコルスキーではない。彼女はウェストヴィレッジの開業医と再婚していた。彼女の父親も開業医だ。彼女とは数カ月前、誕生日にかけてきてくれた電話でおしゃべりをした。彼女はいまも交流が続いている唯一の人だった。

呼び出し音が三度鳴ったところで彼女が出た。「サンダーね、久しぶり！」

「やあ、どうも」

「元気にしてた？」

レイチェルはサンダーの話を上の空で聞きながら、これから一緒にランチをするエレナと落ち合うため、ワシントン・スクエアを通り抜けた。時が経つにつれてサンダーとの電話は間遠になり、それと比例するように会話も嚙み合わなくなっていた。彼はますます頭が混乱してきているらしく、今回もソール・ジャヴィッツにまつわる奇妙な話を伝えてきた。レンがどうのこうのと言うジャヴィッツの様子がどうもおかしかったという。レイチェルはランチに遅れそうで気もそぞろだった。とはいえ、どうせいちばんの旧友であるエレナは、夫が長年不倫していたことについて新たにつかんだ事実をまくしたてるのだろうし、白ワインのボトルをふたりで開けて、二杯目にとりかかるころにはエレナがナプキンで顔をおおって泣きだすのだろう。エレナの夫、ビルはいくつだったっけ？　六十六歳？　馬鹿ばかしい。男の浮気はきりがない。

とはいえ無論のこと、きりはある——電話の向こうから届く幽霊めいた声がその証拠だ。いい年をした者たちが相も変わらずこそこそ動き回り、騙し合いをしているということが、レイチェルには衝撃だった。彼女は公園の東側でタクシーを拾うと、運転手に行く先を告げた。

「レンに電話をしてみるわ」彼女はサンダーにそう言って、別れの言葉を交わした。

西三十丁目の個性のないビル群が流れ去るなか、レンとエレナという一対《いっつい》の懸念がレイチェルの頭のなかでひとつに溶け合った。ずっと以前、彼女自身も不倫を、レンを裏切ることを考えたことがあった。思うにあれは、レンが口にする甘い言葉やホテルをめぐる馬鹿げた夢物語にほだされてリバティに島流しされたことへの仕返しのつもりだった。別の言い方をするなら、自分の選んだ結婚相手が案の定そういう男だったことに対する腹いせだった。だがあれは彼女が間違っていた。そのことは父の病院に内科医として新しくはいったイーライに出会ったことではっきりわかった。イーライと結婚して二十年、その間、浮気願望に駆られたことは一度もない。それはたぶん、イーライが浮気するのではと常にはらはらしているからだろう。彼を疑っているわけではないのだが、なんといっても医者である。背は高いしハンサムだし、灰色の豊かな髪と笑みを湛えたまなざしの持ち主だ。彼なら浮気していても不思議はないし、頭がいいからうまく立ち回って尻《しっ》尾《ぽ》を出すこともないだろう。

そういう意味でレンに気を揉んだことはなかった――問題はそこ、人は誰かのことで、少しは気を揉みたいものなのだ。レイチェルはレンに電話を入れ、留守電にメッセージを残した。サンダーは何を話していたのだったか？ ここに至ってようやく、サンダーからの電話にはそれなりの理由があったように思えてきた。

そこでスザンナに電話をかけた。

「ハーイ、母さん」

「いまどきは誰も〝もしもし〟って言わないの？」

「だってこっちは誰がかけてきたかわかっているのよ。相手が誰だかわからないふりをする必要なんてないじゃない」スザンナはデスクの前にすわって雪を眺めながら、なにゆえ出勤してしまったのかと自問しているところだった。習慣のなせる業《わざ》、そういうことにしておいた。それにレンの様子を見ておきたかった。本格的な吹雪になりそうないま、父に必要なものが全部そろっているかどうかを確認しておきたかった。彼女は父親の身を案じていた。父親のほうも娘の身を案じていることは彼女も知っている。三十七にしていまだ独身、そのうちアンディがプロポーズしてくるとは思っているのだが。レンは異教徒との結婚が気に入らないらしいが、それはまた別の話である。

母親が奇妙な電話の詳細を話すあいだ、スザンナはじっと耳を傾けた。サンダーが何やら助けを求めている——あるいはソール・ジャヴィッツの身に何かあったのか？　そこらあたりが判然としなかった。デスク上部の掛け時計は一時四十五分を指していた。「わかったわ」彼女はコテージまでの二百ヤードを踏破すべく厚いコートに袖を通した。「ひとっ走り行って、父さんに知らせてくるわ」

外はさらに寒さが増していた。彼女は襞つきのダウンコートを、夏の楽しかった思い出を抱きしめるように体に巻きつけた。今回がここで過ごす最後の冬になるだろうと毎年思いながら気がつけばまた次の冬を迎えている、その繰り返しだった。恋愛生活はともかく、立派な学歴を持ちながらリバティなどという僻地に縛りつけられている娘を、レンは不憫《ふびん》がっていた。だが当人はそれを不幸と感じていなかった。確かに、未来の自分が十何年も父親の元で働き、十九歳の娘がいる男とつきあっていると、若いころの自分が誰かから知らされたら、橋の上から身を投げたくなっただろう。だが、若いころの自分に何がわかるというのか？　確かに人生を無駄に生きていると感じることもなくはないが、たとえここではない別の場所で暮らしていたとしても、同じように感じるのではなかろうか。少なくともここには、家庭というほっとできる場所がある。

雪の頬髯を蓄えたコテージの玄関灯が黄色い光を放っていた。彼女はドアを叩いた。さらにもう一度叩く。車はあるが、留守のようだった。前もって留守電にメッセージを入れておいたのだが。脇に回ってなかを覗いてみたが誰もおらず、レコードプレイヤーは針がはずれた状態で回り続けているし、カウチの上には受け皿に載った紅茶茶碗が置きっぱなしになっていた。慌てて出ていったかのようなありさま——ジャヴィッツが彼を連れ出したのだろうか、だとしたらあの電話は何だったのか？　彼女は窓を離れると、雪に足を取られながら私道に引き返し、ひとけのないクラブハウスに向かった。あとでもう一度確認しに来るつもりだった。

　レンは、スザンナが立ち去るのを〈ネヴァーシンク〉本館の窓から見ていた。自慢の娘――今日知らされた諸々を彼女には絶対知られたくなかった。彼はジャヴィッツが置いていったファイル全部に目を通した。それはいま箱におさまり傍らの床に置かれていた。そこにすべてがあった。すべてが明かされていた。

　彼は玄関ホールをふらふらと進み、室内プールに行った。何もかもがしんと静まりかえっていた。窓という窓が外の雪で湿気を帯びている。まるで古い大聖堂のよう――古代の神々に見捨てられ、自然界の力に屈した過去の信仰の場のようだった。彼は老朽化したコンクリート製の飛びこみ台の上に昇って腰をおろした。冷気が薄手のパジャマのズボンに染《し》みわたる。気がつけば、頭のなかは不思議なほど真っ白だった。携帯電話の画面に映し出された番号に目が向いても、朦朧とした頭はまるで働かなかった。

「こんにちは」彼女が言った。

「ホテルのほうで会おう。脇の壊れた窓からはいってきてくれ」

　一瞬、間があった。「わかったわ」

　一時間経過――いや、二時間は経っていただろうか、彼には見当もつかなかった――そこへようやく彼女が壁をよじ登って窓からはいってきた。彼女が最後に出した本のカバーにあった著者近影そのままの風貌だった。黒ずくめの身なり、黒い髪、注意怠りない大きな目。こちらに向かってくるあいだ、その目にこの情景全体を焼きつけているかのようだった。朽《く》ちかけたホテルを、飛びこみ台の上で脚を投げ出しているバスローブ姿のオーナーを。「レン？」彼女は気遣うような表情で口を開いた。

「やあ、アリス」自分が正気に見えないだろうことはわかっていたが、その場を動かなかった。いまさらそんなことを気にしてどうなる？

「これはどういうこと？」

「訊くまでもないだろ。ジャヴィッツと話をしたんだってな」

「ええ、話をしたわ。何も聞いていなかったの？」

彼は笑い声をあげた。「わたしは愚か者でね、わたしに何が言えるというんだね？」

頭上で一羽の鳩が羽ばたき、高所の垂木《たるき》にぶつかった。アリスがそちらに目をやった。「気の毒とは思うけど」彼女はふうっと息をもらした。

「本は書かないでくれ」

「レン、もうほとんど仕上がっているの。あとは最終章を書くだけ」

「だから頼んでいるんじゃないか。残っているものといったら、人々の頭のなかにあるこのホテルと母さんのいい思い出だけなんだ。それを奪わないでくれ」

「まだわからないの？」彼女は言った。彼女が浮かべた冷酷な表情は、彼がこの日目にしたものと同じくらいおぞましかった。「今日ここに来たのは、あなたが知っているかどうかを確かめたかったからなの。もし知らずにいるなら、ちゃんと伝えておきたかったから。人々はこの場所について真実を知るべきだわ。ここで何があったかを知るべきなのよ」

「お願いだ。わたしたちは家族じゃないか」

「気の毒とは思うけど」彼女は再度くり返し、窓のそばで足を止めた。「幸運を祈るわ」そう言い残して、彼女は外の世界へと立ち去った。

レンは立ち上がると玄関ホールに引き返した。そこには前もって用意しておいたものが置かれていた。灯油二缶、ぼろきれ、オーブン用のマッチ一箱。広々とした舞踏場に行くと、灯油のにおいに怯えたのか、鼠《ねずみ》が一四、ステージ下の穴に逃げこんだ。レンは肩口で顔をぬぐった。揮発《きはつ》する灯油のせいでさらに涙があふれてきた。はっきりそうと知ったのはいつだったか？　ずっと前から気づいていたのか？　白黒をはっきりつけるべきだったのか？　もっと分別を働かせるべきだったのか？　それともこの自分はただの木偶に生まれついたのか？　呪われた財産を受け継ぐ不幸な相続人になる運命だったのか？

そしてあの女性《ひと》――子供たちの失踪が始まったとき、彼女はどう思ったのか？　おそらく彼女は知っていた、いや、知らなかったことにしてしまったのだ。おそらくジャヴィッツや、この自分やレイチェルや、ほかのみんなと同様に――そして人望のあるジーニー・シコルスキーの気持ちを忖度《そんたく》して深入りしたがらなかった警察当局と同様に――彼女は事件を頭から締め出し、すべてを偶然か呪いのせいにしようとした。いずれにせよ、真実は目と鼻の先に転がっていたのに、彼女はそこから目を背けた。そのときばかりは彼女の美質も揺らいでしまったのだ。彼女としては自分の父親が築き上げたこのホテルを潰すわけにはいかなかった。結果、その断罪は息子の手に委ねられてしまったのだ。

階段を上りきるとグレート・ホールを見おろした。かつて子供のころ、この場所に立ち、いずれここが自分のものになるのだと思いながら、得も言われぬ快感に浸ったものだった。青年期には幹部見習いとなり、やがて奮闘努力の実業家となり、廃業後はこの建造物の維持管理者となって、ほかはともかく、運に恵まれた成功の記憶を、偉大な一族の黄金期の記憶を生き永らえさせることに尽力した。まあ、それも今日で終わるのだ。とうに終わっていたのかもしれないが、彼には知る由もなかった。真実と向き合うこと――これが彼のライフワークだったというわけだ。

彼はファイルをおさめた箱を床に下ろして残りの灯油を振りかけ、マッチを落とした。彼のかざしたぼろきれに炎が貪欲に絡みつく。すぐ近くに撒いておいた灯油の池にぼろきれを落とすと、不吉な炎が音もなく一気に広がった。部屋をひとつひとつ通り抜けながら、炎を上げるぼろきれで床を撫でては、そこここにぼろきれを落としていった。そうやって火を引きずりながら歩を進めた。背後のグレート・ホールが盛大な炎に包まれた——ダイニングルーム、ロビー、舞踏場、ラウンジへとさらに進む。その場に立ち尽くし、一族の遺産が炎に呑みこまれていくのを見守りながら、彼は生まれて初めて自分が何者なのかを思い知らされた。自分は、この場所を浄化するために遣わされた者、歴史の清掃人だったのだと。

　仕事をやり終えると、壊れた窓から外に出た。むきだしになった胸に冷気が触れ、煙のにおいがかすかに立ち昇った。車に積もった雪を払い落としていると、遠くからサイレンの音が届いた。レンの車がネヴァーシンク丘陵を下りきったとき、消防車が猛スピードで目抜き通りを走り抜けていくのが見えた。行く当てもないまま彼はルート17の北に向かう車線にはいり、吹雪で立ち往生した長い車列に割りこんだ。出口のすぐ手前で渋滞に引っかかったまま前方に目をやれば、連なる車から突き出た頭という頭が首を伸ばし、白く染まった丘陵の頂から盛大に立ち昇る黒煙を見つめていた。雪空の円蓋《えんがい》を背景に渦巻き膨れ上がる煙は、誰かがのろしで急を告げているように見えた。合図を受け取る相手は誰なのか、いたとしても彼には思いつかなかった。

　ニューヨークに引き返すアリスの車は、身動きが取れずに延々と続く対向車線の車列を横に見やりながら走り抜けた。車窓を流れ去る黒ずんだ雪と葉を落とした木立がにじんで見えた。もうここに戻ることはない、そう思うと心が軽くなった——疥癬《かいせん》にかかった老犬みたいなバスローブを身にまとい、飛びこみ台の上にしゃがみこむレンの姿は、しばらく脳裡から消えそうになかった。彼は根っからの善人、一族の歴史の罠にかかった動物だった。だから彼を傷つけるのは本意でなかった。だがこうなった以上、かまってはいられない——彼の意を汲むわけにはいかなかった。この物語は語られる必要がある。次回作の梗概《こうがい》もまとめられず、章のひとつも文章の断片すら書けずに、何年も担当編集者から身をかわしてきた彼女だったが、あと少しで脱稿というところまでこぎつけた。あとは最終章にじっくり取り組むだけだった。

　車を走らせながら懐中電灯をつけたり消したりした。点滅を何度も繰り返し、頭のなかでこの素材について検討する。最終章はジーニーに、レンの母親に語ってもらうつもりだった。とどのつまり、彼女こそがこの物語の核となる存在、発端《アルファ》にして結末《オメガ》なのだ。アリスの思い描く〈ネヴァーシンク〉は、威容を誇る建造物から廃墟へと一変していた。細部のひとつひとつはまだ形になっていないが、ジャヴィッツが集めた資料——出生証明書、裁判記録、染みの浮いた日記帳——があれば真相にたどり着けるはずだった。ともあれ、いまやこれはわたしの物語なのだ。そう思いながら、彼女は懐中電灯を脇に置き、両手でハンドルを握りしめた。

エンディング

結局、わたしはあの子を連れ戻してしまった。言うまでもなくわたしひとりの一存で――ほかにどうできたというのか？

車で立ち去るとき、振り返っては駄目だと自分に言い聞かせていたのに、病院前の石段に置いてきた大型バスケットがどうしても気になり、すぐさま振り返っていた――その後二年間、あの情景に毎夜わたしは苦しめられた。あれからどうなったかが気にかかり、居ても立ってもいられなかった。看護師なり患者なりが見つけて保護してくれただろうか？ ひょっとしてあの日は、こちらには知りようのない何らかの事情で休診日だったのではなかろうか？ 夜のあいだに凍え死んでしまったのではないか、誰かに連れ去られたのではないか？ 父の言ったことも、家族のためにやったことだという言い訳も、もうどうでもよかった。弟を捨てるなんて罪以外の何ものでもない、わたしが犯した重い罪なのだ。なぜあんなことをしてしまったのか？

金のため、理由はただそれだけ。金と金がもたらすプライドのためだった。

〈ネヴァーシンク〉を開業して間もなく、わたしはエイブラハムに会いに行くようになった。人目につかぬよう病院内で訊きこみをし、退屈そうな事務員に十ドル札を握らせた。彼は灰緑色のキャビネットから一冊のファイルを抜き取ると、あの子はサセックスの少年養護施設にいると教えてくれた。州当局が彼につけた氏名はスティーヴン・アンドリューズ――わたしはその施設に出かけていって彼を見つけ出した。黒い髪と黒い瞳を持つ三歳児、まるで幼児期を早々と終えてしまったかのように異様に痩せこけていた。しかも、拷問されてでもいるように始終泣きどおしだった当時とはうってかわって、声をほとんど発しなかった。どうにか口が利けるようになったのは一カ月後のこと、一年近くかかってようやくわたしの名前を覚えてくれた。ジンジ、彼はわたしをそう呼んだ。

養護施設にいる子供たちみんなもわたしをそう呼んだ。わたしはボランティアに志願して、不定期ではあったが長年にわたってせっせと通いつめ、そのつど子供たち全員に贈り物を配った。もちろんそれはエイブラハムにあげたくてやっていたわけで、彼にはキャンディやビー玉、玩具の兵隊や本などを毎回手渡した。もっともエイブは読み書きができなかった。訪ねていくたび、彼が施設から消えていればいい、地元の心優しい家族に引き取られていてほしいと願っていたが、いつ行っても彼はそこにいた——年もだいぶくってきたし、口数も少なく陰気なので、職員や子供たちからますます相手にされなくなっていった。やがて彼は日中のほとんどをベッドがずらりと並ぶ大部屋の片隅で過ごすようになった。わたしはそこを彼の居場所とみなすようになった。彼は自分の玩具や毛布、外で集めてきた雑多なものをそこに持ちこんだ。なかには半透明の優美な尾羽を持つ、くちばしにルビーのような血がぽつんとにじむ雛鳥《ひなどり》の死骸もあった。

彼のいちばんのお気に入りは、八歳のときにわたしがプレゼントした懐中電灯だった。宿泊客か誰かが忘れていった軍用の珍しい形をした中古品で、一カ月ほど遺失物の戸棚にしまいこまれていたのをエイブラハムに進呈したのだった。彼はこれにすっかり夢中だった。クリップでシャツに留めつけ、つけたり消したりを何度も繰り返した。わたしが帰ろうとするといつものように追ってきたので、わたしは膝をついてこう言った。「いいことスティーヴン、寂しくなったらこれをともして、わたしがいつもそばにいることを思い出してちょうだい。あなたは独りぼっちじゃないということを忘れないでね」

　しかし彼は独りぼっち——とことん孤独だった。一度ケースワーカーに、なぜあの子には友達がひとりもいないのかと尋ねたことがあった。すると彼女は、あの子は無口だし、それも度を越しているので、ほかの子たちと会話にならないのだと言った。仲間はずれにされた彼は焦れて癇癪を起こすようになり、ついには内にこもってしまったという。わたしはエドガーという名のおっとりした子をつかまえて、どうしてスティーヴンには友達がいないのかと尋ねると、エドガーはこう言った。「だっておっかないんだもん」

「どうしておっかないの？」わたしは言った。「まだ小さな子供なのよ」

「なんか変わってるしさ」エドガーはそう言ったきり、口を閉ざしてしまった。

　結婚して子供も生まれると、エイブをそばに置いてやれないことが絶えずわたしを苦しめるようになった。タイル敷きの硬い床と、金網でおおった電球の尿めく黄色の鈍い光が照らし出す、ずらりと並んだベッド——そんな陰気な牢獄のような州の施設にレナードやエズラをこの手で送りこむことを想像しただけで、胸が張り裂けそうだった。胸の痛みをひとりで抱えているのも辛かった——誰にも打ち明けられないのだ。夫のヘンリーにも弟のジョゼフにも母にも言えず、父には口が裂けても言うわけにいかなかった。ましてやわたしたち家族の恐ろしい犯罪を他人に明かすなど、できようはずもない。ホテルが繁盛《はんじょう》していればなおさらだった。こういう商売は口コミで広まる評判に左右される。宿泊客はもちろんのこと、出入りの業者や職人や、従業員からも信用を得られるよう、わたしは身を粉《こ》にして働いた。シコルスキーという名は質の高いサービスと信頼性、それ以上に至高の品格を象徴するものだった。もしもエイブラハムを捨てたことが噂になれば、万事休す――開業と同じくらいあっけなく廃業に追いこまれるだろうし、両親は、当然の報いかもしれないが、慙愧《ざんき》の念で死を選んだのではないだろうか。

エイブが思春期を迎えるころになると、もはや彼の将来に望みはないと思うようになった。この先養子縁組の話が持ち上がる可能性は皆無だろうし、彼が自力で生きていくこともできそうになかった。十八歳になったら彼はどうなるのか？ そのときは捨て犬のように荒野に放り出され、行く当てもなくさまよい、人生の残酷さに当惑しながら野垂れ死にするしかないだろう。あるいは――彼が強運に恵まれるとしての話だが――終身被後見人としてあの施設にずっと置かせてもらい、手ごろな小部屋をあてがわれたとしても、箒《ほうき》を持たされ、入れ替わり立ち替わりやって来る彼のような境遇の子供たちから疎んじられ、施設史上最悪の事例として一生を終える――そんな展開も夢想した。わたしがこのままずっと施設に通いつづけ、花やセーターや玩具やキャンディといった、ちょっとした品を届けるのは簡単だが、彼がここにいる限り、本当に必要なもの――施設の外の世界、そして家族の団欒《だんらん》――を味わわせてやることはできないのである。

一九四五年、エイブが十七のとき、わたしは彼と養子縁組をした。たいして手間はかからなかった――いくばくかの金を使って箝口令《かんこうれい》を敷き、数枚の書類に署名して、三つ離れた町の弁護士に公正証書を作成してもらい、彼の帰省準備を内々に進めた。そして四月の爽《さわ》やかな朝、施設に出向き、いつもの居場所から彼を連れ出すと、そのまま車に乗せた。彼はわたしの話して聞かせる内容が、自由の身になったということが、信じられないようだった。その顔に浮かぶ喜色はわたしの苦悩の歳月を埋め合わせて余りあるものだった。ふたりがリバティに引き返す一マイル一マイルは、十七年前にふたりがたどった同じ道程をなじるかのように思えた。

その途上、これからもずっと会いに行くし、面倒も見つづけるが、わたしのことは絶対に人に話してはいけないと言い含めた。もしも口外したら施設に戻ることになるのだと——ただ事実を伝えただけ、脅すつもりは毛頭なかったが、それを口にするわたしの胸は張り裂けそうだった。「わかったわね、スティーヴン？」

「うん」彼は言った。

彼のために見つけておいた家にエイブを住まわせると、わたしは彼が楽しみながらできそうな仕事はないかと密かに調べを進めた。そして見つけたのが〈ネヴァーシンク〉の営繕係マイケルだった。彼をこっそり呼びつけ、エイブにちょっとした手仕事を身につけさせてほしいと頼みこんだ。マイケルはエイブの上達ぶりを毎週報告してくれた——エイブは仕事がとても気に入ったようで、ペンキ塗りがうまいことがわかった。水漏れ修理や大工仕事はあまり得意でなかった。大がかりな作業があるときは、マイケルはエイブを——つまりスティーヴンを——ホテルに連れていって手伝わせたりもした。弟が壁紙を運んだり、うまく点灯しない突き出し燭台の修理をするマイケルに道具を手渡したりするのを、わたしは折にふれて目にしたものだった。

マイケルは、唯一わたしが何でも打ち明けられる人になった。彼は適任者だった——余計なことは言わないし、うちの家族とのつながりもないし、しかも忠義に篤かった。わたしが様子を見に行けないときは、彼が代わりにエイブラハムの家に出向き、食糧の買い置きはあるか、無事に暮らしているかを確認してくれた。彼はエイブラハムの家回りの修理もしてくれたし、弟が寂しそうにしているときは相手になってもくれた。もっともエイブラハムは独り暮らしを楽しんでいたし、独り遊びは得意だった——その度が過ぎていることが、やがてわたしの不安の種になっていくのだが。

最初に少年がいなくなったとき、ホテルに集合した大勢の人たちと同様、わたしはよそ者の仕業だと、ささやかなエデンの園を荒らしに来た都会からの宿泊客の仕業だろうと思っていた。素姓のわからぬ人たちがこれだけ大勢出入りしているわけだし、周囲には木々が鬱蒼と生い茂っているのだから、〈ネヴァーシンク〉が異常者にとって格好の狩場になったとしても不思議はなかった。ソール・ジャヴィッツとわたしはその可能性について、はっきり口に出して話し合い、不審な動きや目に余る振る舞いに目を光らせるようにした。ところが、さらに子供がリバティ近くの森でいなくなり、その数年後にまたひとりいなくなると、わたしは心のどこかでエイブを疑うようになった。

いや、〝疑う〟というのは正確ではない――彼が怪しいという考えはわたしの胸に厳重にしまいこまれていたのであり、疑惑という一粒の種子は、誠意と愛情という毛布に、日課や責任から生まれる確固たる信頼という毛布に何重にもくるまれていたのだから。それでも彼の家を訪ねると、いつも以上に彼をじっくり観察していたのではなかったか？ 今日は何をしていたのか、どこに行ってきたのかと、執拗に尋ねたのではなかったか？ 彼のバスルームにぐずぐずと居残り、廊下を通る際には彼の寝室を必要以上に時間をかけて見回したのではなかったか？ たぶんそうだったはず。当時の町の雰囲気がそんな感じだった――町で見知らぬ人とすれ違えば、この人だろうかと心のなかで不安に駆られ――あなたなの？ あなたがやったの？――そんな疑心暗鬼の鬱々とした日々が長く続いていたのである。ソール・ジャヴィッツはそういうわたしの態度に異を唱え、被害妄想に陥って身近な人たちを疑うのはよくないことだと言い張った。道義にもとる行為のなかでもっとも卑劣なのは、人間同士が反目し合うように仕向けることだ、と彼は一度ならず言った。

我々がこの土地の善良さを、自分たちのことを信じなくてどうするのかと。

冷静なときのわたしは、単独もしくは複数の殺人者が潜む町で独り暮らしをしているエイブの身を案じながらも、その一方で、人々がいまに彼に疑いの目を向けるのではと不安に駆られた。とはいえ、エイブはマイケルからも町民たちからもそれなりに慕われているようだった。家々のペンキ塗りや壁紙の張り替え、雨樋《どい》や柵の修繕などをしてあげていたのだ。あるとき彼に、子供たちが行方不明になった話は聞いているかと尋ねたことがあった。

「うん、知ってる」彼は言った。そのときわたしたちは彼の家の居間にいた。彼はテレビの音量を下げた。見ていたのはかなり低俗な番組だった。それが『ブラボー火星』（SFコメディドラマ）だったことを、なぜかわたしはいまも憶えている。

「それを聞いてどんな気がした、スティーヴン？」

「嫌な気分だった。悪いことだもの」

「そうよね。町の人たちはとても不安がっているわ」

「知ってるよ。仕事をしに行く家の人たちがそう言ってた」

わたしはソファにすわる彼に目をやった。テレビが放つ光が、ガラス細工のような彼の黒い瞳のなかで躍っていた。彼はハンサムな若者だった。背が高く痩せぎすで、青い瞳とハンノキの切り株みたいな無骨な手足を持つわたしたちとはまるで似ても似つかない――母の浮気を疑いたくなるほど、彼の容姿はシコルスキー家のなかでは異彩を放っていた。「子供たちに話しかけちゃいけないことはわかっているわよね」

「うん」

「なぜだかわかる？」

彼はテレビから目を離した。「ぼくが悪い人だと思われちゃうから」

「そのとおりよ」わたしは言い、以来この話題がふたりのあいだに持ち出されることはなかった。

月日は流れ、うちの子供たちは成長した。エズラは家を出て大学へ、レニーはここに残ってホテルを手伝うようになった。おおむね幸福な日々が続いていた。夫のヘンリーはまだ元気だったし、ホテルの経営も順調だった——わたしたちは決して終わりの来ない何かに属しているように思えた。自分たち以上に大きな存在の一部、この商売を始めた父以上に、いや、この建物を築いたミスター・フォーリー以上に大きな存在の一部なのだと。確かに名声やお金はありがたいものには違いないが、わたしにはどうでもよかった。何にも代えがたい歓びは、膨大な数の人々と触れ合い、そこに身を置くことだった。ドアをくぐってやって来る人々と親しく握手を交わせるのは名誉なことだし、新しい友——父の言葉を借りれば〝終身顧客〟——と出会えるのも誇りだった。

息子のレナードも同じ気持ちだったようで、経営のノウハウをひととおり身につけ、この道のプロに育ってくれた。伝統を引き継ぐ次世代の登場を見届けたわたしは、この世代交代を、背中にそっと添えられた手のように感じながら老境を迎えた。ヘンリーが亡くなってからも——神のお慈悲のお蔭で、自宅の庭を散策中に心臓発作で苦しむことなく逝《い》った——コテージの侘しい独り暮らしにも耐えられたし、ホテルを眺めながら、これでいいのだ、わたしたちが何をしたにせよ、このまま何事もなく時は過ぎていくのだと思うことができた。

そう思えたのも幼いアリスが襲われ、シェーンベルク家の少年の遺体が発見されるまでのことだった。やがてわたしは思い知った。おお、知ってしまった。〈ネヴァーシンク〉が呪われていることを知ってしまったのだ。一九七〇年代初頭を迎えるころにはすでに経営が傾きだしていたから、こうした苦境を乗り切るだけの余力がなかった。一時期は物見高い人たちがホテルに殺到したものの、すぐに空室が目立つようになり、零落の感は否めず、長年にわたる常連客も嵐の前の動物のように散りじりになってしまった。あのおぞましい夏は空でさえ悪意をはらみ、黄色味を帯びて悲嘆と破滅を予兆しているように思えた。大気自体が肉体を蝕むのか、わたしから活力を奪い取り、病に引きずりこんだ。医者の見立て――血液の病気、不治の病、進行は遅く余命は二、三年――を聞かされたときも、この体を蝕んでいるのは邪心、悪の存在を知っていながら見て見ぬふりをしていることに原因があるという気がした。

　犯人はエイブラハムだとわたしは知っていた。どうやってそれに気づいたのかはうまく言えないが、とにかくわたしにはわかった。毎晩ベッドに横たわるたび、彼がすぐ近くを自由に歩き回っていることを思い、もう何年も前にわたしがこの手で彼を解き放ってしまったことを思い、体の震えが止まらなかった。昼のあいだは気を取り直し、何の証拠があってそう決めつけるのかと自らを励ましもした。犯人は町の住民かホテルで働く誰か、あるいは長年ここに通ってきている泊まり客かもしれないではないかと。だが、なぜかわたしにはわかっていた。そして四月のある日、荒れた天気のなかを車で丘を下り、彼の家に向かった。

　彼の家を訪ねるのは、あの少年が発見され、わたしが体調を崩して以来のことだった。その間に彼の家は荒廃の一途をたどっていたようだった。庭にはごみが散乱し、ペンキはところどころ剥がれ落ち、玄関前の踏み段の床板が一枚、反り返って釘が抜けていた。エイブラハムは戸口で出迎えてくれた。家の様子はともかく、彼はいつもと変わりなさそうで、少し若返ったようにも見えた。彼が紅茶を用意し、ふたりしてダイニングテーブルについた。壁に掛かる自動車部品のカレンダーは十二月のままだった。日付のひとつが赤ペンで丸く囲まれ、イニシャルが添えてあった。

彼は指でテーブルをしきりに打ち鳴らし、わたしは紅茶をすすった。どちらも、この先をどう進めたらいいのかわからないとでもいうように、相手の出方をうかがう空気が漂った。「調子はどう？」わたしはようやく切り出した。

「元気だよ」彼は言った。

「仕事のほうは？」

「順調だよ」彼は心ここにあらずといったふうだった。

「あなたがやったのね？」

「何のこと、ジンジ？」

「嘘をつかないで。わたしに嘘をついてはいけません」

「嘘なんかついてないよ」

「あなたなんでしょ？」

一台の車が雪解け水を撥ねあげながら表の通りを走り抜けた。手元のマグカップから、ミントの香りと泥臭い水のにおいがかすかに立ち昇った。彼はわたしを見た、わたしは彼を見た。彼のだんまりはどれくらい続いたのだったか？　よく憶えていないが、彼の沈黙は彼が口にするだろう答えほどに雄弁だった。そこでわたしは、これで彼の犯行をやめさせられるのではと思い、ある行動に出た。彼の出自を明かしたのだ。

彼は言った。「そんなの嘘だ」

「本当なのよ、エイブラハム」本当の名前を告げられた途端、彼は突如赤ん坊に逆戻りしたかのように凄《すさ》まじい声でわめきだした——ほらほら、いい子だから静かにして！

彼がようやくおとなしくなったところでわたしは言った。「もう無理なのよ、エイブラハム。もう終わりなの」

最近はベッドに寝たきりになっている。レンとソールが毎日見舞いに来てくれるが、ほとんどの時間、わたしの元に訪れるのは様々な記憶である。子供時代の、どうにかこうにか耐え抜いた、生涯でもっとも長かったあの冬のことを思い出す。それから、ここでの恵まれた日々を思い、ホテルの黄金時代は間違いなく存在した、あれは法螺《ほら》話ではないのだと自らに言い聞かせてもいる。そして、いなくなったヨナを探すために従業員や町民が集まった、あの長く暑い一日のことを思う。グレート・ホールの階段の上に立ち、一同を見おろしながら、ひとりひとりの顔に浮かぶ、絶対に探し出してやるという希望に燃える表情を目にしたときのことを——あのときはこれがわたしを力づけてくれたものだが、いまはその記憶がわたしを苦しめる。希望などなかった、そんなものは一欠片もなかったのだ。それをいま、わたしは思い知らされている。

　この二年間に新たな失踪事件は起きてはいないが、朝、目覚めるたび、別の子供がいなくなったという報せがいまに届くのではと不安になる。誰かに——わけてもレナードに——真実を伝えたい。ああ、でも、そんなこと、どうしてできようか。恥を晒すなどとてもできない。真実はわたしがこの世を去ってから、このホテルが閉じられたあとに、ようやく語られることになるのだろう。

　いまも窓の向こうに〈ホテル・ネヴァーシンク〉がそびえているが、あとどれくらい持ちこたえられるのか？　これがわたしの持てるすべてだが、こうして目にしながらも神に祈るばかりだ。どうかここをなきものにしてください。ことごとく破壊し尽くし、燃やし尽くし、その灰燼《かいじん》を洗い流し、邪悪なこの土地をまた草木の育つ野にお戻しください。

謝辞

本書『ホテル・ネヴァーシンク』の執筆及び推敲に協力してくれたエリザベス・ワトキンス・プライス、J・ロバート・レノン、ブラッド・ルーディン、ローレン・シェンクマン、パトリシア・プライス、ビル・プライス、ブラウニー・ワトキンス、ベン・フェルトンの皆さんに、心から感謝の意を表したい。同様に、ダニエル・ウォレス、クリス・バチェルダー、リディア・キースリング、リン・マー、マイケル・ゴールドスミス、B・T・コールマン、〈ティンハウス・ブックス〉の素晴らしいチーム——ダイアン・ショネット、ナンシー・マクロスキー、モリー・テンプルトン、エリザベス・デメイオ、ヤシュウィナ・キャンターにもありがとうと言いたい。そしてメイジー・コクランとサマンサ・シェイ両氏と仕事ができたことを光栄に思っている。両氏がいなければ本書は生まれなかっただろう。

訳者あとがき

アダム・オファロン・プライスが二〇二〇年度アメリカ探偵作家クラブ賞（エドガー賞）の最優秀ペーパーバック・オリジナル賞を受賞した『ホテル・ネヴァーシンク』（*The Hotel Neversink*, Tin House Books, 2019）の全訳をお届けする。

舞台はニューヨーク州キャッツキル山地の一角にそびえるリゾートホテル。

創業者は二十世紀初頭に東欧から合衆国に渡ったユダヤ移民のアッシャー・シコルスキー。彼はニューヨーク市内で事業の失敗を重ねた末、家族とともに同じ州内のキャッツキル山地の小さな町リバティに落ちのびる。ここでたまたま始めた民宿業でどうにか成功をつかむと一念発起、ネヴァーシンク川を見下ろす断崖の頂に立ついわくつきの大邸宅を買い取り、〈ホテル・ネヴァーシンク〉を開業する。都心から車で二時間足らずの立地、贅を尽くしたユダヤ料理、多彩な余興で人気を集め、ホテルは急成長を遂げる。

ところがアッシャーが亡くなり、長女のジーニーに代が移ってしばらくすると、ホテルに滞在中だったひとりの少年が忽然《こつぜん》と姿を消す。

その後も失踪事件がホテル周辺で散発的に発生するが、いずれの事件も未解決のまま、不沈《ネヴァーシンク》を誇る〝豪華客船〟はじわじわと傾きだす。

約半世紀の時をまたいで緩やかに結びつく連作小説の体裁で開陳されるのは、リゾートホテルという人工楽園を支えるオーナー一族と従業員たちの、それぞれの視点が紡《つむ》ぎだす「心の闇」である。シコルスキー一家がアメリカンドリームを実現するまでに味わった壮絶な体験談あり、盗癖のあるメイドとある富豪夫人が繰り広げる奇妙なパワーゲームあり、スタンダップ・コメディアンの笑うに笑えない漫談ショーあり、性的妄想が炸裂するスラップスティックあり、といった具合。ときにシリアスに、ときにコミカルに、核となる事件とは一見無関係にストーリーは饒舌《じょうぜつ》に滑り出す。まずは彼らの心の襞《ひだ》に分け入り、作者の巧緻《こうち》な人物造形を堪能してもらいたい。

犯人と目される人物はごく早い段階から見え隠れしている。察しのいい読者なら、案外あっさりと目星をつけてしまうのではないか。だがその尻尾はそう簡単につかませてもらえない。作者の構築するプロットと語りは迂《う》回路《かいろ》だらけで、読者が真相に容易にたどり着けない仕掛けになっているのだ。

さらに言えば、物語はおおむねごく普通の叙述スタイルで進行するが、たまに説明をぎりぎりまで削ぎ落とした叙述が顔を覗かせる。もっともわかりやすい例は、作品冒頭のタイタニック号に言及している箇所である。これに乗船した人物の末路に触れられていないのは、読者を信頼した上での省略だろう。また、回収されない伏線が多々ある点にも留意したい。語られずに終わった空白部分があとになって思い出され、何とも落ち着かない気分にさせられる。そして「エンディング」と称される章についても、これが真相を知る人物の独白なのか、はたまた傍証に基づく第三者の想像の産物なのか、判然としない。どちらを採用するかで作品の印象は大きく変わる。こうした彼のトリッキーな手法は、従来のミステリが想定する〝真実なるもの〟に軽い膝カックンを食らわせる。こういう作品をミステリ・ジャンルの世界ではどう呼ぶのか、そのあたりは読者諸賢の判断にゆだねたい。

　ここでアダム・オファロン・プライスの経歴を紹介しておこう。一九七五年ロサンゼルス生まれ。現在はノースカロライナ州カーボロ在住。オランダとサウジアラビアで少年期を過ごし、テネシー州ノックスヴィルの高校を経てコーネル大学に進み、美術学修士を取得。一時期は音楽活動もしていたようだが、いまは『ハーパース・マガジン』、『グランタ』、『パリ・レヴュー』、『ヴァイス』といった文芸誌に短篇小説を発表し、『エレクトリック・レタリチュア』、『パリ・レヴュー・デイリー』、『プロウシェア』、『ザ・ミリオンズ』などのオンライン・マガジンに書評やエッセーを寄稿している。

　デビュー作*The Grand Tour*（二〇一六年刊・未訳）は、落ち目の中年作家とファンを名乗る青年がブックツアーでアメリカ国内をめぐる道中を描いた、笑いとペーソスにあふれる普通小説で、『ホテル・ネヴァーシンク』は彼の二作目にあたる。

ところで、〈ホテル・ネヴァーシンク〉にはモデルとなった実在のホテルがある。一九一九年から八六年まで営業していた巨大リゾート施設〈グローシンガーズ・キャッツキル・リゾート・ホテル〉だ。当時キャッツキル山地に大小三千ほどあったホテルのなかでも、その豪華さでひときわ群を抜いた存在だった。最盛期には年間十五万もの宿泊客が訪れ、広大な敷地（なんとモナコ公国の二倍強の広さ！）には世界初の人工雪を用いたスキー場やゴルフコースを始め、各種スポーツ施設、自家用飛行機で乗りつける利用客のための空港まで備えていたというから驚きだ。

キャッツキル山地はもともとニューヨーク市の富裕層の避暑地として十九世紀末から開発が始まった地域である（本作冒頭に登場するフォーリーの豪邸がまさにこれにあたる）。やがてホテルも建ちはじめるが、当時はまだ人種差別がひどい時代で、その多くは黒人やユダヤ人の宿泊を許さなかった。にもかかわらず彼ら被迫害者が旅行できる範囲はこの地に限られていたというから皮肉な話である。そんな事情から、ユダヤ人によるユダヤ人のためのホテルが次々に出現し、いつしかキャッツキル一帯はユダヤ人のリゾート地へと発展を遂げる。これがいわゆる「ボルシチ・ベルト」である。しかしそれも八〇年代にはいると、レジャーの多様化によって徐々に廃《すた》れてしまう。

プライスにとってキャッツキルはかなり思い入れのある土地のようだ。あるインタビュー記事によると、ニューヨーク州北部の町に住んでいたときにキャッツキル山地を初めて訪れ、往年の輝きを失ったホテル群や土地の歴史にすっかり魅了されたという。そして、一九四〇年代から七〇年代にかけて〈グローシンガーズ〉をよく利用したという知り合いの男性から数多の思い出話を聞く機会があり、そのなかのポーランド系警官同盟の慰安旅行にまつわるエピソードから最初の一篇が生まれたのだとか。一九八六年に〈グローシンガーズ〉のホテル部分は他企業に売却されたが、建物は二〇一八年まで解体されずに残っていたため、プライスは警備員の目をかいくぐって何度も敷地内に忍びこんだという。そのときに撮影した、落書きでびっしり埋まるプールや天井から下がるシャンデリア、蔓草に覆われた外壁などの写真は、彼のホームページで見ることができる。かくして、アメリカ文化史のなかでもひときわユニークな位置を占めるキャッツキルを舞台にした『ホテル・ネヴァーシンク』が誕生した。そこにゴシック風味がそこはかとなく漂うのは、すでに廃墟となったホテルが作者の目の底に焼きついているせいかもしれない。

翻訳にあたり、早川書房編集部の堀川夢さんと、編集にご協力くださった藤井久美子さんには、折にふれて適切な助言をいただき、ひとかたならぬお世話になりました。心より感謝申し上げます。

二〇二〇年十月

HAYAKAWA POCKET MYSTERY BOOKS No. 1962

青《あお》木《き》純《じゅん》子《こ》

早稲田大学大学院博士課程満期退学，
英米文学翻訳家
訳書
『ミニチュア作家』ジェシー・バートン（早川書房刊）
『ライフ・アフター・ライフ』ケイト・アトキンソン
『秘密』『忘れられた花園』ケイト・モートン
他多数

この本の型は，縦18.4センチ，横10.6センチのポケット・ブック判です.

〔ホテル・ネヴァーシンク〕

2020年12月10日印刷　　2020年12月15日発行

著　者　アダム・オファロン・プライス
訳　者　青　木　純　子
発行者　早　川　浩
印刷所　星野精版印刷株式会社
表紙印刷　株式会社文化カラー印刷
製本所　株式会社川島製本所

発行所 株式会社 **早川書房**
東京都千代田区神田多町2－2
電話　03-3252-3111
振替　00160-3-47799
https://www.hayakawa-online.co.jp

（乱丁・落丁本は小社制作部宛お送り下さい
送料小社負担にてお取りかえいたします）

ISBN978-4-15-001962-4 C0297
Printed and bound in Japan

ハヤカワ・ミステリ〈話題作〉

1948 **雪が白いとき、かつそのときに限り**

陸 秋槎
稲村文吾訳

冬の朝の学生寮で、少女が死体で発見された。その五年後、生徒会長は事件の真実を探りはじめる……華文学園本格ミステリの新境地。

1949 **熊の皮**

ジェイムズ・A・マクラフリン
青木千鶴訳

アパラチア山脈の自然保護地区を管理する職を得たライス・ムーアは密猟犯を追う！ アメリカ探偵作家クラブ賞最優秀新人賞受賞作

1950 **流れは、いつか海へと**

ウォルター・モズリイ
田村義進訳

元刑事の私立探偵のもとに、過去の事件についての手紙が届いた。彼は真相を追うが――アメリカ探偵作家クラブ賞最優秀長篇賞受賞

1951 **ただの眠りを**

ローレンス・オズボーン
田口俊樹訳

フィリップ・マーロウ、72歳。私立探偵はとっくに引退して、メキシコで隠居の身。そんなマーロウに久しぶりに仕事の依頼が……。

1952 **白い悪魔**

ドメニック・スタンズベリー
真崎義博訳

ローマで暮らすアメリカ人女優は、人気政治家と不倫の恋に落ちる。しかしその恋は悲劇を呼び……暗い影に満ちたハメット賞受賞作

ハヤカワ・ミステリ〈話題作〉

1953
探偵コナン・ドイル
ブラッドリー・ハーパー
府川由美恵訳

十九世紀英国。名探偵シャーロック・ホームズの生みの親ドイルがホームズのモデルのベル博士と連続殺人鬼切り裂きジャックを追う

1954
最悪の館
ローリー・レーダー＝デイ
岩瀬徳子訳

〈アンソニー賞受賞〉不眠症のイーデンは星空の景勝地を訪れることに。そしてその夜殺人が……誰一人信じられないフーダニット

1955
果てしなき輝きの果てに
リズ・ムーア
竹内要江訳

薬物蔓延と若い女性の連続殺人事件に揺れる街で、パトロール警官ミカエラは失踪した妹が次の被害者になるのではと捜査に乗り出す

1956
念入りに殺された男
エルザ・マルポ
加藤かおり訳

ゴンクール賞作家を殺してしまった女は、出版業界に潜り込み、作家の死を隠ぺいするため奔走するが……一気読み必至のノワール。

1957
特捜部Q
―アサドの祈り―
ユッシ・エーズラ・オールスン
吉田奈保子訳

難民とおぼしき老女の遺体の写真を見たアサドは慟哭し、自身の凄惨な過去をQの面々に打ち明ける――人気シリーズ激動の第八弾！